www.bbulmedia.com

# 황제의 눈꽃

# 황제의 눈꽃

초판 1쇄 찍음 2016년 1월 11일
초판 1쇄 펴냄 2016년 1월 15일

지은이 | 앨리스 리델
펴낸이 | 정    필
펴낸곳 | (주)뿔미디어

기획 · 편집 | 안리라, 조미연

출판등록 | 2002년 9월 11일 (제1081-1-132호)
주소 | 경기도 부천시 원미구 소향로 17, 303(두성프라자)
전화 | 032)651-6513 / 팩스 | 032)651-6094
E-mail | dahyangs@naver.com
블로그 | http://blog.naver.com/dahyangs
홈페이지 | http://bbulmedia.com

**값 9,000원**

ISBN 979-11-315-6947-4 03810

# 황제의 눈꽃

앨리스리델
장편 소설

DAHYANG
ROMANCE STORY

# 목차

一
약조

　하늘의 기운이 처음으로 돌아오는 날, 갑자년 1월 1일. 새해를 축하하느라 들떠 있는 것은 하늘 아래 인간뿐이 아니다.

　하늘 위 모든 만물의 아버지인 옥황상제와 그의 일곱 딸 칠원성 녀, 풍백, 우사, 운사와 수많은 천신들, 천군들, 항아들까지 돌아오는 갑자의 시간을 축복하고 있었다. 이날, 많은 운명들이 시작되고 지며, 운 좋은 영혼들은 업이 사해지고, 특별한 만남이 이루어진다.

　"항아님들, 이제 곧 하늘이 열립니다. 빨리 준비해 주세요!"

　"여와야, 그쪽이 아니잖니!"

　동령(아이의 형상을 한 정령)들이 분주히 움직이는 자미궁(상제가 사는 천상의 궁궐) 항아들 사이로 지나갔다. 이제 하늘이 열리면 지상을 맴돌던 용들이 돌아오고 새 세상을 축복하는 눈이 내릴 것이다.

"저길 봐! 용들이 도착하고 있다!"

"이런, 어서 가십시다!"

항아들은 일제히 붉은 홍등과 새하얀 꽃이 가득한 바구니를 들고 자미궁의 천문으로 줄을 지어 향했다.

용들은 하나둘씩 모여들어, 하늘의 땅에 닿기 전에 인간의 형상으로 변했다.

"상제께 예를 올립니다."

"수고했군."

그들의 주인인 하백(물의 신으로 옥황상제의 아들이자 형제이다)은 수룡들이 물고 온 여의주(용의 구슬로 용에게 힘을 주며, 사악한 악귀를 빨아들인다)를 담은 금강석 함을 옥황상제에게 건넸다.

용들의 여의주는 정화되어 다시 용들과 함께 지상으로 내려갈 터였다.

"약조를 한 지 일흔일곱 번째 갑자년입니다."

하백은 기다렸다는 듯이 상제에게 말했다. 제법 강경한 어조였다.

"아아, 이제 약조를 지켜야겠지?"

항아 한 명이 상제에게 다가와 고했다.

"월희 님께서 월이 아기씨를 출산하셨습니다."

월희는 칠원성녀 중 일곱 번째로, 인간 사이에서 가진 아이의 출산을 앞두고 있었다. 그 태명이 '월'이었으며, 여아였다.

"이제야 세상을 보았군. 예언했던 대로 갑자년 첫날에 태어났으니, 자넨 더 기다릴 필요가 없겠지. 월희에게서 데려오는 데 꽤나 애썼으니 이것으로 약조는 지킨 것이야."

상제의 말에 하백은 웃음 지었다. 갑자년 첫날에 태어난 반신반인의 아이는 하늘과 땅의 정기로 충만하고, 만물이 축복해 주는 맑은 영혼을 지니고 있을 터였다.

인간보다 더 오래 살고, 수명이 다하면 윤회의 고리에 들어가지 않은 채 천계(자미궁이 있는 하늘나라로, 깨끗한 영혼들과 선녀, 선인, 그 밖의 천신들이 사는 세계)로 소환될 운명을 지닌 자들이 바로 반신반인이었다.

"아버지 너무하신 것 아니어요? 어미에게서 딸을 빼앗다니."

월희가 7살쯤 되는 듯한 여아를 데리고 왔다. 신의 아이는 꽤 오랜 기간을 어미의 배 속에서 지낸 후 태어나기 때문에 어느 정도 자란 아이의 모습으로 태어난다.

순수한 흑발과 흑안에 하이얀 얼굴……. 이 아이가 바로 태명이 '월'이었던 아이다.

"걱정 마십시오. 제가 아기씨를 잘 보살펴 드리겠습니다."

"하! 하백의 속셈은 이 월희가 다 압니다. 절 뭐로 보는 것입니까?"

"이런, 어쩔 수 없지 않습니까? 상제께선 이미 약조를 하셨습니다. 그것이 세상의 이치라고……."

하백의 말은 정확했다. 월희는 인간들의 인연의 고리를 엮는 일을 했기에 반은 인간인 자신의 딸의 운명도 보였던 것이다.

단지 완전한 인간보단 부정확하게 보일뿐더러 운명은 언제든 바뀌는 것이었으므로 딱히 걱정하지 않았던 것이 실수였다.

"상제께서 그런 식으로 제 뒤통수를 치실 줄 몰랐으니까요."

월희는 두 남신을 노려보았다. 상제가 약조를 하지 않았다면 딸의 운명은 바뀔 수도 있었다. 하지만 상제가 하백에게 딸을 데려갈 수 있도록 하겠다는 약조를 한 시점부터 운명의 길은 고정되었던 것이다.

신들의 약조는 신들조차 번복할 수 없는 것이었으므로……. 하백은 아무 말 없이 그들을 바라보는 아이에게 시선을 돌렸다.

"신의 아이는 귀한 존재이지요. 월이 아기씨의 이름은 무엇입니까?"

그러고 보니 아직 이름이 지어지지 않았다. 특별한 운명을 타고난 만큼, 아이의 삶에 축복을 내릴 이름 또한 중요했다. 상제가 잠깐 눈을 감더니 아이에게 이름을 내렸다.

"하늘에서 떨어진 별이니 휘는 '낙성', 신의 아이로 성은 '천'. 또한 반은 인간이되 인간사 흐름에 휘둘리지 않고 그 아래서 평온할지니…… '유하'가 좋겠구나. 낙성 천유하가 너의 이름이다."

"유하……."

아이는 이름이 마음에 드는 듯, 나지막이 읊조렸다. 월희는 가만히 아이를 쓰다듬었다. 딸의 길은 신이라 하여도 어쩔 수 없는 것이니 받아들이는 것 또한 그녀의 몫. 그저 이별의 슬픔만이 손끝에 서려 있었다.

"떨어지는 별을 줍는 이가 누구일까요? 과연……."

하백의 물음에 답하는 이는 없었지만, 세 신의 침묵은 답을 알고 있는 자들의 것이었다.

신들에게는 한순간이나, 인간들에게는 먼 미래의 일. 이 아름답고 보배로운, 갑자년 첫날의 고귀한 기운 아래 태어난 별을 줍는 천운을 가지게 될 인간은 더불어 세상을 구원할지니.

이는 하백이 유난히 사랑하는 인간이란 존재를 위해 일곱 번째 갑자년 마지막 날에 한 약조의 시작이었다.

"흠…… 이것으로 새로운 시작이 맺어졌으니, 월희 너도 그만
하여라."

상제는 제단에 올라, 그가 관장하는 모든 것들을 내려다보았다.
그의 시선에는 현재를 더불어 과거와 미래까지 존재했다. 하나 아
무도 그가 무엇을 보았는지 알지도, 알려고 하지도 않았다. 그것이
세상의 법칙이었다.

"자, 칠월성녀는 설화를 내리시오!"

상제의 말에 월희를 비롯한 7명의 여신들은 항아들이 바구니에
들고 온 흰 꽃들을 인간 세상, 구름 아래로 뿌리기 시작했다.

꽃들은 공중에서 부서져 마침내 차갑고 보송한 함박눈이 되어
지상을 향해 떨어졌다. 하늘나라와 인간들의 세상에서, 새해 첫눈
이 그렇게 흩날렸다.

상제는 항아에게서 건네받은 상자 두 개 중, 정화된 여의주가
있는 상자를 하백에게 돌려주고, 다른 하나의 상자에서 하얀색으
로 빛나는 무언가를 꺼냈다.

"유하. 아가, 이리 와 보아라."

내리는 눈을 하염없이 쳐다보던 아이는 상제에게 다가갔다. 상
제는 아이의 귀 한쪽에 반짝이는 귀걸이를 걸어 주었다. 아이의 귀
에서 하얀색 눈꽃이 찰랑거렸다.

"유하, 신의 눈꽃은 인간 세상에서 녹지 않는단다. 이 귀걸이는
너의 영혼에 걸어 두었다. 너의 반쪽은 이 천계의 것이라는 걸 잊
지 말아라."

유하는 고사리 같은 손을 모아 감사를 올렸다. 하늘과 땅이 동
시에 품었던 사랑스러운 아이.

상제는 내심 그런 소중한 아이가 태어나자마자 인간세계로 보내

진다는 것이 마음에 안 들었지만 어쩔 수 없는 일. 귀걸이는 언젠가 그녀를 천계로 돌려받으려고 걸어 둔 일종의 꼼수였다.

하백은 그런 상제의 꼼수를 짐작했으나 달리 별말은 하지 않았다. 그로서는 유하를 받아 낸 것만으로도 충분했던 것이다.

"하백, 이 빚은 두고두고 받아 내지요."

월희는 하백을 노려보면서 소중한 딸아이를 보듬어 안았다. 월희로서는 한없이 슬픈 마음뿐이었다. 태어난 지 하루도 채 되지 않았는데 떠나보내야 하니, 차마 손이 떨어지지 않았다.

월희는 품에서 작은 옥경을 꺼내어 아이의 손에 쥐어 주었다.

"이 어미가 정말 보고 싶을 때 이 옥경으로 통할 수 있을 것이야. 하지만 반드시 너 홀로 있을 때만이어야 한다. 인간들은 신비한 물건에 욕심이 많으니."

"엄마……."

여태 어른스러운 모습으로 얌전히 있던 유하였지만 막상 이별이 다가오니 발걸음이 무거웠다. 신의 아이라 해도, 아이는 아이인 것이었다.

이윽고 하늘이 열리자 하백은 유하의 작은 몸을 안아 올렸다. 열린 하늘 사이로 용들이 원래의 형태로 몸을 변형시키고는 하나둘씩 떠나기 시작하자, 유하를 안아 든 하백도 천문 사이로 날아올랐다.

유하는 하백의 어깨 너머로 아름다운 천계와 어머니 월희가 사라질 때까지 바라보고 있었다.

"벌써 그리움이란 녀석이 몰려오니, 이 월희는 어찌합니까, 아버지."

"글쎄…… 그건 상제라 해도 어쩔 수 없는 감정이지. 이것이 지켜만 볼 수 있는 자의 괴로움이란다. 신이란 존재가 날뛰어도 운명이란 예정대로 흘러가는 법. 너도 나의 슬픔을 알아 버렸구나."

"그런 것쯤은 그이를 떠날 때부터 알고 있었습니다."

상제와 월희는 말없이 하늘을 보다가, 마지막 용이 천문을 지나자 시선을 뗐다. 상제가 손을 올렸다.

"천문을 닫아라!"

천문이 닫히고 하나둘씩 자신의 위치로 돌아갈 때조차 월희는 조용히 딸이 사라진 하늘을 응시한 채 발걸음을 떼지 못했다.

二
낙성

처음 느껴 보는 감정이었다. 두려운 동시에 흥분되는 감정이라, 사실 어미의 배 속에서 나온 지 얼마 되지 않는 유하로서는 정의하지 못하는 것이었다.

수많은 구름이 스쳐 지나가고, 물기를 머금은 서늘한 바람이 뺨을 문지르고 지나갔다. 나는 듯, 그저 떠 있는 듯, 구름과 하늘뿐인 공간에서는 정확히 알 수 없었다. 아이의 작은 손이 애써 한껏 바람을 움켜쥐었다.

하백은 상기된 표정으로 바삐 눈을 움직이는 아이의 몸을 좀 더 바짝 안아 올렸다. 인간들의 항렬로 이 사랑스러운 아이는 그의 조카쯤 될 터였지만, 하백은 이미 아이를 딸처럼 느끼기 시작했다.

아이의 맑은 영혼은 그의 영혼 또한 속절없이 끌어당기는 힘을 가지고 있었던 것이다. 한낱 인간에게 쥐여 주기에는 너무 아까운 별이었다.

순간, 짭짤한 내음이 하백의 코에 닿았다. 바다가 가까워졌단 것은, 곧 인간 세상에 다다른다는 의미였다.

"전원, 수룡도로 착지한다!"

하백이 용들을 불러 지시했다. 수룡도는 인간들에게는 알려지지 않은 섬으로 매 천 년마다 용들이 천계로 가 여의주를 정화하고 돌아오는 날, 그들이 다시 뿔뿔이 흩어지기 전에 모여 쉬어 가는 곳이었다.

짙은 안개 사이로 푸른 땅이 보이고, 하백은 곧 땅에 발을 디디었다. 그러고는 팔에 안겨 있던 유하를 조심스레 내려놓았다.

어미 없는 낯선 곳이라 그런지 유하는 하백의 옷자락을 놓지 못했지만, 호기심에 움직이는 맑은 눈동자에는 아이다운 흥분과 기대감이 서려 있었다.

"여긴 인간에게 알려지지 않은 섬이니 두려워할 것 없다. 인간 세상보다는 무릉도원에 가까운 곳이니……."

하백의 말대로 달리 변한 것은 없는 듯했다. 깨끗한 공기와 안개로 뒤덮여 새들이 지저귀는 이곳은 천계와 비슷하였다. 하백은 다소 긴장이 풀리는 듯한 유하를 보고 미소 지으며 걸음을 옮겼다.

하백의 주위로 막 도착한 용들이 모여들었다. 모두 다시 인간의 형상을 하고 있었다.

"무척이나 맑은 기를 가진 아이군요."

"월희 님의 아기씨지요?"

용들은 하백의 옷자락을 붙들고 있는 유하에게 많은 관심을 보였다. 유하에게 있는 생명의 기운은 이처럼 강인하고 아름다운 종족까지 매혹될 수밖에 없는 것이었다.

유하는 그들의 관심에 당황했지만, 그것이 호의라는 것은 알 수 있는 터라 하백의 옷자락을 놓고 좀 더 가까이 다가갔다. 그러고는 다소곳이 숙녀 같은 자세로 고개를 숙였다.

"처음 뵈옵겠습니다. 휘는 낙성, 이름은 유하로 반신반인이어요."

그렇게 사랑스럽게 자기소개를 한 유하는 고개를 올리자마자 움찔했다. 아까까지만 해도 그저 호의였던 눈빛들이 사랑스러워서 깨물어 주고 싶다는 부담스러운 종류의 것으로 바뀌어 있었다.

그저 그들이 하는 양을 지켜보던 하백은 폭소했다.

몇천 년의 세월쯤은 거뜬히 살아 오히려 신에 가까운 존재인 용들이 좀처럼 무언가에 관심을 갖는 것이 쉽지 않을 텐데…… 저처럼 반짝거리는 눈빛은 그들의 평소 모습을 아는 하백에겐 너무 우스운 광경이었다.

급기야 가장 앞에 있던 여인(형상의 용)이 유하를 끌어안고 마구 볼을 비비었다. 유하는 끌어안긴 채로 굳어 있었다.

"아우~ 귀여워 죽겠다, 정말! 아가, 너 나랑 같이 가지 않으련? 응?"

"네?"

그러고는 갑자기 매우 시끄러워졌다.

"잠깐, 하린! 그렇게 선수 치는 건 반칙이어요!"

"가질 수 있는 거면 내가 가져가겠다!"

"비키시오! 내가 먼저 찜했다고!"

대륙 서쪽산맥의 화룡 하린이 데려가고 싶다는 발언을 하자마자 용들은 너도 나도 자신이 유하를 갖겠다고 난리를 쳤다.

유하는 본디 갖고 싶은 것에 대한 소유욕이 많은 용족들이 실로 오랜만에 찾은 귀한 보석이었던 것이다. 그 속에서 혼란스러운 눈을 하고 있는 유하는 어찌 할 바를 모르고 있었다.

"그만! 유하는 나와 간다. 월희 님에게서 데려온 것도 나이니 의미 없는 논쟁은 삼가도록! 모두 해산하라."

하백은 그쯤에서 유하를 하린의 품에서 빼앗아 안아 올렸다. 용들은 아쉬운 눈으로 투덜거리며 수룡도 내 각자의 보금자리로 흩어졌다.

"강한 분들이어요. 어머니의 향기와 닮았어요."

"월희 님은 저들보다 훨씬 더 강인한 분이시다. 그분의 딸인 너또한 그리될 것이야."

하백이 멈춰 선 곳에는 정갈한 가옥 한 채가 있었다. 하백은 쉽게 문을 열고 들어갔다.

"연! 연아, 어디 있느냐!"

"짜증 나게 그런 식으로 부르지 마시지요."

하백의 부름에 어디서 나타났는지 모를, 분홍빛 적삼을 입은 고운 여인 한 명이 다가왔다. 그녀는 그다지 달갑지 않은 눈길로 그를 맞이하였다. 그녀에게서는 짙은 꽃향기가 났는데, 유하는 그녀가 인간이 아님을 확신했다.

"어머, 귀한 아기씨를 데려오셨군요. 이토록 맑은 기라니…… 어디서 훔쳐 오셨는지―"

순간 하백이 움찔했다.

"월희 님의 아이다!"

"아, 엄청 깨지셨겠군요. 그런 광경을 이 하찮은 정령 따윈 구경할 수가 없으니 안타까운 노릇이지요."

정령이란 말에 유하는 그녀를 바라보았다. 보아하니 하백을 별로 좋아하지 않는 듯했는데, 당당하게 할 말 다하는 모습이……

뭐랄까, 재미있었다. 연아는 심기 불편한 하백은 내버려 두고 유하를 내실로 이끌었다.

"아기씨의 이름은 어떻게 되시나요?"

"유하……."

"유하 아기씨이시군요. 전 연꽃의 정령인 연아랍니다. 원래는 하백 님의 가옥 뒤 연못에 있는 연꽃에 깃들어 있었지요. 하백 님 때문에 지박령이 되었지만요."

그것으로 그녀가 하백을 싫어하는 이유를 알 수 있었다. 연아가 손을 한 번 휘젓자, 그녀와 비슷하지만 좀 더 어린 소녀들이 안개처럼 나타나 그들을 따랐다.

그들은 연아와 같은 연꽃의 정령들이었지만, 완전한 부용화인 연아와 달리 봉우리를 피운 지 얼마 되지 않은 어린 연꽃들이었다.

소녀들은 유하를 뒤채에 있는 욕실에 데려가 씻긴 뒤에 천계에서 입었던 그녀의 날개옷을 벗기고 인간들이 입는 쪽빛 비단치마와 연분홍빛 상의를 입혔다. 그러고는 높게 묶여 있던 유하의 머리채를 풀어 내려 빗겨 주었다.

유하는 그 과정을 신기한 듯이 보고 있었다. 태어나기 전에 어미의 배 속에서 인간들에 관한 여러 이야기를 들었지만, 직접 지상에 내려온 것도, 직접 하늘이란 것을 본 것도 오늘이 처음이었다. 그녀는 오늘 처음 태어났으니까.

어미의 배 속에서 그녀의 정신과 동화된 상태였기 때문에 월희가 본 것은 그녀 또한 느끼고 보았지만, 직접 보고 느끼는 것은 분명 다를 것이라고 항상 생각해 왔었다.

처음 경험하는 세상이란 예상 외로 무척 즐거웠다. 잠시 어머니를 잊을 정도로 말이다.

"아, 옥경! 날개옷 속의 옥경은 제게 주시어요."

"어머, 아기씨! 한낱 정령인 저에게 말을 높이시면 아니 됩니다."

날개옷을 들고 있던 연꽃소녀가 그 안에 있던 옥경을 꺼내 건네주면서 당부했다.

문득 유하는 어머니가 인간들은 자신의 신분에 집착한다고 했던 것이 생각났다. 하지만 소녀는 정령이니, 신분이라기보단 그저 존재의 차이에서 오는 위압감 탓인 듯하였다.

소녀가 무척 불편한 듯 보였기에 유하는 바로 말을 낮추어야 했다. 지상에는 여러 모로 보이지 않는 법이 존재하는 것 같았다.

그럼에도 유하는 왠지 이곳에 금방 적응할 수 있을 것 같은 느낌이 들었다. 역시 반쪽은 인간이 맞는 듯하다고 유하는 생각하며 가볍게 미소 지었다.

三
신의 피

　며칠간 유하는 나름 매우 즐겁게 지냈다. 지상에는 신기한 게 많았다. 음식은 다채로운 향신료와 다양한 재료로 만들어 꽤나 자극적이었지만 혀를 즐겁게 해 주었고, 하백의 가옥 뒤에 있는 산에 오르면 여러 동물들과 산 밑으로 흐르는 계곡이 그녀와 놀아 주었다.

　아직 그들의 거주지로 돌아가지 않은 용족들도 이따금 와서 그녀에게 이것저것 가르쳐 주었고, 심지어 용체로 변해 유하를 목에 태우고 하늘을 날기도 했다.

　모든 것이 그녀를 반겼고 모두가 그녀를 좋아했다. 하지만 아무도 인간은 아니었다. 그도 그럴 것이, 유하는 아직 한 번도 수룡도를 벗어나 보지 못했던 것이다. 그녀에게 인간세계는 아직 먼 곳이었다.

　"계획이 바뀌었다. 원래 몇 주 뒤에 너를 대륙으로 데려가려고 했다만, 너도 그놈도 아직 준비가 안 된 것 같다."

하백에게 어디서 왔는지 모를 전서구가 도착한 후, 그는 조용히 마루에 누워 풀꽃을 엮고 있던 유하에게 단호히 말했다.

유하가 얼마나 인간 세상에 가는 것을 기대했는지 모를 그가 아니었다. 하지만 어제 온 소식을 보니 때가 좋지 않았다. 시간이 필요했다. 그것도 며칠, 몇 달이 아닌 몇 년이…….

"유하…… 미안하다."

"하백 님……? 얼마나—"

하백은 유하가 말을 끝내기도 전에 그녀의 어깨를 힘주어 잡았다. 유하의 눈빛이 불안하게 흔들렸다.

"5년…… 5년이 필요하다."

"……."

유하는 말이 없었다. 5년이라니…… 이 작은 섬에서 어찌 견뎌야 한단 말인가. 천계로 다시 돌아갈 수 없음은 분명했고, 지상에서는 이곳 외엔 아직 어디도 갈 수 없다는 말이었다.

"나는 내일 대륙으로 가야 한다. 가끔 들르겠지만 여기 같이 있을 수가 없어."

"그럼 저는 여기 홀로 있어야 하나요? 5년 동안……?"

이젠 공포스럽기까지 했다.

"용족 하린에게 함께 있으라고 했다. 그녀가 너에게 많은 것을 가르쳐 줄 것이야. 상황이 이렇게 된 것은 네 탓이 아니지만, 너 또한 아직 인간들을 마주할 준비가 안 되었다. 유하, 인간 세상은 그렇게 만만한 곳이 아니다."

유하는 인간에 대한 자신의 지식이 충분하다고 생각했다. 하백은 알 수 있었다. 하지만 유하에게 필요한 것은 인간에 대한 지식이 아니라 인간이란 존재에게 대응하고 상황에 따라 그에게서 자신을 지키는 방법이었다.

유하는 지금까지 탐욕이나 시기심 같은 인간들의 부정적인 면에 노출되어 본 적이 없었다. 그리고 그것들이 얼마나 위험한지도 몰랐다.

인간들은 유하의 정체를 모르면서도 본능적으로 그녀가 얼마나 귀중한 존재인지 알아챌 것이다. 모두는 아닐지라도 몇몇은 꿀에 모이는 벌처럼 그녀를 욕심내고, 또 더러는 그녀를 시기하고, 극단적으로는 파괴하려 들 것이다. 낙성 천유하, 그녀에겐 신의 피가 흘렀다.

* * *

시야로 익숙한 풍경이 보였다. 비록 좋은 일로 온 것은 아니었지만, 그래도 반가웠다.

청색 기와로 덮여 밝은 느낌과 동시에 매우 웅장한, 그 크기를 가늠할 수 없는 제국의 궁궐을 중심으로 여러 가옥들이 펼쳐져 있었다. 그리고 복잡하게 얽힌 길목들과 그곳을 지나다니는 사람들은 아직 소식을 듣지 못한 것 같았다. 구중궁궐 속에서 곧 흘러나올 비극적인 소식을…….

하백은 손쉽게 궁 안 깊은 곳에 들어왔다. 인간들이 해 놓은 철통경비는 인간들에게만 먹히는 것이었다.

하백은 서둘러 황후의 거처인 남궁의 호월전으로 갔다. 점점 가까워질수록 하백의 표정이 굳어졌다. 피 냄새가 점점 짙어져 왔다. 사람은 한 명도 볼 수 없었다. 하지만 저 광기 어린 곳에서 그 어

리석은 놈이 홀로 우두커니 앉아 있을 것이란 것을 모를 하백이
아니었다.

문을 열자 보이는 처참한 광경에 하백은 분노했다. 피 냄새가
코를 찌르고, 화려한 비단 침상은 섬뜩한 붉은색으로 물들어 있었
다. 그리고 그 위, 늘어진 이불을 타고 흘러내린 피가 바닥에 고여
웅덩이를 만들었다.

그 피의 근원지에는 남녀 한 쌍 아니, 눈조차 감지 못한 시체
두 구가 나란히 누워 있었다. 죽은 남자의 손은 죽은 여인의 손목
을 꽉 잡고 있었다. 마치, 죽는 순간까지도 놓지 않겠다는 듯이.

그러나 죽음도 갈라놓지 못한 사랑이란 낭만적 이름을 붙이기
엔, 서로를 바라보고 있는 두 시체의 눈빛이 너무 섬뜩했다.

그리고 그 모든 잔혹함 앞에 한 청년이 서 있었다. 그는 땅까지
닿는 긴 흑발을 바닥에 고인 피에 적신 채, 피가 뚝뚝 떨어지는 단
도를 들고 공허한 눈으로 두 시신을 바라보고 있었다.

홍옥이 한가운데 박힌 정교한 장식의 칼이었지만 피에 젖어 음
산한 빛을 발하고 있었다. 분명 하백이 들어온 것을 알았겠지만 수
려한 그의 얼굴에는 아무 표정도 없이 그저 공허와 냉기만이 감돌
았다.

하백은 그에게 가까이 다가갔다.

"미친놈……. 결국 이럴 줄 알았지."

그에게 한 말이 아니었다. 하백은 분노에 찬 얼굴로 죽은 남자
를 노려보고 있었다.

"감당해 내지 못할 것이란 것도 알았단 말이다!"

그 외침은 처절하기까지 해서 외려 믿고 있었던 누군가에게 배
신당한 사람의 것에 가까웠다.

하백은 죽은 남자의 청록색 눈동자에게서 눈을 돌려 똑같이 청록색 눈동자를 가진 청년을 바라보았다. 청년의 아름다운 얼굴은 어쩐지 죽은 남자의 것과 닮아 있었다. 그는 하백을 바라보고 있었으나 바라보는 것이 아니었다.

"무환 류휘, 당장 정신 차려라!"

그가 여전히 미동도 않고 있자 하백은 그가 들고 있던 단도를 빼앗아 바닥에 아무렇게나 던진 뒤 그를 주먹으로 한 대 쳤다. 그는 저항 없이 넘어졌고 입술이 찢어져 입가에서 피가 흘러내렸다.

하지만 그는 그제야 그 앞에 서 있는 하백을 제대로 응시했다. 그 전까지만 해도 표정이 없던 얼굴에 참지 못할 괴로움과 끝없는 절망이 어려 있었다. 그는 금방이라도 수천 개의 조각으로 깨져 버릴 것 같았다.

"네놈도 네 아비처럼 그냥 죽고 싶은 건가? 저딴 식으로 모든 것을 버리면서?"

그는 '버리면서'라는 말에 움찔했다. 그는 항상 버려져 있지 않았던가. 새삼스럽지도 않을 터인데 그는 지금 이 상황에서, 이 진동하는 피 냄새에서 벗어나고 싶었다. 이 저주받은 운명을 단 한 번만이라도 떨쳐 내고 싶었다.

참아 왔었는데…… 그래도 핏줄이란 것을 아주 조금이나마 믿고 있었는데……. 아비의 것인지 어미의 것인지 모를 피로 범벅된 손이 떨려 왔다.

하백은 그 모습에 화가 가라앉는 것을 느꼈다. 진실로 불쌍한 놈은 저 아이다. 태어나고 싶어서 태어난 것도 아닐진대 탄생부터 저주받았으니…….

"내가 너희의 배은망덕함을 알고서도 여기 왔다. 그게 무슨 뜻인지 아느냐?"

청년은 고개를 들어 하백을 보았으나, 질문에 대한 답은 하지 않았다. 신의 뜻을 인간이 알 수 있을 리가 없었다. 그는 혼란스러웠다.

"이 나라를…… 아니, 너를 구원해 주겠다."

그는 충격받은 눈으로 하백을 보았다. 구원이라……. 그가 항상 갈구했지만 아무도 제게 줄 수 없었던 것. 하지만 이제 와서, 하필 이때에 하백은 그를 구원하러 왔다고 한다.

그게 어떤 식의 구원을 말하는 건지 생각조차 하지 못한 채 그의 머릿속에는 한 단어만 맴돌았다. 구원, 구원, 구원…….

"내 손을 잡을 것이냐?"

그건 질문이 아니었다. 그와 하백 둘 다 그가 무엇을 택할지 알고 있었으니까. 그가 어떻게 거절할 수가 있을까. 하백이 말하는 구원이 지옥에 떨어지는 것이라도 그는 기꺼이 받아들일 것이다.

지금까지 업고 살던 어둠을 떨쳐 버릴 수만 있다면 그 어떤 것이라도 그에겐 구원이었다.

"잡……겠습니다."

하백은 한결 이완된 표정으로 그를 일으켰다.

"이 난장판부터 정리해야겠다."

하백이 손을 휘두르자 물방울이 하나둘 모여들어 사방에 튄 핏자국을 지워 내렸다. 그런 식으로 침상과 피투성이 시체들이 마치 아무 일도 없었다는 듯 깨끗해졌다.

멍하니 서 있던 그는 피로 덮였던 자신의 손도 어느새 깨끗해졌음을 알았다. 어쩐지 모든 것이 한결 가벼워진 느낌이었다.

"슬픈가?"

하백은 침상 위에 누운 두 인영을 눈짓했다.

"……모르겠습니다. 눈물은 나오지 않습니다."

하백은 무덤덤하게 그를 응시하다가 입을 열었다.

"5년…… 5년 동안 내가 너와 함께할 것이다. 너는 당연히 다음 대를 이을 황제로서의 위치를 지킬 것이야."

하백은 잠시 망설이더니 다시 입을 뗐다.

"그리고 5년 후에 너의 손에 천상의 귀중한 눈꽃을 쥐어 주겠다. 너에겐 과분한 것이지만, 그것이 운명이니 감사해라."

하백은 미소 지었다. 저 아이에게 세기의 축복이 내릴 것이다. 이 나라 황제들이 대로로 짊어졌던 저주를 풀 수 있는 기회.

"그 눈꽃이 너를 받아들인다면, 대대로 흘렀던 피의 족쇄가 풀릴 것이다."

"……?"

휘는 믿을 수가 없었다. 저 말이 진실일까? 상상해 보지도 못한 일이었다. 말 그대로 탄생 자체가 저주였던 그에게는 과분한 축복이었지만, 진실이라면 절대 놓칠 수 없었다.

"이해가 되는 모양이군. 이제 네가 해야 할 일을 알겠느냐?"

힘을 길러야 한다. 그에게 주어진 기회를 지켜야 한다. 그는 난데없이 웃음이 날 것 같았다. 그럴 상황이 아닌데도 그러했다. 그의 인생 최악의 날이었음에도…….

그는 바닥에 떨어졌던 홍옥 단도를 집어 들었다. 그를 증오했던 이에게서 받은 유일한 물건. 그것을 잡는 순간, 그는 웃음을 터트렸다.

그에게 기회가 주어졌다. 영혼을 걸 수 있을 정도의. 이 정도면 한 번도 이해하지 못했던 그의 호가 맞지 않겠는가? 환난이 없을

'무환'이라고…….

　그는 다시금 웃어 버렸다. 그리고 확신했다. 그 천계의 눈꽃은 자신의 것이 되고 말 것이라고.

　무환 류휘, 그에게는 신의 피가 흘렀다.

# 四
우연

"하백 님은 대체 어디로 가신 걸까?"

"인간 세상으로 가셨겠지요."

연아가 머리를 빗어 주는 동안 유하는 면경에 비춰 찰랑이는 눈꽃 귀걸이를 주시했다. 5년 동안 꼼짝없이 이 섬에 갇힌 신세라니……. 하백 님이 섬을 떠나신 지도 벌써 엿새나 되었던가?

유하는 폭 한숨을 내쉬었다.

처음에는 들뜬 마음을 가지고 지상으로 내려왔건만…… 사실 지금 유하는 조금 억울했다. 상제께서 하시는 일이고 약조이니 반신반인인 그녀가 거부할 권리는 없었지만, 대체 왜 그녀는 지상으로 보내졌을까?

지금 생각해 보니 슬픔이 어려 있었던 어머니의 얼굴도 생각나면서 영문을 알 수가 없었다. 반신반인은 말하자면 선인(천계의 인간, 즉 선남이나 선녀)이라 인간보다는 신에 가까운 존재로서 지상의 생물처럼 윤회의 고리에 들어가지 않고 천계에 머문다.

칠원성녀 월희와 인간 사이에서 난 유하 자신 또한 그 선인임이 틀림없을진대도…….

"유하? 이 하린 님이 좋은 생각이 났다!"

갑자기 요란스레 들어온 용족 하린 때문에 그 상념은 곧 깨어졌다. 연아는 빗질을 멈추고, 한껏 득의양양한 표정의 하린에게 다 되었다 인사하더니, 설레설레 고개를 저으며 방을 나갔다.

하린은 용족들 중에서도 어린 편에 속했기에 이렇게 곧장 놀거리를 생각해 오고는 했다. 그녀는 하백 님의 명이라 그런지 따르고는 있었지만, 본디 이렇게 한곳에 오래 머물러 본 적이 없는 활달한 성정이었던 것이다.

"어떤 생각인가요?"

유하는 의아한 표정으로 하린을 돌아보며 약간은 불안한 듯, 그녀를 응시했다. 엿새 동안 유하가 겪어 본 바로, 하린은 상당히 용족답지 않게, 좋게 말하면 활달하고, 나쁘게 말하면 촐랑이며 사고를 치고 다니는 면모가 있었다.

고작 엿새밖에 안 되었는데도 어린 연꽃령들이 슬금슬금 하린을 피해 다닐 정도였다.

"인간 땅에 가 보지 않으련?"

"네?"

순간적으로 유하는 잘못 들었나 싶었다. 하지만 여전히 득의양양한 표정으로 답을 기다리는 듯 싱글거리는 하린을 보고는 자신이 잘못 듣지 않았음을 알았다.

"하백 님께 혼나지 않을까요?"

꽤나 당연한 걱정이다. 하백은 준비가 안 되었다며 유하에게 이 섬에서 5년을 지내야 한다고 했으니까. 그러니 마음대로 섬을 나가 인간세계로 가 버리는 건 아니 될 말이었다.

하지만 하린은 도통 견딜 수가 없었다. 처음에야 하백 님의 명이니 어쩔 수 없겠거니 했지만, 엿새가 넘어가자 도저히 답답해서 못 살 것 같았다.

기가 맑아 옆에서 돌보기 참 좋은 유하였지만, 자유롭게 온 지상과 하늘을 오갈 수 있는 용족으로서 섬에 처박혀 있는 것은 정말이지 참기가 힘들었다.

게다가 하백 님이 하린 자신의 외출 또한 아니 된다 하셨으니, 하린은 꼼짝없이 박제가 되어 버린 기분이 드는 것이었다.

그래서 에라 모르겠다, 라는 심정으로 생각해 낸 것이 어차피 금방 돌아오시지 않을 하백 님 몰래 가여운 유하에게 인간 세상을 구경시켜 주는 것이었다.

"혼나기는 할 테지만, 그렇다고 해서 쫓아낼 수도 없으실 테고…… 게다가 들키지만 않으면 될 것 아니니? 보아하니 하백 님은 요 며칠간 섬에 들르시지도 않으신 것을."

유하는 고민이 되었다. 확실히 너무도 솔깃한 제안이었으니까. 인간 세상은 어떤 곳일까 상상만 해 온 지가 무척이나 오래되었다. 그렇다면…… 들키지만 않는다면…….

"정말…… 괜찮을까요?"

유하의 물음에 하린은 이미 아이의 마음이 가고 싶다는 쪽으로 기울었음을 알고는 만족스러운 듯 웃음 지었다.

"괜찮다. 그보다 유하 아가, 무척이나 가 보고 싶지 않았더냐? 인간같이 알 수 없는 생물들이 만들어 낸 세상에."

유하는 고개를 끄덕였다. 가 보고 싶었다, 무척이나. 자신의 피의 반쪽이 비롯된 인간 세상이란 과연 어떤 곳인지 궁금했기에. 존재의 근원이란, 누구에게 있어서나 궁금한 것이었다.

"그럼 연아에게 채비를 부탁해야겠어. 오늘 밤에 슬쩍 갔다 오는 것이 좋을 듯싶다. 게다가 인간 세상은 원래 밤에 더 볼만하니까."

그 말을 하고 하린은 즐거워 죽겠다는 표정으로 연아를 부르러 나갔다. 방에 남겨진 유하는 면경을 집어 들어 자신의 얼굴을 보고는 살며시 미소 지어 보았다.

왜일까? 심장이 두근거려 밤까지 기다릴 수 없을 것 같았다. 무언가 특별한 운명과 맞닥뜨릴 것을 아는 것처럼……

✳   ✳   ✳

공기를 타고 슬픈 곡조의 준엄한 피리 소리가 거리에 울려 퍼졌다. 하나, 그저 단순한 피리 소리는 아니었다. 궁중의 악사들만이 불 수 있는 금적(금관피리) 소리였고, 그 소리는 죽은 자의 관을 이고 가는 행렬을 따르며 검은 옷을 입을 사람들 주위를 맴돌았다.

화려하게 장식된 상여지만, 죽은 이들의 가마에는 살아 있는 꽃들이 오를 수 없어 가지각색의 조화만 힘없이 흩날렸다. 그 꽃잎 중 하나가 그 뒤에서 말을 타고 따라가던 이의 검은 옷자락을 타고 흘러내려 바닥으로 떨어졌다.

"고개를 들어라."

"……."

나직한 목소리에 휘는 고개를 천천히 들었다. 하백은 그제야 그에게서 시선을 거두었다.

"이 이후로 묻어 버려라. 불안이든, 증오든…… 죄책감이든."

하백은 시선을 거둔 채였지만 휘가 그 마지막 단어에 움찔하는 것을 알 수 있었다.

"대답을 하여라."

휘는 천천히 고개를 끄덕였다. 멀었구나…… 인간의 아이야. 하백은 그리 생각했다. 5년의 말미를 유하에게 내린 것은 어쩌면 신다운 선견지명이었을지도 모른다.

휘가 그의 손을 잡았을 때부터 지금의 국상을 치르기까지는 의외로 간단한 과정이었으나 황제 부처의 죽음 자체가 휘에게는 너무 이른 것이었다. 그러나 이미 저질러진 일을 어찌하리…….

참상의 흔적들을 치운 후에 하백은 대신관부터 호출하였다. 그녀는 후계 대신관을 대동하고 왔다. 두 체의 시신을 보고도 그 스무 살도 아니 되었을 어린 계집아이는 놀라지도 아니하였다.

그가 하백임을 알아채지도 못하는 인간임에도 대신관이란 거창한 이름은 거저 얻는 것이 아니었나 보다. 그리하여 순조롭게, 하백이 몇 대 전부터 알아 왔던 그들의 관습대로, 늙은 대신관과 그녀의 후계 대신관은 아무 물음 없이 조용히 시신을 수습하고 국상을 준비하였다.

병으로 인한 이른 죽음이라는 이름을 걸고 국장이 치러졌다. 대신관의 권위는 민중들에게 있어 오랜 세월 동안 상당히 탄탄히 다져진 것이었기에, 근본을 찾을 수 없는 죽음의 요인은 별 의심 없이 받아들여졌다. 모든 것이 하백이 원하던 대로 흘러갔다.

"저 관이 땅에 묻히는 순간부터, 너는 황제다. 황제는 신이 내리는 운명이지. 하늘은 나약한 자를 필요로 하지 않는다."

"……예."

짧은 침묵 뒤에 휘는 단호히 대답을 한 후, 고개를 젖혀 하늘을 올려다보았다. 비가 왔으면 좋겠다고 생각했다. 알 수 없는 답답함이 상여꾼들이 지고 가는 죽음과 함께 쓸려 나가도록.

어디선가 그를 지켜보는 한 쌍의 눈이 그에 의아한 듯, 입을 열었다.

"정말이지 궁금해요."

황제의 행렬 뒤를 잇던 소녀는 그녀 옆에 있는 말에 탄 늙은 여인을 올려다보며 작게 말했다. 궁금했다. 그녀 또래인 준수한 얼굴의 태자와, 그 옆의 신비한 남자, 그리고 황제부처의 죽음이…….

"하지만 궁금해하면 아니 되겠지요?"

그녀의 물음에 늙은 대신관은 고개를 끄덕였다. 말간 얼굴의 어린 대신관 후계를 보는 그녀는 나무라는 얼굴이 아니었다. 이 똑똑한 아이는 자신의 역할이 무엇인지 잘 알고 있었다. 민중을 살피고, 제국을 굳건히 하고…….

"어리석고 증오스러운 황제의 피를 지켜야 하니까."

미소를 띤 얼굴로 소녀는 모순되는 말을 당연한 듯 중얼거렸다. 그 말은 늙은 대신관에게도 당연한 말이었다. 혈육이 아닌 여자들로 대가 이어지는 그들에게는 피보다 진한 사명이었으니까.

소녀는 하늘을 올려다보는 태자를 흘끗 보고는 따라 하듯 맑은 하늘을 올려다보았다.

"비나 내렸으면 좋겠어요."

하지만 죽음에 어울리는 비를 내려 주기에 날씨는 잔인하게도 따스하기만 하였다. 그 말을 끝으로 소녀는 고개를 바로하고는, 관이 땅에 묻히고 흙에 덮여 자취를 감출 때까지 더 이상 아무 말도 하지 않았다.

검은 머리칼이 흩날렸다. 검푸른 구름뿐인 밤하늘에서 하는 비행이란, 천계에서 하강할 때와는 또 다른 느낌이었다. 훨씬 더 빠르고, 훨씬 더 상쾌한 기분……

"유하, 잘 붙들고 있는 거니?"

"네!"

붙들고 말고 할 일도 없이, 하린의 용체는 무척이나 커서, 유하는 한 손으로 용체의 비늘 하나를 붙들고, 다른 손으로는 스쳐 가는 바람을 잡으며 그 감촉을 즐기고 있었다.

구름은 보송보송한 형태로 어둡고도 아름다운 밤 가운데 둥둥 떠 있고, 그 사이를 지날 때에서야 작은 물방울로 화하여 그 선선하고 촉촉한 손길로 그녀의 뺨을 어루만지는 것이었다.

"하아……"

만족스러운 느낌에 살포시 눈을 감고, 그 속도와 공기의 가벼움과 하늘 속에 존재하는 자신을 느꼈다. 어떤 운명이 기다릴까……? 과연 어떤 운명이…….

하늘은 너무도 익숙한 곳인데, 땅은 그렇지가 못했다. 무릉도원보다 훨씬 신비롭고, 알 수 없는 곳이다. 하지만 자신의 피는 지상의 것도 가지고 있었다. 그러니 모르는 만큼 알아 가야 할 터…….

그러나 그 첫걸음이 지금이라니 어쩐지 조금 불안하기도 하였다. 어제까지만 해도 세찬 비가 내려 아직 땅이 마르지 않은 상태였다. 마치, 어떤 징조인 것처럼.

"오오…… 보이는구나! 이게 얼마 만에 보는 세속의 땅인지! 보이니, 유하?"

하린의 말에 시선을 내리니…… 보였다. 어둠 속에서, 온통 주홍 불빛으로 반짝이는 땅. 그 빛은 현란하면서도 고고한 천상의 빛과는 달리 왠지 모르게 야릇한 반짝임이 있어, 처음 보는 유하로 하여금 그 낯설면서도 설레는 광경에 말없이 탄성 짓게 하였다.

하린이 흥분한 듯, 용체의 꼬리가 흔들려 유하는 떨어질까 두 손으로 하린의 비늘을 꼭 붙잡고는 그 흥분이 전이된 것처럼 웃음을 터뜨렸다. 하나, 그 웃음에 모르는 세상에 대한 미묘한 불안감이 서려 있는 것은 어쩔 수 없는 일이었다.

"그런데 정말 하백 님이 모르실까요?"

"이 먼 데서 알 리가 없지 않느냐. 게다가 연아 고것은 내가 말하기도 전에 하백 님께 고할 마음도 없다고 하더라. 하백 님이 아주 미움을 단단히 사셨나 보지."

유하는 하린의 웃음기 서린 대답에 미소 지으며 고개를 끄덕였다. 떠나기 전에 이미 그녀에게도 연아는 웃으며 조심히 다녀오시라 했던 터였다. 하백 님께는 조금 죄송하였지만 이미 저지른 일이었다.

하린은 육지가 가까워지자 하강하기 시작했다. 인간들의 눈에는 용체가 보이지 않고, 또한 유하도 가지고 왔던 날개옷을 온전히 입은 상태인지라 인간의 눈에 띄지는 않을 것이다.

다만, 인체로 화하기 전에 용체로 어느 정도 발 디딜 높이까지 내려갈 수 있는 공간이 필요하였다.

"뒷산으로 가야지, 뭐."

하린이 상큼하게 내뱉은 순간, 용체는 급속도로 땅을 향해 추락하듯 치달았다. 유하는 놀라서 눈을 꼭 감은 채로 두 팔을 뻗어 용체를 꼭 안았다.

엄청난 속도였다. 한참 동안 붕 뜨는 느낌으로 거센 바람을 가르며 떨어지는 듯했던 용체는 어느 순간, 작게 진동하며 자욱이 피어오르는 흙먼지 사이로 사뿐히 땅 위에 내려앉았다.

그리고 유하가 눈을 떴을 때, 그녀는 어느새 인간 형상의 몸으로 화한 채, 유하를 안고 있었다. 유하가 눈을 뜨자 하린은 그녀가 귀여워 작게 미소 짓고는 땅에 내려 주었다.

사방이 어두워서일까, 조금 전 용체의 착지가 없던 일인 것처럼 달빛만 고요히 둘을 비출 뿐이었다.

유하와 하린은 인근 마을 근처의 작은 동산에 내려앉았는데 듬성듬성하니 있는 나무 사이로 마을에서 빛나는 현란한 주홍빛 불빛이 이리저리 흔들리는 듯하였다.

"흠…… 제대로 착지하였구나. 이제 내려가자."

하린은 만족스러운 듯 말하고는 익숙한 듯 좁은 오솔길을 따라 마을로 내려가기 시작했다. 유하는 조용히 그 뒤를 따랐다. 내려가는 도중, 하린은 갑작스레 멈추어 서더니, 유하를 돌아보았다.

"날개옷은 벗으려무나. 그걸 온전히 입으면 인간들이 너를 보지 못한단다. 제대로 즐겨야 하지 않겠느냐?"

하린의 말에 유하는 날개옷을 벗어 한쪽 팔에 걸쳤다.

익숙지 않은 북적거림이었다. 사람들이 이리저리 지나가고, 붉은빛의 홍등이 아득하니 야릇한 밝기로 거리를 비추었다. 천계의 존재들보다 아름답지는 않지만, 같은 형상을 한 사람들. 유하의 두 눈이 왠지 모를 기대감으로 반짝였다.

"유하, 이거 먹어 보지 않으련?"

불쑥 하린이 무언가 여러 개 꽂혀 있는 막대를 내밀었다. 자세히 보니 능금이었다. 반달 모양으로 잘린 능금이 차례대로 막대에 꽂혀 그을린 설탕으로 덮여 불빛에 반짝였다. 달달한 냄새가 나서 유하는 그걸 받아 한입 물었다. 입안에 새콤달콤한 맛이 퍼졌다.

유하는 하나둘씩 능금 조각들을 먹으며 조금 빠르게 사람들을 헤치고 걸어가는 하린을 부지런히 따라갔다. 하린은 한두 번 유하가 따라오는 것을 보다가, 아이가 잘 따라오는 것을 알고는 더 이상 뒤돌아보지 않았다.

오래간만에 인간 세상에 내려와 하고픈 일이 너무도 많았던 탓인지, 하린은 어느새 유하를 보살펴야 한다는 근본적인 임무에 대해 잠시 잊어버린 듯하였다.

유하는 별 불만 없이 이리저리 즐거이 구경하면서, 의젓하게도 하린을 놓치지 않게 조심하며 그녀를 따라가고 있었다.

비단 상인들의 가게를 지나갈 때, 유하는 잠시 걸음을 멈추었다. 분홍빛 비단에 하얗게 이름 모를 꽃이 수놓여 있었다. 아니, 자세히 보니 이름 모를 꽃이 아니다.

유하는 귓가에 손을 가져갔다. 차가운 감촉에 보드라운 흰색 꽃잎……. 눈꽃이 아닐까……? 인간 땅에 떨어져 내리기 전에 눈송이로 흩어지는 하이얀 꽃…….

유하는 잠시 멍하니 그 나풀거리는 비단을 보고 있었다. 순식간에 수십 가지 생각이 스쳐 지나갔기 때문이다.

자신은 인간세계에 왜 온 것일까? 어머니는 지금 무얼 하고 계실까……?

"비켜!"

"?"

갑자기 밀치는 힘에 의해 유하는 무슨 일인지 알지도 못하고 넘어져 버렸다. 자신을 밀친 사람은 벌써 저만치 뛰어가고 있었다. 유하는 어리둥절하여 흙 묻은 손을 털어 내고는 떨어진 능금 막대기를 주우려다가 문득 자신의 두 손이 비어 있다는 것을 알아챘다.

"내 날개옷이!"

유하는 당장 일어나 자신을 밀치고 간 사람이 향한 방향을 주시했다. 그녀는 어찌해야겠다는 생각도 없이 다급하게 그쪽으로 뛰어가기 시작했다.

생각할 겨를이 없었다. 날개옷이 없으면 승천하지 못하기 때문이었다. 정말이지 낭패스러운 일, 무슨 일이 있어도 다시 돌려받아야 했다. 인간 손에 있어서는 안 될 물건이었으니까.

조금 뛰어가니 멀리서 옆쪽 골목으로 꺾어지는 인영을 볼 수 있었다. 멀리서도 그녀의 하늘빛 날개옷은 불빛을 받아 눈에 띄었기에 알 수 있었다.

유하는 가쁜 숨을 내쉬며 골목에 다다라 곧장 그 어두운 길로 들어섰다. 조금 더 걸어 들어가다가 들리는 목소리에 그녀는 멈춰 섰다.

"이거 놔!"

"……."

인영은 두 명이 되어 있었다. 그녀가 쫓아간 사람은 또 다른 사람에게 붙잡혀 몸부림치고 있었다. 골목 바깥쪽에서 새어 나오는 희미한 빛에 유하는 그녀의 날개옷을 가져간 사람이 작은 소년이라는 것을 알 수 있었다.

하지만 그를 붙잡은 사람은 제대로 볼 수가 없었다. 온통 검은 옷에 검은색 면포를 썼기 때문이다. 짧게 잘린 머리카락 또한 칠흑같이 검은 빛깔이었다. 하지만 그 커다란 인영은 남자임이 분명했다.

크고 강인한 기운이 유난히 또렷하게 느껴졌다. 공교롭게도 이제 그녀의 날개옷을 들고 있는 것은 바로 그 남자였다.

고작 인간일 뿐인데, 유하는 날개옷을 내놓으라고 소리칠 수가 없었다. 왜인지 알 수가 없었다. 하지만 그렇다고 소중한 날개옷을 그냥 버리고 가 버릴 수도 없었다.

유하는 슬금슬금 아직도 소리치며 벗어나려 하는 소년과 그를 말없이 붙들고 있는 남자에게 다가가기 시작했다.

순간, 남자의 면포를 쓴 얼굴이 그녀 쪽으로 향했다. 유하는 움찔하며 발걸음을 멈추었다. 아직도 멀찍이 떨어져 윤곽만 보이는 거리에서도 그녀는 눈이 마주쳤다고 확신했다.

남자는 여전히 아무 말도 하지 않았다. 그저 보이지 않는 시선만이 느껴질 뿐이었다.

✳  ✳  ✳

어쩌면 오랫동안 다시 못 할 밤 외출…… 그러나 변한 것은 없는 듯하였다. 그의 존재 여부를 눈치채는 사람이 달리 없었으니까. 아니, 이제는 있긴 하였다.

하지만 하백 님이 허락하신 외출이니, 상관없겠지……. 어찌할까? 언제나 어둑해진 이맘때쯤 가던 작은 뒷산으로 갈까?

휘는 멍하니 어두운 담벼락에 서서 가야 할 곳을 생각했다. 이제는 어디든 갈 수 있었다. 그가 발 한 짝도 들일 수 없었던 아버지의 영역까지도, 이제는 그의 것이 되었다.

그런데 왜 오히려 갈 곳이 없는 것일까. 이 어두운 곳에서 발이 떨어지지 않는 이유가 무얼까.

궁으로 돌아가고 싶지도, 어딘가에 가고 싶지도 않았다. 이 침묵 때문이었다. 담벼락 바깥쪽의 소란과 환한 불빛에서 차단된 곳. 그것은 두 분의 마지막과 비슷하였다. 그의 과거의 잔재가 여기 있었다. 죽음은 침묵이었다.

"헛소리."

휘는 부질없는 상념에 조소했다. 이미 다른 시작점에 서 버린 마당에, 엎질러진 물에 신경 쓸 이유가 없었다. 그러니 이건 일종의 추모…… 그래, 고인이 된 분들을 위한 추모다.

휘는 고개를 들었다. 누군가 골목 안으로 들어오고 있었다. 꽤나 다급한 발걸음이다. 작은 인영은 점점 가까워져 왔다.

이 시간대에 골목 바깥쪽의 환한 빛을 피해 아무것도 없는 이곳으로 들어온다는 것은 안 좋은 목적이 있는 사람일 가능성이 다분하다. 아니면 가령, 저자에서 무언가 훔친 후에 이쪽으로 다급히 도망치는 것이든지…….

선황이 변하신 후에 국정이 다소 흐트러져 범죄가 늘었다는 것을 휘는 알고 있었다. 이런 어두운 골목에서 한두 번 마주친 정도가 아니었으니까.

하지만 놀랍게도 가까이 다가온 발걸음의 주인은 어린 소년이었다. 한 팔에 하얀 비단옷을 걸친. 휘는 그의 존재를 눈치채지 못한 소년의 팔을 단번에 잡아챘다.

"뭐요?"

그의 형형한 기세에 소년이 움츠러드는 듯했지만, 휘는 아랑곳하지 않았다. 한눈에 봐도 소년이 그 비단옷을 훔쳤다는 것을 알 수 있었기 때문이다. 소년이 그렇게 멈칫하는 사이, 휘는 그 비단 옷을 낚아채었다.

역시…… 이만한 재질이면 일반 상점에서는 구할 수도 없을 것 이다. 이 남루한 차림의 소년이 훔치지 않고서야 절대로 가지고 있 을 리가 없었다.

"그…… 그거 돌려줘!"

"네 것이 아니군…… 그렇지?"

그 나직하고 싸늘한 한 마디에 소년은 흠칫했다. 도저히 옷을 돌려받을 수 있는 상대가 아님을 소년은 알 수 있었다.

이렇게 된 이상 이 남자가 혹시라도 관가 같은 데로 끌고 가기 전에 도망쳐야 했다. 소년은 힘껏 팔을 빼내려고 애썼다. 하지만 남자는 꿈쩍도 하지 않았다.

"이거 놔!"

"……."

휘는 그 와중에 다가오는 또 다른 발소리를 들었다. 그는 고개 를 돌려 발소리가 들리는 곳을 바라보았다.

어쩐지 이 소년보다 더 작은 인영. 무슨 어린아이들이 이 밤중 에 이리도 음침한 골목들만 골라 다니는지……. 자신이 할 말은 아니었지만 말이다.

순간, 바람이 불어 홍등이 흔들리면서 잠시 동안 어두운 골목 안쪽까지 환히 비춰 주었다. 크게 호선을 그리며 홍등이 줄에 매인 채 골목 안쪽에서 보일 정도로 날아들었다. 작은 인영의 얼굴까지 휘가 볼 수 있을 정도로.

7살이 좀 안 되어 보이는 작은 소녀였다. 놀란 듯 검은 눈동자 가 동그랬다. 그리 놀라운 광경이 아니었는데도 휘는 바람이 잦아

들어 환했던 불빛이 다시 골목 바깥쪽으로 제자리를 찾을 때까지 소녀에게서 눈을 떼지 못했다. 그 잠깐 새 소녀의 찰랑이는 흑발 사이로 한쪽 귓가에서 빛을 뿜는 외 귀걸이가 눈에 띄었다.

이윽고 불빛이 사라져 소녀의 인영만 보이게 되었을 때에야 휘는 정신을 차리고 다시 바둥거리는 소년을 내려다볼 수 있었다.

휘는 아무 말 없이 옷을 든 손으로 주머니에서 은화 한 잎을 꺼내 소년에게서 조금 떨어진 곳에 소년이 잘 볼 수 있도록 던지고는, 이제 관심 없다는 듯이 소년을 놓아 주었다. 그러고는 아직까지도 움직일 생각을 안 하는 소녀 쪽으로 돌아섰다.

소년은 뒷걸음질 치다가 떨어진 은화를 주워 들고는 달아나기 시작했다. 저 멀리 달음박질치는 소리가 더 이상 들리지 않을 때까지 휘는 가만히 돌아선 채로 서 있었다. 그러고는 성큼성큼 소녀에게 다가갔다.

휘는 단번에 이 소녀가 옷의 주인이라는 것을 알 수 있었다. 가까이서 내려다보니 소년이 훔친 것은 웃옷인 듯, 소녀가 입고 있는 옷에 비슷한 문양이 수놓아져 있었다.

휘는 말없이 들고 있던 옷을 내밀었다. 그녀는 조금 머뭇거리며 이내 옷을 받아들었다. 그의 온통 검은 차림이 소녀에게 위압감을 주는가 싶었다.

휘는 그에 상관없이 그녀가 옷을 받아 들자 조용히 걸음을 옮겼다. 오늘 밤은 그냥 황궁으로 돌아가는 것이 나을 듯싶었다.

새삼스레 국상 행렬을 따르던 자신을 알아보는 사람이 있을까 봐 면포까지 써 가면서 이리 청승을 떨 이유가 생각나지 않았다. 이 늦은 밤에 이토록 돌아다니는 아이들, 특히 그 도둑 소년을 보니 정비해야 할 일들이 태산이라는 것만 알게 되었다.

"잠깐."

몇 걸음 못 가 옷자락이 약한 힘으로 당겨짐을 느꼈다. 휘는 뒤를 돌아보았다. 내려다보니 좀 전의 소녀가 옷자락을 잡고 있었다. 뭐지?

"저…… 그러니까……."

"……?"


"길을 잃어버렸어……."

문제는 그것이었다. 정확하게는 생각 없이 날개옷 도둑을 쫓아가다가 하린을 놓쳤다. 상당히 난처한 상황이다. 하린이 없으면 섬으로 돌아갈 수 없으니까.

음…… 그러니까 정확히 비단상인들이 있던 곳에서부터 한눈을 팔고 말았다. 이 남자에게 하린을 찾아 달라고 할 수는 없지만, 적어도 비단상인들이 있는 곳은 알지 않을까?

휘는 앳되고 물이 흐르는 듯 맑은 목소리를 감상한 것이 무색하게 당황스러웠다. 어린아이에게 듣는 반말은 오늘만으로 두 번째니 그렇다 치더라도, 길을 잃은 꼬마 아가씨는 어찌해야 하는 것인지…….

그렇다고 황궁에 데리고 갈 수도 없지 않은가. 침묵 속에서 고민하면서도 휘는 어쩐 일인지 그녀를 그냥 두고 간다는 생각은 하지 못했다.

어린 소녀가 가여워서일 리는 없다. 그건 정말이지 말도 안 되는 결론이었다. 아니 결론이 아니라…….

"비단 상인들에게까지만 데려다주어라!"

그가 생각을 끝내기도 전에, 계속되는 침묵이 불안했던지 유하

는 그리 소리쳤다. 어린아이치고는 상당히 건방지기까지 한 명령
으로 인해 상념이 깨진 휘는 이상한 안도를 느끼면서 고개를 한
번 끄덕이고는 골목을 빠져나가기 시작했다.

비단상인들이 어디에 있는지는 알고 있었다. 수없이 다녀 본 저
자였으니까. 그녀가 여전히 자신의 옷자락을 잡고 있었지만 더 이
상 신경 쓰지 않았다. 단지, 이 아이를 빨리 데려다주고 돌아가고
싶은 생각뿐이었다.

홀로 할 예정이었던 밤 산책은 이미 그 목적을 빼앗긴 지 오래
였다. 게다가 소녀가 자꾸만 묘한 느낌을 주는 탓에 불편했다. 그
녀의 시선이 계속 자신에게 머물고 있음을 느꼈기 때문이다.

휘는 조금 우습게도 다급한 마음이 들었다. 저 시선에서 벗어나
고 싶다는 그런. 비단상점이 줄지어 있는 거리에 들어서자, 그는
자신의 옷자락을 잡은 유하의 손을 살짝 잡아 떨어뜨렸다.

그 찰나에 맞닿은 온기에 둘 다 내심 흠칫 놀랐지만 유하가 반
사적으로 그를 올려다보았을 때, 휘는 이미 돌아선 채였다. 유하가
뭐라고 하기도 전에 그는 그 많고 많은 골목들 중 하나로 순식간
에 자취를 감췄다.

골목길로 들어서기 직전에 살짝 돌아본 그는, 어떤 여인이 걱정
했다는 듯이 그 소녀의 팔을 쥐는 것을 보았다.

"후우……."

휘는 급하게 뛰어와 조금 가쁜 숨을 내뱉었다. 왜 누군가에게
쫓기던 사람처럼 이리 도망치듯 왔을까…….

그 소녀의 시선에 정말 어이없게도 심장이 빨리 뛰기 시작했었
다. 마치, 몸 안의 피가 그 소녀에게 반응해 요동치듯이. 그러고
보니 읽을 수 없었다. 아니, 읽을 생각을 하지 못했던 것일까? 정

말이지 이상한 소녀였다.

휘는 땀까지 맺힌 이마를 쓸어 올렸다. 이 기묘한 기분을 다 설명할 수가 없었다. 휘는 천천히 황궁으로 걸음을 옮겼다. 그 이유를 알지 못하면서도 저자의 불빛이 미치지 않는 밤의 어둠 속에서, 얼굴을 가리는 면포 아래 휘의 얼굴은 미소 짓고 있었다.

五
조우

　화창한 날에 걸맞은 분주함으로 마을은 들썩였다. 갑작스러운 국상이 있고 새 황제가 즉위한 지 5년이나 되었다. 제국의 위상은 새 황제가 즉위함으로써 점진적으로 높아지다가 대륙 제일로 부상하였다. 대륙에 있는 또 하나의 제국과 같이.

　당시 조정의 관리들이 대거 교체되고 능력 위주의 신진 관리들이 자리 잡고, 또 등용되면서 그 급작스러움의 여파가 제국 곳곳에 퍼져 나갔으나, 여느 세력 교체처럼 피가 난무하는 종류의 것은 아니었다.

　마치 구세력이 스스로 물러난 것처럼 모든 게 순조롭게 진행되었으나, 아무도 그것의 정확한 원인과 과정을 몰랐다. 경제와 법, 외교 등 그 모든 것이 개선되어, 달리 의문을 제기하는 이 없이 많은 백성들이 기뻐하였다.

　황제는 아직 젊었고, 제국은 건강했다. 신으로부터 비롯된 나라,

호천서였다.

"멍청한 놈, 아직도 그러고 있느냐."

"어쩔 수 없지 않습니까. 이건 일방적인 강요가 아니라 협상이니까요. 하백 님이 원하시는 대로 밀어붙이면 그쪽은 협상 결렬을 선언할 겁니다."

하백은 경쾌히 대답하는 류휘를 흡족한 눈으로 바라보았다. 그리 오랜 세월이 아니건만, 저 아이는 과거에서 벗어나 이토록 성장했다.

약조한 시간도 다 되었고, 그도 인간들의 일에 너무 많이 관여했다. 류휘는 이제 그가 없어도 혼자 잘할 수 있을 것이다.

"약속했던 시간이 다 되었다."

"……."

"모르는 척하지 마라. 날짜까지 세어 왔다는 걸 알고 있으니. 너에겐 더 이상 내 도움은 필요 없다."

류휘는 하백이 정말로 떠날 것임을 알 수 있었다. 5년 전이었다면 불안으로 덜덜 떨며 그를 붙잡았겠지만, 이제 그 자신도 홀로 설 수 있음을 느꼈다.

그저 하백 님께는 한없이 감사하는 마음과 오랜 은인이자 스승과의 이별에서 느끼는 아쉬움만 있을 뿐이었다.

"바래다 드릴까요?"

"건방지구나. 있어 달란 말조차 하지 않으니……."

"저와 있는 동안 농이 느셨습니다."

어느새 하백과 류휘의 얼굴엔 미소가 서려 있었다. 신과 인간이라기보단 그저 형과 아우 같아 보였다. 하지만 이젠 각자의 자리로 돌아가야 할 터…….

"약속했던 천계의 눈꽃은 용족 하린을 통해서 전해 주지. 조금 시끄럽게 굴 테지만, 그 정도는 감수해라."

"아…… 그럼 지금 당장 가십니까?"

"내가 여기 더 있다간 천지가 무너져 내릴 테니……."

농담인지 진담인지 구분이 가지 않는 말이었지만, 류휘는 자리에서 일어나 깊이 고개를 숙였다.

"그동안 감사했습니다."

"다시는 과거에 얽매이지 않도록 해라. 너는 이 나라를 지켜야할 몸이니……."

"명심하겠습니다."

하백은 말을 마치고는 미련 없이 사라졌다. 류휘는 그가 사라진 자리를 말없이 응시했다. 가슴속에서 휘몰아치는 무한한 고마움은 그저 말없이 품고 살면 될 터였다.

❊ ❊ ❊

5년은 참으로 긴긴 시간이다. 5년 전, 유하는 저자에서 이상한 남자를 만난 후, 다시는 인간 세상으로 나가 보지 못하였다.

하린은 그날 유하를 잃어버릴 뻔했던 것에 죄책감을 느꼈던 건지, 아니면 인간 세상에 유하를 데리고 가는 것의 위험성을 깨달았던 건지, 더 이상 그녀를 섬에서 내보내지 않았다.

자기 혼자 나갔다 오는 것은 포기할 수 없었는지, 가끔 홀로 인간 세상에 갔다가 인간들의 물건을 사 오기도 하였지만…….

그동안 유하는 천계의 어머니의 자궁 속에서 그랬던 것처럼 간접적인 방법으로 인간 세상의 것들을 경험했다. 자궁 속에서와 달리, 이번엔 어머니의 기억들로가 아닌 가옥 한구석에 쌓여 있던 서책들과 가끔씩 섬을 나갔다 오는 하린에게서였다.

그것들은 그 나름대로의 즐거움이 있었지만, 그날과 조금도 비슷하지 않았다. 아니, 비슷할 수가 없었다. 붉게 휘날리는 홍등과 시끄러운 듯 아닌 듯 소곤소곤한 저잣거리의 소란, 그리고 정말이지 이상한…… 사내.

그 면포 아래 어떤 얼굴이 있었는지 유하로서는 알 수가 없었다. 그의 나이조차. 단 한 번도 소리를 내뱉지 않은 그 굳게 닫힌 입으로 인해 그의 모든 것은 면포에 가려진 것과 다를 바 없었다.

하지만 이제는 상관없었다. 5년이란 긴 시간이었지만…….

"연아."

"네."

"오늘이지?"

"네?"

"하백 님이 오시면 드디어 인간세계로 가는 거야. 얼마나 기다렸는지……."

기나긴 흑발이 찰랑거렸다.

유하의 한쪽 귀에 달린 새하얀 눈꽃 귀걸이가 주인의 발걸음에 맞추어 흔들렸다. 5년 사이에 훌쩍 커서 온전한 성체가 된 유하였다.

원래 신이라면 어른의 몸으로 탄생하지만, 반은 인간인 유하의 몸은 어른으로 자랄 시간이 다소 필요했던 것이다. 이제는 꽤나 고운 여인의 태가 나는 유하는 정신없이 이리저리 돌아다니고, 그 옆에서 연꽃의 정령 연아는 차분히 앉아 그런 그녀를 응시했다.

"들뜬 것이 가라앉지를 않아."

"당연하지, 오늘이야말로 새로운 날인데."

"하린 언니!"

서쪽산맥의 화룡 하린이 하백의 가옥으로 들어섰다. 그녀는 마구 흥분한 유하를 귀엽다는 듯이 바라보았다. 5년 전, 하백의 갑작스러운 선언으로 유하는 물론, 그녀까지 이 섬에 묶이게 되었다.

그동안 유하를 가르치고 돌보는 것은 즐겁긴 했지만, 용족의 수면기가 지나 버린 지 오래였다. 이제 좀 들어가서 몇십 년 동안 잠만 잘 것이라 그녀는 다짐했다.

물론 그전에 유하를 가져갈 그 축복 받은 애송이를 좀 손봐 주고 말이다.

"그나저나 하백 님은 왜 이리 늦으시는 것이지?"

"늦지 않았다."

하린이 말하는 순간에 맞춘 듯이 하백이 나타났다.

"하백 님! 오랜만이어요."

"그래. 준비는 되었느냐?"

"물론이지요!"

하백은 그의 마음이 바뀔세라 재빨리 대답하는 유하를 보며 미소 지었다. 이 아이가 얼마나 기대하고 있을까. 부디 인간 세상에서 잘 지내길 바랄 뿐이었다.

"하린, 유하를 호천서의 황궁, 그중에서 황제의 개인 집무관으로 데려가라."

"흠…… 거기라면 저저번 대 황제의 보옥을 털러 갔던 곳이니, 잘 알지요."

"그래서 그놈이 그때 그렇게 징징거린 거였나? 너…… 유하에

61

게 이상한 걸 가르치진 않았겠지?"

어쩐지 하백은 엄청 불안해졌다. 유하의 차분하고 어른스러웠던 성격이 요전에 확인차 방문했을 때 완전히 바뀌어 있어서 놀란 적이 있기 때문이다.

하린을 닮으면 아니 될 텐데……. 인간 세상으로 가는 것을 더 미루어야 하는 것은 아닌가 싶었다. 사실 애초부터 가장 인간 세상에 익숙하다는 이유로 하린에게 아이를 맡겨 둔 것이었다. 가르쳐 줄 것이 많을 터이니까.

그런데 그동안 무슨 사고나 치지 않았을지……. 하지만 매년 확인차 섬에 들렀을 때 얌전히 인간 세상의 것들을 하나하나 배우고 있던 유하를 보고 별일 없겠지 싶어 그냥 두었다.

용케 하린은 하백이 떠난 후, 한 해도 채 지나지 않았을 때 유하를 데리고 인간 세상으로 갔다가 그 아이를 잃어버릴 뻔했다는 것을 들키지 않고 있었다.

"하백 님, 이제 정말로 가면 안 될까요?"

유하는 조금 망설이던 그의 낌새를 읽었는지 그를 재촉했다. 그 음성이 절박하기까지 해서 하백은 그냥 신경 쓰지 않기로 했다. 유하가 천계에서 내려온 것만으로도 충분한 것이었으므로.

앞으로는 황제가 알아서 할 것이었다. 이제 그가 손쓸 수 있는 시기는 끝났다.


잠시 후, 유하는 드디어 수룡도를 벗어날 수 있었다. 발 아래로 북적이는 마을이 스쳐 지나갔다. 그리고 한참을 지나 저 멀리, 청색 기와의 황궁이 나타났다. 햇빛이 반사되어 마치 파도가 일렁이는 것 같았다.

저곳 사람들은 저를 반기어 줄지, 어떻게 받아들일지 설레기도 하고 걱정되기도 하였다. 하린이나 어머니의 말에 의하면 인간은 욕심 많고 나약한 존재라던데…… 하지만 왠지 꼭 그렇지만도 않을 것 같았다.

"유하, 꽉 잡으렴. 하강한다."

용이 원하지 않는 이상, 용체는 인간의 눈에는 보이지 않는다. 그렇기에 둘은 사람들의 눈에 띄지 않고 황궁에 다다를 수 있었다.

황제의 집무관 앞에서 여인의 몸으로 변한 하린은 안겨 있던 유하를 내려놓았다. 그러고는 아무 예고도 없이 그대로 황제가 있을 것으로 추정되는 방의 창문을 열어젖혀, 그 안으로 뛰어들었다. 놀랍게도 하린의 추정은 매우 정확했다.

"……? 무슨—"

"너로구나. 애송이……."

조용히 앉아서 중요 문서를 처리하고 있던 류휘는 난데없는 침입(그것도 황당하게 창문을 통한)에 적잖이 놀랐다.

류휘로서는 어디서 나타났는지 모를 여인이었지만, 그 엄청난 위압감이 온몸을 짓눌러 왔던 탓에 그녀가 그저 평범한 여인이 아님을 알 수 있었다. 류휘는 천천히 일어섰다.

"용족……이십니까?"

"흠…… 완전히 멍청이는 아니군. 맞다. 서쪽산맥의 화룡, 하린이다. 하백 님이 아니면 안 왔겠으나…… 네놈에게 아까운 보물을 건네주라 하셔서. 악! 생각만 해도 열 받는구나!"

'전 보고 있기만 해도 황당합니다.'

용족이란 원래 저리 호들갑스러운 것인가. 아까까지 몸을 짓눌러 왔던 위압감은 어느새 사라져 있었다.

하린은 씩씩거리다가 겨우 흥분을 가라앉히고는 전혀 내키지 않는다는 어투로 천계의 눈꽃을 전해 주러 왔다고 선언했다.

그리고 덧붙여 소중히 여기지 않으면 그를 염라지옥보다 더한 곳으로 떨어뜨리겠다는 무시무시한 말을 또박또박 곱씹듯 말하고서도 너무 약한 벌이 아닌가 고민하는 눈치였다. 한마디로 이게 뭐 하는 짓인가 싶었다.

"흠흠. 아무튼…… 유하! 들어오렴!"

"?"

하린의 말도 안 되게 부드러운 부름 뒤로, 류휘는 어쩐지 일이 예상했던 것과는 다르게 돌아간다는 것을 느꼈다. 천계의 눈꽃이라면 보석이나 보검 같은 신물일 것이라고 예상했는데, 이건 마치…….

"사람?"

문간에서 인기척이 나더니 작은 인영이 들어섰다. 찰랑이는 흑발 사이로 빼꼼히 드러난 얼굴이 류휘의 시야를 채웠다. 새하얀 얼굴에 짙은 흑발과 깊은 흑안…… 그리고 한쪽 귀에서 찰랑이며 빛을 발산하는 하얀 귀걸이……. 무감하던 휘의 표정이 그대로 굳었다.

하백의 약속이니 5년 동안이나 예상해 왔던 것이지만, 또한 전혀 예상치 못한 조우였다. 신의 나라 호천서의 황제, 무환 류휘와 신이 내린 눈꽃, 낙성 천유하는 말없이 서로를 응시한 채 어색하게 눈만 깜박였다.

마주치는 시선 가운데 어쩐지 낯설지만은 않은 무언가가 있었지만, 둘 다 그것이 무엇인지는 정의하지 못했다.

六

구중궁궐

　하린은 정말 내키지 않았다. 유하가 들어오자마자 저리 휙 달라지는 안색이라니, 마음에 안 드는 놈이었다. 아, 그냥 혼날 각오하고 유하를 데려가 버릴까……?

　"하린 언니, 저 정말 괜찮사와요, 네?"

　유하는 하린이 불안해하는 듯하자 그녀를 안심시키려 했다.

　어차피 이곳에서 새 삶을 시작해야 한다면, 혼자 부딪혀 보고 싶었다. 언제까지고 하린 같은 강인한 존재에게 의지할 수는 없었다.

　상제께서 말씀하셨듯, 이 운명은 오직 그녀만의 것이었으니.

　하린은 그 의지 어린 눈빛에 결국 유하를 남겨 두고 떠날 수밖에 없었다. 속으로는 계속 황제와 하백을 욕하면서 말이다. 거처에 도착하면 수면기에 접어들 테니 몇 년 동안은 오지 못할 터였다.

　그렇게 하린이 떠난 뒤 유하와 휘, 둘만 남은 상황은 무척이나 어색했다. 당연한 일이지만 둘 다 5년 전에 만난 적이 있다는 것을 전혀 눈치채지 못하였다.

유하는 5년 사이에 7살 아이의 몸에서 여인의 몸으로 자라났고, 휘는 그 당시 면포로 얼굴을 가려 조금도 드러내지 않았으니 당연한 일이었다.

기나긴 침묵 후에 마침내 휘는 이렇게 서 있기만 하면 안 될 것 같아 먼저 입을 열었다.

"말이 길어질 것 같으니…… 일단 앉으시겠습니까?"

유하는 달리 할 말이 없어 그저 고개를 끄덕이며 황색 비단으로 갈무리된 의자에 앉았다. 5년 만에 처음 보는 인간은 또다시 침묵하고 있었다. 인간이란 원래 그다지 말이 없는 것인가?

휘는 맞은편에 앉은 후 나름대로 생각을 정리하고 있었다. 갑작스레 그에게 떨어진 여인. 나이는 열여덟쯤 되는 듯한데…… 눈앞의 여인이 피의 족쇄를 풀 열쇠라니. 휘는 도무지 이해할 수 없었다.

그녀를 누구라고 공개할 것이며 어디에 거처를 주어야 하는지, 그리고 그녀를 어떻게 지켜야 할지……. 이는 그가 하백과 그 자신에게 약속했던 것이기 때문이다.

천계의 눈꽃이 사람을 지칭하는 것일 줄은 몰랐다. 게다가 여자라니……. 차라리 남자였으면 일을 수습하기 훨씬 쉬웠을 것이다. 그의 친우라든지 그런 명분으로 쉽게 궁에 머무를 수 있을 터였다.

하지만 여인이라면 달랐다. 지금까지 지나치다 싶을 정도로 여색을 멀리했는데, 그런 황제가 들인 여인이라니…… 반응이 어떨지는 너무 뻔하지 않은가. 휘는 흠칫하며 정신을 차리고는 입을 열었다.

"그러고 보니 통성명조차 못 했군요. 전 류휘입니다."

"난 천유하."

"유하 님이라 부르면 되겠습니까?"

유하는 가볍게 고개를 끄덕였다.

"그럼 나는 널 휘라 부르면 되겠구나."

"아…… 네."

류휘는 묘한 위화감이 들었다. 천계의 존재인 그녀는 자신에게 말을 낮추는 것이 당연한 것인데도, 막상 항상 높여 불리던 황제의 신분으로 그보다 어려 보이는 소녀에게 하대받으니 느낌이 이상했다.

불쾌함은 아니었다. 단지, 갑자기 자신의 일상에 전혀 다른 누군가가 뛰어든 느낌……. 유하는 그런 그의 낌새를 눈치챘다.

"어…… 내가 무언가 잘못 말했어? 인간을 대한 건 이번이 처음이라 실수를—"

"아닙니다. 제가 실례했습니다."

그녀의 시선이 조심스럽게 그의 얼굴에 머물렀다. 신비스러운 청록색 눈동자에 짧은 흑발 그리고 건조한 표정까지. 그리고 문득 든 생각은 그의 얼굴이 무척이나 아름답다는 것이었다.

여자 같은 얼굴이라서가 아니라 남자다운 정갈한 이목구비에 깃든 날카로움과 왠지 모를 차가움이 그러했다. 그것이 그녀의 시선을 끌어당겼다.

"왜 그러십니까?"

그녀의 시선이 불편했는지 류휘는 견디다 못해 물어보았다.

"아니, 아무것도……."

"……?"

유하는 급히 시선을 내렸다. 그저 인간 세상에 의지할 사람이라곤 이제 그밖에 없어 불안한 탓이라고 그녀는 그렇게 생각했다.

"당분간 여기서 지내셔야 할 듯합니다. 여긴 제 개인 공간이라 저 외엔 아무도 들어오지 못하니까요. 유하 님의 존재를 알리기 전에 준비가 필요합니다. 일단 머무실 방과 욕간의 위치를 알려 드리지요."

"시중드는 사람도, 아무도 없는 거야?"

"네. 죄송합니다. 불편하시겠지만 당분간—"

"아니, 괜찮아 혼자 할 수 있으니까."

딱히 시중드는 이가 필요한 것이 아니었다. 수룡도에서도 거의 모든 것을 스스로 했으니까. 연아와 하린은 유하가 무언가를 혼자 해내는 것을 마치 첫 걸음마를 하는 아이를 보는 엄마만큼이나 대견하게 생각하였다.

그래서 유하도 무엇이든 스스로 하는 것이 좋았다. 하지만 그들은 지금 이곳에 없다.

"음…… 있잖아. 휘는 항상 여기 있진 않겠지? 그러니까…… 황제는 매우 바쁜 거라고 알고 있거든."

머뭇거리는 듯한 유하의 모습에 휘는 조금 의아했지만 이내 가볍게 대답했다.

"항상 이곳에 있을 순 없습니다. 본관으로 가서 할 일이 많습니다만, 가끔씩 들르도록 하겠습니다."

사실 본궁과 그리 멀지 않은 거리라 유하 님이 오기 전엔 자주 머물렀던 별궁이었다. 하지만 차라리 자주 대면하지 않는 것이 그녀에겐 편하지 않을까.

휘는 도무지 여자를 대하는 데 익숙하지 않았다. 잘 보살피기만 하면 되는 거 아닌가? 아무래도 보좌관을 굴려서 어떻게 해야 할지 알아보는 게 좋을 것 같았다.

"알았어."

유하는 알겠다는 의미로 지은 미소였겠지만, 희미하게 공허가 서려 있었다. 5년이나 기다렸다. 섬만 벗어나면 얼마든지 인간 세상을 자유로이 다닐 수 있을 줄 알았는데. 그것은 분명 착각이었다. 이런 구중궁궐에선 그럴 리 없다는 것을 미리 알고 있어야 했다.

"유하 님?"

그 순간 끔찍하게도 외로움이란 감정이 몰려왔다. 이 세상에 자신밖에 없는 느낌. 어머니와 있었을 때는 알지도 못하는 감정이었는데……. 이젠 익숙해질 것 같아 두려웠다.

이곳은 오히려 수롱도 때보다 더 폐쇄되어 있을지도 모른다. 그리고 그녀에게 익숙한 그 누구도, 없다.

그녀가 넋이 나간 표정으로 갑자기 몸을 웅크리자 휘는 놀랐다. 말도 안 되지만 그녀가 유리처럼 바스러질 것 같았달까, 물론 그 영문은 알 수 없었다. 그녀의 반응은 앞뒤 상황을 생각해도 무척이나 뜬금없었기 때문이다.

"유하 님……? 괜찮으십니까?"

이번에는 그의 음성을 들었는지 유하가 퍼뜩 고개를 들었다. 휘는 그 순간 움찔했다. 유하의 눈가에 눈물이 그렁그렁했기 때문이다.

휘는 어찌할 바를 몰랐다. 여자를 달래기는커녕 제대로 대해 본 적도 없었던 그로서는 당황스러운 상황이었다. 설상가상으로 유하에게서 작게 흐느끼는 소리가 흘러나오자 그는 얼떨결에 작은 아이를 대하듯이 손을 올려 유하의 머리를 쓰다듬었다.

그 손의 온기가 무언가를 자극했는지 유하는 마치 아이가 어미에게 매달리듯 휘의 품에 달려들어 울음을 터트리고 말았다. 생명줄이라도 되는 것처럼 그의 옷자락을 꽉 붙들고서…….

그리고 휘는 그 상태로 단 한 치의 미동도 없이 굳어 버렸다. 유하의 울음은 쉬이 그치지 않았다. 휘는 자신에게 매달려 있는 부드러운 몸과 거기서 풍기는 달큼한 향기가 서서히 인지되자 더욱 몸이 경직되었다.

무척이나 당황스러웠지만 왠지 그녀를 바로 떼어 내지 못했다.

하, 이게 뭐 하는 짓인지…… 만난 지 단 하루도 안 되는 사이 이런 어이없는 상황에 봉착하게 된 것이 더 황당했다.

앞으로 이런 일이 많이 생긴다면 상당히 곤란했다. 그녀가 어떤 식으로 자신에게 구원을 줄 건지조차 알지 못하는데…… 생각하면 할수록 앞날이 걱정되기 시작했다.

휘가 이런저런 생각으로 애써 유하의 몸을 인식하지 않으려고 하고 있을 때, 서서히 잦아들던 그녀의 울음이 완전히 멈추고 떨리던 몸이 축 늘어졌다. 그리고 이내 새근거리는 숨소리가 들려 왔다.

"주무시는 겁니까……."

휘는 허탈하게 읊조렸다. 그의 예상대로 그녀가 안겨 온 이유는 그저 눈물받이가 필요했기 때문인 것 같았다. 겉으로 보이는 것보다 많이 불안하여 신경이 예민해졌던 것임이 틀림없었다.

그게 쌓여서 갑작스럽게 터진 것인 듯했다. 많이 곤하기도 했는지 그녀는 완전히 탈진해 버렸다. 휘는 유하의 늘어진 몸을 안아 올려 집무실을 나섰다. 그리고 그가 가끔씩 이곳에 머물 때를 대비해 준비해 놓았던 침실로 향했다. 다음 날 기억이나 할는지…… 류휘는 그녀를 침상에 뉘어 놓고 한숨을 쉬었다. 다른 준비된 방이 없으니 그는 집무실에서 자야 할 듯싶었다.

"천계의 애물단지로군……."

유하의 구중궁궐에서의 첫날은 그렇게 어이없게 저물었다.

七
월담

　창 사이로 스며든 햇빛이 잠든 소녀의 속눈썹을 희롱했다. 그것
이 성가셨던 것인지 소녀가 눈을 찌푸렸다 뜨니 이내 흐려진 검은
눈동자가 드러났다.

　푸른 휘장이 드리워진 방. 유하는 자신이 낯선 곳에 있음을 인
지하자마자 몸을 일으켰다. 사방은 고요했고 방 안에는 그녀밖에
없었다. 옆에 있는 탁자로 시선을 돌리자 거기엔 세숫물이 담긴 은
접시와 유하에게 맞을 법한 옷가지가 단정히 개어져 있었다.

　그제야 그녀는 어제 있었던 일이 기억났다. 휘를 만나고 차를
마셨던 일, 그리고…… 그리고 뭐였지? 아, 울어 버렸지. 또 이곳
에 홀로 있으라는 말에 왠지 모르게 서러워서……. 그것까지는 알
겠는데 뭔가 더 있었던 것 같다.

　그러고 보니 휘 앞에서 울어 버린 걸까? 그건 조금 부끄러웠다.
다 큰 처자가 남자 앞에서 큰 소리로 울어 버리다니…… 정말이지

난감했다.

그러나 유하는 남자 앞에서 울었다는 것만 기억했지, 그 남자의 품에 매달려서 울었다는 것은 기억하지 못했다. 난감한 일이라면 그것이 더 난감한 일이었는데도 말이다.

"음…… 어디로 가야 하나……?"

세수를 하고 환복한 후, 유하는 문을 열고 빼꼼히 얼굴을 내밀었다. 복도는 양쪽으로 뻗어 있었는데, 그녀는 그냥 돌아다녀 보자는 마음으로 오른쪽으로 향했다. 새삼스럽지만 펑펑 울고 나니 어머니가 보고 싶어졌다.

하지만 어쩐 일인지 옥경은 아무 힘도 되지 못했다. 아직 진정으로 보고 싶은 게 아닌 걸까…… 이런저런 생각을 하고 있는데 어디선가 맛있는 냄새가 풍겨 왔다.

마침 유하는 배가 고팠기에 그쪽으로 향했다. 넓은 공간 중앙에 긴 탁자와 비단을 씌운 의자가 여럿 놓여 있었다. 그리고 그중 하나에 휘가 앉아 차를 들고 있었다.

유하의 발소리를 들었는지 그가 고개를 들었고 둘의 눈이 마주쳤다.

"좋은 아침."

"아, 네. 좋은 아침입니다."

유하가 인사를 하자 휘도 머쓱하게 답했다. 그녀는 이런 상황이 익숙지 않았기에 볼에 홍조가 어렸고, 어제 일을 정확하게 기억하는 휘는 다시 눈을 마주치지 못했다.

"앉으십시오. 시장하실 터이니……."

유하는 그제야 시장기가 몰려와 서둘러 휘의 맞은편에 앉았다. 탁자 위에 차려진 음식들에서 담백하고 향긋한 향내가 올라왔다.

유하는 차려진 음식들을 하나하나 보다가 흘끗 휘를 쳐다보았다. 휘는 그 시선을 알아챘다.

"식사는 본궁에서 옵니다. 여긴 황제의 개인 별채니까요."

"맛있어……."

휘는 정말 맛있게 먹는 유하를 흘끗 보았다. 자신만의 공간에 갑작스레 끼어들어 이렇듯 아침을 함께하고 있는 것이 생소했다. 생소했지만 불쾌하긴커녕 생각보다 괜찮았다.

그녀는 우아하게 젓가락을 놀리고 있었지만, 음식을 씹을 때나 다음으로 맛볼 음식을 고르는 찰나의 표정들이 즐거운 듯 반짝거려 마치 꼬마가 다 자란 숙녀 흉내를 내는 것 같았다. 그게 조금…… 귀여웠다.

휘는 자신의 생각에 순간적으로 굳었다. 뭐지, 이 어이없는 생각은? 혼자 궁에 틀어박히기를 즐겨 했더니 머리가 어떻게 된 건가? 정신 차려라!

"휘?"

유하의 음성에 그는 억지로 그녀에게 시선을 맞추었다. 그녀는 약간 망설이는 듯 천천히 입을 열었다.

"어…… 저기 혹시 어제 내가 휘한테 실수한 것이 있었어?"

"없었습니다. 그저 그대로 주무셔서 제가 방으로 데려다드린 것이 다입니다."

유하가 어제 일을 기억하지 못하는 것이 확실해지자 휘는 단호히 말했다. 그녀로 인한 더 이상의 혼란은 원치 않았다.

"전 이만 가 보겠습니다. 점심, 저녁 때 식사가 들어올 텐데 시녀들은 모두 벙어리들이니 별일 없을 겁니다. 그리고 한 가지, 절대로 이 별채를 벗어나지 말아 주십시오."

"……알았다."

그가 그리 당부하는 이유를 물어보기 어려울 만큼 휘는 표정이 굳어 있었다. 유하로서는 갑자기 전보다 더 무뚝뚝하게 말하는 휘가 이상했지만 그것보다 신경 쓰이는 것은 그의 당부에 또다시 답답해지는 마음이었다.

천계를 떠난 후의 삶은 거의 감금과도 같았지만 그녀는 참아 냈다. 이것이 그녀의 운명이라면 받아들이리라 결심했기 때문에……. 분명 당분간은 견디어 낼 수 있을 것이다.

그녀는 휘가 문을 나가 시야에서 사라질 때까지 문간을 응시하다가 작은 한숨을 짓고 말았다.

❉  ❉  ❉

호천서 황제의 보좌관은 자신이 평생 충성으로 모시리라 한때 다짐했던 그 황제를 노려보았다. 문제의 황제, 류휘는 아랑곳 않고 손에 들린 서류뭉치를 읽어 내리고 있었다.

"이젠 아예 별궁에서 사실 작정이십니까?"

보좌관 청라현은 시도 때도 없이 별궁에 틀어박히는 황제가 불만이었다. 일단 그곳에 틀어박히면 스스로 나올 때까지 끌어낼 방법이 없어서(물론 끌어낼 수야 있긴 하지만 황제가 접근금지 구역으로 선포한 데다가 실제로 황제의 뒷덜미를 잡고 그를 별궁에서 빼낼 간 큰 이가 어디 있겠는가?) 문제였다.

게다가 요번에 별궁에 머무른 기간은 전보다 유난히 길어서 중요문서 말고는 모두 그와 여러 대신들이 처리해야 했다. 당연히 오랫동안 공식적인 회합이 없었기 때문에 각 부서와 관리들은 따로 놀고 있었다.

"나왔으면 된 것 아닌가? 시끄럽게 굴지 마라."

"부서관들이 따로 놀지 않습니까! 뭔가 지시를 내리셔야지요!"

휘는 귀찮게 옆에서 종알거리는 라현을 노려보았다. 실로 성가셨다.

"따로 노는 것이 낫다."

"예?"

휘는 영문을 모르겠다는 표정의 라현을 한심하다는 듯 쳐다보았다. 정말 모르는 것인가. 나라를 운영하는 부서들은 적당히 떨어뜨려 놓는 것이 나았다. 그래야 부서들 간에 지나친 친분이 쌓이지 않을뿐더러, 서로 경쟁하고 경계하게 되기 때문에 자체 감시기능을 부서마다 겸비하게 된다. 그게 심해지면 문제가 될 수 있지만 아직은 괜찮을 듯싶었다.

몇 년 전에 완전히 물갈이를 한 것의 결과이기도 했다. 또한 별궁에 시도 때도 없이 들어가 하백 님의 조언을 구하며 황제로서의 합당한 능력을 키우려 노력한 결과였다.

5년이란 시간은 그것을 인식하지 못하고 같잖은 욕망을 드러내던 부정한 자들을 조용히 자리에서 밀어내기에 충분한 시간이었다. 그가 그 힘을 쓸 수 있을 만큼 강해졌기 때문이다.

"어쨌든 오늘은 무슨 일이 있어도 부관합회(각 부서의 관리들이 그간 실적을 보고하고 황제와 의논하는 회의)를 열 것이니 필히 참석하십시오."

휘는 대답하지 않고 서류에 인장을 찍고 있었지만, 그런 반응에 익숙한 라현은 그것이 긍정의 표시임을 알고는 몸을 돌려 본관 집무실을 나가려 했다.

"라현, 회합이 끝나면 집무실로 대신관을 불러라."

"흠, 알겠습니다."

그 기분 나쁜 여자를 마주하는 것은 싫은 일이었지만, 유하 님께 위치를 만들어 주기 위해서 필요한 과정이었다. 류휘는 자신의 계획을 되새겨 보고는 다시 할 일에 착수했다.

※ ※ ※

길고 긴 복도 끝엔 아무도 없었다. 유하는 여기저기를 돌아다니며 별궁을 탐험하고 있었다. 하지만 사방에서 뻗어 오는 적막감이란⋯⋯.

"바람이라도 불었으면 좋으련만⋯⋯."

유하는 기둥 하나를 돌아 밖으로 나왔다. 어느새 별궁 끝까지 와 버린 듯했다. 푸른 담벼락이 보이고 그 앞엔 갖가지 꽃들이 피어나는 작은 정원이 있었다. 유하는 그곳으로 걸음을 옮겼다.

정원 입구에 들어가기 직전, 난데없는 돌풍이 몰아쳐 유하는 소매 한쪽으로 얼굴을 가렸다. 머리카락이 사정없이 휘날렸다. 이윽고 돌풍이 가라앉았을 때 그녀는 자신이 혼자가 아님을 알게 되었다. 그녀의 품에 희끗한 형상의 어린아이가 두 명이나 매달려 있었던 것이다.

"우와! 우와! 이런 영혼은 처음이에요! 완전 기분 좋아!"

"맞아 맞아, 막 포근해⋯⋯."

인간은 아닌 것이 동령인 듯했다. 유하는 그들의 이마에 새겨진 인을 보고 그들의 정체를 알 수 있었다. 한 명은 여아, 한 명은 남아의 형상인 바람의 정령이었다.

"너희, 어떻게 날 찾아왔니?"

바람의 정령은 바람의 근원이기 때문에 마주치기가 무척이나 어려울뿐더러 절대 한곳에 머물지 않았다.

"그건요, 그건요, 풍백 님이 보내셨어요."

"맞아 맞아. 월희 님의 아기씨께서 외로우시다고 가 보라 하셨어요."

"아기씨는 기분 좋은 기운을 가졌으니까 쉽게 찾았어요. 막, 막 다른 정령들이 부러워했어요. 모두 유하 님을 보고 싶어 하니까요."

"맞아요, 맞아요!"

귀여워라, 풍백 님이 신경 써 주셨구나. 유하는 방긋거리며 깜찍함을 발산하는 두 정령의 살랑거리는 백발을 쓰다듬었다. 마치 쌍둥이처럼 둘 다 아름다운 홍안에 눈이 시릴 듯 새하얀 백발이었다. 그리고 기분 좋게 불어오는 바람…… 둘은 유하의 품에 더욱 폭삭 안겼다.

"아, 맞다 맞다, 풍백 님이 말을 전하랬어요."

"응? 무슨 말?"

"음…… 무슨 뜻인지는 모르겠지만, 인간들의 방식에 얽매이지 말랬어요. 우……. 뭐지? 무슨 소린지 모르겠어. 형제는 알겠어?"

여아의 물음에 남아는 도리도리 고개를 저었다.

"아, 그리고 유하 님이 반은 신임을 잊지 말라 그러셨어요! 나이건 알아요! 유하 님은 월희 님의 아기씨니까 반은 신이어요. 그쵸? 그쵸?"

"응, 맞아."

더불어 유하는 풍백이 전하고자 하는 바를 알 수 있었다. 반은 인간이지만 반은 신인 것이 먼저였다. 별궁에 틀어 박혀 있으랬다고 정말 틀어 박혀 있을 필요가 없다는 말이었다.

인간들의 법과 상식은 그녀를 옭아매지 못한다. 한마디로 류휘가 무엇이라 하든 그녀는 하고 싶은 대로 해도 된다는 것.

"정말, 멍청했잖아."

유하는 이제야 깨달은 사실에 웃음 지었다. 하지만 류휘가 하는 일엔 방해되고 싶지 않으니 눈에 띄지는 말아야겠다고 생각했다. 그렇다면 별궁이 아니라 이 호천서의 황궁을 나가면 괜찮을 것이다. 그런 이유로 풍백 님은 이 귀여운 아이들을 보냈을 것이었다.

"이름이 뭐니?"

"홍아요!"

"백아요!"

여아가 홍아였고 남아가 백아였다.

"홍아야, 백아야, 날 이 황궁 밖으로 보내 줄 수 있니?"

"헤헤, 유하 님이 이름 불러 주는 것 무지 좋다. 물론 보내 드릴 수 있어요! 그치 백아야?"

"맞아요. 저희한텐 쉬운 일이어요. 유하 님이 원하신다면요!"

바람의 정령이 데려다준다면 인간의 눈에 띄진 않을 것이다. 바람은 무척 빠르기도 하고, 또한 투명하니까. 이불을 덮은 듯이 그녀의 모습 또한 가려질 것이다.

"인간들의 마을로 갈 수 있을까?"

"당연하죠! 항상 다니는 곳이어요. 별궁에서 조금만 벗어나면 되는 걸요?"

"이 담벼락만 넘으면 금방이에요. 유하 님, 같이 가실 거예요?"

"가실 거예요?"

"홍아랑 같이 가요!"

"백아랑도 같이 가요!"

그러고는 다시금 그녀에게 달라붙어 꼭 안기는 아이들이었다. 유하는 그 깜찍함에 마음이 어질어질하였다. 이런 귀여운 아이들이 부탁하는 마당에 망설일 것이 없었다.

"해 보자꾸나, 월담!"

서쪽산맥의 화룡 하린은 유하를 정말 제대로 가르쳤던 것이었다. 무언가 하고 싶을 땐 앞뒤 가리지 않고 망설임 없이! 하백이 알았다면 기겁했을 그녀의 평소 지론이었다.

✳ ✳ ✳

익숙하진 않았지만 기분이 좋은 북적거림이 거리 곳곳을 채우고 있었다. 한 손에 당과를 들고 엄마를 쫓아가는 아이나, 크게 소리치며 손님을 불러 모으는 장사꾼이나 그밖에 저잣거리를 지나가는 사람들의 무리는 쉴 새 없이 그녀의 시선을 끌었다.

그러나 정작 그녀는 그녀 자신 또한 사람들의 시선을 모으고 있다는 것을 몰랐다. 환한 저잣거리에 난데없는 흑발의 미희가 홀로 구경을 하고 있다.

게다가 옷차림과 분위기를 보건대 꽤나 높은 집안의 아가씨였다. 그런데 호위무사도, 하다못해 일행조차도 없었다. 그녀의 아름다운 얼굴은 둘째 치더라도 그리 흔한 상황은 아니었다.

"신기한 것이 많구나……."

"인간들이 유하 님을 쳐다봐요."

"유하 님의 맑은 기 때문이야. 기분 나빠. 홍아, 날려 버릴까?"

"그럴까, 백아?"

유하는 쌍둥이 정령들을 말렸다. 인간들의 시선을 받는 것은 이미 그녀의 관심 밖의 일이었지만, 바람이 날뛰면 저자에 남아나는 게 없을 것이다. 유하는 온 정신을 집중하여, 보는 것들을 헤아리고 있었다.

무척이나 재미있었다. 하린이 알려 준 물건들, 5년 전 즈음 딱 한 번 왔을 때 보았던 색색의 비단, 그리고 그때만큼이나 많은 인간의 무리.

하린이 알려 준 대로, 인간들은 많은 것을 필요로 함이 분명했다. 그들은 서로 거래를 하고 물질적 관계를 형성한다. 그러면서 마을을 형성하고 나라를 만든다. 절대로 홀로 존재할 수 없다.

그렇게 나약한 존재인 주제에 물건과 사람에게 가치를 부여한다. 건방지게도 신의 영역을 침범하는 것이었다. 그것은 무지함에서 오는 용기일까? 유하로선 신기할 따름이었다.

그녀는 화폐라는 종이 쪼가리로 물건들을 사는 사람들을 유심히 바라보느라 그녀를 주시하는 시선 중에 이질적인 것이 있음을 알지 못했다.

"주군, 이상하지 않습니까?"

"뭐가."

그 이질적인 시선을 던진 검은 무복의 사내가 저만치 서 있는 흑발의 미희를 가리켰다. 그의 주군이라 불린 사내는 무심하게 시선조차 돌리지 않으며 자신의 붉은 머리칼을 만지작거리다가 의자에 기대었다.

"바람이 저 여인에게서 오고 있습니다."

검은 무복의 사내는 범인 이상의 감각으로 갑자기 불어오는 바람의 근원을 찾아냈다. 짐작건대 저 여인은 그저 평범한 인간이 아니다. 그제야 붉은 머리칼의 사내는 고개를 들어 여인을 응시했다. 무심했던 눈동자에 금세 흥미가 돌았다. 남들이 보지 못한 것을 본 터이다.

"바람이 불어올 만도 하지."

바람의 정령이 둘이나 붙어 있으니. 붉은 머리칼의 사내는 보일 듯 말 듯 미소를 지었다. 그건 그의 준수한 얼굴에 제법 어울리는 것이었지만 또한 냉기가 감돌아, 곁에 있던 검은 무복의 사내를 움찔하게 만들었다.

"넌 가서 저 여인에 대해 알아 와라."

"지금 말입니까?"

"두 번 말하게 하지 마라."

"하지만 주군! 여기는!"

"사한, 세 번째는 없다."

그 말에 검은 무복의 사내, 사한은 결국 입을 다물고 그의 주군이 내린 명령을 수행하기 위해 사라졌다. 붉은 머리칼의 사내는 주위 시선에도 아랑곳 않고 두 정령들을 향해 미소 짓는 흑발의 미희를 즐거운 얼굴로 주시했다.

미인의 아름다운 미소는 질릴 만큼 보아 왔지만 저렇듯 그를 흥분시키는 맑은 미소는 처음이었다. 그가 손수 더럽히고 싶을 정도로…….

그러나 중요한 것은 여기까지 느껴지는 그녀의 순수한 생명의 기. 그것은 오래전에 어둠으로 타락한 그의 영혼과는 비교조차 되지 않는 고귀함으로 그를 괴롭혔다. 암흑이 빛을 보면 어떻게 되는지 그는 알고 있었다.

"당신 잘못이야, 아가씨."

내 눈에 띄지 말았어야 했어. 암흑은 빛을 보면 미쳐 버리니까. 지독한 광기와 갈망으로…….

그는 천천히 자리에서 일어났다. 그녀에게서 시선을 떼지 않고 아주 천천히. 오랜만에 느껴보는 소유욕, 질투심, 그리고 그 밖의 위험한 감정들이 그의 안에서 소용돌이쳤다. 가져야만 했다, 저 빛을. 설령 자신의 손에 바스러지는 한이 있어도.

이런 게 첫눈에 반한다는 건가? 그 생각에 조소를 견딜 수 없어 그는 웃어 버렸다. 얼어 버릴 듯 냉기가 서린 눈빛으로…….

문득, 그녀가 그가 있는 쪽으로 고개를 돌렸다. 어느새 온화한 표정을 얼굴에 띤 그는 가장된 부드러움으로 그녀와 눈을 마주했다. 가여운 아가씨, 자신이 맹수 앞에 무방비로 서 있다는 것을 알기나 할까?

그 생각에 속에서 치밀어 오르는 희열을 억누르며 그는 천천히 그녀에게 다가갔다. 범이 먹이를 덮치기 직전, 발소리를 죽이며 도약을 준비하는 것처럼.

❊ ❊ ❊

자신을 보는 적갈색의 눈동자 탓이었을까? 유하는 본능적으로 몸을 움찔했다. 겉으로 보기엔 전혀 위험한 인상이 아니었다. 오히려 그의 얼굴에 떠오른 부드러운 미소는 타인의 호감을 쉽게 살 만했다.

하지만 어머니와 용족 하린에게 본능적인 감이라는 것이 가끔은 그 어떤 지혜나 지식보다 더 정확할 수 있는 것이라 배웠었다.

유하는 어쩐지 그때가 바로 지금이라는 느낌을 지울 수가 없었다. 홍아와 백아도 그녀의 불안을 느꼈는지 그녀에게 더욱 바짝 붙었다.

"아가씨, 인간이 아니군?"

그의 작은 읊조림에 유하는 그를 더욱 경계했다. 그가 그것을 어찌 알았을까. 그의 시선이 자신이 아닌 옆에 있는 두 바람의 정령들에게 닿아 있다는 것을 인식하자 유하는 흠칫했다. 이 남자, 인간이 아닌가?

"아, 무슨 생각을 하시는지 다 보이는군. 아쉽게도 난 인간이 맞아."

유하는 그 말에 놀란 표정을 감추지 못했다. 한낱 인간이 자연의 가장 근본적인 존재, 정령을 볼 수 있다니…… 머릿속을 아무리 뒤져 봐도 정령을 볼 수 있는 인간에 대해 배운 적이 없었다.

"그렇다면 유하 님 앞에서 꺼져라, 인간!"

"맞아! 꺼져 버려!"

하지만 그는 표정 하나 변하지 않은 채 두 정령들을 뚫어지도록 응시했다. 분명 유하는 아무것도 느끼지 못했는데 홍아와 백아는 그 시선에 부들부들 떨기 시작했다. 붉은 머리의 사내는 더욱 깊이 미소 지었다.

"으, 유하 님 미안!"

"더 이상 못 버티겠어요."

결국 홍아와 백아는 창백해진 얼굴로 사라져 버렸다. 유하는 당황해서 어쩔 줄 몰라 했다.

"도대체 무슨 짓을 한 거야!"

"걱정하지 마, 아가씨. 그냥 도망간 거니까."

여전히 부드러운 미소를 짓고 있는 얼굴과는 상반되도록 냉담한 목소리였다. 도대체 이 사내의 정체는 무엇이란 말인가. 그리고 왜 그녀에게 접근한 것일까. 정말이지 알 수가 없었다.

홍아와 백아가 걱정되었지만, 이 사내 앞에서 섣불리 행동할 수 없었다.

"그것보다, 아가씨는 무엇이지?"

사내는 유하에게 바짝 다가서서 뚫어질 듯한 시선으로 빙글거리며 물었다. 그는 그녀의 얼굴 곳곳을 탐색하고 있었다. 마치 숨겨진 무언가를 찾는 것처럼. 유하는 그 시선이 이상하게도 두려웠다.

"그걸 내가 왜 알려 주어야 하느냐?"

유하는 애써 담담한 듯 내뱉었으나, 그 말에 사내는 무척이나 재미있다는 듯이 웃고는 그녀의 팔을 붙잡고 허리를 낚아채 끌어당겼다.

"알려 주지 않아도 인간에게 익숙하지 않다는 건 알 수 있어."

갑자기 부담스러울 정도로 줄어든 둘 사이의 거리보다는, 가까이서 속삭이는 말의 내용에 유하는 경직되었다. 인간에게 익숙하지 않다는 건 어떻게 알았지? 그렇게도 인간답지 않게 행동한 건가?

"게다가 남자에게 익숙하지 않다는 것도 말이야."

사내는 유하조차 못 들을 정도로 조용히 중얼거렸다. 그녀가 마치 당연하다는 듯이 하대를 하는 모양이나, 그에게 폭삭 안긴 것이나 다름없는데도 무슨 생각에 빠져 있는 건지 얼굴조차 붉히지 않는 것에서 그것을 알 수 있었다.

인간에게 익숙하지 않고, 정령을 부릴 수 있고, 그 기운이 눈처럼 맑고 투명하여 온전한 인간일 수가 없는 아가씨. 그의 피가 기다려 왔던 바로 그것이다.

기대조차 하지 않아 기억의 어두운 한구석에 처박아 두었었는데 이렇게 나타날 줄이야…… 그녀를 끌어안은 팔이 더 옥죄어 들었다. 그러자 유하의 한쪽 귀에 걸린 하얀 눈꽃 귀걸이가 흔들렸다. 검은 머리칼 속에 숨어 있던 그것이 드러나자, 사내의 눈이 순간 이질적인 핏빛으로 변했다.

"눈꽃……."

그 낮은 목소리에 유하는 퍼뜩 정신을 차리고는 그를 두 손으로 밀어냈다. 사내는 의외로 순순히 떨어졌다. 그런데, 그의 눈동자가 원래 저리 붉었던가? 문득 그를 올려다보았을 때 발견한 그것이 이상해 유하가 입을 열었지만, 그녀가 미처 뭐라 하기도 전에 사내는 한 발짝 더 떨어지며 입을 열었다.

"아가씨, 따라붙은 것들이 많네. 아쉽군, 오늘은 건드릴 수 없겠어. 다음을 기약하지."

그는 사람들이 지나다니는 골목 어딘가를 응시하더니 작게 웃고는 몸을 돌렸다. 그렇게 잠시 걸어가는가 싶더니, 무언가 생각난 듯 그가 고개를 돌려 말했다.

"참고로 내 이름은 유열이야. 기억하도록 해, 아가씨."

그러고는 순식간에 시야에서 사라졌다. 유하는 얼떨떨한 기분으로 그가 사라진 곳을 보고만 있었다. 그 냉소 어린 말투라든지, 파악할 수 없는 표정을 보건대, 확실히 위험한 남자였다. 다시는 마주치고 싶지 않은…….

조금 후에 멀리서 익숙한 목소리가 들려왔다. 휘는 푸른 용이 새겨진 황제의 의복은 온데간데없이 그저 평범한 무복을 입은 채로 그녀에게 성큼성큼 걸어왔다.

유하는 갑자기 몰려드는 안도감에 한달음에 그에게 달려가 아이가 어미에게 매달리듯 그의 품에 안겼다. 그 낯선 남자 앞에서 많이 긴장하고 있었음이다. 이제는 조금 익숙해진 품이 불안하던 그녀를 받아 주었다.

그의 시선이 혹여나 다친 곳은 없는지 살피듯 그녀를 훑었다. 그런 뒤 이상이 없음을 발견한 휘는 큰 한숨을 내쉬고는 이만 그녀를 떼어 놓았다. 감싸던 온기가 사라지고, 유하는 그제야 그의 심상치 않은 얼굴을 인지했다.

그의 표정이 좋지 않았다. 게다가 냉랭한 눈빛. 화났나 보다. 유하는 우물쭈물하며 그를 올려다보았다. 키가 크니 더 위협적이었다.

"저기, 화……났어?"

"하, 그걸 말이라고 하시는─"

순간, 말을 마치기도 전에 휘는 이질적인 시선을 느끼고 인파로 가려진 골목을 응시했다. 누구지? 그러나 사람들이 지나가고 골목이 들어났을 때, 그곳엔 아무도 없었다.

휘는 시선을 거두다가 그들이 지나가는 행인들의 시선을 모으고 있다는 사실을 깨닫고 한숨을 내쉬었다. 화를 내든 말든, 이곳에서 할 수는 없었다.

"일단 돌아가지요."

유하는 그 말에 내심 안도했다. 애초에 왜 야단맞는 아이처럼 혼나야 하는가. 그에게 그럴 권리는 없다고 생각하는 유하였지만, 지금 그 생각을 말했다간 큰일 날 듯싶었다. 남자란 분노 앞에서 이성적이지 못한 존재…… 하린은 이 점을 자주 강조했었다.

"그냥 넘어가겠다는 소린 아닙니다."

깜짝이야. 단호한 목소리에 유하는 아까의 그 사내가 다시금 기억나 움찔했다. 휘와는 정말 다른 목소리였다. 아니, 휘의 것이 훨

썬 나았다. 휘의 목소리는 화난 듯 딱딱했지만, 적어도 무섭지 않았으니까.

유하는 그리 생각하며 휘에게 아까 마주쳤던 남자에 대해 말하려고 했으나, 흘끗 올려다본 휘의 시선이 서슬 퍼런 탓에 열려던 입을 꼭 다물고 말았다.


"임자가 있었나……."

골목 담벼락 뒤에서 그들을 응시하던 붉은 머리의 사내, 유열은 미간을 좁혔다. 휘하에 그 정도 실력의 그림자들을 가지고 있던 점이나 자신의 시선을 단번에 감지해 낸 것을 보았을 때, 저쪽 또한 그저 그런 사내는 아니었다.

눈빛이 마주쳤을 때, 저쪽은 그를 보지 못했지만 그는 저쪽을 똑똑히 볼 수 있었다. 청록안이라…… 그리 흔한 색깔은 아니지. 그놈이 틀림없었다. 그 자신과 같은 굴레를 뒤집어쓴, 그래서 싫어할 수밖에 없는…….

유열은 주먹을 꽉 쥐었다. 아가씨, 유하가 그자의 것이라면, 빼앗아 오는 과정 또한 즐거우리라. 아니, 뺏지 않으면 이 기회는 사라져 버릴 테니 반드시 자신이 가져야만 하였다.

자신이 받은 것과, 그가 받은 것. 그 어느 것도 우열을 가리기 힘들다는 점이 애석했다.

八
사명

몇 시진 전.

대신관은 이만 활을 내렸다. 황제의 보좌관이 알현을 청했기 때문이다. 또 무슨 일일까, 이번엔.

가끔 이렇게 성가신 일들이 생기더라도, 이 나라는 그녀에게 절대적인 의미를 가지고 있었다. 그녀는 단순히 나라에 종속되어 있는 백성들 중 한 명이 아니었다. 이 나라의 번성은 곧 그녀의 인생의 가치와 직결된다. 그리고 나라의 핵심인 신의 힘을 가두는 것 또한…….

그것은 그녀 윗대의 대신관들 또한 지켜 왔던, 대대로 내려온 사명이었다. 저주처럼 각인된 사명인 탓에 그것을 지키지 못하는 경우, 그녀는 자신을 용서할 수 없을 것이다. 그녀는 이 호천서의 17대 대신관, 꺾여선 안 될 윤서란이었다.

"황제 폐하께서 부르셨습니다. 두 시각 뒤에 집무실로 오시랍니다."

"황제 폐하께서요? ……알겠습니다."

황제의 보좌관 라현이 전해 준 말은 정말 의외였다. 서로 상종하는 것을 피하기 바쁜 둘의 관계를 고려했을 때, 몇 년에 한 번 있을까 말까 한 호출이었다. 그 밖엔 공식적인 황궁 행사에서 의무적으로 보는 것이 다였다. 호천서에서 황제와 대신관의 관계는 그런 것이었다.

거듭되는 증오가 대를 이어 내려왔다. 그 이외의 것은 없었다. 그게 그 둘의 숙명이었다.

대신관의 사명은 대대로 피의 족쇄를 지키는 것이었다. 하지만 황가의 아이들은 그 족쇄에서 벗어나고자 몸부림쳤고, 대신관은 그러지 못하도록 보호해 온 것이 대를 이어 내려온 증오의 이유였던 것이다.

신은 아직 그 누구의 편도 들어주지 않았기에 그 관계는 변한 적이 없었다. 그럼에도 그 둘이 서로 공존할 수 있는 유일한 이유는 바로 호천서의 존속, 그것 하나뿐이었다.

"저를 부르셨다 들었습니다."

정확히 두 시각 뒤에 찾아간 황제는 영문 모를 미소를 짓고 있었다. 얼굴을 대할 때마다 무표정으로 일관하던 그였기에 서란은 꺼림칙한 느낌을 지울 수가 없었다.

"앉아라. 그대에게 중요한 일이 생겼으니."

중요한 일이라니…… 그런 게 있을 리가 없다. 서란은 애써 불안함을 억누른 채로 황제 앞에 앉았다.

"중요한 일이란 게 무엇인지요?"

"하백 님이 떠나신 것은 알고 있겠지."

뜬금없는 말이었지만 확실히 서란은 하백 님이 떠났음을 알고 있었다. 5년 전쯤이었던가, 난데없이 새로 즉위한 황제의 스승이자 보좌관이라며 나타났던, 물의 신과 같은 이름을 가진 남자.

그뒤로 호천서는 바뀌기 시작했다. 그 변화가 좋은 쪽이었기에 당시에 살아 계셨던 전대 대신관과 그녀는 별 의문을 제기하지 않았었다.

"가시기 전에 나에게 남겨 주신 분이 있다."

남겨 주신 분이라니?

"신녀이시다."

"예? 신녀라니요! 그런 분이 있을 리가—"

"지금 내가 농담하는 줄 아나?"

그럼 그걸 누가 믿습니까! 황제가 드디어 작정하고 자신을 물 먹이려 드는 것인가. 신녀란 신의 힘을 일부 지닌 인간이지만, 그것은 한낱 민담에 나오는 인물이니 실제로는 존재하지 않는 것이었다.

현실이 가혹할 때 사람들이 희망을 가지겠답시고 만들어 낸 상상 속의 인물…… 황제도 그 사실을 모르고 있지는 않을 터였다. 한마디로 이건 생억지였다.

"제게서 무엇을 원하시는지요?"

서란은 황제의 억지에 차라리 단도직입적으로 물었다.

"신녀라고 믿어라. 아니, 신녀라고 믿게 해라."

"하, 제가 왜 그래야 하지요? 애초에 그것이 말이 된다고 보십니까?"

이 윤서란이 황제의 손에 놀아날 순 없지. 고작 여인 한 명을 들이려고 신의 힘을 사칭하려 하다니.

"뭔가 착각하고 있군. 이건 선택할 수 있는 사항이 아니다."

그 말에 서란은 짙은 조소와 함께 황제를 괴롭힐 말을 망설임 없이 내뱉었다.

"폐하, 재미있는 말씀을 하시는군요. 그렇게 저주하시던 힘을 거짓으로라도 다른 이에게 떠넘기고 싶으신 건가요?"

목숨을 걸고 한 말이었기에 황제가 살기 어린 눈으로 벽에 걸려 있던 검을 그녀에게 겨누었을 때는 오히려 웃음이 나왔다. 어리석은 황제 폐하, 단순한 말 한마디에 평정을 잃으시는군요.

서란은 황제가 느낄 괴로움을 확인하기 위해 고개를 올려 그를 보았다. 그러고는 흠칫했다. 눈동자가……

"왜? 그대로인가?"

아무 일 없다는 듯 평소처럼 차분한 청록색 눈동자가 그녀를 내려다보았다. 이제 조소를 입가에 띠고 있는 것은 오히려 황제였다.

그는 들고 있던 검을 서란이 앉아 있는 비단 의자 등받이에 꽂아 넣었다. 그녀의 목에서 손가락 한 마디조차 되지 않는 거리였다.

"지금 내 기분이 덕분에 꽤나 유쾌하니 특별히 몸에 상처 하나 내지 않고 보내 주지. 멍청한 계집, 하백 님이 남기신 분이라는 게 무슨 뜻인지도 모르는군. 하긴, 처음부터 그분이 어떤 분인지도 알지 못했으니 그야말로 무지가 죄로군. 후에 그 쓸모없는 두 눈으로 똑똑히 보아라. 이야기 속의 신녀란 그분의 발끝에도 미치지 못하는 것이다."

서란은 황제의 의미 모를 말들 속에서 밀려오는 불쾌한 감정에 몸을 떨었다. 이번에는 그녀가 졌다. 승부를 가릴 만한 것은 아니었으나, 그에 따른 모멸감은 확실했다. 그리고 절대 느끼고 싶지도, 느껴서도 안 될 또 다른 감정도.

이제는 최소의 방어도 먹히지 않는 것인가. 황제는 이리도 쉽사리 그녀를 상처 낼 수 있는데……. 그녀는 더 이상 망측한 생각들이 꼬리를 물고 이어지기 전에 상념을 잘라 냈다.

"……명하신 대로 준비하겠습니다."

얼마나 고귀한 분이신지는 두고 보면 알 테지. 사실 잘 알지도 못하는 여인을 이렇듯 비틀리게 생각하는 자신을 억제할 수가 없어 서란은 도망치듯 집무실을 빠져나왔다.

"대신관님? 괜찮으세요?"

서열 3위의 신관인 홍의 신관 진연이 걱정스러운 목소리로 물으며 닫힌 문을 두드렸다. 여전히 답이 없었다. 황제 폐하를 알현하고 오셨다니, 지금 이 상태가 그리 놀랄 일은 아니었다.

매번 황제 폐하를 알현하고 오실 때마다 이렇듯 방문을 걸어 잠그신 채로 나오지를 않으셨으니까. 그리고 다음 날이면 아무 일도 없었다는 듯이 멀쩡한 얼굴로 주어진 일을 시작하시곤 했다.

진연은 그냥 대신관님을 내버려 두기로 했다. 이럴 때는 달리 아무 도움이 될 수 없으니까.

"황제 폐하께선 도대체 어떻게 대하시길래……."

제국의 두 축은 이상하리만치 접점이 없었다. 그저 서로가 제국을 받드는 자들임을 인식하고 암묵적으로 인정할 뿐.

아무리 생각해도 더 이상 파고들 만한 거리가 없자 홍의 신관 진연은 어깨를 으쓱하고는 의미 없는 사색을 그만두었다. 관계가 어떠하든 자신과는 상관없는 일. 그녀는 그녀 자신에게 주어진 일을 하면 될 터였고, 내일이면 대신관님 또한 그러하실 것이었으므로.

"식사는 방으로 올려 드려야겠구나. 오늘 중으로는 나오시지 않을 테니."

한편, 문제의 대신관 서란은 방에 틀어박힌 것 치고는 꽤나 멀쩡한 얼굴로 탁자 앞에 앉아 있었다. 아까는 그녀 자신이 정신이 없었던 탓에 제대로 헤아리지 못했던 황제의 요구를 되새겨 보는 중이었다.

"어쨌든 그분이 실제로 누군지는 끝까지 언급하지 않으셨고, 그건 황제께서도 알지 못하시거나 내가 알면 안 되는 것일 터."

전자일 경우는 상관없으나, 후자일 경우에는 상당히 위험했다. 혹여 자신의 사명을 위협할 수 있는 분이라면…… 그러나 서란은 그 이상 아무것도 짐작할 수 없었기에 황제의 요구를 일단 들어주는 것이 불가피하다고 결정을 내렸다.

후에 좋지 않은 낌새가 느껴지면 그때 대책을 세우면 될 터였다. 그 전에 신녀로 가장될 분을 먼저 만나 보아야 무엇이든 앞길을 헤아릴 수 있을 것이었다. 서란은 이것으로 되었다 생각하고 침대에 몸을 뉘였다.

"한숨 자야지."

황제를 알현하는 일은 정신적으로 너무 힘들었다. 한차례 폭풍을 견딘 후에 어린아이처럼 방에 틀어박히는 것은 그녀 또한 별수 없는 일이었다.

이게 다 그 망할 황제 때문이구나. 애써 장난스럽게 떠올린 생각은 잔잔히 젖어 오는 서란의 눈가와는 다른 말을 하고 있었다. 냉기 서린 청록안을 마주할 때마다 아파 오는 가슴은 어찌할 수 없다고.

증오밖에 없던 감정 사이로 어느 순간부터인가 별다른 계기 없이 생겨난 다른 속성의 마음. 그러나 그것은 입 밖으로 내기는커녕 그녀조차도 인정해서는 안 될, 죄와 같은 것이었다.

서란은 한숨을 내쉬고는 밀려오는 수마에 서서히 덮이는 어둠으로 그 죄를 감추어 버렸다.

✻ ✻ ✻

휘는 제대로 대꾸도 못하고 달아났던 대신관을 그의 상념에서 몰아냈다. 그녀에 대해서는 단지 단순하고 불쾌한 관계일 뿐이었기에 오히려 대하기가 쉬웠다. 본래의 목적도 달성했거니와, 대신관이 금기를 언급했음에도 폭주하지 않았단 사실에 그는 기분이 나름 괜찮았다.

그가 폭주했다면, 대신관은 오늘 살아서 나가지 못했을 것이다. 대체 무슨 생각으로 금기를 말하면서까지 그를 자극한 것인지……. 한심했다.

죽일 수 있다면 오래전에 그리했겠지만, 대신관은 황제를 제외한 제국의 또 다른 축이었다. 그리고 대대로 내려오는 황제들의 비밀을 알고 있는 자들이었기에 함부로 할 수가 없었다.

"이걸로 되었겠지……."

당분간 대면하지 않아도 될 터였다. 그러고 보니 이제 대신관도 모르는 것이 생겼다. 그녀가 사명이랍시고 지키려 하는 것을 확실히 위협할 수 있는 것. 아직 어떤 식으로 위협하게 될지는 알 수 없지만, 하백은 유하가 그 열쇠라고 했다.

그것도 모른 채로 대신관은 제국 내에 유하 님의 자리를 만들어 주겠지. 그 생각에 기분이 정말 유쾌했다.

그때, 한 인영이 스르르 나타나 그 앞에 부복했다. 그가 유하에게 붙여 놓았던 그림자 중 한 명이었다. 그는 어쩐지 벌을 기다리는 표정으로 입을 열었다. 불길했다.

"아가씨께서 사라지셨습니다!"

그리고 여지없이, 꽤나 좋았던 류휘의 기분은 순식간에 곤두박질치고야 말았다. 이게 무슨 마른하늘에 날벼락인지…….

정신이 아득해져 왔다. 분명 볼 때마다 그의 약점을 헤집는 대신관도 간만에 제대로 물 먹이고 원하는 바를 달성해 홀가분한 마음으로 있었는데…….

"사라졌는데 그 행방을 모른다?"

"예."

"너흰 도대체 무얼 한 것이냐!"

"죄송합니다."

그림자들도 따라가지 못했다는 것이 이해되지 않았다. 소수정예지만 황제를 지키기 위해 하백이 손수 가려 뽑은 제국 제일의 실력자들이었다. 몇 년 전, 전 황제부부의 갑작스러운 죽음 이후 빈번하던 암살미수 속에서도 문제없이 류휘를 지켜 내었던 집단이었다.

"일단 별궁 주변 마을을 수색하고 있습니다."

유하가 어디로 갔는지 흔적조차 찾을 수 없는 상황이 휘를 애타게 했다. 애초에 그녀는 왜 그의 말을 가뿐히 무시하고 사라진 건지……. 분노가 일었지만, 그보다 그의 눈에서 보이지 않는 동안 무슨 일이 일어날지 몰랐기에 휘는 평소에는 좀처럼 느끼지 않는 불안감을 느끼며 서성였다.

제길, 천계의 애물단지 같으니라고…… 범인이라면 찾아도 진작에 찾았을 것을, 벌써 일각(약 15분)이나 지나고 있었다. 그때, 기다렸다는 듯이 그림자 중 한 명이 나타나 휘 앞에 부복했다.

"아가씨를 찾았습니다! 근처 마을 저자에 계십니다. 나머지 그림자들을 붙여 두었습니다. 모셔오도록—"

"아니, 내가 간다. 너희는 모습을 보이지 말고, 유하 님께 붙어 있어라. 혹여 자리를 이동하면 바로 알리고."

"예."

휘는 급히 평범한 무복으로 갈아입어 황제로서의 흔적을 지운 뒤 그림자와 함께 황궁을 나섰다. 그가 궁을 비운 것이 알려지기 전에 갔다 와야 했다.

다시금 제 박자를 찾아가는 심장과 함께, 천계의 눈꽃이고 뭐고 그냥 넘어가지는 않을 것이라고 다짐하며 그는 미간을 찌푸렸다.

九
심연의 파문

  자신이 왜 이토록 화가 나는지 알 수가 없었다. 단순히 별궁에
얌전히 있어 달라고 정중하게 부탁했는데도 그것을 무시했다는 것
만이 전부가 아니었다.

  그녀가 사라졌다는 말에 무언가 덜컹 내려앉은 그 기분은 정말
이지 다시는 느끼고 싶지 않았다.

  "뭐라 변명이라도 하셔야 하지 않겠습니까."

  다시금 생각하니 밀려오는 짜증스러움에 휘는 그 앞에 입을 딱
다문 채로 뾰로통하니 팔짱을 끼고 있는 유하에게 빈정거리듯이
물었다.

  "흥!"

  아니, 이 여자가 진짜! 휘는 변명은커녕 코웃음을 치는 유하로
인해 정말 간만에 분노로 돌아 버릴 것 같았다. 아무도 그녀를 알
아볼 리가 없으니 사람들 눈에 띄는 것은 상관없다 쳐도, 그렇게

호위 한 명 없이 돌아다니는 것이 얼마나 위험한 줄 진정 몰랐던 것일까?

그녀 정도의 외모는 그리 흔하지 않거니와 딱 봐도 고급스러운 옷차림이 영락없이 세상 물정 모르는 귀족이 금지옥엽이었다. 아니, 그리고 다 큰 처자가 월담이라니! 정말 기가 막힐 노릇이었다.

"눈에 띄지 않았으니 되었지 않느냐?"

"별궁에 얌전히 있으라 하지 않았습니까."

"밖으로 나가지 말라고 하지도 않았어."

유하로서는 억울했다. 그녀가 무슨 물건도 아니고 내도록 별궁에만 박혀 있으라니! 처음에는 그러려니 했지만 생각할수록 이건 아니었다.

특히 풍백 님이 전하신 당부를 듣고 나서는 그녀가 얼마나 어리석었는지 깨달았다. 그녀는 황제에게 복종해야 할 한낱 인간이 아니었고, 그의 소유물도 아니었다.

말이야 좋게 했지만 사실상 감금이었다. 그리고 유하는 그것을 참아 내야 할 이유가 없었다. 그럼에도 휘를 생각하여 눈에 띄지 않도록 아예 황궁 밖으로 나간 것이었는데 이렇듯 화를 내다니! 그녀도 더 이상 분노를 주체할 수가 없었다.

"난 휘의 것이 아니야! 가고 싶다면 언제든 갈 수 있어. 난 천계의 존재지, 한낱 인간이 아니란 말이야!"

그녀가 소리친 말들 중 어느 것이 문제였는지 모른다. 한낱 인간이 아니라고 한 말 때문인지, 가고 싶다면 언제든 갈 수 있다는 말 때문인지, 그의 것이 아니라고 한 말 때문인지…… 하지만 그 순간 휘는 그의 안에 있는 무언가가 툭 끊어짐을 느꼈다.

어느 정도 거리가 있었던 둘의 사이는 휘가 싸늘한 표정으로 그녀에게 다가감으로써 순식간에 좁혀졌다. 그는 피할 곳 없이 의자 등받이에 바짝 붙어 있는 유하를 위협적으로 내려다보다가 고개를 숙여 몸을 가까이 했다.

유하는 점점 가까이 다가오는 그의 눈동자에 움찔했다. 본래의 청록안은 믿을 수 없게도 밤바다처럼 어둡고 싸늘한 쪽빛으로 변해 있었다.

그 이질감을 견딜 수 없어 유하는 외면하듯 고개를 돌리려 했다. 그러나 휘는 그조차 허락하지 않았다. 그는 유하의 턱을 한 손으로 잡아채어 다시금 눈을 맞추었다.

유하는 그 집요한 눈빛을 피할 길이 없어 그저 눈을 내리깔았다. 그를 뿌리칠 수도, 밀어낼 수도 없었다. 그의 시선에 몸이 말을 듣지 않았으니까.

턱을 잡은 휘의 손에 힘이 들어가고, 그의 입이 열리며 나지막이 소리를 내었다.

"잘 들어, 아가씨. 아가씬 천계에서 떨어진 존재 그 이상도, 이하도 아냐. 인간이든 신이든 상관없어. 내 손에 떨어진 것은 분명하니까. 여기에 그대의 의사는 중요치 않아."

유하는 모멸감에 몸을 떨었다. 심장이 찌릿하도록 아파 와서 그녀는 아무 대꾸도 하지 못했다. 그는 그녀를 천계에서 떨어진 물건으로 취급한다고 분명히 말한 것이었다.

"웃기지도 않지, 천계의 눈꽃이라니. 차라리 정말 물건이었다면 더 편했을 텐데. 이렇게 되었으니 더 이상 허락 없이 이곳을 벗어나지 못할 것이야. 가고 싶다면 언제든 갈 수 있다고 했었던가? 이런, 아가씨도 알고 있지 않나? 사실상 그대는 하늘에게 버림받았다는 것을. 지상에 떨어진 별은 그런 의미밖에 되지 못하지."

"……."

"한낱 인간의 소유물 말이다."

비수보다 더 날카로운 말이었다. 유하는 그 순간, 견딜 수 없었는지 금방이라도 울음을 터트릴 듯한 얼굴로 그녀 앞을 막아선 그를 밀쳐 내며 그들이 있던 집무실을 뛰쳐나갔다. 휘는 우두커니 그 자리에 서 있었다.

서서히, 짙고 어두운 쪽빛의 눈동자가 청록안으로 돌아왔다. 그리고 순식간에 자괴감이 휘를 둘러쌌다. 대체 무슨 짓을 해 버린 것인가, 무엇보다 소중한 천계의 눈꽃에게.

마음에도 없는 말들이 제멋대로 입 밖으로 나가 그녀를 상처 냈다. 자신의 손에서 작게 떨리던 몸이, 그 느낌이 가시질 않았다. 차라리 자신이 울어 버리고 싶었으니까.

이미 물이 엎질러지고 나서야 그는 알게 되었다. 사실은 그저 그녀를 걱정했었다는 것을. 그리고 그녀가 그것을 알지 못하자 화가 났던 것이다. 관심받기를 원하는 어린아이처럼 그녀에게 상처를 주어서라도 자신의 흔적이 남기를 바라는 마음이었다.

그래, 그녀에게 자신 따위는 그리 필요한 존재가 아니었다. 그가 아무리 그녀를 필요로 하여도 그녀는 그저 천계의 명으로 그의 곁에 머무를 뿐, 원한다면 언제든 떠날 수 있는 것이 맞았다.

그래서 그의 부탁에도 그렇게 멋대로 황궁을 나갈 수 있었던 것이겠지. 왜 알지 못했던 것일까. 인간의 법칙으로는 그녀를 옭아매지 못한다. 제아무리 황제라 하여도, 하늘이 그에게 내렸다 하여도, 그녀를 그의 곁에 붙잡아 둘 수 있는 것은 아무것도 없었다.

그게 마음에 걸렸다. 더 정확히는 마음에 들지 않았다. 너무나도 생소한 감정이다. 혹여 그것과 같은 것인가? 어머니가 돌아가셨을 때 느꼈던 것과 같은 공허. 더 이상 잡을 수도, 볼 수도 없는 곳으로 가 버린 것에 대한.

휘는 머리를 쓸어 올렸다. 아니, 그것과는 다르다. 분명히 달랐다. 유하 님은 분명 여기에, 이 지상에 계신다. 그리고 방금의 감정 또한 공허감은 아니었다. 그렇다면 지금 중요한 것은 바로 올바른 사과다.

"이미 엎질러진 물……."

그가 엎지른 것이니 그가 치워야 했다. 정말이지 모든 것이 하나같이 익숙지 않다. 이성을 잃은 분노, 알 수 없는 감정, 곤란함, 사과, 그리고…… 그의 모든 혼란의 중심인 유하 님. 그녀 앞에서 그는, 그가 아니게 되는 것 같았다.

❃ ❃ ❃

이불 속에서 웅크린 채 얼마나 흐느꼈는지 모른다. 손에 들린 옥경은 그 차가운 한기만 전할 뿐, 어머니에겐 닿지 않았다.

"어머니, 왜 답하시지 않나요? 전 진정 버림받은 것인가요? 그래서 옥경도 소용이 없는 거여요? 어머니, 제발……."

옥경의 표면에 눈물이 떨어져 흐려지자 유하는 소매로 그것을 닦아 내고 자신의 얼굴을 비추어 보았다. 붉어진 눈과 눈물 가득한 얼굴이 못나 보였다.

"유하야 정말 못났구나. 혼자 견디어 보기로 했으면서……."

휘는 그저 이성을 잃고 아무렇게나 내뱉은 말이었겠지. 그렇게 생각하는 편이 나았다. 그 말이 진심이었을 수도 있지만 그런 악의 가득한 말들에 신경 쓸 필요는 없었다. 머리로는 알고 있는데 가슴이 떨쳐 내지를 못했다. 그래서 계속 눈물이 비집고 나오는 것이었다.

"바보야, 그만 울어. 한마디도 못 하고 도망쳐 나온 주제에!"

싸늘한 남색 눈동자와 비수같이 차가운 말들…… 그 앞에서 그녀는 무력했다. 그래서 수치스럽고, 불안했다. 다시는 겪고 싶지 않았다. 그런 휘는 그녀를 아프게 했으니까. 한낱 인간일 뿐인데도 그가 내뱉은 말들은 그리도 쉽게 가슴에 상처를 내 버렸다.

쪽빛으로 변한 눈동자…… 그는 대체 누구일까? 그것은 평소의 휘가 아니었다. 이곳엔 그녀가 익숙지 않은 것들이, 모르는 것들이 너무 많았다. 처음 인간세계로 내려왔을 때는 잘 할 수 있다고 생각했었다.

그러나 여기엔 하백 님도, 연아도, 하린도 없었다. 지금의 그녀에겐, 휘밖에 없는데…… 너무 교만했던 것일까? 불안감이 밀려왔다. 그렇다고 이런 일이 생길 때마다 아기처럼 울기만 할 수도 없는 노릇이었다.

"우는 건 자궁에서 막 나왔을 때 이후로 저번이 처음인데 정말 왜 이럴까요, 어머니?"

자신이 이렇게 눈물이 많은 줄은 몰랐다. 이런 일 따위로 눈물 흘리고 싶지 않았다. 그러니 이제부터는 울지 않을 것이다.

"지금은 멋대로 나오는 거니까, 그러니까 오늘만……."

十
사과

시간은 무슨 일이 있든 지나가는 것이어서 아침 또한 어김없이 찾아왔다. 유하는 퉁퉁 부은 눈을 비비다가 벌떡 일어났다. 어제 일이 퍼뜩 생각나서 그녀는 재빨리 침대에서 내려와 휘가 항상 있던 곳으로 달려갔다.

하지만 없었다. 아무도 없었다.

유하는 왠지 모르게 허탈한 마음에 길쭉한 비단의자에 축 늘어졌다. 휘가 도망치다니. 아니면 일이 있어서 가 버린 걸까?

어제 울음이 잦아든 후에 생각을 해 보았다. 그러다가 어찌 되었든 황궁을 멋대로 나가 버린 그녀 자신의 잘못도 있을지 모른다는 결론에 도달했었다.

미리 언질이라도 주고 나갔어야 휘가 걱정하는 일이 없지 않았을까? 그래도 하백 님의 명으로 그녀를 돌보아 주고 있던 것이었을 텐데.

"하지만 그렇게 심하게 말할 필요는 없었잖아."

그건 확실했다. 유하는 얼굴을 찡그렸다. 분명 어제 휘가 한 말들은 한낱 인간이 그녀에게 하기엔 너무 심한 말들이었다. 유하는 눈을 깜빡였다. 사방이 지나치게 고요하였다.

"사과라도 하고 가야 하지 않느냐. 망할 휘 같으니라고."

그녀로서는 그가 언제쯤 돌아올지 알 수 없었으니, 월담한 어제보다도 더 답답하였다. 어제 그 사달이 나고서도 결국 달라진 것은 없었으니 말이다. 유하는 자포자기한 듯 몇 시간이고 축 늘어진 상태로 천장만 올려다보았다.

그러던 어느 순간, 달그락거리는 소리가 들렸다. 유하가 살짝 고개를 들어 보았으나 휘가 아니었다. 여자들 몇 명이 맛있는 냄새가 나는 음식이 든 접시를 들고 들어와, 탁자에 차리기 시작했다.

"그건 내 것이냐?"

"……."

여자들 중 한 명이 그녀를 보더니 살짝 고개를 끄덕였다. 유하는 의자에서 내려와 탁자로 다가갔다.

"휘가 어디 있는지 아느냐?"

그녀의 물음에도 여자들은 입을 꾹 다문 채 답이 없었다. 유하는 답답하여 미간을 찌푸렸다. 황제의 이름을 모르는 것인가? 자기를 부리는 사람의 이름도 모른다니 이상하였다.

실상, 유하는 그녀처럼 마음대로 황제의 이름을 부를 수 있는 위치의 사람이 거의 없다는 것을 아직 인식하지 못하였던 것이다.

"황제가 어디로 갔는지 모르는 것이야?"

그녀가 황제라고 하대하자 여자들은 화들짝 놀라는 듯했다. 그러다가 그들 중 한 명이 간신히 고개를 휘휘 저었다. 유하는이 여자들이 왜 이러는지 알 수가 없었다.

"말을 할 줄 모르느냐? 그리 고개만 저으면 무례하지 않아?"

그러나 여전히 대답은 없었다. 그들은 고개를 숙이며 송구함을 표하는 듯하였지만 정말로 말을 못 하는 듯, 그들의 입에서는 한마디도 나오지 않았다. 벙어리이거나 철저히 말 못 하는 척을 하는 것이 틀림없었다. 그제야 유하는 휘가 미리 이를 알려줬다는 것이 생각났다.

"흥, 되었구나. 밥이나 먹어야지."

유하는 묻는 것을 포기하고 자리에 앉았다. 그러자 여자들이 모두 물러갔다. 유하는 그들을 잡지 않았다. 아무것도 못 알아낼 듯 싶었으니까.

정말이지 휘는 철저하였다. 마치 그녀의 존재를 그 누구한테도 드러내지 않으려 하는 것처럼. 혹은 반대로 그녀를 외부로부터 철저히 단절시키려는 것이거나.

둘 다 그 이유를 알 수 없는 추측이었으나, 휘에 대한 화가 아직 덜 풀린 유하로서는 그렇게 생각되었다.

"짜증 나."

그렇게 상처받고도 휘가 여기 있었으면 좋겠다고 생각하게 되는 것이 가장 짜증 났다. 식사는 맛있었지만, 벗어날 길 없는 답답함과 오늘 하루를 어떻게 보내야 할지 걱정하느라 많이 먹지도 못했다.

무엇보다, 휘가 빨리 왔으면 좋겠다는 생각이 머리를 떠나지 않았다. 휘가 빨리 '사과하러' 왔으면 좋겠다는 생각이 떠나질 않았다. 휘가 어디에 있는지도 알지 못했지만, 정말이지 이곳에서 그녀가 아는 것이라고는 휘뿐이었기 때문에.

그런데 이런 상황을 만들어 놓고 도망쳐 버리다니, 짜증을 넘어 괘씸하기까지 하였다.

"또 월담해 버릴까 보다."

아무도 듣지 못하니 말이야 그렇게 했지만, 정말 월담을 할 생각은 조금도 없었다. 그렇게 화가 난 휘를 또 보고 싶지는 않았으니까. 어쨌든 간에, 홍아와 백아가 없다면 그 높은 담을 넘지도 못할 것이었다.

"아! 홍아랑 백아는 괜찮을까?"

유하는 퍼뜩 잠시 잊고 있었던 홍아와 백아, 두 바람의 정령이 생각났다. 그때 사라지고 아직도 그녀를 찾아오지 않는 것이 그때의 일 때문인지 걱정이 되었다. 하지만 그녀가 그 둘을 찾을 방법은 없었다.

그나저나 정령이라…… 이곳에도 있을까?

순간 유하는 돌파구를 찾았다는 느낌에 벌떡 일어나 곧장 저번에 홍아와백아를 만났던 정원으로 향했다. 제발 있었으면…… 혼자라는 것은 너무도 심심한 것이었다. 무엇보다, 휘가 언제 올지 알 수가 없었기에 더욱 그러했다.

유하는 슬슬 올라오는 생각들을 누르고 정원에 들어섰다. 사방이 꽃향기로 가득했다. 붓꽃, 은방울꽃, 탐스러운 모란, 대국, 수국. 천계에서 피는 꽃들처럼 성스러운 아름다움은 없지만 사랑스러웠다. 그러나 깃든 정령은 없는 듯했다.

유하는 실망스러운 표정으로 주위를 훑다가 작은 연못 하나를 발견했다. 그리고는 연못치고는 매우 맑고 그 넓이에 비해 깊은 듯한 물속을 들여다보았다.

"으음……."

유하는 살포시 신발을 벗어 두고 천천히 발부터 담가 넣었다. 그러고는 종아리까지 담근 채로 못의 가장자리에 걸터앉았다. 물이 정말이지 이상하게도 맑아서 못의 바닥까지 보이는 듯했다.

어느새 그녀는 정령을 찾아보려던 목적은 잊어버리고서 시원하니 기분 좋은 물의 감촉을 즐기며 발장구를 쳤다. 물속에 투명한 파동이 생겼다.

유하는 그 파동을 아무 생각 없이 응시하다가 물속에 무언가 있는 것을 보고는 손을 내려 물속으로 담그며 그것에 닿고자 쭉 뻗었다. 분명, 무언가 빛을 받아 반짝이며 움직이고 있었다.

"뭐지? 조금만 더 하면 닿을 것 같은…… 어어?"

몸을 너무 기울였는지 놀란 소리를 외칠 사이도 없이 유하는 풍덩 하고 물속에 빠져 버렸다. 전신이 차가운 물에 둘러싸였다. 못은 생각보다 훨씬 깊었다. 발이 바닥에 닿질 않았으니까.

무슨 연못을 이렇게 깊게 파 놓은 거야!

유하는 놀란 마음을 진정시키고는 살포시 눈을 떴다. 역시나 무언가가 있었다. 그것은 흐릿한 형체임에도 마치 사람의 것처럼 생긴 데다가, 그녀보다 큰 것 같았다.

손을 뻗어 잡으려고 했지만 그만 숨이 바닥나는 바람에 그녀는 별수 없이 팔을 휘저어 올라갔다. 그녀는 금세 수면 위로 고개를 내밀 수 있었다.

"후아…… 날이 따스하기에 망정이지. 그나저나 그 시퍼런 건 뭐였지?"

"시퍼렇다니, 건방진 감상이잖아?"

갑자기 끼어든 목소리에 유하가 고개를 올렸다. 그녀 앞에 짧은 푸른 머리의 청년이 무표정한 얼굴로 수면 위에 서 있었다. 유하의 얼굴에 반가운 미소가 떠올랐다.

"안녕?"

"안녕하지 못하다. 내 못에 빠지다니. 내가 잡고 있었으면 넌 익사했어. 그보다 인간이 어떻게 날 볼 수…… 어?"

그는 말을 늘어놓다가 그녀에게서 무언가 느꼈는지 놀란 표정을 지었다.

"너! 반신반인이잖아! 왜 여기 있냐?"

유하는 조금 힘없는 웃음을 지었다. 그녀조차도 그 질문에 대한 답을 몰랐기에.

"그냥, 여차여차해서 어쩌다 보니?"

"흠, 됐다. 근데 왜 난데없이 내 연못을 휘저은 거냐?"

"널 찾고 있었어. 물의 정령 맞지? 이름은?"

다시금 방긋거리는 것이 영 꺼림칙했다. 이 아가씨가 뭘 하려고 자신을 찾은 것인지…… 그래도 그녀의 맑은 기운이 마음에 드는 데다가 신의 아이이기에 웬만한 부탁은 들어주기로 했다.

이렇게 자연의 기운이 충만한 신의 아이는 정말이지 지상에서 보기 힘든 진귀한 것이었기 때문이다.

"청이다. 뭘 원하느냐?"

"나랑 놀아 주어! 심심해!"

"뭐?"

유하가 연신 방긋거리는 것을 멈추지 않아 청은 짜증이 났다. 놀아 달라고? 이 몸을 장난감 취급하다니!

"간다. 다신 만나지 맙시다."

청이 돌아서려고 하는 순간 유하는 손을 뻗어 그의 발목을 붙들었다.

"뭐야!"

"나 좀 물에서 건져 주어라."

청은 정말이지 황당하기 짝이 없는 신의 아이라고 생각했다. 못이 그다지 넓거나 깊지도 않았으니 나오는 것은 문제도 아닐 것이 뻔했다. 그런데도 제 발목을 붙들고는 태연하게 요구를 하니, 외려 가만히 그녀를 내려다보는 청이 민망하였기 때문이다.

"장난하지 말고 발목 놔."

"건져 줄 때까지 안 놓을 거야."

이건 뭐, 골 때리는 수준이다. 선선히 부는 바람에 젖은 몸을 오들오들 떨고 있으면서도 그녀의 얼굴에 자리 잡은 방긋거리는 고집스러운 미소는 떠나질 않고 있었다. 어쩐지 조금 우스워져서 청은 작게 너털웃음을 지었다.

"추우니 얼른 건져 올려 주어라."

"생선이야, 아가씨?"

"이리 예쁜 생선을 보았느냐?"

결국 청은 웃음을 터트리고 말았다. 정말이지 당당한 폼이 그녀의 맑은 기운만큼이나 마음에 들었다. 청은 허리를 숙여 그녀의 팔목을 붙잡고 위로 확 끌어올렸다.

그 힘에 유하는 물에서 그대로 벗어나 청처럼 수면 위에 설 수 있었다. 신기하게도 물이 마치 얼음이라도 된 것처럼 그녀의 발은 더 이상 수면 아래로 빠지지 않았다.

"자, 추울 테니 어서 들어가 몸이나 말려."

"청은 이 연못을 벗어나지 못해?"

그녀가 연못의 가장자리에 섰을 때조차 청이 한 발자국도 움직이지 않는 것을 보고, 유하는 의아하여 물었다. 생각해 보니 연못은 강처럼 흐르지 않으니, 령이 깃든다면 갇혀 버릴 것이었다.

"지박된 사물이 없으니 벗어나지 못한다."

지박된 사물이 있다면 그것을 누군가 들고 다니는 한, 연못에서 벗어날 수 있었을 것이다. 하지만 초대 황제에 의해 이곳에 깃든 이후로 이 연못을 딱히 벗어나고 싶다는 생각을 하지 않았다.

애초에 지박된다는 것은, 그 물건에 령이 묶인다는 말과도 같았으니, 차라리 연못에 갇혀 있는 게 더 나은 것이었다.

유하는 그 말에 좋은 생각이 난 듯, 뜸을 들이며 청을 올려다보았다. 휘도 없는 이때, 필요한 말동무(?)를 기껏 찾았는데 그냥 보내 버릴 수는 없었다.

좀 더 정확히 말하자면, 청을 자신이 낀 옥가락지(하린이 사 주었다)에 지박하고 싶었다. 언제든지 소환하여 같이 놀 수 있도록. 청이 알면 기겁을 하겠지만.

"왜? 또 뭐?"

"음…… 그러니까."

"그냥 말해라."

"너를 지박해도 되느냐?"

청이 단호히 말하자, 유하는 자신도 모르게 본심을 내뱉어 버렸다. 그러고는 아차, 싶어 걱정스레 청을 주시했으나, 청은 표정의 변화 없이 답을 하지 않았다. 화가 난 것일까?

청은 자신이 그 물음에 분노를 느끼는지 곰곰이 생각해 보고 있었다. 왜냐하면 이상하게도 그러한 감정이 올라오지 않는 것 같았기 때문이다.

정상적인 반응은 불같이 화를 내는 것이다. 지박된 정령이란 어떤 면에선 수치스러운 것이었기에. 하지만 아무리 고민해 봐도 화가 나지 않았다. 되려, 그녀의 물건에 지박되면 그 맑은 기를 계속 느낄 수 있지 않을까, 라는 생각이 드는 것이었다.

그리고 또한 무슨 일이 있으면, 저 진귀한 아이를 지킬 수도 있을 것이라는 생각도. 정말이지 말도 안 되는 생각들이 당연하다는 듯이 들었다. 그의 모든 정신이 저 아이에게 속절없이 끌리는 것처럼 말려들어, 오히려 그녀의 사물에 자신을 지박해야만 한다는 마음이 드는 것이었다.

왜일까? 이건 분명 정상적인 끌림이 아니었다. 그렇다고 인간들의 것과 같은 연모의 감정도 아니었다. 애초에 정령은 자연의 존재로, 그러한 감정 자체가 없었으니까.

"답을 좀 해."

유하가 답답하여 팔을 저으며 말을 했을 때, 청의 코끝에 진한 꽃향기가 닿았다. 청은 그제야 알 수 있었다. 지금 다시 보니 봉우리가 채 열리지 않았던 꽃들이 활짝 피어 있었다. 그리고 그녀에게 반응하듯, 그 향기가 더욱 진하게 퍼졌다.

그녀의 존재에 기쁨과 애정을 표하듯 지각이 없는 자연물 또한 그녀에게 끌리는 것이었다. 그가 그러하듯이. 순간, 오래전에 하백 님이 그에게 일러 주었던 것이 떠올랐다. 설마, 그 아이가 이 아이인 것일까?

"언제 태어났지?"

"뜬금없이 그게 무슨 말이야?"

"태어난 날이 언제인지 일단 말해. 그러면 네 질문에 대해 답해 줄 테니."

유하는 길고 길었던 침묵 끝에 청이 내뱉은 물음이 의아하였으나 이내 답하였다.

"갑자년 1월 1일."

"천지가 만나고 만물의 기운이 서리는 날이군."

청이 중얼거렸다.

"어라, 상제께서도 그리 말하셨는데."

청이 보기에 그녀는 그 의미를 모르고 있는 것 같았다. 하지만 그는 알고 있었다. 그녀는 그저 기운이 맑다는 것으로만 치부될 수 없는 수준의 존재였던 것이다.

무려 만물 태초의 기운을 가지고 태어난 신의 아이가 바로 그녀인 것이다. 그랬기에 자연의 존재들은 그녀의 존재 자체를 흠모할 수밖에 없었다.

"좋아."

"응?"

"지박되어 줄 테니 지박될 물건을 줘."

유하는 청의 대답에 놀랐다. 자체적으로 지박을 당하겠다니. 그 것이 조금 전 물음과는 무슨 연관이 있는지 모를 일이었지만 유하는 기쁘게 손가락에서 가락지를 빼내어 청에게 내밀었다.

청은 가락지를 받아 손가락으로 허공에 인을 그렸다. 그러자 그의 손끝에서 푸른빛이 새어 나오더니, 가락지를 감싸고는 이내 사라졌다. 청은 유하에게 가락지를 돌려주었다.

"그 가락지를 끼고서 내 이름을 부르면 소환이 될 거다."

"좋구나. 이제 심심하지 않겠어."

"난 장난감이 아니야. 쓸데없이 소환하지 마."

유하는 답 없이 배시시 웃었다. 청은 한숨을 내쉬었다가 한기에 파랗게 질린 유하의 입술을 보고는 미간을 모았다. 저러다간 고뿔 걸리기 십상이다.

"빨리 안으로 들어가서 옷이나 갈아입어."

"그래야지. 목적은 완수했으니. 그나저나 너무 춥구나."

"그러길래 왜 연못에 들어가, 들어가긴."

정말로 추웠는지 유하는 이내 기침을 하기 시작했다. 청은 걱정스러운 눈으로 별궁 안으로 들어가는 그녀를 보았다. 제대로 마른 옷으로 갈아입고 쉬어야 할 텐데……. 어쩐지 유하에 대해 어미새 같은 마음을 갖추어 가고 있다는 것을 청은 인식하지 못하였다.

✳ ✳ ✳

"폐하, 지금 같은 종이만 일각 동안 보고 계십니다."

휘는 그 말에 급히 인장을 찍고 다른 종이를 집어 들었다. 업무 중에 딴생각이라니 그답지 않았다. 하지만 그는 다시금 생각에 빠져들어, 도무지 종이 위의 글자를 읽지 못하고 있었다.

아침에 했던 궁색한 행동이 다시금 떠오르면서 생각이 계속 꼬리를 물고 이어졌다. 난생 처음으로 부끄러웠다.

황제가 도망을 쳤다. 그저 소녀 한 명을 마주하는 것이 두렵다는 이유로. 있을 수 없는 일이었지만 눈물 자국으로 가득한 유하 님의 자는 얼굴을 보고 그가 생각할 수 있었던 해결책은 그것이 다였다.

그녀에겐 아무 말 없이 할 일이 있다는 핑계를 생각하며 본궁으로 와 버린 것.

"폐하!"

죄송스럽고 죄송스러워서 그녀가 흐려진 검은 눈동자로 그를 바라보면 견딜 수 없을 것임을 알았으므로. 지금 유하 님은 무얼 하

125

고 계실까? 혹시나 그가 사라져 버려 불안해하시고 계시진 않을까. 혹시나 울고 계신 건⋯⋯!

그 생각에 휘는 당장 별궁으로 돌아가, 그녀의 상태를 확인하고 싶어졌다. 사실 별궁으로 가서 무슨 소리를 듣든 유하 님을 대면하고 싶은 마음은 아까부터 굴뚝같았다.

하지만 무슨 말을 해야 할지, 유하 님이 그를 보는 것을 달가워하실지, 그가 있으면 오히려 불편해하시는 게 아닐지, 하는 생각이 그의 몸을 마음처럼 움직이지 못하게 하였다

"폐하! 괜찮으십니까?"

오늘 황제 폐하께서 왜 이러시는지 정말 알 길이 없었다. 보좌관 라현이 몇 번이나 부르는 것을 황제는 듣지 못하고 있었다.

평소에는 인간이라고 할 수 없는 속도와 정확성으로 만만치 않은 양의 문서들을 처리하시곤 했는데, 오늘은 무슨 생각을 하시는지 일에 도무지 진척이 없는 채로 멍하니 상념에 사로잡혀 계셨다.

"폐~하~!"

세 번이나 불렀는데도 황제가 도무지 정신을 못 차리자 결국 라현은 불경하게도 황제 앞의 책상을 '쾅' 하고 손으로 내리쳤다. 마음 같아서는 어깨를 붙잡고 흔들고 싶었지만 귀한 옥체에 함부로 손댈 수 없다는 것이 안타까울 지경이었다.

"뭐냐."

그제야 퍼뜩 정신을 차린 황제가 한 말은 가관이었다. 마치 난 잘하고 있는데 왜 건드리느냐, 라는 표정으로 쳐다보니 라현은 어이가 없었다.

"집중 좀 하십시오! 무슨 일 있으십니까?"

"아무것도 아니다."

라현은 당연하게도 그 말을 믿을 수가 없었다. 황제가 딴 곳에 정신이 팔려 있다는 것을 이리도 뚜렷하게 알 수 있었던 것은 이번이 처음이었으니까.

애초에 무표정과 무감정으로 철벽을 두른 듯하다 하여 빙벽황제라고 불릴 정도로 빈틈이 없으신 분이니, 라현으로서는 무언가 대단한 일이 있을 것이라는 생각마저 들게 되는 것이었다.

그런데 애석하게도 그 대단한 일이 무엇인지 도무지 감이 잡히질 않았다.

"흠…… 보통 저러하면 백발백중 여자 문제일 테지만 폐하께서 그러실 리는 절대 없지 싶고……."

라현이 나름대로 혼자 추측하며 저도 모르게 소리 내어 중얼거리고 있을 때, 황제가 갑자기 벌떡 일어섰다. 옆에 있던 라현은 덩달아 놀라 자신이 잔망스럽게도 소리 내어 중얼거린 것을 깨닫고는 몸을 움츠렸다. 이제 곧 싸늘한 일침이…….

"잠깐 쉬고 오겠다."

황제께서 뭐라 하실 것이라는 라현의 예상과는 달리, 그는 조금 붉어진 얼굴로 집무실을 나갔다. 잠깐, 붉어진 얼굴이라니? 저 빙벽황제가? 왜?

곰곰이 생각해 보던 라현의 입이 별안간 떡 벌어졌다. 조금 전에 중얼거렸던 말이 다시금 떠오른 것이었다. 그럴 리가 없다고 아무리 생각해 봐도 황제 폐하의 알 수 없는 반응들을 나열해 보았을 때, 결론은 하나였다. 그의 중얼거림을 분명 들으셨을 터. 설마 하니…….

"진짜로 여자 문제?"

여자라니, 폐하께서 제대로 대면하신 여인을 한 번도 본 적이 없는데. 심지어 대신관마저도 무척이나 꺼리는 분이 아니시던가.

아니, 애초에 그 어떤 여인이라도 따로 만나신 적이 있던가? 없었다. 꽤 오랫동안 궁에 틀어박혀 계시느라 사람 구경도 제대로 안 하셨을 것이 뻔하다. 그럼 도대체 어떻게 된 일이란 말인가?

"아아, 정말이지!"

순간 라현은 익숙한 인기척을 감지하고는 표정을 폈다. 그러고 는 이내 씨익 웃음을 지었다.

"나와라, 황제 폐하께선 안 계시지만 말이다."

"……."

공교롭게도 황제에게 급한 보고를 하러 온 황제의 그림자들 중 한 명이었다. 그리고 그는 라현에게도 무척이나 친숙하였다. 몇 년 전까지만 해도 그는 라현의 수하였기 때문이다.

라현은 그 현란한 주홍빛 머리카락이 무색하게도 황제가 아직 태자였을 시절, 그림자들 중 '갑', 즉 그림자들의 장이었다. 하지 만 후에 황제의 전 보좌관께서 떠나신 뒤, 그의 자리를 물려받아 그때부터 황제를 보필하였던 것이다.

물론 그렇다고 해서 그가 갑자기 그림자들 중 '갑'이 아니게 되 는 것은 아니었다. 비상시를 제외하고는 공식적으로 그들을 움직 일 수는 없지만 말이다.

"이리 나오라니까? 이것들이 군기가 빠졌네. 감히 폐하 다음 '갑'의 말을 무시해?"

"……."

라현이 조금 얍삽하게 옛 권위를 들먹였을 때, 그림자가 움찔하 며 그제야 모습을 드러내었다. 나타난 그림자는 여성으로, 일곱 번 째 그림자 '경'이었다.

"좋아, 나에게 보고해라. 내가 폐하께 전해 드릴 테니."

"……."

그러나 그림자는 아무 말이 없었다. 그 모습에 라현은 흡족함을 느꼈다. 원칙상, 황제 폐하 외에는 그 어느 누구에게도 지시받은 일을 보고하거나, 그전에, 아예 그 모습을 드러내면 안 되는 것이었다.

하지만 그 철칙을 어느 정도 자유롭게 침범할 수 있는 이가 바로 라현이었다. 그는 황제의 제1 그림자이자, 오른팔과도 같은 사람이었으므로.

실제로 그림자들 중 '갑' 이란, 가장 처음으로 목숨까지 황제 폐하께 드릴 각오가 되어 있는 자라는 뜻이었다.

어찌 되었든, 지금 라현의 목적은 황제 폐하께 문제의 여자가 있느냐 없느냐를 알아내는 것이었다. 만일 있다면 그가 생각해 둔 질문에 답할 것이고, 없다면 그림자는 침묵할 것이다.

라현은 망설임 없이 질문을 던졌다.

"그분의 상태는 어떠하더냐?"

때론 넘겨짚어야 얻을 수 있는 게 있다. 문제의 여인이 있다면, 이 질문에 그림자가 라현에게 황제 폐하께서 이미 언질을 주시어 대신 보고받을 수 있는 권한이 있다고 착각할 것이었다.

그것으로 그는 원하는 답을 얻을 수 있는 것이었다. 라현의 예상대로, 한참이나 입을 다물고 있던 그림자에게서 소리가 흘러나왔다.

"그분께서는 한증(몸살)이 나시어, 일단 그림자 '기' 가 돌보아 드리고 있습니다만 보고 드려야 할 것 같아 왔습니다."

"알겠다. '기' 라면 문제가 없겠지만, 계속 잘 보살펴 드려라. 이 일은 폐하께서 돌아오시면 내가 보고드리지."

라현의 천연덕스러운 대답에 그림자 '경'은 깜빡 속아 고개를
한 번 숙이고는 이내 사라졌다.

"그러니까…… 일단 '그분'이 있다는 말이지. 몸이 아프시다지
만 '기'가 의술을 아니 별문제는 없을 터이고."

라현은 생각을 정리하고는 멍해졌다. 여인이 있으셨다니. 그것
도 그가 모르는. 그림자들보다 늦게 알아 버리다니……. 다시 그
림자이던 때로 돌아가고 싶다는 생각이 순간 스쳤으나, 라현은 이
내 그 아이처럼 철없는 생각을 거두고는 안도의 한숨을 내쉬었다.

그래도 빙벽황제께서 애정을 느끼시는 여인이 있기는 있다니 다
행이었다. 게다가 그림자들까지 붙이신다는 것은 크나큰 의미가
있었다. 황제 폐하께서 아시는 방법으로는 가장 단단히 그분을 지
켜 주시고 계신다는 뜻이었으니까.

"뭐야, 이거 단순한 의미가 아니잖아?"

황제께서는 지금까지 단 한 번도 다른 이를 지키는 목적으로 그
림자들을 쓰신 적이 없었다.

게다가 황후가 없는 지금, 황제 폐하께서 마음이 있으신 여인을
'숨겨' 두고 계신다는 것이 알려지면 대신들이 경을 칠 것이었다.


※ ※ ※


한편, 집무실을 나선 휘는 순식간에 달아오른 얼굴을 애써 한
손으로 가리고 걸음을 빨리했다. 딱히 갈 곳은 없었지만, 일단 사
람이 없는 곳으로 가서 진정을 해야 했다.

지나가는 궁녀들이 그 앞에서 고개를 들 수 없다는 사실이 다행

스러웠다. 무슨 일이 있어도 무미건조한 표정을 유지하시던 빙벽 황제는 지금 달아오른 얼굴을 주체하지 못하고 계셨으니까.

그것도 그의 보좌관이 아무렇게나 내던진 말 한마디에 말이다.

여자 문제라고 해도, 실상은 라현이 의미했을 그런 종류의 문제와는 거리가 멀었다. 그에게 유하님은 '여자'이기 전에 '천계의 눈꽃'이었기 때문이다. 그런데도 이토록 동요하다니…….

그제야 그 자신이 계속 유하 님만 생각하고 있었다는 것을 알아챘다. 이건 대체 무얼까? 이런 현상이 단순히 죄책감 때문이라기엔 조금 이상했다. 이미 온전히 사과드리기로 마음먹었기 때문이다. 혼란스러웠다.

이 낯선 감정을 어찌 해야 할까. 감정이라니, 무슨 감정인지도 감을 잡지 못하고 있는 것을.

"제길……."

벌써 광증이 오기 시작하는 것인가? 그 아비처럼…… 아니, 지금일 리가 없다. 이건 그냥 단순한 감정적 혼란일 뿐이야.

휘는 그 생각을 가차 없이 쳐 내었다. 그러고는 지금 자신의 감정 따위가 중요한 것이 아니라고 다시금 자신을 다잡았다. 지금 고민해야 할 것은 유하 님에게 어떻게 제대로 용서를 구할 것인가였다.

"아, 폐하 돌아오셨습니까."

휘는 결국 다시 집무실로 돌아왔다. 그사이 정신을 차린 라현이 그를 묘한 눈빛으로 보고 있다는 것을 눈치채지 못한 채. 그러나 이어진 라현의 보고에 붙잡아 두고 있던 그의 발걸음은 결국 한계에 봉착하고야 말았다.

"그림자 '경'이 보고하길, 그분이 아프시답니…… 폐하?"

휘는 라현의 말이 채 끝나기도 전에 곧장 다시 집무실을 뛰쳐나 갔다. 라현이 어떻게 그 정보를 알고 있는지, 유하 님이 얼마나 아 프신지 따위는 파악할 생각도 못 하였지만, 이번에는 그가 어디로 가야 하는지 그 무엇보다 확실하게 알고 있는 채로.

❋ ❋ ❋

달큼하니 익숙한 도화 향이 맡아졌다. 보드라운 손이 그녀를 쓸 어 내렸다. 이어서 미약하게 들리는 고운 미성은 작게 천상의 곡조 를 흥얼거렸다. 여신의 아이는 그 소리에 귀를 기울이며 어미의 태 안에서 도롱도롱 졸고 있었다.

"월아, 내 아가야."

탯줄이 아닌 정신체로 어미와 이어진 신의 아이는 그 소리에 졸 음에서 깨어났다. 그러고는 생각으로 화답하였다.

'네, 어머니. 말하셔요.'

"이 안에서 나오고 싶지 않느냐?"

월희는 고운 손가락으로 자신의 부푼 배를 톡톡 두드렸다. 월은 잠시 고민하다가 고개를 저었다. 신의 몸인 어미의 태 속은 따스하 고, 우주처럼 넓고 평안하였다.

가능하다면 영원토록 이곳에 머물고 싶었다. 그런 그녀의 생각 을 그대로 받은 월희가 작게 웃었다.

"하지만 언젠가는 나와야 하는 것이니라, 아가."

'왜인가요, 어머니? 어머니는 불로불사의 몸. 소녀가 영생토록 머무른다고 하여도 괜찮지 않아요?'

"왜냐하면 그것이 너의 운명이 아니기 때문이란다. 너는 특별하단다, 아가."

특별하다니, 온전한 신의 몸이지 못해서 그런 것인가? 왜 생명
은 반드시 세상 밖으로 나와야 하는 것일까? 어머니의 태 안이 그
무엇보다 평안한 것일진대.

월의 생각에 월희는 고개를 살며시 저었다.

"그러나 너는 이 어미의 일부가 아니란다, 그 어느 생명이 그러
하듯. 그러니 온전한 너의 몸으로 나와는 다른 운명을 살아가는 것
이 세상의 이치이지."

월은 그 말에 처음으로 느꼈다. 왠지 가슴 한구석이 비어 버린
기분을. 월희는 그러한 기분이 무엇인지 알고 있었다.

"그래, 이것이 바로 태초의 허함이란다. 어미의 태로부터 분리
된 존재의 허함. 하지만 이 허함은 언젠가 채워진단다. 운명의 실
이 엮이면, 언젠가는……."

'때가 가까워졌나요?'

"총명하니 잘 아는구나. 그래, 너의 때가 다가오고 있단다, 아
가. 천지의 기운이 모이고 점점 더 네가 세상으로 나올 운명이 뚜
렷이 보이고 있느니."

어머니께선…… 울고 계셨다. 그 눈물방울을 볼 수는 없었지만,
그 떨리는 심정이 이어진 정신을 타고 월에게로 흘러 들어왔다. 그
녀의 운명이 어떠하길래 어머니께서 이리도 슬퍼하시는 것일까.

확실히, 반신반인인 자신이 선계가 아닌 지상으로 하강할 운명
이라는 것은 무척이나 이례적인 일이긴 하였다. 인간의 육체는 채
백 년도 지나지 아니하여 더 이상 영혼이 거할 수 없게 되거니와,
그러면 반신반인들은 윤회의 고리에 들지 않고 선계에서 영생체로
존재하게 되기 때문이다.

그러니 애초에 인간 세상에 거할 운명을 보인 자들이 없었다. 오직 온전한 신이지만, 세상의 창조균형에 맞추어 태초부터 지상의 신이었던 하백 님만이 신의 몸을 가진 채로 지상과 천계를 넘나들며 거하실 수 있던 것이다.

'어머니께서 원하시지 않으시면, 틀어 버리실 수 있지 않나요? 운명은 만고불변의 것이 아니니.'

월희는 그 말에 고개를 저었다.

"아니, 이 운명은 이미 신의 약조에 묶여 있었단다. 게다가 스무 해 전부터 온전히 고정되어 끊어 버릴 수가 없구나."

"제 탄생부터네요. 스무 해라면…….."

월희의 자궁에 월의 정신체가 존재하기 시작한 것은 20년 전이다. 말하자면 '신적' 탄생은 20년 전에 있었고, 지금은 인간으로서의 지체가 생성되는 중이었다.

그러니 엄밀히 따지자면, 이 태아의 나이는 이미 스무 살이나 되었던 것이다. 신의 나이로서는 채 태어나지 않은 것과 마찬가지였지만 말이다.

"하백 님이 기어이…….."

월희는 눈물을 닦아 내었다. 왜 하필 자신의 아이일까. 하나, 하백 님의 꾐에 넘어간 자신의 잘못도 있었다.

그저 철없이 인간의 세상이 궁금해서 하백 님을 따라 몰래 지상에 내려갔었던 자신을 상제께서 모르실 리가 없는데도 묵인하신 이유를 조금도 생각해 보지 않았던, 어리석었던 1000년 전 자신의 잘못.

하지만 지금 시간을 돌릴 수 있다 한들, 사랑스러운 이 아이와 그이를 포기할 수 있었을 리가 만무하다. 하지만 이미 지나간 시간이다. 아이의 탄생은 단 몇 년을 앞둔 결과가 되어 버렸고, 이제 남은 것은 이 아이의 운명이었다.

"하지만 결국, 마지막 선택은 너의 것이란다."

월은 그 말의 의미를 알 수 없었다. 마지막이라는 게 무엇일까. 어머니께서는 그녀의 물음을 들었음에도 답을 하지 않으셨다. 그러고는 침묵이 이어졌고, 쓰다듬는 어머니의 손길에 그녀는 또다시 스르르 졸음에 빠졌다.

부드럽고 따스한 태초의 기억. 그래, 이것은 기억이다. 그녀조차도 잊어버리고 있었던 어머니와의 기억. 가장 고요하고 가장 평온했던 시간을 부유한 것과 같은…… 꿈이었다.

유하는 천천히 눈을 떴다. 시야가 아직 희미하였으나 누군가가 그녀의 옆에 있는 것이 느껴졌다. 유하는 몽롱한 정신 가운데 손을 뻗었다.


"유하 님?"

휘는 얼떨결에 갑작스레 뻗어 오는 손을 잡았다. 따뜻하고 생각보다 무척이나 작아 쥐기조차 조심스러워지는 손이었다. 그녀를 불렀으나 온전히 정신을 차린 게 아닌지 대답이 없으셨다. 그러나 그는 손을 놓을 생각은 하지 못했다.

단순한 고뿔이었다. 정신없이 이리로 들이닥친 것이 무안할 정도로. 무슨 경위로 이리 한증까지 드실 정도가 되었는지는 알 수가 없었지만, 그림자가 이미 할 수 있는 조치는 다 해 놓은 상태였다.

다음 날이면 말끔히 나으실 것이었다. 이미 열이 내려가기 시작하였으니 말이다. 하지만 휘는 그림자를 물리고 나서도 그의 업무로 돌아가지 않았다.

금방 나으실 것을 알고 있으면서도, 달아오른 얼굴로 꼭 눈을 감고 단 한 치의 미동도 없이 자고 있는 그녀의 모습에서 눈을 떼면 마치 그녀가 사라지기라도 할 것 같은 말도 안 되는 느낌이 들어, 그는 이리 발걸음을 떼지 못하고 있었던 것이다.

휘는 살며시 손을 펴 쥐고 있던 그녀의 작은 손을 보았다. 가늘고, 하얗고, 보드라운. 그 마디마디마다 그의 시선이 닿았다. 그의 엄지손가락이 제멋대로 움직여 그녀의 작은 손바닥을 쓸어 보았다.

확실히 그녀의 손은 그의 것과는 달랐다. 상상도 해 보지 못한 감촉이었다. 자꾸만 만지고 싶어진다. 모양 예쁜 손톱도, 앙증맞은 손끝도, 마치 살며시 물면 향긋한 단물이 배어 나올 것 같았다.

그의 입술이 서서히 내려와 그녀의 손가락 마디에 닿을 듯하였다.

"휘, 이 나쁜 놈."

휘는 퍼뜩 놀라 그녀의 손을 놓쳐 버렸다. 유하 님이 얇게 뜬 눈으로 그를 보고 있었다. 방금 자신이 무슨 짓을 하려 한 것일까. 유하 님이 보신 것일까. 휘는 당황스러웠다.

"그리 가 놓고 무엇 하러 돌아왔느냐."

"……."

다행히 그의 행동은 눈치채지 못하신 것 같았다. 목소리를 보니 아직 열에 취해 있었다.

그가 잠시 미쳤던 것이 틀림없었다. 그 손에 입을 맞추려 들다니…… 휘는 한 손으로 얼굴을 쓸어내렸다. 정신 차려라, 제발. 그때 유하가 그의 늘어져 있는 다른 손을 붙들었다.

"유하 님?"

"다시는 그리 도망치면 아니 돼. 여기는 너무 답답하단 말이야."

비몽사몽 중에도 손을 쥐어 오는 힘이 의외로 세서 휘는 그 손을 뿌리치지 못하였다. 답답하셨구나. 휘는 그에 그녀를 바로 내려다보며 입을 열었다.

"죄송합니다, 그 어떤 것이든. 진심이 아니라 그저 비겁한 화풀이였습니다."

휘는 온전히 그 어떤 변명도 없이 사과했다. 유하는 미소 지었다. 진심이 아니었다는 것, 그것만으로도 충분하였다. 그녀는 그의 손을 놓아주었다. 크고 시원하여 기분이 좋은 손이었으나, 어쩐지 더 이상 그녀의 손에 힘이 안 들어가 계속 잡고 있기 힘들었다.

그제야 유하가 물었다.

"왜 몸이 안 일으켜지는 것이지?"

"한증이 나셨습니다."

휘는 참을 길이 없어 작게 웃어 버렸다. 정말이지 엉뚱한 천계의 애물단지다. 이제야 몸이 안 좋다는 것을 알아채시다니.

"휘가 웃는 것은 처음 보는구나."

그 말에 휘는 평소의 무표정으로 돌아왔다. 웃는 것을 일부러 피한 것은 아니지만, 그 역시 웃는 것이 정말 오랜만이란 생각이 들었다. 익숙하지 않았다.

"계속 웃으면 좋은걸. 예뻐서 만져 보고 싶었는데……."

그 말을 끝으로 유하는 다시 잠에 빠져들었다. 남겨진 휘는 멍하니 그녀를 내려다보았다. 예뻐서 만져 보고 싶은 것은 그녀의 미소라고 생각하였다. 다시금 그녀의 손을 쥐고 싶어 움찔거리는 손을 다른 손으로 꽉 붙잡은 채로.

그 손을 놓는다면, 이번에는 손이 아닌 그녀의 얼굴로 향할 것이 분명하였으니. 휘는 작게 한숨을 내쉬었다.

"답답하셨구나……. 하기야 그럴 수밖에 없겠지."

왜 전에는 헤아리지 못했을까. 그녀가 열에 들떠 무의식적으로 말해야 했을 정도가 되기까지 생각도 해 보지 않았다는 것이 떠올릴수록 충격적이었다.

이성을 잃어버릴 정도로 화가 났던 그때까지도, 그녀가 월담을 한 이유는 알아채지도 못했었다. 그때는 그저, 어린아이의 말썽에 화가 난 어른인 것처럼 일방적인 분노에 사로잡혀 있었을 뿐이었다. 정작 어린아이와 같았던 것은 그였으면서.

마치 장난감을 소중히 여기는 어린아이처럼, 그녀에게 제대로 된 이유도 알려 주지 않고, 갑작스레 낯선 상황에 봉착하여 적응해야 했던 그녀의 입장을 배려하지도 않고, 그저 조심히 다루어야 하고 보호해야 한다는 생각에 별궁에 가두어 버린 것이 아닌가.

그런데 그런 행위를 유하 님은 최대한 이해하려고 노력하신 것이다. 그에게는 불평조차 하지 않으신 채로.

그는 짧은 머리카락을 쓸어 올리며 작게 신음을 내뱉었다. 그 자신을 향한 짜증인지, 자괴감인지 모를 감정이 그를 괴롭혔다. 그리고 그는 조심스레 다시금 시선을 내려 조용히 새근거리며 자고 있는 유하 님을 보았다.

그녀의 볼은 아직 붉게 달아올라 있어 탐스러웠다. 모양 좋은 코와 붉고 도톰한 입술이 그의 시선을 끌어당기는 듯하였다. 아이라고 생각했던 걸까. 그건 아마 그녀의 해맑고 통통 튀는 성격 때문이었을 것이다.

그리고 그녀에 대해 잘 알지 못하기 때문이기도 하다. 이전까지는 생각조차 하지 않았지만, 지금 이 순간만은 알고 싶었다. 실상 그는 지금껏 그의 족쇄 외에는 관심도 없었지만, 지금 이 순간만큼은 그녀에 대해 알고 싶다는 생각이 드는 것이었다.

휘는 아주 조심스럽게, 살며시 그의 손등을 그녀의 볼에 가져다 대었다. 따듯한 온기가 순식간에 피부를 타고 올라온다. 보드라운 감촉과 함께.

순간 그 손의 서늘함 때문인지, 유하는 잠결에 볼을 그 손에 비비었다. 뒤척여 그 손으로 파고들 듯이, 또한 두 손으로 그의 손을 꼭 쥐면서.

"……."

휘는 말없이 천장으로 시선을 돌렸다. 얼굴이 뜨거워지는 듯한 느낌은 무시한 채. 온 신경이 그녀에게 집중되어 있는 것 같았다. 특히 그의 손을 온전히 감싸고 있는 그녀의 따스한 손가락 하나하나에.

휘의 시선이 천장 이곳저곳을 방황하다가 마침내 결심하듯이 유하 님의 얼굴로 내려와 고정되었다. 미친 생각이다. 단연코, 미친 생각이었다. 하지만…….

휘의 손이 살포시 올라왔다. 어느 순간부터인가 바로 쥐어져 있는 유하의 손과 함께. 그리고 마치 꽃에 나비가 내려앉는 듯, 고요하고도 섬세한 동작으로 하얀 손가락 마디에 남자의 입술이 내려앉았다.

가장 경건한 의식을 치르는 것처럼, 오랫동안 염원했던 무언가를 찾은 것처럼, 그렇게 휘의 입술이 보드라운 피부 위에 자리했다. 이것은 무엇일까. 이 몸짓은. 한없이 어지러이 파도치는 마음 가운데 조용히 찾아드는 폭풍의 핵.

그 연약한 감촉으로 그러한 생각마저 지워져 알 수 없는 가운데, 휘는 가만히 그녀의 손에 입맞춤하였다. 가장 온전한 사과라는 이름으로, 그러나 어쩐지 그것뿐이 아닌 것 같은 느낌으로.

그리고 영원히 머물 것 같았던 입술은 이내 천천히 떨어졌다. 휘는 아무 표정 없이, 최대한 조용히 움직이며 조심스레 쥐었던 손을 놓아준 후 자리에서 일어났다.

그러고는 아무 일도 없었던 양, 할 일이 잔뜩 쌓여 있는 본궁으로 돌아갔다.

마치 신기루처럼, 그 어떠한 흔적도 남지 않았다. 단지, 그의 손에 남아 있는 그녀의 온기만이 무척이나 오랫동안 떠나지 않았을 뿐이었다.

※ ※ ※

사흘. 자그마치 사흘이나 되었다. 유하는 살랑살랑 부는 바람을 맞으며 정원 한가운데 자리한 정자에 축 늘어져 있었다. 날씨가 좋은 데에 반해, 그녀의 기분은 싱숭생숭하기만 했다.

그건 그저 열에 겨운 환상이었을까? 시원한 초록빛 눈동자. 그리고 그런 다정한 눈으로 그녀를 보는 듯했던 휘. 오랜만에 꾼 어머니에 대한 꿈보다는 그것이 더 신경 쓰였다. 벌써 사흘째 그는 코빼기도 안 비추고 있었다.

"화도 다 풀렸는데 이제 좀 오면 좋지 않느냐……."

사실 화가 풀린 건 꿈속에서 휘가 따스한 초록빛 눈으로 그녀에게 죄송하다 사과했기 때문이었다. 꿈 주제에 너무 진짜 같아서 잠에서 깨어나니 우습게도 화가 풀려 있었다.

"첫째 날은 그냥 지내고, 둘째 날은 혼자 짜증 내며 보내고, 셋째 날은 멍하니 앉아 있다가……."

"어이! 뻗질나게 괴롭힌 나는 어디다 두고 말도 안 되는 한탄이
냐. 잘 먹고 잘 자고 잘 놀았잖아!"

유하는 자신의 사색에 끼어든 물의 정령 청은 무시하고 심통 난
얼굴로 중얼거렸다.

"오늘도 안 오면 내가 찾아갈 것이야……."

물론 그녀가 그리 할 수 있는 길은 없었지만, 말뿐이라도 하고
싶었다. 정말이지, 사흘이나 기다렸으면 오래 기다린 것이 아닌가.
마치 휘가 그녀의 하루의 중심인 양 느끼게 된 것 같아 이상했다.

※　※　※

황제가 손을 내밀었다.

"내놔라."

일단 명령하신 대로 준비하긴 했다만…… 태자 시절에 하시던
일을 이렇듯 갑작스럽게 재현하시려 해서 당황스러웠다. 라현은
한숨을 쉬었다. 사흘 동안 정말 모범적인 황제셨는데, 다 이것을
위해서였다니. 라현은 황제에게 도금된 패를 건넸다.

"정확히 진시(저녁 7시~9시)에서 자시(밤 11시~1시)전까지입니
다. 그 패는 통금을 뚫진 못합니다. 뭐, 폐하의 소유였으니 아시겠
지만……."

"입막음 잘해 둬라."

"여부가 있겠습니까. 사고만 치지 마십시오."

"네놈의 입은 갈수록 건방져지는군."

라현은 아랑곳 않고 웃었다. 이것이 그만의 특권이었으니.

"그나저나 피곤하실 텐데 괜찮으시겠습니까? 사흘간 거의 주무시지도 않고 철야를 하셨지 않습니까? 차라리 오늘은 쉬시는 것이……."

"괜찮다."

별로 피곤하지는 않았다. 이날을 위해 할 수 있는 모든 일을 처리한 것은 더 이상 그녀를 기다리게 둘 수는 없었기 때문이다.

게다가 어제 대신관이 하급 신관들 편으로 얼추 준비가 되었다는 서신을 보냈으니 곧 유하 님의 존재도 공개될 것이다. 하지만 그전에…… 그가 꽤나 고민하다가 준비한 것이 있었다.

휘는 자신의 손에 들린 것을 눈앞으로 가져왔다. 도금된 패는 햇빛을 받아 반짝였다. 이것으로 유하 님의 마음이 풀어지셨으면 했다. 그리고 다시 한 번 미소 지으신다면…… 휘는 작게 한숨을 쉬고는 패를 품속에 집어넣었다.

"실없는 생각이군……."

집무실을 떠난 발걸음은 주인의 의지에 따라 곧 별궁 앞에 도달했다. 휘는 망설이는 마음을 누르고는 건물 안으로 들어섰다. 짧은 만남 후에 사흘이나 지났는데 휘는 멀리서도 그녀의 존재를 느낄 수 있었다.

방 안으로 들어서는 그의 기척을 느꼈는지 문을 등지고 앉아 있던 유하는 곧장 돌아보았다. 시선이 마주치자 무척이나 놀랐는지 그녀의 눈이 크게 뜨였다. 그러더니 그 눈은 이내 이슬을 머금은 듯 반가움으로 빛나는 것이었다.

"휘!"

유하는 그의 이름을 짧게 소리치고는 벌떡 일어나 몇 걸음 되지도 않는 거리를 뛰어왔다. 그리고 그다음 그녀의 행동은 휘로서는 예상조차 하지 못한 것이었다.

처음 코끝에 닿은 것은 아찔할 정도로 달콤한 향기였다. 그리고 후각 뒤에 찾아온 것은 따스하고 보드라운 촉각. 그의 목부터 서서히 잠식해 오는 그 느낌은 포근했지만, 모순적이게도 주체할 수 없이 유혹적이었다.

맞닿은 피부가 따끔거리는 듯한 착각이 일었다.

유하 님이 너무 가까이에 있었다. 자신의 두 손이 통제를 벗어나 그녀의 등을 받치고 더 가까이 끌어당긴다. 정신이 나간 것이 틀림없었다. 휘가 팔에 힘을 주는 순간 품속의 차가운 무언가가 그의 가슴을 눌렀다.

그는 퍼뜩 생각이 났다. 그것은 금패였다. 그가 유하 님을 위해 가져온. 그 순간, 휘는 찬물을 뒤집어쓴 듯이 정신이 번쩍 들었다. 내가 지금 무슨 짓을……!

상황파악이 되자 휘는 소용돌이치는 그의 내면과는 대조적으로 천천히, 유하 님의 등에 있던 손을 그녀의 어깨로 올려 그녀를 살며시 떼어 냈다.

다행히도 그녀는 조금 전 그가 이상했다는 것을 알아채지 못한 채 여전히 맑은 눈으로 그를 올려다보고 있었다. 휘는 온 신경을 모아 아무렇지도 않은 척, 무표정을 유지하였다.

"그렇게 아무나 덥석 끌어안지 마십시오."

"응?"

"……."

유하는 영문을 모르겠다는 듯 고개를 갸웃하였다. 방금 그녀의 행동이 그에게 어떤 영향을 줬는지 전혀 모르는 것이 분명했다. 휘는 조금 더 그녀의 얼굴을 말없이 살폈다.

어쩐 일인지 그 하얀 얼굴 어느 곳에도 화가 나 있는 기색은 없었다. 휘는 왠지 안도감이 들었다.

"왜 그래?"

"아닙니다."

유하는 왠지 모르게 휘가 이상하게 구는 것이 의아했으나, 그가 며칠 만에 드디어 그녀를 보러 왔다는 반가움에 금세 다시 미소 지었다. 청은 그것이 못마땅했다. 천계의 존재를 이리 방치해 두다니.

"네가 황제인가?"

갑자기 들려오는 음성에 휘는 조금 놀랐다. 별궁에는 아무도 없을 터인데…… . 돌아보니 온통 물빛인 남자가 있었다. 휘는 그가 누구인지 알아챘다. 별궁 연못에 수천 년째 깃들어 있다는 물의 정령. 직접 본 것은 이번이 처음이지만 선대의 황제들이 그 존재를 언급한 적이 있었다.

그리고 청년 정도로 보이는 모습을 보니 꽤나 기운이 센 정령이리라. 정령으로서의 힘이 클수록 나이가 많은 형상을 띠기 때문이다.

하나, 보통 정령들은 동령이 대부분이다. 그만큼 그 힘이 큰 정령은 흔치 않았다.

"연못에서 나왔군. 죽을 때까지 못 볼 줄 알았는데."

"나도 그럴 줄 알았지. 이쪽 아가씨가 불러내기 전에는."

"뭐야! 아는 사이더냐? 아니, 그보다 휘가 정령을 볼 수 있어? 휘는 인간이잖아!"

청은 휘에게 눈짓했다. 아직 알려주지 않았나? 휘는 작게 고개를 저었다. 알려 줄 생각은 없다. 청은 잠시 생각하고는 살짝 고개를 끄덕였다.

"됐다. 정령을 볼 수 있는 인간도 있긴 있어."

이제는 단 두 명밖에 안 남았지만······.

"별궁의 물의 정령과 만난 것은 이번이 처음이지만, 그가 여기 있다는 것은 알고 있었습니다."

유하는 마음에 안 든다는 표정으로 둘을 번갈아 보았다. 둘 다 그녀에게 무언가 숨기는 것 같았다. 하지만 더는 말해 주지 않을 것 같은 분위기에, 그녀는 더 알아내는 것을 포기했다.

"황제, 조심해라. 변안이 되는 것을 보았으니."

청은 휘에게만 들리도록 그의 가까이에 다가왔을 때 나지막이 말하고는 그를 지나쳐 사라졌다. 유하는 못 봤지만 그는 똑똑히 보았다. 유하를 끌어안은 몇 초간, 황제의 청록안이 쪽빛으로 변했다가 돌아오는 것을. 그가 가진 저주가 유하를 통째로 삼키게 둘 수는 없었다.

"뭐야, 청은 왜 갑자기 사라져 버리는 거지?"

아까부터 어쩐지 신경이 곤두서 보였던 청이었다. 유하는 걱정이 되었다. 지금까지 그런 적이 없었기 때문이다. 그가 왜 그런지 알고 있는 휘는 아무 말도 하지 않았다.

"유하 님, 오늘 출궁할 것입니다."

"응, 그래."

유하는 청에 대한 생각에 매여 휘의 말에 건성으로 답했다가 그가 한 말을 되짚고는 퍼뜩 놀랐다.

"나간다고? 정말?"

어느새 청에 대한 걱정은 저 멀리 날아갔다.

"준비하시도록 제가—"

휘가 채 말을 마치기도 전에 유하는 기쁨에 겨운 것인지, 좀 전에 처음 안겼던 그 품이 좋았던 것인지, 너무도 아무렇지 않게 그를 껴안았다.

"참말인 것이지? 정말 좋구나!"

제발 좀 아무렇지 않게 안기지 마십시오!

이 생각 없이 무방비한 아가씨를 어찌해야 한단 말인가. 휘는 한숨을 쉬고는 또다시 그녀를 떼어 냈다. 온몸으로 그것에 반항하여 아우성치는 감각들을 무시하며, 휘는 자못 엄하게 딱딱한 말투로 그녀에게 일렀다.

"얌전히 좀 있으십시오. 아직 나갈 시간까지 몇 시진 남았습니다."

"얌전히 있을 수 없지 않느냐. 휘가 먼저 나가자고 하다니. 해가 서쪽에서 뜰 일이야."

유하는 설레는 마음에 불만스러운 표정인지 기다리지 못하겠다는 표정인지, 알 수 없는 표정으로 뾰로통하게 그에게 대꾸하였다. 그러나 항상 그렇듯 솔직한 그녀의 표정에 휘는 자신도 모르는 사이 옅은 미소를 짓고 있었다.

그것을 본 유하는 어쩐지 얼굴이 달아오르는 것 같았다. 휘는 순간 그것이 귀여워 장난을 치고 싶었다. 생각지도 못한 사이 떠오른 생각. 그리하여 휘는 그녀의 귀 가까이에 나지막이 숨을 불어넣듯이 속삭였다. 웃음기마저 섞인 목소리로.

"밤마실입니다, 아가씨."

유하의 몸이 작게 떨려 올 정도로 낮고 달콤한 음성이었다.

十一
밤마실

바람에 책장이 날렸다. 남자의 손가락이 넘어가는 종이를 붙잡았다. 종이에는 온통 붉은 글씨가 쓰여 있었다. 남자는 곧 그 작은 서책을 덮어 버렸다.

넘어가는 해의 주홍빛 석양이 그의 붉은 머리칼을 더욱 붉게 물들이고 있었다.

"의심할 여지 없이, 정답이군."

유열은 아무도 듣지 못할 말을 만족스럽다는 듯이 내뱉었다. 그는 온 동네가 내려다보이는 작은 동산 위의 나무에 기대어 있었다. 오랫동안 구석에 내팽개쳐 두었던 서책을 들고 사한을 데리고 이곳으로 온 이유는 오로지 눈꽃, 그것 때문이었다.

그는 기지개를 켜고는 눈을 감았다. 사한이 아무 성과 없이 올 때까지 낮잠이나 잘 작정이었다. 하늘에서 뚝 떨어진 눈꽃에 대한 정보는 아무리 사한이라도 쉽게 찾을 수 없을 것이 분명했다.

뭐, 애초에 남의 나라이니 정보력이 반으로 떨어지는 것도 자명한 일이었으나, 사한의 성격상 최선을 다해 정보를 물색할 터였다. 어차피 요번엔 삽질에 그치겠지만.

해는 조금 있으면 져 버릴 것이고, 사한은 그때쯤이면 돌아올 것이었다.

❋　❋　❋

"어디? 휘? 어디 있는 것이냐?"

"이쪽입니다."

말소리가 분명히 들려왔으나 휘의 모습은 보이지 않았다. 숲이 무척이나 우거져서 단 몇 발자국 앞서 가던 그가 시야에서 사라져 버렸다. 날이 거의 저물어 어두운 탓도 있었다. 하나 숲의 기운은 맑디맑은 듯하여, 유하는 좋은 기분으로 조심스레 휘의 목소리가 들려온 쪽을 향해 발을 내디뎠다.

"유하 님, 잘 따라오고 계십니까?"

휘는 돌아보았다. 그러나 그녀의 모습이 보이지 않았다. 그리고 조금 전까지만 해도 들려오던 그녀의 목소리 또한 더 이상 들려오지 않았다.

휘는 차분히 왔던 길을 되짚어 돌아가기 시작했다. 날이 이제는 완전히 저물어, 여기서 그녀를 잃어버린다면 곤란할 것이었다.

"유하 님?"

다행히 몇 발자국 더 걷기 전에 휘는 조금 떨어진 곳에서 그녀의 것이 분명한 검은 인영을 볼 수 있었다. 그녀는 나무 하나에 기대어 있었다. 마치 그 소리를 들으려는 것처럼 귀를 가까이 대고.

"뭐하시는 겁—"

"쉿!"

휘가 채 물어보기도 전에 유하는 조용히 하라는 듯 자신의 입가에 검지손가락을 대었다. 휘는 바로 침묵하였다. 그녀는 아주 조심스럽게 나무줄기를 톡톡 두드렸다. 그러고는 입을 열었다.

"령의 씨들이 들어 있는 것 같아."

휘는 령의 씨라는 것이 무엇인지 몰랐다. 령이라는 것은 자연의 기운을 가진 형체인데, 정령은 보았어도 령의 씨라는 것이 있는지 처음 알았다.

휘가 그것이 무엇인지 생각하는 동안, 작은 초록 빛무리들이 유하가 있는 나무 쪽 허공에 둥실둥실 떠서 나타났다. 그것들은 마치 반딧불이 같았다. 순간, 휘는 처음 보는 광경에 말을 할 수 없었다.

반딧불이라고 생각했던 것들이 가까이 왔을 때, 휘는 그것이 작은 사람의 형체를 하고 있다는 것을 알 수 있었다. 게다가 나비처럼 빛나는 날개를 가지고 있었다. 그들은 모여들어 유하 님의 검은 머리카락에 달라붙었다.

"령의 씨들은 처음 보느냐?"

"아…… 네."

"이 아이들이 조금 더 크면 동령이 되는 거야."

작은 령의 씨들이 그녀의 머리카락을 가지고 노는 듯, 그녀의 검은 머리채가 별처럼 빛났다. 휘는 숨을 죽였다. 작은 빛무리보다, 그 섬세한 날개들보다, 그녀가 아름다웠다.

천계의 눈꽃, 그 이름이 생각나게 하는, 빛으로 더욱 환하게 빛나는 그녀. 령들의 빛에 어둠 속에서도 그녀의 아이처럼 반짝이는 고운 눈과 령들이 앉은 그녀의 섬섬옥수를 볼 수 있었다.

휘는 무의식적으로 손을 뻗어, 그녀의 얼굴을 만질 것처럼 손가락을 가져갔다. 그 손이 그녀의 볼에 손이 닿기 직전, 그의 접근에 놀란 빛무리들이 달아나듯 순식간에 사라졌다. 그녀의 얼굴 또한 금세 어둠에 감싸였다.

휘는 퍼뜩 정신을 차리고는 손을 거두었다. 유하는 작게 웃었다.

"인간은 두려운가 보구나. 휘가 만지려고 하자마자 달아나 버리다니."

그녀는 그의 목적이 무엇이었는지 알아채지 못하였나 보다. 휘는 자신의 알 수 없는 행동에 혼란스러워하면서도 유하 님이 알아채지 못하는 것에 안도했으나 왠지 모르게 답답하였다. 령들을 만지려는 게 아니라 당신에게 닿고 싶…….

"그만!"

"응?"

"아무것도 아닙니다. 이제 가도 되겠습니까?"

"그래."

휘는 바로 돌아섰다. 이런 이상한 생각들, 감정들. 그의 발걸음이 빨라졌다. 마치 그녀에게서 벗어나고 싶다는 듯이.

"휘! 기다려! 어두워서 네가 가는 곳이 잘 안 보인단 말이야!"

그는 그 외침에 우뚝 멈춰 섰다. 왜 이렇게 바보같이 구는 것일까? 도대체 왜! 그는 유하가 저를 따라잡을 때까지 기다렸다. 유하가 그의 옆에 서서는 그를 올려다보았다.

"휘, 오늘 조금 이상해. 어디 아픈 것이냐?"

"아닙니다."

그의 목소리가 경직되어 있었다. 진짜 이 남자, 대체 왜 이러는 것일까? 그녀가 또 무언가 잘못한 걸까? 되짚어 보아도 유하로서는 짚이는 것이 없었다.

둘 다 어둠 가운데서 가만히 서 있었다. 유하는 괜스레 검은 나무의 형체들밖에 안 보이는 어둠을 이유 없이 둘러보았다. 아무 움직임도 없는 휘 때문에 그녀도 어찌할 바를 몰랐다.

정말이지, 출궁은 하였는데 이게 무슨 짓인지. 그의 알 수 없는 거동 때문에 더 이상 즐겁지가 않았다. 유하는 흘끗 그를 바라보았다. 그러다가 늘어져 있는 그의 한쪽 손이 눈에 띄었다.

그녀는 손가락을 꼼지락거렸다. 두 손의 엄지와 검지가 서로를 꼬집고 꼬집다가, 한쪽 손이 다른 쪽 손을 떠나가서 아주 조용히, 아주 조심스럽게 늘어져 있는 휘의 손의 서늘한 피부를 톡하고 건드렸다.

그가 움찔하였다. 그러나 그 순간, 유하의 손가락이 살며시 그의 것에 얽혀 들어 손가락 마디마디마다 맞물렸다. 그녀의 손이 그의 손을 꼭 쥐었다. 남자답고 서늘한 피부가, 보드랍고 따스한 피부에 한 치의 틈도 없이 밀착되었다.

"이, 이리하면 길을 잃지 않을 터이니."

유하의 목소리가 조금 떨려 나왔다. 얼굴이 화끈거리는 듯해서, 유하는 고개를 숙여 땅을 내려다보았다. 심장소리가 갑자기 너무나 크게 들려와 그에게까지 들릴까 걱정이 되었다. 역시, 그 이유는 알 수 없었다.

휘는 도무지 답이 없었다. 그런데 곧 그의 손에 힘이 들어와 그녀의 손을 마주 쥐는 것이었다. 그 어떤 소리도 없이. 그리고 그의 발걸음이 다시 어딘가를 향하기 시작했다. 그녀도 별수 없이 그를 따라 걸었다. 그가 전혀 손을 놓지 않았기 때문이다.

그에 그녀의 심장소리는 더 빨라지는 듯하였다. 긴 침묵 뒤에,

그가 마침내 입을 열었다.

"다 왔습니다."

휘의 목소리는 조금 잠겨 있었다. 그것에 의아해하기도 전에, 어둠이 조금 걷히면서 유하는 말없는 감탄으로 그녀의 앞에 펼쳐진 풍경을 보았다.

하얗게 핀 꽃들로 가득한 땅 가운데에, 쪽배 하나 떠 있는 동그랗고 넓은 호수가 그 위로 떠 있는 탁 트인 하늘의 달을 온전히 비추고 있었다. 별처럼 아스라하면서 숨이 멈출 듯이 아름다운 광경이었다.

유하는 소리 없이 호숫가로 걸어갔다. 그녀의 손이 자연스레, 휘의 손을 떠났다. 그녀의 머리칼이 달빛에 은색으로 물들었다. 하얀 꽃들의 물결 사이로 그녀의 형체가 빛에 흔들리며 멀어져 갔다.

"하아."

휘는 그제야 마치 숨을 멈추고 있던 것처럼 긴 숨을 내뱉었다. 그는 멈춰 선 채, 그녀가 붙잡았던 손을 바라보았다. 아직도 피가 몰려 있는 느낌이었다. 살며시 그의 손에 스며들던 그녀의 손. 놀란 것을 넘어서서 아무런 생각도 할 수 없었다.

오직 확실했던 한 가지는, 그 손을 놓고 싶지 않았다는 것이었다. 이상하게도 그 순간, 웃음이 나올 것 같았다. 입가가 제멋대로 떨려왔다.

그런데 이상하게도 어딘가에서 느껴 본 기분이었다. 온몸의 피가 요동치는 느낌. 휘는 손으로 입을 막았다. 이건 너무도 오래전에 잃어버린 듯한 감각이다.

손을 떼어 버리면, 말도 안 되지만, 심장이 터져 버릴 것만 같았다. 아픔이 아니었다. 그래 이건, 담아낼 수 없는 즐거움……. 믿을 수 없게도 그것이었다.

"휘! 배를 타고 싶구나!"

그녀가 외치며 그에게로 돌아오고 있었다. 아, 이런. 그는 어찌해야 하는 것일까. 그녀의 목소리에, 그 밝게 날아올라 그를 두드리는 소리에 그는 더 이상 참을 수 없었다.

그녀가 그 앞에 멈추어 서서, 그 사랑스러운 눈을 들어 올려 그를 보았다. 정말이지, 나를 가만히 두지 않는 아가씨.

"휘? 왜 안 오는―"

고개를 들어 그를 보았을 때, 유하는 멍하니 시선을 멈춘 채 말을 잇지 못하였다. 그의 얼굴에 달빛이 가득하였으나 그것이 문제가 아니었다. 그의 단정한 눈이 휘어져 있었고, 단아한 입꼬리는 올라가 있었다.

그녀가 한 번도 보지 못했던, 세상에서 가장 아름다울 것이 분명한, 환한 미소였다. 맹세토록 천계에서도 그리 아름다운 것은 본적이 없었다. 얇게 문 미소도, 호탕하게 터지는 웃음도 아니었다. 그저 가장 온전하게 한껏 휘어진 호선. 그런데도 유하는 심장이 찌릿하니 꿰뚫리는 듯한 착각이 일었다.

인간 주제에 왜 그녀에게 이런 느낌을 들게 만드는 것일까. 아니다, 그저 달빛이 휘황하여 그녀에게 장난을 치는 것이다. 유하는 푹고개를 숙였다. 잠시 진정하였다가 다시 그를 본다면 평소대로……!

"유하 님?"

분명 그의 미소는 거두어져 있었다. 하지만 심장의 떨림은 멈추지 않았다. 의아한 듯 그녀를 보는 그의 눈이, 달빛이 깃든 청록의 눈동자가 그때의 꿈처럼 다정하였다.

"왜 그러십니까?"

또한 꿈과 같이 따스한 음성. 아, 그렇구나. 꿈인 것인가? 말도 안 되는 착각이었지만, 꿈이라는 달콤한 해답에 유하는 혼란에서 벗어났다. 꿈이라면, 이런 알 수 없는 느낌은 설명할 필요가 없다고 합리화하였다.

유하는 간신히 진정된 마음으로 호수 쪽을 가리켰다.

"배를 타자꾸나."

그는 고개를 끄덕였다. 꿈속의 달빛이라 그런지, 사람을 홀리는 것도 보통이 아니라고 생각하며 유하는 몸을 돌렸다. 하지만 어쩐지, 다시 한 번 보고 싶어졌다. 달빛이 부리는 장난 가운데 아름다웠던 그 미소를.

유하는 흘끗 그를 올려다보고는 시선을 내렸다. 그래, 나쁘지 않았다. 그녀의 눈을 마주치는 다정한 녹안도.

"꿈이니까."

"네?"

"아니, 아무것도."

그래, 꿈이었으니까. 설명하지 않아도 괜찮았다. 이런 설레는 마음 따위.


태공아 노를 저어라.
물가에 비치는 님의 모습 지워 주련.
하늘에 뜬 은경은 야속하여
사라질 줄 모르나니
님의 모습 이지러지기에
밤은 길고 길기만 하느니.

그녀가 어머니에게서 자주 듣곤 하였던 연시였다. 유하의 청명한 목소리가 별로 가득히 반짝이는 어두운 허공에 피어올랐다.

휘와 그녀를 태운 작은 쪽배는 호수의 중앙, 달이 비추는 곳을 향해 수면 위를 미끄러져 들어갔다. 휘의 노 젓는 폼이 자못 이런 일에 익숙한 듯 보였다.

밤중에 제법 운치 있는 풍류가 아닐 수 없었다. 유하는 웃음을 터트렸다.

"신선이 따로 없구나. 그 할아버지들이 좋아하는 풍경이야."

휘는 조용히 손으로 물결을 희롱하는 유하를 보았다. 쪽배가 호수 중앙에 닿자, 그는 노를 내려놓았다. 그녀가 재잘거리는 말 속에는 이따금씩 지상의 것이 아닌 것들이 섞여 있어서, 그는 그녀가 정말로 하늘에서 내려온 존재임을 다시 인식하곤 하였다.

그녀는 언제든지 돌아가 버릴 수 있는 존재. 하이얀 달빛을 받고 있는 그녀의 모습이 신기루같이 환하게 빛났다. 그녀가 흘러내리는 머리카락을 넘기자, 하얀 눈꽃 귀걸이가 찰랑이는 것이 그의 시선에 닿았다.

그것은 그녀가 천계의 것이라는 결정적인 증거와도 같았다. 순간적으로 없애 버리고 싶었다. 저것을.

"휘가 아무 말도 없으니 재미없지 않느냐."

"예?"

그녀의 말에 그는 움찔하며 반문하였다. 유하는 물결을 희롱하다 말고 어느새 그를 빤히 바라보고 있었다. 그가 방금 했던 생각을 그녀가 알 리는 없었지만 휘는 내심 제 발이 저려 무심코 시선을 피하였다.

유하는 그것이 마음에 들지 않았다. 그녀의 꿈인데, 꿈속에서

157

만큼은 그녀가 원하는 대로 돼야 하는 것이 아닌가.

유하는 휘 쪽으로 몸을 움직였다. 팔만 뻗으면 그의 얼굴에 손이 닿을 만큼 워낙 작은 쪽배라 그리 많이 움직일 것도 없었다. 그녀의 움직임을 눈치채지 못했는지, 휘는 아직도 고개를 돌린 채 호수 가장자리에 시선을 두고 있었다.

유하는 손의 물기를 치맛자락에 닦아 내었다.

그녀는 그러면서도 그에게서 시선을 떼지 않았다. 얼굴이 따끔거리는 듯한 착각이 일 만큼 그녀가 집요하게 바라보고 있는 것을 휘도 알 수 있었다.

물가는 이제 파문 하나 없이 고요하기만 했다. 애초에 그가 뭐라고 말해야 할까? 그 귀걸이를 보면 불편한 마음이 드니 없애 버리면 안 되겠느냐고? 갑작스럽게 튀어나온 만큼이나 황당한 생각을 말할 수 있을 리가 없었다.

그러나 뭐라도 말해야 했다. 이런 반응은 수상하기만 할 테니까.

휘가 맹렬히 할 말을 생각하고 있을 때, 갑작스레 배가 흔들렸다. 그리고 볼에 따스한 감촉이 닿았다. 휘의 얼굴이 유하 쪽으로 돌아갔다. 결코 그의 의지로 그리한 게 아니었다.

"대화는 상대방의 얼굴을 보면서 하는 것이야."

"유하 님?"

그녀의 두 손이 그의 얼굴을 감싸고 있었다. 달빛에 물든 그녀의 검은 눈동자가 너무 가까이 있었다. 그녀의 붉은 입술 또한.

그것은 은밀하리만치 천천히 열렸다. 잔인할 정도로 유혹적인 자태로. 하지만 그의 갈등이 무색하게도 그녀의 눈빛은 너무도 순진하였다.

"이제 말해 보아라. 아까부터 왜 그리 이상하게 구는지."

그녀의 달큼한 숨결이 닿았다. 휘는 눈을 질끈 감았다.

"조금만 물러나 주시면 안 되겠습니까?"

유하는 잠시 생각해 보았다.

"싫어."

"숨결이 닿—!"

"응?"

"……아무것도 아닙니다."

그녀의 꿈이었으니 그녀 마음대로 할 것이었다. 지금 이 순간, 물러서기 싫었다. 그의 감긴 눈마저 뜨게 하고 싶었다.

"왜 눈을 감아?"

그녀의 손가락이 그의 눈가를 만져 왔다. 눈을 감으니 차단된 시야를 넘어 촉각이 더 크게 다가왔다. 그는 온몸이 긴장되기 시작했다. 그녀의 손가락은 그의 얼굴 곳곳을 탐색하듯이 움직이기 시작했다. 그의 손에 힘이 들어갔다.

유하는 그녀의 호기심 어린 행동이 휘에게 어떤 영향을 미치는지 알지 못했다. 그저 눈을 감은 그의 얼굴이 가까이 있으니 만져보고 싶었다. 어쩌면, 원래 가지고 있었던 아주 작은 욕망이었을지도 몰랐다.

하지만 어차피 그녀의 꿈이라고 착각하고 있었으니, 유하는 망설이지 않았다. 그녀의 손가락이 그의 코를 덧그렸다. 아주 천천히, 유하는 그의 코끝에 걸린 달빛을 따라갔다. 묘한 감각이었다. 따스하면서도 단단한.

"유하 님?"

휘가 당황하여 눈을 뜨는 순간, 그녀의 손가락이 그의 입술을 맞이하였다. 입술과 손가락 마디가 살포시 맞물렸다. 손끝에 휘의

159

따스한 숨결이 닿았다. 왜인지 알 수 없었으나, 당황스러울 만치 부끄러운 감각이었다.

유하는 움찔하며 시선을 올렸다. 그 순간, 그녀의 눈이 그의 초록빛 눈동자와 딱 마주쳤다. 살짝 찡그렸던 그의 표정이 변했다. 휘는 손을 올려 물러서는 그녀의 손목을 낚아챘다. 그의 눈빛이 깊게 가라앉았다.

"시험하시는 겁니까?"

"응?"

"이런 장난, 하지 마십시오."

그가 그녀의 다른 쪽 손목마저 잡고 끌어당겼다. 순식간에 유하는 앞으로 몸이 쏠려 그에게 두 팔이 잡힌 채, 안길 듯한 자세가 되고 말았다. 그의 눈이 그녀를 내려다보았다.

"이거 놓아."

"싫습니다. 유하 님도 마음대로 하시지 않았습니까."

"휘!"

그가 한 손을 놓고 그녀의 허리를 바짝 끌어당겼다. 그녀는 자유로운 손으로 그를 밀어내려 하였으나, 휘는 꿈쩍도 하지 않았다. 무엇이 무서운지 알지는 못했으나 무서웠다.

유하의 몸이 바르르 떨렸다. 그 몸짓에, 휘는 한숨을 내쉬고는 그녀를 놓아주었다. 애초에 무엇을 할 생각은 조금도 없었다. 그저 그를 이리저리 휘두르는 그녀에게 화가 난 것이었다.

그런 순진한 눈빛으로 그를 혼란에 빠트리는 것에 그는 참을 수가 없었을 뿐이다. 그녀는 너무도 무방비하였다.

"그러게 그런 장난 하는 거 아닙니다. 아시겠습니까, 유하 님?"

그의 목소리가 다정히 타이르자, 그제야 유하는 안도하며 원래의 자리로 돌아간 그를 보았다. 꿈인 주제에 흉몽과 길몽을 왔다 갔다 한다. 유하는 조용히 그의 옆에 다가가 앉았다.

"흥, 남자가 쩨쩨하구나."

"유하 님이 이상하신 겁니다."

애석하게도 정말 무엇이 문제였는지에 대해서는 둘 다 생각하지 못했다. 그 후에는 침묵이 이어졌으나, 불편한 침묵은 아니었기에 유하는 고요한 풍광을 바라보기만 하였다. 휘도 조용히 하늘을 올려다보았다.

밤이 깊어, 바람이 쌀쌀해졌다. 휘는 그만 시선을 내렸다. 슬슬 돌아갈 시간인 것 같았다. 그때, 어깨에 온기가 닿았다. 휘가 슬쩍 옆을 보니, 유하가 그의 어깨에 고개를 기대고는 이미 꿈나라로 가 버린 상태였다.

휘는 조심스레 그녀의 어깨를 잡고 그녀의 고개를 그의 무릎에 뉘였다. 그녀가 한 번 잠들면 쉽사리 깨지 않는다는 것을 그는 이미 알고 있었다. 휘가 다시금 노를 잡은 지 얼마 안 되어, 배는 호수 끝에 도착하였다.

휘는 그녀를 안아 올려 걸음을 옮기기 시작했다. 멀리서, 아주 희미하게 자시를 알리는 종소리가 들려왔다.

# 十二
## 제국의 신녀

　호천서의 아침은 변함없이 조용했지만, 유하의 아침은 그렇지
못했다.

　"별궁에 숨겨 두셨던 꿀단지가 이분이셨군요. 어쩐지 정신을 못
차라—"

　"라현, 적당히 해라."

　유하는 가까이서 들리는 휘의 목소리에 무겁던 눈꺼풀을 살며시
올렸다. 그러니까 여긴 내 방이 분명한데, 갑자기 처음 보는 인간
들이 왜 이렇게 많지?

　"아, 깨어나셨네요. 처음 뵙겠습니다. 폐하의 보좌관, 청라현입
니다."

　"음?"

　잠든 숙녀의 방에 아침부터 쳐들어와서 자기소개를 하는 이 인
간은 누구지? 이 보좌관이라고 하는 자의 현란한 주홍빛 머리카락

이 시야에 들어오자 막 잠에서 깬 유하의 눈이 아파 왔다.

"휘?"

보좌관뿐이 아니었다. 불과 어제까지도 열심히 피해서 지냈던 궁녀 여럿이 그녀 앞에 고개를 숙이고 있었다. 유하는 의문과 짜증이 섞인 눈빛으로 휘를 응시했다.

"이틀 후 본관으로 가시기 전에 신궁에서 채비를 하실 겁니다. 오늘 그곳에서 대신관을 대면하게 되실 겁니다."

"이제 드디어 이곳에서 나가는 것이구나."

유하는 담담히 말하며 얼굴에 달라붙은 머리카락을 떼어 내다가 지금 자신이 일어난 지 얼마 되지 않았다는 사실을 기억했다. 부스스한 머리, 흐트러진 옷, 세수조차 못한 얼굴로 그다지 남에게 보이기 좋은 상태는 아니라는 뜻이었다.

유하는 자신의 차림을 가만히 보다가 천천히 고개를 들어 휘를 응시했다.

휘는 영문을 몰라 그녀를 마주 보았다. 시선의 의미를 알 수가 없었다. 이제 막 일어나셔서 조금 흐트러진 모습은 무방비하니 청초하였다.

휘는 갑작스레 튀어나온 생각에 조금 민망해져 유하에게 향하던 시선을 황급히 돌렸다. 유하는 못 볼 것을 보았다는 듯이 고개를 돌리는 휘를 보자 얼굴이 붉어졌다.

부끄러웠다. 이런 정갈하지 못한 모습을 보이다니……. 그러니까 왜 아침부터 자고 있는 사람 방에 쳐들어온 것이더냐!

유하는 일단 이 자다 깬 상태라도 벗어나자 싶어서 부끄러움을 무릅쓰고 입을 열었다.

"저기 휘, 세안이라도—"

"아! 그거라면 여기 궁녀들이 해 드릴 겁니다."

황제 폐하께서 도무지 제대로 대꾸할 것 같지 않으시어 라현이 대신 대답했다. 아까부터 둘만의 세계를 형성하려는 작태를 구경하던 라현은 아침부터 아가씨의 방에, 심지어 그 아가씨가 자고 있을 때 들어온 것이 보통 무례가 아니었음을 그제야 인지한 것이었다.

뭐, 황제 폐하께서 끌고 오신 것이므로 그의 잘못은 아니라고 생각하며 라현은 뭔가 좋은 구경거리가 있을까 쫄래쫄래 따라왔던 불과 몇 시진 전의 자신을 외면하듯 잊어버렸다. 그러고는 사람 좋은 미소를 지으며 황제 폐하를 모시고 방을 나왔다.

유하는 그 둘이 나가자 침대에서 일어났다. 그녀의 움직임에 방에 남아 있던 궁녀들이 일제히 그녀에게 다가와서 유하는 움찔했다. 뭐, 뭐지?

"일단 세안하실 것부터 준비해 드리겠습니다."

"그, 그리하거라."

유하의 입에서 그리 하라는 소리가 나오자마자 궁녀들은 거의 달려들다시피 유하에게 모여들었다. 유하는 그들에게 압도당해 얌전히 세수를 하고 그들의 분주한 손에 휘둘리듯 옷을 갈아입었다.

정신을 차리고 보니 어느새 평소보다 화려한 옷을 입은 것은 물론이고, 어떻게 했는지 알 수 없이 복잡하게 올려 반짝이는 수정 비녀를 세 개나 꽂아 놓은 머리 하며……. 심지어 이때까지 보지도 못했던 붉은 연지도 입술에 살짝 발라져 있었다.

"다 되셨습니다."

"수고하였어."

여전히 조금 얼떨떨한 기분으로 유하가 대답했다. 궁녀들이란 좀 무서운 사람들이었다. 인간에게 압도당하다니. 유하는 그들을 뒤로 하고 방 밖으로 나왔다. 문에서 조금 떨어진 곳에 휘와 그의 보좌관이 기다리고 있었다.

"휘, 이제 어디로 가면 되느냐?"

"아, 그건 아까 말씀 드린 대로……."

들려오는 유하의 목소리에 무심코 대답하며 그녀 쪽으로 고개를 돌린 휘는 그대로 말을 잃었다.

"휘?"

"……신궁으로 가실 겁니다. 라현을 따라가시면 됩니다. 저는 본관으로 가야 해서 이만……."

"잠깐만!"

간신히 알아들을 만큼 빠른 속도로 말한 후 돌아서는 휘의 팔을 유하가 잡았다. 어젯밤 달밤 아래의 휘는 다정하였는데, 지금의 휘는 왠지 다급해 보였다. 그때처럼 눈을 마주쳐 주지 않는다.

하지만 그때 잡았던 손은, 그 온기는 진정 꿈인 것일까. 그 찰나에 스친 생각들이 유하를 움직였다. 그녀의 두 손이 붙잡은 휘의 팔을 타고 내려가 어제의 꿈처럼 그의 손에 얽혀 들었다. 유하는 그의 손을 두 손으로 한번 꼭 감쌌다.

"아."

있었다. 분명히 있었다. 그 꿈과 같은 온기. 유하의 입가에 비밀스러운 웃음이 서렸다. 답을 얻은 유하는 이내 없었던 일처럼 그의 손을 놓았다.

"흠. 좋은 아침이구나, 라현이라고 했나? 이제 가자꾸나."

"네? 아, 네."

라현은 넋이 나간 표정으로 그녀를 따라가면서도 계속 뒤를 돌아 황제의 상태를 확인하는 것을 멈출 수 없었다. 폐하께 아무렇지도

168

않게 하대를 하시며 그 이름을 부르실 때부터 놀란 상태였지만, 설마 이 정도일 줄은 몰랐다. 빙벽황제께서 꼼짝없이 휘둘리실 줄은.

새삼 유하 님이 존경스럽기까지 했다. 라현에게 있어 '갑' 은 늘 황제 폐하셨다. 그런데 이런…….

그 자리가 조금 위태합니다, 폐하.

라현은 킥킥 웃으며 걸음을 놀려 앞장섰다.

"그래서, 왜 나까지 가야 하는 거냐?"

간만에 소환당하자마자 신궁으로 끌려가고 있는 청은 심기 불편한 어조로 통통거렸으나, 유하는 답하지 않았다. 그 대신 정면을 보며 예의 그 방긋거리는 미소를 지었다.

정령을 볼 수 없는 라현은 기분이 좋으시려니 했겠지만, 그 미소가 자신을 향한 미소라는 것을 알고 있는 청은 이 아가씨가 또 무슨 사고를 치려나 걱정이 되었다.

"으…… 대신관은 진짜 만나기 싫은데. 물론 날 보지도 못하겠지만, 그 인간들은 좀 찜찜하다고."

청은 찜찜하다는 표정으로 말했다. 청은 연못에 갇히기 전에 대신관이라는 사람을 본 것일까? 대체 신궁이라는 것이 무엇인지 알 수가 없었다. 어머니께서도 언급하지 않으셨던 것인데.

"라현, 신궁은 어떤 곳이야? 단지 신을 모시는 곳?"

"기본적으로 사방위신과 옥황상제, 그리고 칠성선녀들을 모시는 곳이긴 하지만, 신궁의 주요 기능은 그것이 아닙니다. 대신관은 제국의 두 번째 축이지요. 나라가 어려울 때 본궁은 백성들의 세세한 생활까지 하나하나 살필 수가 없습니다. 그때마다 신궁이 신의 이름 아래라는 명분으로 백성들을 보살피는 거지요. 의식주에서부터 백성들의 정신적인 고뇌같이 세세한 부분들까지도 살펴 왔습니다."

"그럼, 본궁은 백성들의 지지를 빼앗기지 않아? 그렇게 되면 신궁의 권리가 꽤 클 텐데……."

"아니요, 민심은 비슷한 비율로 본궁에도 작용합니다. 신궁이 본궁을 인정하고 또한 지지하기 때문이지요. 전대 황제들 중 올바른 치정을 하지 못한 분들의 섭정시기에도 본궁에 대한 신궁의 지지는 변함이 없었습니다. 그게 이상한 점이지요. 하지만 그 이유를 아는 이는 아무도 없습니다."

그렇다면 그 이유를 아는 이는 황제와 대신관뿐이라는 것이다. 황가와 신궁의 관계는 대대로 이어져 왔음이 분명하므로. 유하는 어쩐지 그 관계에 무언가 단순하지만은 않은 것이 얽혀 있다는 느낌이 들었다.

인세의 일에 말려들지 말아야겠지만, 파헤치고 싶을 만큼 거슬렸다.

"아, 저기 보이십니까? 백기와로 덮인 저곳이 신궁입니다. 백토에 유약을 발라 구워 낸 것이지요."

햇빛에 반짝이는 눈부신 지붕의 모양새가 과연 신을 모시는 곳이라 할 만했다. 청기와로 지붕을 씌운 본궁과 대비를 이루는 것이 공중에서 본다면 꽤나 아름다울 것 같았다. 조금 더 다가가니, 신궁 앞에 모여서 있는 인영들이 있었다.

"떼를 지어 와서는 눈을 피곤하게 만드는구만."

청의 말대로 일제히 흰색 의복을 입은 신관들이었다. 그들은 유하와 라현을 보자 고개를 숙였다. 맨 앞에 있는 여인이 대신관인 듯했다.

"어서 오십시오. 신녀님."

신녀라……. 그것이 인간들이 말하는 나의 새로운 신분이 될까?

유하는 한 치도 알 수 없는 앞으로의 일들에 처음으로 불안함을 느꼈다.

신관들을 따라 신궁에 들어가면서도 어째서 신에 가까운 자신이 신을 섬기는 곳에서 이런 감정이 드는지 의아할 뿐이었다. 얼핏 본 대신관의 표정은 조금 굳어 있었다.

이곳은 어쩐지 유하를 환영하지 않는 것 같았다. 사방을 둘러싼 백색이 유하를 답답하게 했다.

※　※　※

날카롭게 우는 소리와 함께 허공의 군주가 공기를 가르며 창가에 내려앉았다. 나무창살을 콕콕 두드리는 소리에 휘는 일어나 창을 열었다. 위엄 있는 풍채에 풍성한 깃을 가진 매 한 마리가 그를 응시했다.

매의 목에 작은 종이 묶음이 줄로 매달려 있었다. 휘는 금색의 줄에서 종이묶음을 떼어 내었다. 줄의 색깔을 보아하니, 이 매의 주인은 그가 익히 아는 자였다. 반가운 자는 아니었으나, 그 존재를 무시할 수는 없는 자였다. 휘는 작은 종이를 펼쳐 보았다.

밀영루, 자시.

단 두 단어만 적혀 있었지만, 그는 종이가 의미하는 바를 알 수 있었다. 결코 반갑지 않은 자가 무슨 연유에선지 그의 나라에 들어와 있었다. 그것도 등잔 밑이 어둡다는 말처럼 바로 황궁 근처에 있음이 분명했다.

항상 그자와 관련된 일이면 그러했듯, 불길한 느낌이 들었다. 자시라면, 유하 님은 이미 잠자리에 드셨을 시간. 별일은 없을

171

터였다.

　비밀스러운 그림자라는 기루의 이름답게, 휘는 그자와의 만남도 그만큼 의미 없기를 바랐다.

　"라현!"

　"부르셨습니까, 폐하?"

　"자시에 밀영루로 간다. 준비해 놓도록."

　라현은 공손히 고개를 숙여 명을 받았다. 황제 폐하는 기루와는 거리가 먼 분이었으니, 밀영루라면 곧 다른 것을 의미했다.

　역마살이 있는 것처럼 간혹 남의 제국에 스며들어 황제 폐하를 불러내는 그분이다. 저번과 같은 시각, 같은 곳에서 그는 기다리고 있을 터였다.

　자기 나라 두고 뭐 하러 예까지 오는 걸까 하는 의문은 매번 들었지만, 또한 절대 입 밖으로는 나오지 않았다. 그분 또한, 폐하처럼 쉬이 헤아릴 수 없는 존재임을 알고 있기에.

\* \* \*

　서쪽으로 붉은 주작, 동쪽으로 푸른 청룡, 북쪽으로 흰 백호, 남쪽으로 검은 현무가 있었다. 사방위신이라 불리지만 실상 그들은 신이 아니라 신들이 거느리는 신수에 불과했다.

　하지만 짐승도, 그렇다고 괴물도 아닌 것이, 그 위용과 빛나는 풍채는 가히 신이라 착각할 만하였다. 그것은 벽에 걸린, 자수로 모방된 모습이라 하여도 신성한 장식품의 역할을 톡톡히 하였다.

　"호오…… 상당히 멋있구나."

　휘황찬란한 천장의 벽화나 섬세한 조각이 새겨진 상아빛 기둥은

172

가히 이곳이 신성한 곳이라는 듯 빛을 뿜어내고 있었으나, 유하가 느끼기에는 그뿐이었다.

하백 님이나 상제님과 있을 적에 느꼈었던, 그녀가 작게나마 기대했었던 신의 기운이 머무르지 않는 곳이었다. 대신관이란 여인은 그것을 알고 있을까. 여인이 도무지 아무 말도 하지 않아서 유하는 그녀가 이곳에 온 목적을 알 수가 없었다.

서란은 벽에 걸린 그림을 바라보는 신녀라는 여인을 응시했다. 여인이라기엔 소녀에 가까웠다. 처음부터 마음에 들지 않았지만, 품위 없게 이리저리 두리번거리는 모습까지 심히 거슬렸다.

청초하다고는 할 수 있었으나, 성스럽다고는 할 수 없는 소녀였다. 이런 것을 신녀라고 속일 수나 있을까. 서란의 입가가 짙은 경멸로 굳어졌다.

"출신은 어떻게 되시지요?"

"뭐라 하였느냐?"

유하의 하대에 서란의 목소리가 더 차갑게 내려앉았다.

"출신이 어떻게 되시길래 황제 폐하와 그리도 친분이 있으신지 궁금하단 말이었습니다."

갑작스러운 그녀의 적의에 유하는 아무 말도 할 수 없었다. 또한, 어떻게 대답해야 할지 막막하기도 했다. 반신반인인 유하가 지상에 출신이 있을 리가 만무했다. 그녀는 엄밀히 말해 천계에 속해 있었기 때문이다.

"저건 갑자기 왜 저래? 웬 출신 타령이야."

청의 목소리에 짜증이 서려 있었다. 신의 아이에게 지상의 것을 묻다니, 무지하다고 용서될 수 있는 무례에도 정도가 있었다.

하지만 인간인 서란은 위협적으로 찌푸린 청을 볼 수 없었다.

173

그래서 유하는 여전히 서란의 무례한 눈초리에 노출되어 있었다.

"출신이 그리 중요한 건가?"

유하는 그녀를 겨냥하는 적의를 뒤로하고 단순히 물었다. 그것이 진정 궁금했기 때문이다. 대신관의 적의는 그 이유를 모르는 만큼, 자신이 신경 쓸 것 없다고 생각되었다.

원래 인간의 감정이란 자기중심적이어서 잘못 여부를 떠나 멋대로 악감정을 가질 수 있다는 것을 유하는 알고 있었다.

서란은 소녀의 초연한 태도에 그녀가 더욱 마음에 들지 않았다. 그녀의 감정 하나 서리지 않은 물음에서 서란은 이 질문이 정말로 단순한 궁금증에서 나온 것임을 알 수 있었다.

빈정거림도, 적의에 대한 방어도 아니었다. 마치 출신 같은 것은 하등 중요치 않은 것이어서 정말 그리 물은 것 같은 모습이었다. 서란은 입술을 지그시 깨물었다. 어차피 당당히 밝힐 출신도 아닌 주제에 마치 성스러운 무언가라도 되는 것처럼 포장하려 들다니!

"가짜 주제에."

"……응?"

"신의 힘을 가지고 있다고 속이려 해도 소용없습니다. 아무리 해도 당신은, 분명한 가짜이니까요! 아무리 그를 위해서라도, 이건! 당신 따위가ㅡ!"

서란은 끝까지 차분하기 그지없는 소녀의 모습에, 울분을 못 이겨 그만 참고 있던 말들을 입 밖으로 내고 말았다. 소녀의 눈이 휘둥그레 떠졌다.

존재 자체를 부정하는 말. 서란은 틀린 말은 아니라 생각했지만 당황하였다. 이렇게 면전에 던지기엔 상당히 무례한 말이었기 때문이다.

서란은 아차 싶었지만, 이미 쏟아 버린 말들을 도로 주울 수도 없었다. 소녀의 얼굴에는 당황스러운 감정이 가득했다. 마치 무어라 대꾸하기가 힘들다는 표정이었다.

그리고 그 순간, 소녀의 뒤에서 난데없이 거센 물줄기가 바닥을 뚫고 솟구쳐 올랐다. 신궁을 울리는 엄청난 소리에 유하도 뒤를 돌아보았다.

"이, 이게 무슨!"

경악하는 대신관의 모습 앞에서 청은 분노를 주체할 수 없었다.

감히! 감히 귀한 신의 아이에게 그딴 천박한 혀를 놀리다니.

저 인간 여자가 그의 모습을 보지 못한다고 하여도 상관없었다. 호천서의 신궁과 본궁 아래에는 수로가 흘러서 그의 힘을 운용하기란 무척이나 쉬운 일…… 그리고 물줄기로 인간의 몸을 관통하는 것쯤은 그에겐 별일도 아니었다.

신의 아이에게 가짜라고? 무지에도 정도가 있었다. 그래, 신의 아이를 모욕한 일에 대한 벌을 주는 것이니 하백 님도 용서하실 터였다. 그것이 비록 자연의 법칙에 반하는 것이라 하더라도.

천장까지 솟구친 물줄기가 마치 의지를 가진 용처럼 이리저리로 휘었다. 분노에 휩싸인 모습이었다. 그것은 위협적으로 이리저리 휘어지며 먹잇감을 찾는 것처럼 소용돌이쳤다.

청의 푸른 머리카락이 이리저리 흩날렸다. 물의 인이 그의 이마에서 푸르게 빛을 발하였다. 유하는 갑작스러운 일에 멍하니 그를 바라보다가 퍼뜩 정신을 차렸다. 이러다간 이성을 잃은 청의 물줄기가 신궁을 무너뜨릴 것이었다.

하지만 유하가 미처 그를 부를 틈도 없이 소용돌이치던 물줄기

175

가 곧장 굳은 채로 서 있는 대신관을 향해 돌진하기 시작했다. 유하는 재빨리 대신관 앞에 섰다. 물줄기는 지체하지 않고 그녀들을 향해 날아들었다. 그 푸른 창이 그녀를 꿰뚫기 직전의 찰나,

"그만!"

유하의 입을 타고 나온 음성이 허공을 울렸다. 눈에 보일 듯 하얗단 착각이 이는 음성이었으나, 그것은 인간의 귀로는 들을 수 없는 것이었다.

그녀의 이마에 하얀 인이 빛나고 있었다. 그리고 그녀의 검은 눈동자가 마치 얼은 듯 움직임을 멈춘 물줄기를, 정확히는 청을 응시했다.

"그대에게 운명의 거스름이 허락되지 않았노라."

또 한 번 울린 시릴 만큼 청명한 목소리에, 그녀를 꿰뚫기 직전이었던 물줄기와 더불어 솟구치던 물이 저를 점령하던 힘을 잃은 듯 바닥으로 떨어져 내렸다.

차가운 물이 유하의 치맛자락을 적셨다. 동시에, 유하의 이마에 빛났던 인과 청의 인이 사라졌다. 유하는 바닥에 주저앉은 대신관을 향해 돌아섰다. 서란을 보는 그녀의 눈동자가 아무 일도 없었다는 듯 고요했다.

"괜찮은 것이냐?"

그녀의 물음에 서란은 얼이 빠진 듯 고개를 끄덕였다. 인간인 서란은 유하의 이마에 새겨졌던 인을 보지 못했고, 또한 인간의 것이 아니었던 조금 전 그녀의 음성을 듣지 못하였다. 단지, 이 소녀로 인해 물이 생명이 있는 것처럼 그녀를 위협했다는 것만 알 수 있었을 뿐이다.

설마, 정말로 신녀인 것인가. 그런 말도 안 되는……. 서란은 정

신이 없는 와중에도 떨리는 손으로 품에서 작은 상자 하나를 꺼내 유하를 향해 내밀었다.

"가……지고 가십시오."

유하는 영문을 알 수 없었으나, 보아하니 대신관은 지나치게 놀란 듯하여 무언가를 설명할 상태가 아닌 듯싶었다. 그녀는 상자를 받아 들고는 주저앉아 있는 대신관에게 손을 내밀었으나, 서란은 손을 잡는 대신에 손가락으로 문가를 가리켰다.

"제가 해야 할 일은 끝났으니 그만 나가 주십시오. 밖에 있는 신관이 본궁으로 모셔다 드릴 것입니다."

그 말을 마친 후 서란은 천천히 일어서서 뒤를 돌아 걸어가더니 이내 사라졌다. 남겨진 유하는 어리둥절하니 손에 들린 상자를 매만지다가 이내 생각이 난 듯이 고개를 돌려, 뚱하니 팔짱을 낀 채 그녀를 내려다보는 청에게 눈을 흘겼다.

"청, 그렇게 폭주하면 어쩌잔 것이냐."

"그 인간이 잘못했다. 너도 네 가치쯤은 신경을 쓰라고."

"하마터면 법칙을 거스를 뻔했지 않느냐. 령이 자기 의지로 생명을 거두려 하면 어찌해."

"타락하겠지."

"청!"

유하의 진지한 꾸짖음에 청은 한숨을 내쉬었다. 그래, 이번엔 그가 잘못한 것이 맞았다. 하지만 또 그런 상황이 온다면 그는 똑같이 행동할 것이다. 신의 아이는 그런 존재였다.

"그러면 안 돼. 아무리―"

"알았어, 조심하지. 이제 여기서 나가자. 느낌이 안 좋은 곳이야."

청은 유하의 말을 끊고는 치가 떨린다는 듯이 먼저 신궁을 나왔다. 유하는 뿌로통히 입을 모았다.

그러나 맞는 말이긴 했다. 느낌이 좋지 않았다. 그리고 좀 전의 그 일은, 찜찜하기까지 했다. 신이 머물지 않는 신궁이라⋯⋯. 그럼 대체 무엇이 머무는 것일까.

유하는 떨떠름한 느낌을 떨쳐 내며 손에 들린 상자를 품 안에 넣었다. 달그락거리는 소리가 들려 무엇일까 호기심이 들었지만, 그녀는 이내 신궁 밖으로 향했다. 품 안의 상자보다는, 휘에게 돌아가는 것이 먼저였다. 적어도 그에게는 신이 머물고 있음이 틀림없었으니까.

그러고 보니 휘는 알고 있을까? 그에게서 희미하게 하백 님의 기운이 느껴진다는 것을. 그리고 신녀, 신녀라⋯⋯.

"아!"

작은 감탄사와 함께 손바닥을 치며, 가던 길을 갑작스레 멈추어 선 유하로 인해, 청은 무슨 일이냐는 표정으로 그녀를 돌아보았다. 그녀는 무언가 대단한 것을 깨달은 사람처럼 눈을 동그랗게 뜨고 멈춰 있었다.

"내 위치가 그것이구나."

"뭐?"

"이런, 미리 말해 주었다면 좋았을 것을."

청은 여전히 이해가 가지 않아 어리둥절하였다.

"청."

"응?"

"나는 이제부터 물의 신녀인 것이야. 너의 힘은 나의 것이고."

유하는 휘가 그녀에게 마련해 준 지상에서의 위치가 바로 신궁에서 그녀를 지칭했던 '신녀'라는 것임을 짐작할 수 있었다.

그리고 라현이 말해 준 신궁의 역할을 생각했을 때, 그녀가 받은 이 작은 상자는 바로 신궁이 그녀를 인정했다는 증표일 것이다. 그리고 대신관은 그녀를 인정하고 싶지 않았음이 틀림없다. '신녀'란 사실 실제로는 존재하지 않는 민담 속 인물이었으므로.

사실 그 민담은 잠시 지상에 내려왔다 승천한 반신반인을 지칭한 것이었으니 유하가 '신녀'라는 것은, 그리 잘못된 말은 아니었다. 하지만 그 사실은 유하만 알고 있는 것이었다. 그녀는 어리둥절해하는 청을 두고 고개를 끄덕이며 다시금 걸음을 옮겼다.


"없다고?"

"예. 하지만 곧 돌아오실 겁니다."

본궁으로 돌아온 유하는 곧바로 휘를 찾았으나, 그는 자리를 비운 채였다. 유하는 방을 한 번 둘러보더니 황제의 자리로 보이는 비단을 씌운 의자에 시선을 멈췄다.

그러고는 곧장 걸음을 옮겨, 거리낌 없이 그곳에 앉았다. 그런 뒤에야 그녀는 앞에서 경직된 표정으로 그녀를 뚫어져라 쳐다보는 라현을 발견했다.

"유하 님, 거긴 황제 폐하께서 앉으시는 곳입니다."

"알아. 그래서 앉은 것이 아니더냐, 제일 편해 보이니."

라현은 유하의 아무렇지 않은 태도에 기가 막혔다. 이 지상에 황제의 자리에 저리도 거리낌 없이 앉을 수 있는 자는 아무도 없었다. 하지만 이 여인…… 아니, 소녀라고 해야 할까, 그녀는 너무도 당연하다는 듯이 편해 보인다며 그곳에 앉아 그를 바라보고 있었다.

무지한 자의 경박함이나, 그 자리에 맞지 않는 듯한 어색한 느낌조차도 없었다. 그저 평온하게 마치 그녀 자신이 황제의 위에 있는 존재라도 되듯이 자연스럽게 의자에 몸을 파묻고 있었다.

라현에게조차 그것이 어색하게 느껴지지 않아, 그가 이 출신조차도 모르는 소녀에게 압도당한 것처럼 그녀의 행동에 대해 그 어떤 말도 할 수 없었다. 단지 궁금할 뿐이었다.

"물어보아도 되겠습니까?"

"무얼?"

"출신, 말입니다."

유하는 답 없이 라현의 눈을 마주쳤다. 적의는 아니었다. 그는 단지 정말로 궁금한 것처럼 보였다. 하지만 무어라 말해 주어야 할까. 그녀는 천계의 존재라 지상의 출신 따위는 필요치 않은데 말이다.

"대신관이란 여인도 그걸 물어보았어. 그것이 그리도 중한 것이야?"

라현은 살짝 고개를 저었다. 사실 그에게는 그렇게 중요하지 않은 것이었다. 그것이 그에게 그리 중요했다면, 그는 황제 폐하의 보좌가 되지 못하였을 테니까. 그의 출신은 그다지 좋다고 할 수 없는 것이었다.

하지만 그것은 누군가에 대해 알기 위해 묻는 가장 기본적인 질문이었다. 출신이란 그 사람의 전부는 아니지만, 중요하지 않다고도 할 수 없는, 그 사람의 일부이기 때문이다. 유하 님에게 출신을 묻는 이유는 단지 그것이었다.

"그저, 유하 님이 누구신지 알고 싶을 뿐입니다. 출신이란, 어렴풋이나마 그 사람을 보여 주는 것이기에……."

"그러한 것이냐? 하나 내게 출신 같은 건 없어."

"예?"

"그러나 너에게 그것이 필요하다면…… 신궁은 나를 '신녀'라고 하였지. 그것으로 족할 듯하구나."

"신녀라니."

그런 것은 민담에서나 나오는 존재하지 않는 인물이었으므로 라현은 여전히 알 수가 없었다. 대체 이 여인은 누구인가.

어리둥절해하는 라현의 모습에 유하는 한숨을 쉬었다. 인간은 어찌 이다지도 사소하고 의미 없는 것에 집착하여 믿음이란 것을 갖지 못하는 것일까.

"자, 라현 잘 보아라."

유하는 손가락을 활짝 폈다. 그녀가 손을 조금 들어 올리자, 놀랍게도 거기서 물이 솟아나기 시작했다. 그것은 바닥으로 떨어지지 않고 뭉치기 시작해서 마침내 커다란 구가 되었다.

유하의 눈은 줄곧 청을 응시하고 있었으나, 라현은 청을 볼 수 없었다. 유하가 고개를 젓자, 물은 구의 형태를 유지하지 못하고 바닥으로 흘러내렸다.

"답을 얻었느냐?"

대답 없는 라현은 적잖이 놀란 상태였다. 직접 보고서 어찌 인정하지 않을 수 있을까. 그녀는 정말 전설 속에서나 나오는 신녀인 것인가? 물의 힘이 깃든?

그것이 사실이라면, 황제에게 하대를 하는 행동이 납득되기도 하였다.

"더 보여 주어야 하는 것이냐?"

"아닙니다."

유하는 청의 힘이 인간들의 믿음에 효과가 있음을 다시금 깨달았다. 고개를 돌린 유하는, 어느새 문가에 서서 그녀를 보고 있는 휘를 발견했다.

"왔어?"

"네. 제가 말씀드린 것은 가져오셨습니까?"

유하는 그녀가 받은 작은 상자를 그에게 건넸다. 휘는 한 치도 의심하지 않았다. 대신관이 결국은 주게 될 줄 알았다. 그 과정에서 어떤 괘씸한 말을 했는지는 알 수 없지만, 유하 님이라면 그런 것쯤은 아무렇지 않게 생각하셨을 것도 알고 있었다.

그가 상자를 열자, 백자로 만든 가락지 하나가 보였다. 휘는 그것을 유하의 둘째손가락에 끼워 주었다. 이것으로 되었다.

게다가 조금 전 그녀가 청과 함께 보인 물의 힘은 확실히 그가 하려는 일에 도움이 될 것이었다. 단 한 가지 걸리는 일 빼고는 모든 일이 순조로웠다.

그러나 단 하나 걸리는 일, 자시는 아직 한참을 기다려야 올 것이었다. 휘는 망설임 없이 입을 열어 명을 내렸다.

"라현, 신료들을 모아라. 신녀가 나타나셨음을 제국에 공표한다."

라현은 명을 받들었다. 오랜만에 제국이 술렁일 것임은 자명한 일이었다. 그리고 신녀는 휘가 계획한 대로 호천서의 신녀가 될 것이었다. 그 누구도 결코 빼앗을 수 없도록.

❋ ❋ ❋

밀영루, 자시.

비밀의 그림자라는 뜻에 맞게, 이곳에서는 가장 은밀한 일들이 이루어지곤 했다. 그것은 가장 비밀스럽고, 그 누구도 상상할 수 없는 만남들을 포함했다.

푸른 무복에 얇은 면포까지 한 이 나라의 황제, 무환 류휘는 결코 내키지 않는 그 만남을 위해 문을 열고 들어섰다.

"여어— 이거 오랜만."

붉은 머리에 비틀린 미소가 그를 맞이했다. 면포 아래 휘의 얼굴은 무표정했다. 유열은 일어서지도 않은 채로 그런 그를 응시했다. 이윽고 휘의 입이 열렸다.

"용건은?"

"음…… 글쎄?"

"말해라."

유열은 자리에서 일어났다. 똑같은 키에 왠지 모르게 똑같은 분위기를 가진 두 남자는 서로를 감정 없는 눈으로 응시했다. 이 고리가 끊어지기를 얼마나 바라 왔던가. 유열은 때가 가까워졌다는 것을 알고 있었다.

"백야가 멀지 않은 걸로 알고 있는데……?"

"그래서?"

"알다시피 이번엔 우리 차례라서 말이야. 내가 직접 입궁하지."

"……."

비록 얼굴은 무표정이었지만, 휘는 충분히 놀라고 있었다. 4년마다 백야 때 번갈아 가며 사신들을 보내는 두 제국의 의례는, 말 그대로 그저 의례로써 오랜 세월 동안 굳어진 형식일 뿐이었다.

유열 같은 지위의 남자가 직접 참여할 만한 의례는 아니었던 것이다. 지금까지 명목상이나마 이어지던 것이 신기한 의례에 그가 이렇게 손수 오는 일은 이번이 처음이었다. 왜 이런 갑작스러운 변덕을 부리는 것인지 알 수가 없었다.

"이유는?"

"가져와야 할 것이 있어서 말이야."

휘는 그 알 수 없는 말에 침묵으로 답했다. 남의 나라에서 가져가야 할 것이 얼마나 중하길래 직접 가지러 오는 것일까. 휘는 그것이 자신과 관련되어 있을 것 같다는 불길한 예감을 지울 수가 없었다.

그것이 무엇이든 그에게, 혹은 유하 님에게 해가 되는 것이라면 절대로 용납할 수 없다. 유열은 '아는 자'이기에 그와 상극의 운명을 타고났으므로, 그 어떤 면으로든 유하 님에게 위험할 것이 자명했다.

아니 어쩌면, 그는 알 수 없는 어떤 경위를 통해 이미 유하 님의 존재를 알고 있을지도 모른다. 그렇지만 이미 신녀로 공표한 이상, 유하 님을 마음대로 건드릴 수는 없을 것이다. 그러나 지금으로서는 그의 목적이 무엇인지 전혀 알 수 없었다.

"용건은 그게 다인가."

"그렇다고 해 두지."

짧은 시선이 오갔다. 둘 다 감정 없이 응시했으나, 한 치의 물러섬도 없는 시선이었다. 휘가 먼저 시선을 끊었다. 둘 사이에 동질감은 그다지 선호하지 않는 종류였다. 문득, 유열이 다시 입을 열었다.

"왜 죽일 수 없을까? 심장을 칼로 꿰뚫어 버리면 끝나는 건데."

그의 섬뜩한 눈빛에도 휘는 그저 지겹기만 했다. 왜 죽일 수 없을까. 그것은 이놈과 마주칠 때마다 그도 하곤 했던 생각이다.

그는 답을 알고 있었다. 그도 서유열도, 한낱 겁쟁이에 지나지 않기 때문이다. 그리고 지금의 그는 그런 것을 생각할 겨를도 없는, 구원에 매달리기 바쁜 존재였다. 적어도 그것은, 의미 없는 죽음에 대해 생각하는 것보다 더 생산적인 일이었다.

유열의 시선이 집요했다. 마치 당장 답을 말하라는 것처럼. 휘는 사양하지 않았다.

"두려워서. 아직은 아비가 그랬던 것처럼 미치고 싶지 않은 모양이지."

"호오, 넌 그런가 보군."

유열의 반응에 우습다는 듯이, 휘는 정확히 짚어 주었다.

"내가 아니라 너 말이다."

그래, 우리 둘 다. 그 단호함에 유열의 눈이 붉은 핏빛으로 일그러졌다. 같은 처지 때문에 단 한마디 말로 둘 다 타격을 입는다는 것이 역겨웠다.

하나, 유열을 찌르기 위해서는 휘도 찔려야 했다. 그것밖에는 그를 아프게 할 방법이 없었기 때문이다.

그 말을 끝으로, 휘는 망설임 없이 돌아섰다. 이자와 오래 있어 봤자 득 될 것도 없었으므로, 휘는 금세 밀영루를 나왔다.

밤이 매우 깊었다. 그러나 잠들지 않을 밤은 많이 남아 있었다. 그의 걸음이 황궁으로 아니, 그가 지켜야 할 눈꽃이 있는 곳을 향했다. 오래도록 그의 뇌리 가운데 유열의 비틀린 웃음이 지워지지 않았다.

❊ ❊ ❊

여느 때처럼 아침은 어두웠다. 한 줌의 햇빛도 들어올 수 없도록 창은 검붉은 비단으로 가려져 있었다. 빛이라는 것은 잔인했다.

갈망하기는 너무도 쉬우나 결코 잡을 수 없는 것. 그러고는 끝내 눈을 멀게 하는 것.

침대에 손을 짚고 일어나자 손가락에 붉은 머리카락이 얽혀 들었다. 언젠가 그 여자가 말한 것을 잊지 못한다. 두려움 가득한 마음들은 애써 뒤로한 채 그의 머리카락이 따스한 석양의 붉은빛과 닮았다고 했던…….

그 어린 나이부터 그는 거짓에 익숙했다. 작고 앙증맞았을 입으로 짙은 조소를 지으면 여인은 그리 생각했다지.

너의 이름은 유열이 아니라 유혈이다. 피로 낭자한 붉은 악귀, 그 비웃는 모습은 그와 진절머리 나게도 닮았구나.

"죽은 주제에 상념에 끼어들다니……."

유열은 조금 초췌한 얼굴을 썼다. 요 근래 잠을 제대로 잔 적이 없었다. 밀영루에서 호천서의 황제를 대면한 후 고국으로 돌아온 날부터 악몽이 그를 괴롭혔다. 달리 다른 것이 악몽이 아니었다. 류휘의 것인 양 그를 따라가는 그녀와 꿈속에서 이어지는 어릴 적 절망과도 같은 핏빛 기억이 그것이었다.

심장에 비수가 꽂히는 것처럼 고통스러웠다. 그는 류휘를 싫어했다. 그러나 살심을 느낀 것은 처음이었다.

그녀는 그의 것이어야 했다. 밤 같은 흑발과 흑안을 가졌음에도 빛처럼 새하얀 영혼을 가진, 그가 감히 소유하고자 하는 그런 순수. 그것을 검게 물들여야 했다. 그가 온전히 소유할 수 있도록.

류휘는 어리석게도 유하를 자유롭게 방치해 두었을지 몰라도, 그녀가 그의 것이 된다면 그렇게 언제든지 떠나 버릴 수 있는 위험 속에 두진 않을 것이다. 가두어 놓고 오직 그만이 볼 수 있게 할 것이었다.

유열은 그만 침대에서 일어나 옷을 챙겨 입었다. 그의 침실에는 시중드는 궁녀들조차 들어올 수 없다. 그 정도는 자신이 하는 것이 나았다. 그에게 여자란 치가 떨리는 존재였다.

하지만 유하는…… 그녀는 유하였다. 그것만으로도 여기저기 널린 그렇고 그런 여자들과는 비교할 수 없었다.

붉은 용이 수놓아진 웃옷이 대충 유열의 어깨에 걸쳐졌다. 붉은 머리가 그의 신분을 알려 주었지만, 그래도 궁에는 귀찮기만 한 법도라는 것이 존재했다. 그가 이렇게 태어났기에 따라야 하는 최소한의 것들이었다.

언제쯤 이 악몽에서 벗어날 수 있을까. 모든 것을 가졌으나, 결국 아무것도 그의 것이 아닌 악몽 말이다.

어미는 그를 두려워했다. 그리고 언제부터인가 그가 자신의 앞날을 생각하기 시작했을 때, 유열은 이미 오래전에 그의 의지와는 상관없이 그가 족쇄에 매여 있다는 것을 깨달았다.

그 즈음 제 아비는 마치 의무에서 드디어 벗어난다는 듯이 그에게 붉은 글씨를 넘겨주고는 보는 아들이 부러울 정도로 미련 없이 죽었다.

아비가 그에게 처음이자 마지막으로 건넨 배려는 '너무 일찍 미치지는 말라' 라는 말이었다. 유열은 미소 지었다.

뭐, 그래도 문안인사를 올려야 할 웃전들은 모두 저승에 계시니 그거 하나는 편하군.

그들이 현실에서 그를 귀찮게 하지는 않을 것이었다. 유열은 큭큭 웃으며 편전으로 들어섰다. 붉은 계열의 옷을 입은 무리들이 길을 가로질러 옥좌로 오르는 그의 발길 아래 머리를 조아렸다.

편전에는 검붉은 휘장이 드리워져 있어 아침임에도 다소 어두웠다. 이들은 이 제국이 무슨 이유로 이렇게 존재하고 있는지 알까. 아니, 그저 모두 나름의 삶을 살아 보려고 공과 사로 권력과 부를 저울질하며 오늘도 그의 발길 아래 머리를 조아리는 것일 터였다.

인간이란 그런 존재였으니까. 결국엔 그저 모두 편히 살기 위해, 좀 더 나은 삶을 살기 위해 오늘도 각자의 하루를 살아가는 것이었다.

그렇다면 그는 무엇을 위해 이 나라를 유지하는 것일까. 짙은 침묵 속에 유열의 상념은 이어졌다.

적통만이 태어나고, 적통만이 황위를 잇고, 적통만이 아는 이유로 그동안 그 어떤 역린의 불씨도 타오르기 전에 제거되었다.

제국은 강하고 고요했다. 대를 잇는 적통 황제 나름의 변혁은 있었으나, 피비린내 나는 내부의 정권 교체는 적어도 황위에 한해서는 존재하지 않았다.

비정상적일 정도로 건강한 국가였다. 그 모든 역사 속에서, 선황제들은 대체 무슨 이유로 이 나라를 유지한 것일까. 그들의 손으로 쉬이 으스러뜨릴 수 있는 것을.

매번 종류를 달리하는 광기로 죽어 갔던 황제들이라도 나라만은 온전히 유지시켰다. 그리고 그의 길도 그와 같이 될 것이다. 우연히 찾은 눈꽃이 그것을 바꿔 주지 못한다면 말이다.

그러나 눈꽃을 찾았으니, 이제 끝을 알 수 없어진 그 길에는, 아직 족쇄로 묶인 그의 의무가 남아 있었다. 붉은 글씨로 영혼까지 새겨진 의무 말이다.

그는 그와 꼭 같은 족쇄에 묶여 있는 호천서의 황제와 눈꽃을 잠시 생각했다. 그러고는 침묵을 가르고 긴 한숨을 내쉬었다. 결국 아직은 이어져 있는 운명이었다, 그와 이 제국은. 그리하기에 그는 입을 열었다.

"시작하라."

"예, 폐하."

파천(破天) 서유열, 그는 호천서를 제외한 유일한 제국, 적호국의 황제였으므로.

✳  ✳  ✳

무척이나 시끄러웠다. 사람인지 까마귀 떼들인지 구분할 수 없을 지경이라고 유하는 생각했다. 있을 수 없는 일이니 반대한다는 말 한마디면 될 것을 뭐 그리 장황하게 여기저기서 쏟아 내는지 귀가 아파 왔다.

비슷비슷한 계열의 푸른 관복을 입은 무리들은 하나같이 그들 앞에 서 있는 그녀가 안 보이는 것처럼 오로지 그녀의 옆 옥좌에 앉아 있는 황제를 향해 그녀가 있을 수 없는 존재라 못 박고 있었다. 상당히 무례한 것을 넘어 어이가 없었다.

휘는 예상했던 반응이었는지 다소 냉랭한 눈으로 그들을 내려다보고 있었다. 신료들은 이미 황제의 그 냉랭한 눈빛에 익숙해진지라 도무지 입을 다물지 않았다.

그들의 행태에 진작에 신경질을 부렸을 청이 귀를 막은 채 방관하고 있다는 것으로 소음의 심각성을 알 수 있을 정도였다.

결국 유하는 인내심의 한계에 부딪히고 말았다. 그러나 그 순간, '쿵' 하고 거대한 소리가 편전을 울렸다. 그 소리는 일순간에 떠들어 대던 신료들을 침묵하게 만들었다.

휘의 손을 받치고 있던 검이 검집이 씌인 그대로 바닥에 박혀, 잘 다듬어져 윤기마저 흐르는 나무 바닥이 쩍하고 갈라져 있었다. 황제의 서늘한 눈빛이 그 갈라진 틈에서 떨어져 나와 얼어붙은 신료들을 훑었다.

"그대들의 의중을 묻고자 함이 아니다. 그저 있는 사실을 말한 것일 뿐."

"하오나 폐하, 신녀라 하오시면 민담 속에서나 나오는—"

"무지하면 죽음 앞에서도 두렵지 않다더니, 공이 그러한가 보군."

한마디로 죽고 싶으냐는 뜻이었다. 감히 황제 앞에 말을 올린 신료는 그만 입을 다물고 한 발짝 물러났다. 그제야 그들은 깨달았다. 이것이 지금까지 몇 안 되게 그들 앞에 내려졌던, 황제의 일방적인 통보들 중 하나라는 것을.

그러나 그들의 황제답지 않게 너무도 납득이 안 되는 통보이기도 했다. 그들은 대체 저 소녀가 그들의 황제에게 어떠한 존재일지 머리를 맹렬히 굴렸다. 그들은 황제 옆에 서 있는 소녀가 진짜 신녀일지는 고려하지 않았다. 그것이야말로 있을 수 없는 일이었기 때문이다.

"군주에 대한 믿음조차 없는 것인가."

황제의 싸늘한 물음에 답할 수 있는 자는 없었다. 휘는 냉소했다. 이들이 하는 생각쯤은 쉬이 알 수 있었다. 그러나 이들이 뭐라고 하든지 간에, 이렇듯 유하 님을 이들 앞에 공표하는 것은 그저 절차에 불과했다. 어차피 이런 반응은 예상했던 것이니 대수로울 것이 없었다.

그저 무지한 자들에게는 눈으로 확인시켜 주는 것만이 답이었다. 휘는 유하 쪽으로 고개를 돌려, 그녀에게 입을 열었다.

"보여 주시겠습니까?"

아까의 냉랭한 음성과는 대조적으로, 다소 딱딱하지만 무척이나 정중한 어투에 그녀는 고개를 끄덕였다. 황제가 소녀를 높여 대하는 것에 놀라는 것도 잠시, 신료들의 귀에 청초한 음성이 닿았다. 지금까지 황제 옆에서 조용히 침묵하고 있던 소녀의 것이었다.

"고개를 들어 보아라. 무지함에 단비를 내려 줄 터이니."

그들의 의아함이 깃든 시선이 허공을 향해 가지런히 포개어 내밀어진 소녀의 섬섬옥수를 향했다.

청은 그 손끝을 응시했다. 호천서의 황궁 아래에는 수로가 흐른다. 그의 근원이 가까이 있다면, 신의 아이가 그 힘을 쓰기는 어렵지 않을 터였다. 그의 이름이, 마치 지박된 영혼처럼 유하의 의지 곁을 맴돌았다.

별안간, 바닥 밑에서 웅웅거리는 소리가 들려왔다. 그 소리는 휘가 검으로 찍어내려 갈라진 바닥의 틈으로 다가오듯이 점점 커졌다.

그리고 마침내 그 모든 것이 솟구쳤다. 무지 속에 있던 신료들의 시선이 여지없이 혼란과 경탄, 그리고 미묘한 두려움으로 물들었다.

눈에 보이는 이것이 진정 생시인 것인가. 정녕 신의 힘이 그들 앞에 있는 것일까. 소녀의 손가락에서 하얗게 빛나는 백색 자기 반지가 그들의 의심을 불식시켰다. 순식간에 소란이 잦아들었다.

신궁의 증표인 하얀 반지를 낀 소녀의 입가에 자애로운 미소가 그려졌다. 그리고 황제의 음성이 울려 퍼졌다.

"신녀 앞에 예를 올려라."

그리고 눈이 뜨인 자들은, 그제야 깊이 고개를 조아렸다.

※　※　※

"폐하!"

"재미있는 소식이라도 있나 보군, 사한."

"신녀입니다! 호천서에 신녀가 나타나셨답니다."

"신녀? 내가 아는 그 신녀가 맞나? 그 민담에서나 나오는?"

"그런 것 같습니다."

그제야 감겨 있던 적갈색 눈동자가 드러났다. 주군의 얼굴이 잠시간 묘하게 일그러졌다. 사실 사한이 듣기에도 별 해괴한 소리였다. 게다가 그 깐깐한 신궁이 인정했다는 것은 더 이해할 수 없는 노릇이었다.

그들은 그 어떤 경우에도 황제와 농담 따먹기 따위 할 리가 없는 이들이었다. 그렇다면 정말로 신녀라도 나타났다는 것인가?

"류휘, 그놈이 드디어 미쳤나 보군."

"아, 그런데 인상착의가 그분과 비슷합니다. 그때 저자에서 알아보라 하시고는 결국 아무 정보도 찾지 못했던……."

사한은 말을 끝마치지 못했다. 그것은…… 그의 주군의 얼굴에 나타난 속을 알 수 없는 저 무표정은 곧 분노를 말했다.

그의 입가에 늘 희미하게나마 걸려 있었던 비틀린 미소가 사라져 있었다. 이성을 잃기 직전에 간신히 자신을 잡아 두어 갈무리하려고 애쓰는 그런 분노였다.

싸늘한 살기가 요동치고 있었다. 사한에게는 갑작스러운 만큼 이해할 수 없는 변화였다. 그 흑발의 신비한 여인이 신녀인 것이 그렇게도 폐하께서 분노하실 만한 일인 것인가?

호천서에서 돌아온 이후로 그에 대해 더 이상의 지시가 없으셔서 그저 한 번의 흥미였다고 생각하고는 잊어버리고 있었다. 그런데 이런 반응은…… 평소의 여유로운 듯 빈틈없는 표정조차 짓지 못할 상태이시다면 꽤나 심각할 정도로 중하게 그 신녀라는 여인을 생각하신다는 의미였다.

"신녀라고……."

믿을 수 없다는 신음과 함께 나온 말은 그것이었다. 신녀라니, 감히 그녀를 사람들 앞에 내보였다는 것인가. 그것도 호천서의 신녀로 공표하다니, 류휘가 진정 미친 것이 틀림없었다.

곧 그의 손에 들어올 눈꽃이라는 생각에 방심했다. 류휘가 이렇듯 뒤통수를 칠 것을 전혀 예상하지 못한 자신의 실수였다. 놈은 정말이지 그와 여지없이 생각하는 것이 똑 닮은 판박이였다. 단지, 그는 공격하기 위해서, 놈은 방어하기 위해서라는 점이 다를 뿐이었다.

주먹을 쥔 손바닥에서 피가 날 정도로 분노를 주체할 수 없었다. 조금만 더 기다리면 자신의 품에 가둘 수 있었는데, 놈이 모든 것을 망쳤다.

놈의 예정된 광기는 자신의 것과 견줄 만하기에 유열은 휘가 유하를 꼭꼭 숨겨 놓으리라 생각했다. 자신은 그 틈을 타서 그녀를 낚아채 적호국 황궁 깊은 곳에 가두어 놓으면 그만이었다. 류휘의 그림자 몇 명이 그녀를 지키고 있었다 한들 문제없이 유하를 호천서의 황궁에서 빼올 수 있었다.

류휘가 그녀의 존재를 공표하지만 않았더라면 그가 자신에게서 그녀를 다시 앗아 갈 명분은 없을 터였다. 아니, 찾아다니지조차 못했을 것이 분명했다.

그는 자신의 황제로서의 위치를, 그 족쇄를 아주 잘 인식하고 있었다. 자신보다 더……. 생각해 보니 놈과의 또 다른 차이점은

193

그것이었다. 눈꽃을 약속받은 주제에 휘는 그보다 더 족쇄에 충실했다. 그로서는 웃길 노릇이었다.

어찌 되었든 유하를 신녀로 만들었다면, 호천서에서 그녀를 빼오는 것은 힘들어진다. 신녀라는, 이렇게 공식적으로 공표된 인물의 납치라면 누구든 알아차릴 것이었으므로. 게다가 호천서의 황제가 당당히 반환 요구를 할 수 있을 것이었다.

"제길……."

이미 무너진 계획을 붙들고 있어 봤자 아무 도움도 되지 않았다. 유열은 화가 어느 정도 가라앉았음을 느꼈다. 계획이 틀어졌다고 포기하는 어린아이 같은 순진함은 처음부터 그에게 존재하지 않았다.

가장 손쉬운 계획을 더 이상 쓰지 못하는 것이 안타까웠지만 이렇게 된 이상 좀 더 류휘 쪽에 타격을 줄 만한 장기적인 계획을 세우는 것이 좋을 듯싶었다. 그를 죽이진 못하지만 죽기 직전의 아픔을 선사하는 것도 나쁘지 않을 것이다.

"사한, 호천서에 얼마나 머물기로 되어 있지?"

"사흘입니다."

"사흘이라."

충분했다. 유열은 한쪽 입꼬리를 슬쩍 올렸다. 사한은 그제야 평소의 모습으로 돌아온 황제를 보고 속으로 안도했다. 그러나 황제의 다음 말에 안도감은 오래가지 못했다.

"머리는 검은색으로 물들여야겠군."

"예?"

"오랜만에 놀이를 해 볼까."

"……."

"가짜 황제 할 인간이나 잘 만들어 두어라."

사한은 불만 가득한 말이 튀어나오려는 것을 간신히 막았다. 주군이 말한 놀이란, 변장을 말하는 것이다. 말인즉, 멀쩡한 황제의 신분을 놔두고 며칠 뒤, 호천서로 갈 사신들 중 한 명으로 가장하시겠다는 것이었다. 궁 안에 붙어 있는 것이 그렇게나 힘든 일일까. 일개 국가적 교류행사에 직접 나서겠다는 것도 기함할 노릇인데 이제는 변장까지 하시겠다니.

사한은 이런 상황이 그리 놀랍지도 않다는 사실에 울컥했다. 웃긴 일이지만 그동안 역마살이 낀 것처럼 시도 때도 없이 훌쩍 궁을 벗어나시는 것에 도가 트신 그의 황제는 변장에 정말 능했다. 유명극단의 배우도 그만큼의 변장술을 갖추진 못할 것이란 생각이 들 정도였다.

이제나 저제나 황제를 모시는 입장에서는 참으로 골치가 아팠다. 유열은 그렇게 사한이 애써 짜증스러움을 감추려 하는 모습을 재미있게 구경했다.

"가는 날이 장날이라……."

그녀가 자신을 보면 어떻게 반응할까? 그 맑은 흑안이 혼란으로 흐려지는 것을 보고 싶었다.

유열은 다시금 비틀린 미소를 입에 머금었다.

十三
백야

신녀로 인해 제국이 들썩였다. 전설 속에서나 존재하던 신의 힘이 현존한다는 사실은, 비록 믿지 못하는 이들이 아직 많다고 해도, 제국에 속한 그 누구에게나 놀라우면서도 갑작스러운 축복이었다. 그것은 신이 아직도 이 제국을 수호하고 있다는 뜻이었기 때문이다.

그리고 결정적으로, 신궁이 신녀의 존재를 인정했다는 사실이 표면적인 의심을 불식시켰다. 그렇게 제국에 새로이 나타난 힘의 주인에게 황가와 신궁, 둘로 나뉘던 정치적 관심이 쏠리기 시작했다.

분주한 발이 왔다 갔다 하며 치맛자락이 정신없이 나부꼈다. 초조하다기 보단 미약한 짜증이 서린 발걸음이었고, 그것은 누군가를 기다리는 듯했다. 문가에 조용히 서 있는 궁녀들만 알게 모르게 고개를 숙인 채로 문제의 신녀가 진정하기를 기다렸다.

그리고 그녀들이 신녀의 정신 사나운 행동에 슬슬 지쳐 갈 무렵, 문이 양쪽으로 밀려났다. 궁녀들이 미처 열기도 전에, 스스로 문을 연 라현이 유하 앞에 고개를 숙였다. 그제야 그녀는 걸음을 멈췄다.

"휘는?"

"황제 폐하께서는 다소 일이 많으신지라, 지금 뵙기가 용이하지 않으십니다."

며칠째 같은 답이었다. 하루에 한 번, 유하는 라현을 보내 휘가 그녀에게 올 수 있는지 없는지를 알아보았다. 라현은 현재 신녀를 보고자 밀려드는 사람들 때문에 황제의 보좌관으로서의 일을 잠시 내려놓고 신녀 옆에 붙어 있는 중이었다. 유하가 보고자 한다면, 공식적으로든 비공식적으로든 황제는 와야 하는 것이 원칙이었다. 신녀는, 실제로 존재한 것이 처음이긴 하여도, 결과적으로는 황제보다 서열이 높기 때문이다.

하지만 유하는 휘의 짐이 되고 싶지 않았다. 그녀가 호천서에 있는 이유는 아직 알 수가 없었지만, 적어도 별궁에 있을 때처럼 휘를 자주 만나거나, 만나고자 떼를 쓸 수는 없다는 것은 알았다. 그래서 그녀는 하루에 한 번, 휘가 그녀를 볼 여유가 있는지 없는지를 라현을 보내 알아오는 것으로 그녀의 불안을 채웠다.

신녀라는 지위를 가지게 된 후부터 날마다 새로운 얼굴들이 그녀를 찾아왔다. 신녀를 알현하기에 적당하다 생각했는지 주로 높다 하는 가문의 규슈들이 오고는 했는데, 그들은 물어보나마나 새롭게 나타난 권력의 중심을 파악하기 위해 그 아비들이 보낸 아가씨들이었다.

라현은 그것을 정확하게 알고 있었다. 그리고 이러한 인간 세상의 일에 익숙지 않은 유하조차도, 그들이 찾아오는 목적이 단순한 친목도모가 아님을 파악했고, 그 결과 라현이 일러 주는 정보와 함께 그녀는 스스로 행동을 조심하기 시작했다.

하지만 은연중에 휘를 찾게 되는 것은 그녀도 어쩔 수가 없었다. 마치 어린 동물이 태어날 때에 그 어미를 각인한 것처럼, 아직은 그가 없으면 넓은 세상에 홀로 던져진 기분이 들었다. 날마다 오가는 수많은 얼굴들 가운데 그의 것은 없었으므로, 불안함은 한 번도 해소된 적이 없었다.

"휘를 만나기가 상제님 뵙기보다 어렵게 느껴지니……."

"죄송합니다."

"죄송할 일은 아니야. 휘가 바쁘다 하니 어쩔 수 없는 일이고 무엇보다, 이제 그에게 가야 하지 않느냐?"

휘가 바쁘다는 것은 라현도 마땅히 그만큼 바빠야 한다는 뜻이었으니, 맞는 말이었다. 신녀와 함께 알현 요청들을 처리하고 정리하다 그녀에 대해 느낀 것은, 신녀는 보기와 달리 꽤나 현명하신 분이라는 것이었다. 아직은 어린 소녀 같은 용모에도 그 안에 있는 생각과 판단력은 결코 어린 소녀의 것이 아니었다. 이분께서 황후가 되신다면…….

라현은 생각이 채 자리 잡기도 전에 그것을 지워 냈다. 아직은 너무도 이른 생각이었고, 섣불리 단정 짓기에는 무리가 있는 생각이었다. 특히 대대로 한 명 이상의 반려를 둔 적이 없었던 호천서의 황제들을 보면 특히 더 그러했다. 아직은 그런 확실치도 않은 것을 예비할 때가 아니었다.

"그럼, 송구스럽지만 이만 폐하께 가 보겠습니다."

라현의 인사에 유하는 대충 고개를 끄덕였다. 이미 휘가 올 수 없다는 답을 받은 탓에, 그 이외의 것은 더 이상 그다지 중요치 않았다. 확실한 대답 하나면 족하였다.

라현이 문 뒤로 사라지고, 궁녀들에게도 물러가라 이르니 방에는 그녀 홀로 남았다. 유하는 한숨을 폭 내쉬고는 기다란 비단 의자에 쭉 널브러졌다. 손가락이 넓게 펼쳐진 머리칼 사이로 얽혀 들었다.

"보고 싶다."

그러했다. 이제 그녀가 호천서에 온 지도 꽤나 오래되었다. 계절이 바뀌고 점점 더워져서 어느덧 여름이 온 것이다. 인생사 자연을 닮았다 했던가. 따스했던 봄이 지나가니, 곁에 있었던 휘도 그저 휘라는 이름을 가진 황제가 되어 버렸다. 여름이 오니 봄이 멀어진 것처럼 그렇게 상황이 변한 것이다.

이토록 오래 인계에 머무른 반신반인은 그녀가 유일할 것이다. 지금까지의 경험상, 인간 세상은 그다지 재미있지 않았다. 그리도 재미있는 게 많다 일러 주던 용족 하린은 정말 동면기에 들어간 건지 단 한 번도 그녀를 찾아오지 않았고, 홀로 있는 밤, 어머니를 찾아 옥경을 꺼내 들어도 그것을 통해선 아무것도 볼 수 없었다.

도대체 왜, 낙성 천유하는 이곳 지상에 머물고 있는 것일까. 이름처럼 떨어진 별인 것인가. 정녕 버림받은 것이던가.

전에 휘와 말다툼을 했었던 기억이 문득 떠올랐다. 그때는 받은 상처가 커서 넘어갔었지만, 다시 생각해 보니 이상하긴 했다. 그녀 안의 신의 힘은 여전히 존재했으나, 하늘과 통할 길은 사라지고 없었다. 지상의 신인 하백 님마저도 그녀를 보러오지 않았다. 정말로 떨어진 별과 같은 신세였던 것이다.

그리고 만난 것은 하백 님의 기운이 희미하게나마 묻어 나오는,

그리고 신들이 감정이 격해지면 으레 그러한 것처럼 변안이 되는 휘였다. 유하는 그의 청록안이 남색으로 변하는 것을 똑똑히 기억하였다. 게다가 정령인 청도 볼 수 있었는데, 그럼에도 그는 인간임이 분명했다. 순간, 유하의 눈이 동그랗게 뜨였다. 그녀는 퍼뜩 몸을 일으켰다. 묘한 연결고리가 있었다.

"변안이 되고 정령을 볼 수 있는데도 인간이라는 것은…… 유열."

저자에서 마주친 위험스럽던 사내, 그와 마치 쌍둥이인 것처럼 똑같았다. 유열과 휘에게 접점이 있었던가? 아니, 사실 그녀는 유열의 이름과 그가 눈앞에서 보여 준 것을 제외하고는 그에 대해 아는 것이 없었다. 그러니 유열과 휘가 접점이 있는지 알 수 있을리가 만무했다. 그러나 무언가가 있었다. 유하는 직감적으로 그것을 확신했다.

"무얼까 그건. 내가 지상에 내려온 것과 관련 있는 것일까."

혼잣말에 대답해 줄 이도 없건만, 유하는 생각을 중얼거려 보았다. 그리고 다시금 편히 누운 유하의 머릿속에서는 해답도 없는 질문들이 계속해서 이어져 나갔다.

＊ ＊ ＊

"그런 것에 예산을 들이기엔 백야가 너무 짧다."

"하오나 폐하, 그래도 제국의 위상이 있―"

"기각한다! 다음!"

휘는 옆에서 건네주는 종이를 받아 펼쳐 들었다. 머리가 지끈거리며 아파 왔지만 그는 내색하지 않았다. 백야가 코앞이었고, 그러므로 처리해야 할 일들이 태산이었다. 태양이 지지 않는 사흘간을 위해 미리 대비해야 했다.

　제국인들의 기본적인 활동량이 늘어난다는 것은 경제활동이 늘어난다는 것이었고, 그에 따라 파생되는 문제들을 해결할 대비책이 있어야 했다. 수도로 몰려들 인파를 통제할 방도와, 타국에서 올 사신들을 접대하는 문제 등등 휘는 하나하나 따지며 해치워 나가느라 눈코 뜰 새 없이 바빴다. 그것이 벌써 며칠째였다.

　하루 일과를 마치면 이미 해시(밤 9시~11시)의 끝자락이었고, 그쯤 되면 침대에 눕고 싶은 생각밖에 들지 않았다. 그리고 눈을 뜨면 어느새 아침이 되어 있었다. 라현은 매일 빠짐없이 그 즈음 조용히 그에게서부터 형식적으로나마 유하 님에게 전할 그의 답을 받은 후 그녀에게로 물러갔다.

　그 시점부터 집무실에서 편전으로, 그리고 다시 집무실을 오가기 전까지의 시간, 즉 오고 가는 시간 동안에는 일 이외의 생각을 할 수가 있었다. 그 시간에 그가 생각하는 것은 달리 한 가지밖에 없었다. 그녀는 어떻게 하고 있을까, 오늘도 라현은 돌려보내시겠지, 그녀라면 그 무엇이든 문제없을 것이다, 그러나 불안하지는 않으실지, 왜 하루에 단 한 번만 그를 찾으시는 것일까, 등등.

　결국에는 그녀가 그를 찾는 것이 아니라 그가 그녀를 찾아가고자 한다는 것, 그녀의 불안은 모르겠으나 그가 불안함을 느낀다는 것을 깨달음으로 그 시간은 끝이 나곤 했다. 사실 속되게 이르자면, 다 때려치워 버리고 싶었다. 이목 따위 신경 쓰지 않고 그녀를 만나고 싶었다. 지금 이 시기에, 온 이목이 집중되어 있는 이때에 이런 생각은 그야말로 어리석은 것이었지만, 머릿속에서 도무지 지워지지 않았다.

　그때, 그의 눈에 막 열리는 문 사이로 고개를 숙인 채 들어오는 라현이 보였다. 휘는 지체 없이 그에게 물음을 던졌다.

"신녀께서는?"

"이제 막 알현을 마치셨습니다."

"오늘도 돌려보내셨군."

"폐하의 수고로우심을 아시어 배려해 주셨습니다."

실상, 휘는 그녀가 어떤 의도로 라현을 돌려보냈는지 충분히 짐작하고 있었다. 그녀는 속에 가진 생각을 그대로 말하고, 뜻이 아닐 때는 한 글자도 입 밖으로 내지 않으신다.

하지만 휘가 구태여 이를 하문하는 것은 자신은 그저 신녀를 주시하고자 보좌관을 그녀에게 붙인 것일 뿐, 그들 사이에 감정적인 종류가 없음을 편전의 모두가 알게 하기 위함이었다. 아무리 신녀라고 해도 신료들에게는 그녀가 여자임이 걸릴 것이고, 실제로도 쓸데없이 그녀가 미래 황후감이 될 가능성을 걱정하는 무리가 있음을 휘는 알고 있었다. 그것에서 파생될 수 있는 문제들도 그는 예방하고자 했다.

그 일환으로 그는 보좌관을 붙이는 대신, 본인은 공표 이후 한 번도 친히 신녀를 알현한 적이 없었다. 이 이상, 그 어떤 종류로든 유하 님에게 관심이 몰리게 둘 수는 없어 그가 취한 조치였다. 그녀가 신녀라는 것, 그래서 어디에 있던 무슨 일이 생기든 간에 보호받으실 수 있는 위치를 가지게 된 것이면 충분했다.

그러나 보고 싶다. 어미를 잃어버린 아이처럼 맹목적으로, 그녀가 보고 싶었다. 그녀는 그들이 처음 만났던 때와 달리 보챔도 매달림도 없이 어느새 속을 알 길 없는 어른이 되어 가는데, 어째 그는 점점 아이가 되어 가는 것 같았다.

이곳에서 그를 두려움으로 우러르는 이들 가운데 누가 알까? 그들의 황제에게 이미 그만의 작은 황제가 있다는 것을 말이다. 사실상 이 제국이 그녀를 위해 돌아가고 있다는 사실을 안다면 기함할 것이다.

그 생각에 휘는 조금 유쾌해졌다. 그 앞에 줄지어 서 있는 신료들의 숙인 머리를 내려다보면서, 휘는 오늘만큼은 일이 빨리 끝나기를 바랐다. 더 이상은 참을 수 없었다.

✻ ✻ ✻

윤가(家).

"아씨, 대인께서 요번에도 입궁하지 않으신다면 가만두지 않으시겠다는데요?"

"아버지도 참, 그게 딸한테 할 소리야?"

"아씨, 저라도 그러—"

"아아! 알았어, 알았어! 나 바쁘니까 나가렴, 응?"

윤가의 차녀, 윤비란은 잔소리를 시작하려는 소소를 쫓아냈다. 등 뒤로 문을 닫으며 그녀의 입에서 헛웃음이 터져 나왔다. 혼약 문제로 아버지와 대판 싸우고 별가로 쫓겨난 것도 모자라 이제는 입궁하여 신녀님을 뵙지 않는다고 거리로 내쫓길 판이었다.

정말 어쩌다가 그녀의 신세가 이렇게 된 것인지…… 물론 정말 쫓겨날 리는 없겠지만, 아버지가 많이 화가 나신 것은 사실이다. 그러나 그녀에겐 아버지께서 원하시는 바를 따르는 것보다 훨씬 더 중한 것이 있었다.

그녀가 언니를 위해 해야 할 일은 그렇게 만만한 일이 아니었다. 신녀를 이용한다는 것은 아버지에게조차 말할 수 없는 생각이었던 것이다.

"그러니 알현 같은 것으로는 안 된다고요, 아버지."

그녀는 반드시 신녀와 친해져야 했다. 다른 가문들처럼 단순히 알현을 청하는 것으로는 신녀의 눈에 들 수 없다. 신녀님이 어떤 사람인지 지금으로서는 알 수가 없지만, 정말로 신이 그녀와 함께 하시는 것이라면 그저 그런 친분보다는 마음을 얻어야 했다. 그러니 지금은 때가 아니었다. 아버지가 어떻게 나오시든지 간에, 그녀는 아버지의 지시를 따를 수 없었다.

그녀의 목표는 시끄러운 자들에 합세한 알현이 아니라, 백야였다. 해가 지지 않는 가운데, 자연스럽게 신녀님을 마주할 수 있는 기회 말이다.

※ ※ ※

"밤공기가 더 따듯해졌네."

창을 열고 선 유하는 몸을 한껏 젖혀, 따스한 바람이 머리칼에 걸려 흐트러지는 것을 느꼈다. 그 말을 알아들을 수는 없었지만, 그것은 부드러운 어머니의 손길처럼 그녀를 어루만졌다. 순간, 유하는 고개를 움직여 주변에 사람이 있는지 둘러보았다. 창 밖에는 아무도 없었고, 뒤를 돌아보니 궁녀들은 밤이 늦어 물러간 후였다.

"흠…… 보는 사람도 없으니 괜찮겠지?"

유하는 조심스레 창가에 올라서서 온몸으로 바람을 맞았다. 반짝이는 별님들이 훨씬 더 잘 보였다. 그 별님들 중, 유난히 크게 반짝이는 별 7개가 바로 북두칠성이었다. 상제 님의 일곱 명의 딸들이 사는 곳이니 가장 반짝이는 것일까. 그중에 일곱 번째 별은 고고한 칠성신의 몸으로 인간을 사랑하여 스스로 지상에 제일 가까운 일곱 번째 별로 내려간 월희의 궁이었다. 그러니 어머니는 필시 그녀가 서 있는 이 지상과 가장 가까울 것이다. 별빛이 멍울졌다.

중천의 저 별은
얼마나 멀길래,
반짝임만 아련하이
태를 알 수 없는고.

유하가 읊조리는 가락이 들을 이 없는 어두운 창가를 맴돌았다. 그녀는 창가에 쪼그려 앉았다. 잠이 안 온다 하여 청을 부른다면 꾸중을 들을 것이었다. 그는 그녀를 숫제 어린아이 취급하였으니 말이다.

창밖은 어둠만 가득할 뿐 아무것도 보이지 않았고, 간간이 우는 귀뚜라미 소리를 제외한다면 고요하기만 했다. 아직 조금 이른 밤인데, 휘는 무얼 하고 있을까? 하루 종일 그리도 바쁘다면 일이 끝나자마자 곯아떨어져도 어쩔 수 없을 것이다. 유하는 휘에 대한 생각을 접고 조심스레 창턱에 섰다. 살며시 눈을 감은 유하는 의미 없는 노랫가락을 읊조렸다. 다시금 바람이 스쳤다.

휘어진 저 달은
미인의 입술이라
곱디곱게 웃음 짓고
소리 없이 사라지……

208

"읍—?"

순간, 갑작스레 입을 막고 창턱에서 끌어내리는 누군가의 두 팔에 그녀는 두 눈을 홉떴다. 깜짝 놀란 탓이었다. 누군가가 다가오는 인기척조차 느끼지 못했는데 순식간에 창가에서 끌어내려져, 단단한 온기에 감싸였다. 바짝 긴장해 있던 유하는 스며드는 따스함에 몸에서 힘을 풀었다. 익숙한 기운이 느껴졌다. 입을 막은 손을 잡아 내리자, 그 손은 순순히 떨어져 나갔다.

"이 늦은 밤에 이리 와도 되는 것이냐?"

유하의 물음에 그는 답이 없었다. 그저 그녀의 목소리가 무척이나 오랜만인지라, 무어라 말할지 생각이 나지 않았다. 그녀가 뒤를 돌아 답이 없는 그를 올려다보았다. 작은 몸이 그의 품 안에 쏙 들어와 있다.

짧다고 하면 짧을 수도 있는 시간, 그녀를 보지 못했다고 해서 이렇게나 그리울 수가 있는 것일까. 어둠 속에서 그의 두 눈이 그녀의 얼굴을 훑었다. 섬세한 곡선 하나하나를 시선으로 그려 냈다. 천천히 깜빡이는 앙증맞은 속눈썹까지도.

"휘? 무슨 일 있느냐?"

유하가 손을 올려 그의 얼굴에 대었다. 의아함과 걱정이 담긴 눈빛과 함께. 어디서 왔는지 모를 미어지는 애틋함에 휘는 얼굴에 닿은 그녀의 손을 한 손으로 감싸 쥐었다. 그의 시선이 그녀의 흔들리는 눈동자를 마주했다.

가슴이 꼭 죄이는 느낌에 유하는 당황해서 손을 확 빼냈다. 석상처럼 그녀의 손을 쥔 채 무엇을 생각하는지 굳어 있던 휘는 그제야 비어 있는 그의 손으로 시선을 돌렸다. 그러고는 한숨을 쉬었다. 갑자기 두려움이 엄습했다. 그리움이 도를 지나치면 이러한 것인가? 감정이 흘러넘치고 있었다. 이 마음이, 지금 이 순간도 그를 광기로 몰고 갈 것 같았다.

"당신은 대체……."

누구십니까. 그 누구도 절대 소유하고 싶어해서는 안 될 운명을 비집고 들어오는 당신은 대체……. 왜 이리 저를 두렵게 하시는 겁니까. 어느 순간 조금이라도 눈에 보이지 않으면 찾게 만드는, 그래서 결국 가장 그러하면 안 될 순간조차 당신을 이 두 눈에 담고 싶어 미치게 하시는 겁니까. 어차피 이 손으로 움켜쥘 수도 없는 당신인데…….

"……유하 님, 지금 출궁하실 수 있겠습니까?"

"휘?"

입 밖으로 차마 나오지 못하는 생각들을 갈무리하고 휘는 아무렇지도 않은 듯 그리 말했다. 하려던 말을 끊은 그를 의아하게 생각하여 유하는 되물었지만, 그는 답하는 대신 그의 질문에 대한 그녀의 답을 기다리며 침묵했다. 고요히 내려앉은 그의 눈은, 아까의 미묘한 말에 대해 그녀에게 더 이상의 언급이 없을 것이라는 확신을 주었다.

그의 머릿속에 있을 생각의 정체를 알 수가 없어 그녀는 답답했다. 그렇게나 보고 싶었던 마음에도 불구하고 그 얼굴을 마주하고 있는 지금, 알 수 없는 이유로 마음이 아파 왔다. 마치 그에게 있는 슬픔이 그녀에게도 전해지는 것처럼.

유하는 고개를 끄덕였다. 출궁을 하든, 그저 여기에 머무르든, 그를 더 볼 수 있다면 아무래도 상관없었다. 마음을 답답하게 했던 무언가가 잠시나마 안식을 찾은 지금, 이 순간을 지속시킬 수만 있다면.

"좋아. 야밤을 틈타 쳐들어온 남자를 허락하긴 뭐하지만, 상제님보다 뵙기 힘든 남자이니."

"그럼, 실례하겠습니다."

투정 어린 불만이 담기긴 했지만 그런 그녀의 대답 하나로 충분했다. 휘는 그녀를 품에 안아 들어 올렸다. 호위 하나 없이, 모두의 눈을 피해서 나가야 했다. 유하 님은 모르고 있겠지만, 이것은 라현조차도 알지 못하는 일탈이었다. 그답지 않게, 상황도 무시해가며 그저 마음 가는 대로 행동하는 것이었다.

빙벽황제는 난생처음으로 대책 없이, 자신의 궁에서 마치 자객처럼 변복하고 신녀의 처소에 스며든 것으로도 모자라, 지금 그 신녀를 데리고 월담을 감행할 예정이었다. 지금 그에게는 그 어느 것도 상관없어 보였다. 휘가 창턱에 올라섰다. 달빛이 흐릿하게 그의 윤곽을 드러냈다.

"이 창문을 나서면 출궁까지 침묵해 주십시오."

유하의 작은 끄덕임을 신호로 그의 발이 도약했다. 예전에 하도 넘나들어 그에게만 익숙한 이 길은 그 어느 누구의 눈에도 띄지 않고 그들을 밖으로 인도해 줄 것이었다. 그저 처소로 물러간 라현이 어떤 이유에서든지 그를 다시 찾아오지 않기만을 바랐다. 그가 없어진 것을 알면 뒷목을 잡고 욕설부터 읊조릴 것이 뻔했기에.

✳  ✳  ✳

"서란 님? 왜 그러세요?"

밤거리를 걷다가 뒤를 돌아보는 대신관을 보며 그녀를 따라온 신관 두 명 중 한 명이 물었다. 내일이 백야라, 대신관은 곧잘 찾아가던 보석공에게 주문해 놓은 제사용 옥패를 직접 살피기 위해 나섰던 것이다. 서란은 고개를 저었다. 왠지 익숙한 느낌의 사람을 지나친 듯했으나, 그는 지금 이 시간에 출궁할 리가 없는 이였다.

"아무것도 아닙니다. 가지요."

두 명의 호위무사가 곧 서란을 비롯한 두 명의 신관들을 따랐다. 걸음을 떼면서도 그녀는 찜찜함을 떨치지 못했다. 서란은 아까 지나친 사람을 따라가고 싶은 마음을 억누르며 앞서갔다. 밤이어서 그런 것인지, 원래 머리카락인지 모를 흑발과 익숙한 풍채는 스쳐 지나가는 와중에도 그녀의 눈에 띄었다. 하지만 짙은 면사 탓에 그 사람의 얼굴은 볼 수 없었다. 그러나 그 작은 단서에도 서란은 그가 눈빛이 싸늘한 빙벽황제일까 설레발치는 자신을 발견했다. 그녀는 그런 자신이 지겨웠다.

"대신관님 서두르셔야 합니다. 혜시의 끝자락인지라."

"네. 그만 가죠, 이 이상 지체할 수 없으니."

하얀 무리는 이내 골목 안쪽으로 사라졌다.

＊　＊　＊

"언제 오려나?"

휘가 잠깐 기다리라 하고서 사라진 지 거의 일각이 다 되었다. 유하는 바람에 흔들리는 붉은 홍등을 올려다보았다. 무언가 익숙한 풍경이었다. 언제였던가, 몇 년 전 용족 하린을 따라 처음으로 지상에 내려왔던 기억이 떠올랐다. 몇 년이나 지나 희미해진 기억이긴 하나, 처음으로 맛본 인간 세상의 경험이 쉬이 사라질 리 없었다.

처음 맛본 설탕을 묻힌 능금꼬치는 새콤하고 또 달달하여 미각이 마비되는 듯한 착각이 일었었다. 천계에서 맛본 미약하고 잔잔한 달콤함을 지닌 능금보다 더 강하고 유혹적인 달콤함이라 꽤나 자극적이었지만, 그녀는 입을 떼지 못하고 금세 모두 먹어 버렸었다.

그리고 그때의 작았던 키로 용케 하린을 따라다니다가 그녀를 잃어버렸었다. 그래, 분명 하얀 꽃이 수놓인 비단을 보고서는 문득 멈춰 있다가 그렇게 됐었다. 그 꽃이 눈꽃일까, 하고.

그러다가 그만 날개옷을 잃어버렸었는데…… 누군가가, 그래. 검은 남자가 있었다. 유하는 제대로 기억나지 않는 그때의 일들을 상기하느라 얼굴을 찌푸렸다. 검은 남자, 그는 누구였을까.

"응?"

갑작스레 그녀의 얼굴을 덮어 오는 부드러운 면포에 떠오르려던 기억들이 순식간에 자취를 감췄다. 유하는 면포를 들어올렸다. 휘였다.

"이걸 사러 갔어?"

"혹시나 얼굴을 알아보는 자들이 있으면 안 되니 말입니다."

"그도 그렇구나."

기다리게 해서 죄송하다는 그의 말에 그녀는 고개를 설레설레 저었다. 그저 밤거리를 지나가는 사람들을 구경하는 것도 꽤나 재미가 있었다. 거리를 수놓은 붉은 홍등, 노점과 상가에서 흘러나와 코끝에 닿는 향긋한 냄새가 끊임없이 저를 유혹해 왔다. 마침 휘가 데려온 마을에는 밤늦게까지 장이 열려서 볼거리가 많았다. 유하는 그 모든 것이 즐거웠다. 오랜만에 즐기는 자유는 생각했던 것보다 배로 달콤했으니까. 보고 싶었던 휘와 있으니 더더욱.

"유하 님, 이리 오십시오."

휘는 유하를 잃어버리지 않기 위해 그녀에게서 눈을 떼지 않고 있었다. 별일은 없겠지만 그림자들조차 없이 나온 것이기에 조심할 필요는 있었다.

"능금꼬치가 먹고 싶어."

"그러면 저쪽으로—"

휘는 멀리 있는 골목을 가리켰다. 비단을 파는 곳을 거쳐 더 걸어가야지 먹거리를 파는 곳이 나올 것이었다. 그녀는 고개를 끄덕였다.

"사실은 말이지, 휘를 만나기 전에 이렇게 밤에 인간 세상에 내려온 적이 있었단다."

"밤에 혼자 말입니까?"

휘의 목소리가 순간 낮게 깔렸지만 유하는 눈치채지 못했다.

"아니, 용족 하린 언니랑 말이야."

"아."

그래도 여자 둘이서 위험하지 않습니까. 아무리 용이라도 여자 둘이서 밤에 호위도 없이 돌아다니다니. 게다가 그가 경험한 하린이란 용족은 그가 보기에 무척이나 신뢰가 가지 않는 인물이었다.

"여하튼 그때 능금꼬치를 처음 먹어 보았지. 그리고 또 뭐였더라? 응, 그래. 하린 언니를 잃어버렸었어."

휘는 순간 치미는 화를 내리눌렀다. 이미 지나간 일을 가지고서, 그리고 지금 그 앞에 아무 탈 없이 유하 님이 서 계시는 마당에 뭐라 하기도 애매했다.

둘의 발걸음이 비단상점들이 늘어서 있는 거리에 들어섰다. 유하 앞으로 줄에 걸려 있는 분홍빛 비단 한 필이 흩날렸다. 휘는 그녀 앞을 막으며 날아드는 그것을 한 손으로 살며시 치워 냈다. 그녀의 시야에 희미하게 하얀 꽃 자수가 스쳐 지나갔다. 순간, 군데군데 비어 있던 기억이 떠올랐다.

"그래, 어떤 소년이 여기 비단상 앞에서 내 날개옷을 채어 갔지. 하얀 꽃이 수놓아져 있었어. 그 소년을 무작정 따라갔는데 거기서…… 온통 검은 남자를 보았다."

휘는 묘한 위화감을 느꼈다. 알 듯 말 듯 도통 정체를 알 수 없는 익숙함이 그녀의 이야기에서 느껴졌다. 휘는 황제로 즉위하기 전, 이 밤거리를 수도 없이 오고 갔었다.

그래, 어쩌면 그도 모르는 사이 유하 님을 스쳐 지나갔던 것일 수도 있었다. 하지만 아무리 생각해 봐도 그녀를 만났던 적은 없었다. 하다못해 그녀와 비슷한 사람이라고는…… 휘는 순간 숨을 멈췄다.

"검은 면사 때문에 얼굴은 볼 수 없었는데, 정말 키가 컸었어. 난 그때 온전한 성체가 아니라서 키가 고작해야 열 살 정도의 어린아이보다 크지 않았지. 그가 내 날개옷을 받아 돌려주고는 다시 비단상으로 데려다 주었는데, 정말이지……."

이상한 소녀. 그에게 당당하고 거침없는 태도로 하대하는 그녀의 한쪽 귓가에서 하얀 빛을 발산하던 꽃 귀걸이. 피가 요동치는 듯했다. 그때 그랬던 것처럼.

"이상한 남자였어. 기운조차도 인간도 아니고 용족도 아니고, 마치……."

말을 멈춘 유하는 무언가에 이끌리듯 고개를 들어 휘를 올려다 보았다. 검은 면사의 사내, 그녀가 그때 지금만큼 컸었다면 분명…… 휘와 유하의 시선이 단단히 맞물렸다. 시간이 어디론가 사라져 버린 듯했다. 마저 하려던 말을 내뱉는 그녀의 목소리가 떨려 왔다.

"……휘와 같은 기운."

답 없이 그의 시선이 그녀를 결박했다. 그 눈동자 안에 소용돌 이치는 듯한 그것은 그녀가 가지고 있는 생각과 같은 종류의 것임 이 틀림없었다. 서로 마주한 시선 속, 기억 저편에 의미 없이 버려 두었던 그때의 순간들이 지금, 그 어느 기억보다도 뚜렷하게 떠오 르기 시작했다.

붉게 날아드는 홍등과, 잃어버렸던 날개옷을 건네는 검은 면사의 남자와, 그때보다 무척이나 커 버린 하얀 외 귀걸이의 소녀가 어디 서부터 묶인 것인지 모를 인연의 실로 말미암아 마주 서 있었다.

우연은 사실 필연이라 했던가. 그래, 필연이라면 우리는 대체 언제부터 이렇게 만나기를, 이렇게 알게 되기를 기다려 왔던 것일 까. 심장이 찢긴 듯이 아려 오는 가슴에 느껴지는 이 감정은 대체, 내가 그대의 무엇이관데…….

그녀의 다리에 힘이 풀렸다. 하지만 차가운 땅바닥 대신, 따스 한 손과 팔이 그녀를 끌어당겼다. 떨리는 몸을 잠식하는 온기와 너 른 품이 그녀를 감싸 안았다. 그는 그녀를 놓지 않을 듯이 단단히, 그리고 힘 있게 끌어안았다. 등을 감싼 그의 손을 타고 올라오는 미약한 진동은 감정이 흘러 넘쳐 절제되지 않는 마음의 표식이었 다. 그대와 나는 같은 것을 느끼고 있다는.

온몸의 피가 요동치는 듯했다. 오래전 그때와 같이, 기이하고도 알 수 없는 감정으로 지나쳤던 사내……. 이번에는 지나쳐 버리지 않고 이렇게 같은 눈으로 마주 보고 있었다. 그때보다 더욱 자라난 모습으로, 더 자라난 마음으로. 그리고 그 옷자락을 놓치는 대신에, 이제는 이 밤이 끝나도록 함께할 수 있었다. 그녀의 입술에서 차마 담아지지 않는 울음이 터져 나왔다.

"……휘…… 네가……."

그리웠다. 네가 너무도 그리웠다. 며칠 몇 년이 아닌 수천수만 년을 돌아서 이제야 만난 너인 것처럼 그리웠다. 그저 옷깃이 스친 게 아니라 너에게 영혼이 이끌린 것처럼 그리 마주쳐 놓고는 돌아선, 그 무지했던 날들조차도 나는 너를 그리워했음이 틀림없다. 아니라면 왜 이리도 눈물이 멈추지 않는 것이더냐.

질끈 감은 그녀의 눈에서 쉴 새 없이 흘러내리는 눈물이 그의 앞섶을 적셔 왔다. 그의 손이 다정히 그녀의 머리칼을 쓸어 내렸다. 그의 가라앉은 목소리가 귓가에 속삭였다.

"울지…… 마십시오, 제발……."

유하는 떨리는 손을 올려 그의 목을 그러안았다. 공명하는 소리처럼, 두 개의 심장이 서로를 위로하듯이 맞붙어 빠르게 뛰어왔다. 나란히, 나란히 잊어버렸던 시간을 되짚어 보듯이 온기와 온기가 얽혀 들어갔다. 그대, 드디어 찾았노라고.


그녀는 그의 어깨에 턱을 괴었다. 그의 발걸음에 따라 그의 등 뒤로 늘어진 두 팔이 흔들거렸다. 어찌나 울었는지 두 눈이 화끈거렸다. 면포로 가리지 않았다면 사람들이 힐끔거릴 정도로 얼굴이 엉망일 것이다.

안 그래도 얼굴을 가린 훤칠한 사내가 얼굴을 가린 여인을 아기처럼 업고 가는 모습은 사람들의 시선을 모았다. 휘는 아무렇지 않은 듯했지만 그녀는 부끄러워 벗어나고 싶었다.

어쩌자고 그리 펑펑 울어 댄 것일까? 오랜 반가움인지 그리움인지 모를 감정이, 심장이 뚫린 것처럼 눈물을 쏟게 만들었다. 다리가 풀린 그녀가 제대로 서질 못하자, 그저 아무 말 없이 그녀를 업은 그의 품은 변함없이 따스했지만, 그녀가 진정이 된 지금까지 계속 이렇게 안겨 있는 것은 이상하게 느껴졌다.

"휘, 내려 주지 않으련?"

"괜찮으시겠습니까?"

"응."

휘는 그녀를 조심스레 내려 주었다. 그의 큰 키에 맞추어 작게 흔들리던 시야가 다시 제 높이로 내려왔다. 유하는 슬쩍 면포를 들어 올렸다. 선선한 바람이 아직도 조금 부어 있는 눈가를 어루만졌다.

"면포를 벗고 싶구나."

"여기서 조금만 더 가면 됩니다."

유하는 고개를 끄덕이고는 면포를 내렸다. 그녀의 손이 살포시 휘의 손을 잡았다. 이내 둘의 걸음이 나란히 앞으로 나아갔다. 심장은 어느새 조용해졌고, 안정되어 있었다. 그의 침묵하는 손에 이끌리는 유하의 입가엔 비로소 온전한 웃음이 맺혀 있었다. 그리고 휘의 표정도 한결 이완되어, 둘은 북적거리는 활기찬 밤거리의 무리에 자연스럽게 섞여 들어갔다.

편안한 침묵 속에서 다정히 손을 잡고 나란히 걸어가는 둘의 모습이 마치 한 폭의 그림 같아서, 지나쳐 가는 행인들은 두 사람을 무척이나 잘 어울리는 연인이라 생각하곤 하였다.

밤인 만큼 간혹 쌀쌀한 바람이 스치는데도, 밤거리는 더할 나위 없이 따뜻했다. 맞잡은 손의 온기가 공기마저 데우는 것처럼.

※ ※ ※

"신녀……."

아주 짧은 순간이었다. 하지만 그녀는 똑똑히 보았다. 여인이 면포를 들어 올리는 순간 컴컴한 어둠 속, 한쪽 귓가에서 순간 희미하게 반짝인 하얀 꽃모양 귀걸이를 말이다. 여인은 신녀임이 틀림없었다. 그리고 그녀의 손을 그리도 다정히 잡아끄는 흑발의 남자는 황제일 것이다. 신녀 주위에 흑발의 남자라고는 황제밖에 없었다. 서란은 아랫입술을 지그시 깨물었다.

"대신관님?"

따르던 신관들이 갑작스레 걸음을 멈춘 그녀를 의아하게 쳐다보았다. 그들은 아무것도 보지 못했다. 보았다 해도 그들은 아무렇지 않았을 것이다. 참을 수 없이 들끓는 이 잔인한 감정은 오로지 그녀의 것일 수밖에 없었다.

순수해야 할 증오가 그를 향한 열망으로 인해 더러운 감정으로 변질되고 말았다. 원치 않았다. 절대 흔들리길 원치 않았다. 그러나 그 다정스레 맞잡은 손과, 그에게서부터 반사된 온기가 깃든 신녀의 눈빛을 보자 그녀 찢어발기고 싶어 솟구치는 이 감정이 절망스러울 정도로 뚜렷했다.

서란, 네 꼴을 보아라. 황제를 향한 이 말도 안 되는 감정은 대체 어느 순간에 스며든 것이더냐. 그는 닮고 싶을 만큼 순수하고 냉랭한 증오로 너를 바라보는데, 왜 너는 그리할 수 없는 것이냐.

어리석고 또 어리석어서, 그러나 떼어지지도 버려지지도 않아서 서란은 선명한 투기의 빛으로 홍등 불에 붉게 흔들리며 멀어져 가는 신녀의 등을 주시했다.

"용서하셔요."

내 죄를 신녀님께 지우더라도, 용서하셔요. 이 어두운 마음은 아무리 해도 멈춰지지가 않으니…….

"대신관님 괜찮으세요? 얼굴이 창백하신데……."

뭐라 하는지 들리지 않을 만큼 작게 읊조리는 서란을 두 신관이 걱정스레 쳐다보았다. 그녀의 얼굴이 하얗게 질려 있었다. 서란은 고개를 저었다. 그리고 이내 아무 말 없이 신궁을 향해 발걸음을 떼었다. 그러나 이상하게도 그 고요한 모습이 날개가 꺾인 새처럼 위태로워 보여서 두 신관은 어리둥절하였다.

❈ ❈ ❈

"인간들은 밝은 것을 좋아하는구나. 밤인데도 사방이 불빛이라……."

"빛이 없이는 살 수 없는 존재입니다."

휘는 대답하며 설핏 웃었다. 마치 그도 그러한 존재라는 듯이. 밤하늘 아래로 등불이 수놓은 반짝이는 인공의 은하수가 장관을 이루고 있었다. 휘가 유하를 데리고 온 곳은 마을 뒤로 솟아 있는 작은 산이었다. 그에게 익숙한 곳이었는지 시야가 트여 있는 정상에 금방 오를 수 있었다. 아까의 부산스럽던 거리와는 달리 사방이 고요했다.

"호천서가 거의 다 보이는구나. 여기서 보면 손바닥 하나에 들어올 만큼 작은 것인데, 그럼에도 인간만큼 열심히 사는 생물이 또 있을까."

"없습니까?"

"글쎄, 신이 창조물에 대해 입을 열면 항상 인간에 대한 얘기밖에 없더구나. 신 앞에선 그들의 삶이 지렁이가 꿈틀거리는 것처럼 미미한 경련에 지나지 않지마는, 그렇게 땅에 흔적이라도 남기는 것은 그들밖에 하지 못하더라고 들은 적이 있지."

유하는 작게 웃었다. 따지자면 자신도 반은 인간이었다. 그녀의 이 고뇌를 어머니께서는 지켜보고 계실까? 그녀는 휘에게서 하늘로 시선을 돌렸다. 답해 주시지 않는 어머니, 답해 주지 않는 신.

그러나 이 세계는 작은 흙먼지조차도 그들의 관심 아래 흩날리는 것이고, 인간의 운명 하나까지도 그 고운 손으로 어루만지는 것임을 그녀는 알고 있었다. 신은 그들을 닮은 창조물을 가장 사랑했다. 그녀는 시선을 내려 나무에 둘러싸인 이 작은 공터를 둘러보았다.

"휘는 여기 자주 왔느냐?"

"아주 어렸을 적부터 오곤 했었습니다."

"어린아이가 혼자서?"

휘는 가볍게 고개를 끄덕였다. 그의 눈이 무감했다.

"네. 혼자 거리를 쏘다니고, 이렇듯 산을 타도 나무라는 사람이 없었습니다. 태자라고 감시하거나 훈계하는 이들조차 없었으니까요."

무척이나 가벼운 어조였다. 너무나 비어 있는 것 같아서 듣는 유하조차 거기에 맴도는 공허에 잠식될 것 같았다. 휘는 혼자였다. 가장 보살펴 줄 사람이 필요했을 시기에 그는 그를 걱정해 줄 사람조차 없었던 것이다.

"이곳에 앉아서 밤거리를 내려다보면, 제 자신이 호천서와 동떨어진 것처럼 느껴졌습니다. 그 느낌이 어쩐지 편해서 자주 오곤 했지요. 참, 황태자라는 신분치고 자유롭기 그지없었습니다. 그런데 그때는 어린 마음에 어둠이 두려워 이렇게 깜깜한 밤 시간까지 있지는 못했습니다. 밤이 되어도 찾으러 올 이 하나 없었기에 해가 지기 전에 스스로 돌아가야 했지요."

휘는 문득 떠올렸다.

"그 돌아가는 순간이 아쉽고도 쓸쓸하기 그지없었던 것 같습니다."

유하는 여전히 아무 표정 없이 가슴에 박혀 있던 상처들을 내뱉는 그로 인해 가슴이 아팠다. 어린 휘 옆에 그녀가 있었다면, 그의 과거로 돌아갈 수 있다면 그를 안아 주었을 텐데, 그 어릴 적부터 울지도 못했던 휘를. 이 작은 공터마저 어둠에 빼앗겨야 했던 휘를. 그래서인가, 이 공터는 어쩐지 그녀에게도 익숙했다. 순간, 기억이 스쳤다.

"어쩌면 휘, 내 운명이 너의 것과 묶여 있는 것이 틀림없나 보다."

"네?"

"내가 인간 세상에 첫 발을 내디딘 곳이 지금 우리가 있는 이곳인 것 같아. 하린 언니의 용체가 발을 디딜 곳이 없어 이곳으로 내려왔지."

유하는 나무에 기대앉은 그에게 다가가 그의 어깨에 고개를 기대었다. 그러자 겹치지 않은 채 스쳐 갔던 시간을 공유하는 듯한 온기가 둘 사이를 오고갔다. 혼자가 아니었다. 공기는 시공에 저항을 받지 않으니, 그 온기로 하여금 그들이 함께하지 않던 과거도 더 이상 혼자가 아니게 되었다.

"그러니 그때, 이곳에 홀로 있었을 어린 휘의 작은 품도 실은 내가 꼭 안아 주고 있던 것이지. 알고 있느냐? 같은 장소에 머무른

두 시간이 서로 달라도, 그것은 그 시간을 함께 공유한 것과도 같은 것이니라."

휘는 눈을 감고 어깨에 닿은 그 사랑스러운 온기를 느꼈다. 그녀의 말에는 무슨 주술이 걸려 있기에, 너무도 오래되어 가슴 한구석에 있는 듯 없는 듯 처박혀 있던 깊숙한 어둠에조차 빛을 드리우는 것인가. 그의 마음이 소리 없이 인정했다. 그래, 너 또한 빛 없이는 살아갈 수 없는 존재가 분명하다. 메마른 영혼이 단비를 머금는 양 달콤한 그녀의 빛 없이는.

"억지라 해도, 감사합니다."

휘는 놀리듯 그리 말했다. 그녀가 웃었다.

"억지라니, 그리 섭섭하게 말하면 못써."

"감사합니다."

"감사는 이미 받았느니. 휘가 바보가 된 모양이구나."

퉁명스레 말을 받아치는 그녀가 사랑스러웠다. 코끝에 걸리는 그녀의 달큼한 향기도, 그 여린 온기도, 그를 잠식할 정도로 강하기 그지없었다. 그 앞에서 그는 기꺼이 속절없이 무너지리라.

아비는 이 감정을 격하고도 고통스러우나 버리지도 못하는 잔인한 것이라 했는데, 이리도 부드럽고 평온하게 밀려들 수 있는 것인가. 육지를 끌어안는 바다의 밀물처럼, 더 이상 차마 부정할 수 없을 만큼 뚜렷한 빛의 형태로.

"휘? 설마 자는 건 아니겠지?"

감고 있던 눈을 뜨자, 눈앞에 달빛을 머금은 맑은 눈동자 한 쌍이 그의 것을 마주하고 있었다. 그 눈가에 이 죄 많은 입술이 머물 수 있다면, 그의 모든 것을 걸 텐데……. 하지만 순수하고 영롱한 빛을 발하며 시선을 돌리지도, 흔들리지도 않는 그녀의 두 눈이 그 무엇보다 단단한 벽을 이루었다. 휘는 설핏 웃고는 일어서서 그녀에게 손을 내밀었다.

"밤이 깊어지니, 이만 돌아가는 것이 좋을 듯싶습니다."

"벌써?"

"벌써라고 하기엔, 이미 시간이 자시의 끝자락에 다다른 것 같습니다."

그의 말에 동의하듯, 멀리서 축시(새벽 1시~새벽 3시)를 알리는 종소리가 들려왔다. 유하는 휘의 손을 잡고 일어났다.

라현에게서 들었다. 백야의 아침은 일찍 찾아와 사흘 동안 지지 않는다고. 어둠 사이로 길을 짚어 조심스레 휘를 따라가는 유하는 백야가 어떨지 상상해 보았다. 어둠이 없는 빛의 세상에서는 과연 무슨 일들이 기다리고 있을지……. 그녀는 신들이 어루만지는 운명의 실타래가 어떻게 풀려 나갈지 기대했다.

＊ ＊ ＊

선연히 피어나는 아침을 뚫고 긴 호적 소리가 허공을 가로질렀다. 장엄한 북소리가 둥둥 울려 지축을 흔드는 듯하였다. 사람들이 옹기종기 모여 행렬이 궁으로 행진하는 광경을 구경했다.

호천서가 푸른색이라면 적호국은 붉은색이었다. 햇살에 더 선명히 보이는 붉은 깃발들이 줄을 지어 펄럭이고 있었다. 수십 명의 기마병들과 화려한 가마들의 행렬이 호천서의 황궁으로 입궁했다. 4년에 한 번 돌아오는 백야처럼, 4년에 한 번씩만 구경할 수 있는 장관이었다.

"잘 어울리나?"

"예, 잘 어울리십니다."

가마의 창을 열어 머리를 슬쩍 내밀어 보이는 유열에게 사한은 무덤덤하게 대답했다. 사실 달리 받은 인상이 있었으나, 그는 침묵을 선택했다. 그의 주군께서 싫어하실 것임이 분명했기 때문이다. 유열은 은경을 들었다.

"류휘 놈이랑 닮았네."

사한이 움찔했다. 은경이 창밖으로 내던져져 날카로운 소리를 내며 깨졌다. 그의 주군께서 그가 하는 생각을 못하실 리가 없었다. 심기가 몹시 불편하다는 것이 그 무심한 말투에서조차 뚜렷이 느껴졌다. 무심함보다는 가장된 즐거움처럼 들렸기 때문이다. 유열은 창을 닫았다.

✳  ✳  ✳

행렬은 격식 있는 형태로 천천히 본궁 앞에 멈추어 섰다. 붉은 무리가 한 치의 흔들림 없이 반듯하게 나열되어 있는 가운데, 그와 대비되는 푸른 의복의 신료들이 그들을 맞이했다. 가장 화려하게 장식된 가마 다섯에서 각각 손님들이 한 명씩 내렸다. 다섯 명의 사신들이 문 앞으로 나아가자 편전의 문이 열렸다.

유하는 휘와 그의 신료들을 따라 이미 편전에 들어서 있었다. 황제의 황좌 아래 또 다른 의자가 놓여 있었고, 거기에는 대신관이 앉아 있었다. 그녀는 유하를 보자 작게 목례했다. 변함없이 분명한 냉기가 감도는 눈빛이었다. 그런데 어쩐지 오늘따라 조금 더 싸늘한 느낌이 드는 것이 의아할 따름이었다.

유하는 대신관에게서 시선을 떼었다. 열린 문의 끝에서 붉은 옷의 사신들이 들어오고 있었다. 온통 푸른 계열 의복들이 가득한 이곳과는 또 다른 분위기를 가진 자들이었다.

휘가 황좌에서 일어나자 신료들도 속속 각자의 자리에서 일어섰다. 황제가 자리에서 일어서는 것은 유일하게 호천서와 동등한 위치에 있는 적호국에 대한 예의를 표하는 것이었다. 유하는 신녀로서 지상의 가장 높은 존재로 면사로 얼굴을 가린 채 유일하게 황제 옆에 마련된 자리에 앉아 그들을 맞이했다. 대신관은 그 밑에 일어서 있었다. 기다란 공간을 걸어 황제의 앞에 다다른 붉은 옷의 사신들은 황제 앞에 고개를 숙이고 예를 취했다.

"호천서의 황제 폐하께 인사드립니다."

"그대들을 환영하는 바, 고개를 들어도 좋다."

황제가 환영의 표시로 손을 올렸다. 그 말에 붉은 소매에 가려져 있던 사신들의 얼굴이 드러났다. 세 명의 사신들이 먼저 고개를 들었고, 그 뒤의 두 명도 잇따라 소매를 내리고 고개를 들었다. 뒤에 서 있었던 두 명 중 한 명은 검은 머리칼을 가지고 있었다.

그의 입술이 반듯한 호선을 그리고 있었다. 그 시선이 황제로, 그리고 그 옆에 앉아 있는 신녀에게 닿았다. 두 눈이 여지없이 마주쳤다.

황제의 얼굴에는 한 치의 흔들림도 없었다. 그러나 유하는 면사 아래서 놀란 숨을 들이켰다. 익히 알고 있는 얼굴이었다. 어째서 붉은 머리칼을 검게 물들였는지 의문이었다.

그러니까, 적호국의 사신? 눈앞에서 그것을 확인하고 있는 순간에도 유하는 이질감을 느꼈다. 차라리 적호국의 황제라고 했다면 믿는 척이라도 했으리라. 그는 일개 사신이라는 직위가 무척이나 어울리지 않는 존재감을 가지고 있었다.

"아무쪼록 편히 지내다 가길 바란다."

사신들은 다시금 허리를 깊이 숙였다. 그중 한 명이 황제께 고했다.

"저희 적호국의 황제 폐하께서는 호천서와의 변함없는 오랜 친목의 표시로 명마 이백여 마리, 비단 오백여 필, 금강석을 비롯한 홍옥, 벽옥, 비취 등의 보석 및 장신구, 그리고 그 밖에 적호국에서 나는 여러 특산품들을 보내셨습니다."

"고맙게 받도록 하지. 그대들도 머무르는 동안 목표하는 바를 얻고 가길 바란다. 밤 없는 백야는 그 어느 때보다 자유로운 법이니, 결과는 그대들의 능력에 달렸지. 아니 그런가?"

왠지 뼈가 있는 듯한 황제의 말에 잠깐 침묵이 돌았으나 이내 사신들 중 뒤에 서 있는 자가 답했다.

"지당하신 말씀입니다."

그 순간, 공기가 얼어붙는 듯했다. 형태 없는 언어가 허공에 꽂히듯이, 너무도 익숙한 목소리가 휘와 유하의 귓가에 닿았다. 더도 말고 덜도 말고 아주 확실히, 유열의 것이었다. 휘는 그가 올 것이라는 것을 알고 있었지만 설마 사신으로 가장하고 올 것이라는 예상은 하지 못했다. 그가 황제로서 오지는 않을 것임은 당연했으나, 당당히 편전에 들어서서 황제를 알현할 수 있는 위치로 가장하고 올 가능성은 생각하지 않은 것이다.

그러기 위해 눈에 띄는 붉은 머리카락을 검은색으로 물들인 것이겠지만 그의 얼굴을 알고 있는 자는 휘 자신 말고도 많았다. 정말이지 무모한 것이 정상범위를 넘었다.

누구 하나라도 입 가벼운 자가 그의 정체를 눈치챘을 때 생겨날 혼란은 상상조차 하기 싫었다. 무엇보다, 검은색으로 머리칼을 염색한 유열의 모습이 그와 비슷하다는 것이 가장 마음에 들지 않았다. 그러나 휘가 지금 할 수 있는 것은 침묵밖에 없었다.

"오늘 저녁 백야의 시작을 알리는 연회가 있을 것이니, 그때까지 충분히 쉬도록."

이만 물러가라는 뜻이었다. 알현은 짧았으나, 백야는 사흘 동안이나 계속되니 적호국의 사신들과 유열은 호천서에 머물 시간이 아직 많이 남아 있었다. 황제가 말했듯, 목표한 바를 얻고 가기엔 충분한 시간이었다. 그것이 무엇이든지 간에.

휘는 일어나서 예법에 따라 먼저 편전을 나섰다. 유하도 이만 돌아가기 위해 자리에서 일어났으나, 고개를 들자마자 집요하게 그녀에게 고정된 시선을 느끼곤 움찔했다. 머리카락을 검게 물들인 유열은 더 어두운 느낌이었으나, 그 적갈색 눈동자는 변함이 없었다.

문득, 유하는 그에게 붉은 머리가 더 어울린다고 생각했다. 그때, 유열이 살며시 얇은 미소를 지어, 유하는 자신이 무슨 생각을 했는지 자각하고는 지레 놀라 자리에서 내려와 편전을 나섰다.

휘와는 다른 종류임이 분명한 것 같았으나, 그녀는 유열에게서도 미묘하게 설명할 수 없는 느낌을 받음을 부정할 수 없었다. 휘와 그녀, 그리고 유열을 연결 짓는 무언가가 명백히 있었다. 하지만 그게 무엇인지는 정말이지 전혀 알고 있는 것이 없었다. 집요하게 마주치던 그의 시선이 기둥 뒤로 사라졌다.

그렇게 신녀는 모습을 감췄다. 하지만 그의 시선은 여전히 미동 없이 그녀가 서 있던 곳을 응시하고 있었다. 그녀는 여전했다. 변한 것이 없었다. 인간을 너무도 쉽게 탐욕으로 물들일 수 있는 황궁에서의 삶과 그에 따른 권력과 부에 둘러싸여서도, 그녀의 눈부신 영혼은 여전히 맑았다.

지금까지 얼마나 그녀를 이 두 손에 쥐고 싶었던가. 염색한 머리칼에 상관없이 그녀가 단번에 그의 얼굴을 알아보았다는 점이 나름 기분 좋았다. 그는 시선을 거두었다.

"아, 써먹기 좋은 장기짝이 하나 있었지."

모두 하나둘씩 자리를 뜨는 마당에 눈에 거슬릴 만큼 새하얀 의복을 입고 움직일 생각조차 하지 않는 여인이 있었다. 대신관, 저 어리석은 여자는 아직도 류휘에게 마음을 주고 있을 것이 분명했다. 아주 잠시 황제를 스치는 대신관의 눈길에서 그가 익히 보아 온 열망이, 짧은 순간이었음에도 뚜렷하게 보였다.

적호국은 신궁이 사라진 지 오래였다. 하지만 그들이 두려워하는 것이 무엇이었는지 그는 아직 잘 기억하고 있었다. 대신관이 그의 시선을 발견하자, 유열은 간단히 목례를 했다. 그녀는 답 없이 그제야 자리에서 일어나 기둥 사이로 사라졌다.

"아주 의미 있는 백야가 되겠지."

유열은 흐트러짐 없는 미소를 입에 건 채 중얼거렸다.

그의 앞에서는 그의 눈치를 보느라 자리를 뜨지 못하는 적호국 사신들이 그가 먼저 나서기를 기다리고 있었다. 아무리 신분을 가장했다 해도, 신경이 쓰이기는 매한가지일 터였다. 유열은 앞장서 걸어 나갔다. 즐거운 백야가 될 것이다. 유열은 깨달았다는 듯 호쾌하게 말했다.

"해는 밝고, 시간은 많군."

그리고 밝은 햇빛 아래 도사리는 시커먼 그림자 정도는 아무도 신경 쓰지 않을 것이었다.

✻  ✻  ✻

"무얼까, 진정."

"무엇 말입니까?"

휘의 물음에 흠칫 놀란 유하는 그녀가 방금 속으로 되뇌던 생각을 입 밖으로 내었다는 것을 알 수 있었다. 그러나 지금 당장 휘에게 설명할 수는 없었다. 주변에 그들을 따르는 사람들이 들을 수 있다는 것을 제외하고서도, 무어라고 해야 할지 알 수가 없었기 때문이었다.

휘와 유열, 그리고 그녀의 연결고리라고 하면 그는 이해할지, 아니 그가 유열을 알고는 있을지조차 의문이었다. 휘는 여전히 답을 기다리고 있었다.

"음…… 그러니까, 깃발 말이야. 푸른색이랑 붉은색으로 유독 나뉘는 이유가 궁금하구나."

얼결에 생각해 낸 질문은 다행히 그리 이상한 물음이 아니었다. 그리고 실제로 그녀가 궁금해하던 것이기도 했다. 휘는 별다른 의아함 없이 입을 열었다.

"호천서의 푸른 깃은 물을 상징하고, 적호국의 것은 불을 상징합니다. 건국 신화와 관련이 있어 대대로 그리 대비되어 왔습니다."

"건국 신화?"

그것은 처음 듣는 얘기였다. 어떤 국가든 건국 신화가 있기 마련임을 알고 있었다. 하나 그 누가 언급하는 것을 들은 적이 없었고, 인간 세상에 관한 수많은 서책을 읽었으나, 이 나라의 건국신화에 관련된 것은 본 적이 없었다. 결과적으로 유하는 그런 것이 있을 수 있다는 것을 망각하고 있을 수밖에 없었던 것이다.

건국 신화란, 인간들이 알고 있는 것보다 훨씬 가치가 중한 것이었다. 신과 인간이 시간을 공유한, 그들이 하늘과 가장 가까웠을 때의 이야기이기 때문이다. 인간은 망각하나, 신은 망각하지 않는 존재였다. 유하는 휘가 그 건국 신화를 말해 주길 기다렸다.

"지신의 몸에서 떨어져 나온 두 조각이 물과 불을 다스리게 되어 각각 호천서와 적호국을 건국했고, 그 자손들이 지금까지 이어져 내려오고 있다는 내용입니다. 그저 상징적인 의미일 뿐, 별다른 뜻은 없습니다. 물과 불이라는 것은, 단순한 지형적 의미일 테지요."

"지형적 의미라고?"

"호천서는 땅 밑을 지나는 수로가 많고, 적호국은 건조한 대신 불을 다루는 기술을 기반으로 발전한 국가입니다."

합당한 설명이었다. 그러나 충분치 않았다. 그런 단순한 이야기인데도 왜 전혀 볼 수가 없었던 것일까.

마치 비밀로 봉해진 이야기인 것처럼, 심지어 인간 세상에 갈 것을 대비해 그녀에게 이것저것 교육해 주었던 용족 하린조차도 호천서의 건국 신화에 대한 언급은 없었다. 생각해 보니 의아한 점이 많았다. 그러나 휘는 더 이상 말하지 않았다.

"휘, 그게 다야?"

"네, 애초에 신의 이야기를 인간이 풀 수는 없지 않습니까?"

"음…… 그래도—"

"정확히 알기엔 너무도 오래된 이야기입니다."

얼버무리고 있었다. 그녀에겐 그것이 정확히 보였다. 조금 쌀쌀한 듯한 말투도, 마주치지 않는 시선도 무언가 들키기 불안해하는 사람처럼 수상하게 다가왔다. 답답함이 커졌다. 알지 못하는 것이 너무도 많았다. 이제 휘조차도 알려 주지 않는다면 그녀는 어떻게 해야 하는 것인가.

유하는 우뚝 멈춰 섰다.

그러고 보니 그랬다. 애초에 그녀가 휘에 대해 아는 것이 무엇인가. 호천서의 황제라는 것? 어린 시절의 파편 조금, 그리고 청록색이다가도 변색되어 버리는 눈동자가 다였다. 그것을 가지고 그를 안다고 하기엔 전혀 충분하지 않았다. 단지 서로가 많이 익숙해진 것일 뿐. 그래, 이것으로는 부족했다.

"생각해 보니, 내 너에 대해 아는 것이 많이 없는 듯하구나."

그에 휘의 걸음도 멈추었으나, 답 대신 침묵이 흘렀다. 그러고는 나직한 목소리와 함께 휘의 입이 열렸다. 유하는 왠지 모르게 초조하여 치맛자락을 쥐었다. 그의 초록빛 눈동자가 무감하게 느껴졌다.

"그저, 보이는 그대로입니다. 저란 존재는……."

그래도 그녀는 알 수 없었다.

"보이지 않느니."

"……."

휘는 달리 더 답하지 않았다. 따지자면 그도 유하 님에 대해 아는 것이 거의 없었다. 그도 유하 님이 보이지 않았다. 다른 이들이 생각하는 것은 너무도 잘 보이는데, 그녀가 생각하는 것은 도무지 파악할 수가 없는 경우가 태반이었다.

하지만 그것을 떠나서, 아직 휘는 자신을 내보일 준비가 되지 않았다. 어떻게 그럴 수 있을까. 이렇게도 깨끗한 그녀 앞에 그의 어둠을 내보이기란 쉬운 일이 아니었다.

제 안의 어둠은 어린 시절의 씁쓸한 파편 따위의 것이 아니었다. 그보다 더 어둡고, 더 더러운. 그리고 그만의 것으로 끝나는 것이 아니라 대와 대를 거듭하여 마침내 그에게 가장 강하게 자리 잡은 이 괴물을 어떻게 그리도 쉽게 말할 수가 있느냐 것이었다. 아직은 할 수 없었다. 아직은.

"하지만 언젠가는 보고 말 것이야."

"그러면 그때쯤, 유하 님도 제게 보여 주시겠습니까?"

"하지만 휘, 나는 숨길 것이 없단다."

그와 그녀의 차이. 누가 무엇을 물어도 두려울 것 없는 하이얀 눈꽃이 바로 그녀였다.

"그렇다면 그때까지는 묻지 않겠습니다."

그러나 그는 아직 꺼낼 수 없는 것들이 많았기에, 그녀가 그의 저주를 푸는 열쇠라 할지라도 지금은 봉해야만 했다. 발걸음이 갈림길에 닿았다. 하나는 유하의 처소로, 그리고 하나는 황제의 침전으로 가는 길.

"연회는 유시(오후 5시~7시)부터 입니다. 후에 연회장까지는 궁녀들이 모셔다 드릴 테니, 그때 뵈옵겠습니다."

"그래."

보는 눈들이 많아 그런 것일까. 무정하기 그지없는 휘였다. 딱딱 떨어지는 말과 미련 없이 돌아서는 그의 걸음을 유하는 아쉬운 눈길로 쓸었다. 이래서 그를 빙벽황제라 칭하는 것인가. 순간 멀어져 가던 그의 발이 멈췄다. 슬쩍 뒤돌아 그녀의 것을 마주하는 그의 초록빛 눈동자가 있었다. 약간의 침묵 후 휘의 입이 열렸다.

"흉하게 굴어 죄송합니다."

그러고는 정말로 지체 없이 멀어져 갔다. 유하는 작게 웃었다.

그의 작은 부끄러움과 선연한 미안함, 그리고 어쩌면 죄책감까지……. 실상 그리 흉할 것도 없는 대화였으나, 유하는 그가 말하는 바를 알 수 있었다.

흉하게 굴어 미안함이 아니라 냉하게 굴어 미안함이다. 그도 알고 그녀도 알고 있었으니 그리 상관은 없었다. 단둘이 아닌 여전히 수많은 궁녀들과 관료들에게 둘러싸여 있는 곳에서 그가 그녀에게 취할 수 있는 태도란 방금과 같은 것이 최선이었으니까.

유하는 아직 어젯밤에 다정했던 휘를 기억하고 있었다. 그녀도 이만 처소로 발걸음을 돌렸다.

❊ ❊ ❊

"수연 님, 신녀님을 뵈러 가신 적 있나요?"

"어머, 당연하죠. 오래 뵙지는 않았지만, 참 기묘한 분이시더군요."

"그러게요. 기묘하다고 해야 할지, 이상하다고 해야 할지. 여러모로 말이죠."

새로 나타난 신녀란 참으로 애매한 존재였다. 적어도 호천서에서 가장 귀한 아가씨들, 즉 권세가문의 규수들에게는 그러했다. 그것도 그럴 것이, 신녀란 존재는 한낱 이야기에서만 들어 왔지 실제로 보는 것은 이번이 처음이었기 때문이다.

"폐하께서 직접 궁으로 불러들이셨다면서요?"

"아니, 아무리 신의 힘을 가지셨다지만 출신이 어떻게 되시는지 아무도 모르잖아요."

"비밀인 것인지, 입에 올릴 수 없는 낮은 신분인지는 알 수 없는 것이지요."

"하지만 출신이 고귀하시다면야, 굳이 비밀에 부칠 이유가 있을
까요?"

"뭐, 그야 그렇지만요."

서로 이런 대화를 나누는 아가씨들은 모두 신녀를 한두 번 알현
했던 이들이었다. 신이란 호천서에서는 단순한 믿음의 존재 그 이
상이었으므로 그 만남은 그녀들의 신분에 합당한 의무였다. 하지
만 표면적으로만 그러할 뿐, 그녀들은 갑자기 황제 옆에 떡하니 나
타난 신녀가 못마땅했다.

"왜 그리 돌려 말하시나? 그냥 신녀님이 황후 자리를 꿰찰까 봐
두렵다고 하시죠. 뭐, 지금으로서는 그다지 무리도 아닌 이야기지
만요."

"비란 님! 그런!"

아가씨들의 대화에 끼어든 이는 화려한 부채를 살랑거리며 웃고
있는 윤씨 가문의 영애, 윤비란이었다. 그녀는 권력가 여인들 중에
단연 으뜸의 존재감과 영향력을 가진 아가씨였다. 좀 괴짜라는 뒷
소문이 있었지만, 어쨌든 그녀의 말에 대놓고 토를 달 만한 아가씨
는, 이들 중에는 없었다.

"모두 신녀님을 알현하셨나 보군요."

아가씨들은 수군거리며 각자 긍정했다.

"전 안 했습니다."

"예? 그럼 비란 님은 신녀님을 인정하지 않―"

"신녀님이 마음에 들기 때문이죠."

"네? 그게 무슨……."

"왜요? 제가 신녀님을 마음에 들어 한다는 것도 불만인가요,

수연 님?"

"아, 아니요."

"어쨌든 알고들 계세요. 전 신녀님이 아주아주 마음에 든답니다. 그러니 여러분도 신녀님 앞에서 적당히 처신하시길 바랄게요. 고귀하신 분 앞에 추태를 보여서야 안 되지 않겠습니까?"

"그……럼요."

비란의 선언은 그 모순됨은 둘째 치고 아가씨들에게 상당한 파란을 몰고왔다. 신녀가 마음에 든다는 것은 역으로 '너희가 앞으로 못마땅하다고 신녀님에게 손을 대면 이 내가 가만두지 않을 것이다' 라는 뜻이었다. 그것도 아주 확실한 경고까지 덧붙여 놓았다.

이 무슨 마른하늘에 날벼락인지. 그네들은 비란의 태도를 이해하지 못했지만, 그녀의 말을 무시할 만큼의 배짱은 없었다.

"그럼 저는 이만."

비란은 고개를 까딱이고는 규수들의 무리에서 퇴장했다. 그들은 어리둥절한 채로 한동안 아무 말도 하지 못하였다.

❋ ❋ ❋

"신녀님?"

유하는 연회가 행해지는 누각의 난간에 앉아서 호수에 새겨지는 물결을 바라보고 있었다. 그녀를 부르는 목소리에 유하는 곧장 그쪽을 바라보았으나 부른 이는 그녀가 아는 사람이 아니었다.

사실 사람보다 먼저 눈이 간 것은 부담스러울 정도로 화려한 깃털 부채였다. 세상에, 뭐가 저리 큰지. 알록달록하고 요란한 그 색은 둘째 치고 손잡이 부분에 촘촘히 박힌 보석들이 번쩍거리고 있었다.

"누구?"

"윤비란이에요. 윤씨 가문의 둘째 딸이랍니다~"

상당히, 발랄한 여인이었다. 윤씨 가문이면, 권세가문 중 하나?
그러나 며칠 전 그녀를 귀찮게 하던 여자들 중 한 명은 아니었다.
유하가 뭐라고 해야 할지 몰라 머뭇거리는데, 비란이 밝은 표정으
로 그녀의 손을 덥석 잡았다.

"우리, 친우로 시작하죠!"

"에?"

유하는 당황했다. 이것은 확실히 다른 권세가문 여인들과는 다
른 태도이긴 하였다. 스스럼없이 친해지고 싶다는 말을 들어 본 것
은 처음이었다. 그것도 이리 의심할 수 없을 만치 또렷한 눈빛으로
말이다.


"왜 윤가의 둘째가 유하 님 옆에 붙어 있는 거지?"

"그을……쎄요."

라현은 날카로운 황제의 물음에 움찔했다. 그러나 그로서도 윤
가의 아가씨가 유하 님에게 붙어 무어라 조잘거리고 있는 이유를
알 수가 없었다. 둘의 대화 내용을 엿듣기에도 상당히 먼 거리였
다. 사실 자유롭게 움직일 수 있는 연회의 특성상 누구든 충분히
신녀님께 다가갈 수 있었다.

단지 그것이 멀쩡히 다른 무리들이 신녀를 알현할 때 홀로 코빼
기도 안 보이던, 게다가 권세가문 규수로서는 드물게 괴짜라는 뒷
소문까지 있는 아가씨라는 것이 찜찜할 뿐이었다. 하나, 왠지 황제
가 그녀를 거슬려 하는 이유에는 그보다 더 중한 것이 있는 것 같

았다. 심기가 매우 불편해 보이셨다. 표정은 변함이 없었지만, 오랜 세월 그를 모신 감으로 알 수 있는 라현이었다.

"신녀님을 모셔 올까요?"

"아니, 윤가의 아가씨를 데려와라."

황제의 서늘한 시선에 라현은 두말없이 고개를 숙이고는 걸음을 옮겼다. 휘는 미동 없이 라현이 두 여자에게 다가가는 것을 주시했다. 라현이 무어라 말하자 고개를 드는 비란의 눈과 시선이 마주쳤다. 비란은 천연덕스레 고개를 숙였다. 무슨 꿍꿍이가 있는 것인가, 저 여자.

비란은 규수다운 정갈한 걸음으로 황제 앞으로 걸음 했다.

"황제 폐하,"

"그래, 그대 아버지는 강녕하신가?"

"저처럼 사고 치고 다니는 딸만 아니라면야, 제법 강녕하시답니다, 폐하."

"그도 그렇군."

비란은 자기가 한 말임에도 불구하고 막상 황제가 그대로 동의하자 울컥했다. 비록 황제 앞에 그것을 표할 수는 없었지만 말이다. 그녀는 그녀가 왜 이리 불려 왔는지 알고 있었다. 신녀님에게 접근하는 저의를 파악하기 위함이리라. 원래도 싸늘하기 그지없는 빙벽황제임을 익히 들어 알고 있었으나, 지금 그녀를 내려다보는 눈은 소문에 비할 수 없이 살 떨리는 것이었다.

"짐이 그대를 굳이 불러온 이유는…… 보아하니 충분히 알고 있는 것 같군. 신녀님은 인간 세상에 익숙지 않으신 분이니 조심하는 것이 좋을 듯하다."

황제가 그녀의 생각을 어찌 짐작하는지는 알 수가 없었으나, 그의 경고는 충분히 알아들을 수 있었다. 그녀 같은 인간 세상의 사람이 신녀님께 붙어 있는 것이 마음에 안 드니 떨어지란 말이었다. 비란은 차라리 아무 생각도 하지 않으려 했다. 황제 앞에서 천연덕스러운 미소를 유지하기가 무척이나 어려웠기 때문이다.

"주의하겠습니다."

말은 그리하고 물러섰지만, 스스로를 괴짜라 생각하는 마당에 황제에게 고분고분 순종할 마음은 없었다. 그녀 자신의 목숨도 충분히 중요하긴 했지만, 그만큼이나 중요한 사람에게 신녀님이 필요하기 때문이다.

황제가 사람의 생각을 읽는다면 모를까, 이런 그녀의 생각까지는 알 수 없을 것이다. 다시금 신녀님 쪽으로 돌아가며 비란은 그리 생각했다. 무서운 황제 앞에서는 머리가 텅 비어 버리는 것 같았다.

"똑똑한 건지, 괴짜인 건지. 어느 쪽이든 마음에 안 드는군."

아무도 못 보는 사이, 휘의 눈동자가 쪽빛에서 청록빛으로 돌아왔다. 그 앞에 서서 고개를 숙인 윤가 둘째의 얼굴에서는 긴장한 것인지, 아무 생각이 없었던 것인지 모르겠지만, 그 어느 것도 읽을 수 없었다. 그러고는 곧바로 유하 님께로 돌아가는 꼴을 보아하니 괴짜가 분명했다. 그의 경고를 마치 충고였던 양 바로 무시하는 배짱을 보아하니 그랬다.

유하 님이 여자가 조잘대는 말을 듣고 웃고 계셨다. 휘는 왠지 기분이 좋지 않아 고개를 돌렸다.

돌린 시선 끝에 적호국의 사신들이 모여 있었는데 어쩐지 경직되어 보였다. 문제의 유열은…… 없었다. 신경 써야 할 것이 한두 가지가 아니다 보니 골치가 아팠다.

유열은 그리도 목적이 있는 것처럼 굴더니 왜 코빼기도 안 보이는 것이며, 윤가의 둘째는 왜 다른 여인들 대신 유하 님 옆에 붙어 버린 것인지……둘 다 거슬리긴 마찬가지였다. 휘는 옆 탁자에 놓인 술잔을 집어 들까 하다가 찻잔을 택했다. 차는 이미 차갑게 식어 있었다.

\* \* \*

그새 아무 일도 일어나지 않았다는 듯 엷은 미소를 지은 비란이 유하의 곁으로 돌아왔다. 그러고는 빼먹은 것이 있다는 표정으로 입을 열었다.

"아차차. 이런, 중요한 것을 물어보지 않았네요. 성함이 어떻게 되시나요, 신녀님?"

"이름?"

이거야말로 정말 의외였다. 지금까지 신녀의 이름을 궁금해한 자는 없었다. 유하는 그것이 상당한 담대함이 필요한, 일개 규수가 신녀에게 물어볼 수 있는 질문이 아님을 알지 못했으니, 그저 비란의 태도가 신선할 뿐이었다.

비란은 한 치 흔들림도 없이, 마치 아주 당연한 것을 물은 것처럼 웃으며 유하가 답하기를 기다렸다.

"유하란다. 천유하."

"고운 이름이네요. 잘 기억해 두겠습니다. 유하 님이라 불러도 될까요?"

수상한 낌새가 있다면 모를까, 별다른 해가 될 것 같지 않아 유하는 거절할 이유를 찾지 못했다. 그녀는 고개를 한 번 끄덕였다.

"유하 님, 내일은 백야 두 번째 날인데 뭐 하실 건가요?"

"글쎄, 별다른 일은 없는데…….”

"그럼 저와 같이 돌아다니실래요? 백야 때는 본궁의 문이 대부분 개방되어 있으니까요.”

"정말?”

"그럼요. 재미있을 거여요.”

비란의 미소에 유하는 고개를 끄덕였다. 정말 재미있을 것 같았다. 휘에게 말해야 하나? 아무래도 그래야 할 듯싶긴 했다. 하지만 이번에는 안 된다고 해도 들을 생각은 없었다. 같이 갈 사람…… 그러니까 친우(?)가 생겼기 때문이다. 은은히 들려오는 피리 가락에 유하는 미소 지었다. 이 새로운 만남이 제법 기대되었다.

하나.

"안 됩니다.”

"왜? 대낮이지 않느냐.”

"그것이 문제가 아닙니다. 그녀는.”

연회장 밖으로 나와 물어본 것이 무색하게 줄곧 안 된다고만 하던 휘가 멈칫했다. 유하는 그가 답하길 기다렸다. 그녀가 알아서는 안 되는 것인가? 그녀의 무엇이 문제이길래. 유하는 간혹 이렇게 무언가 숨기고 있는 듯한 휘의 태도가 마음에 들지 않았다.

"그녀가 무어?”

"하…… 그러니까 윤가의 둘째는.”

"답답하구나. 말을 해! 무얼 이리 망설이는 것이더냐.”

그답지 않게 한참을 망설인 휘는 결국 말하는 것이 나을 거란 결론을 내렸다. 소수만 알고 있는 비밀이었지만, 천계의 눈꽃 앞에서 그것이 무슨 상관이랴. 그의 입이 열렸다.

"윤가의 둘째는 윤가의 첫째, 그러니까 대신관 윤서란의 친동생입니다. 그러니 그녀가 유하 님께 호의를 보일 것이란 생각이 들지 않습니다."

"……."

이것이야말로 유하가 전혀 짐작하지 못하던 바였다. 윤비란과 윤서란. 다시 생각해 보니 비슷하게 생긴 얼굴이긴 했다. 하지만 전혀 짐작하지 못했다. 둘은 성격도 그녀를 대하는 태도도 판이하게 달랐다. 누군가 알려 주지 않는다면, 그 공통점을 찾기 어려울 정도로.

"둘이 많이 다른 것 같더구나."

"어렸을 때 헤어진 탓에 그런 것입니다. 기밀인 탓에 자주 교류하지 못했습니다. 어쨌든 둘 다 경계하시는 것이 좋을 듯합니다."

유하는 잠시 고민했다. 그러나 곧 고개를 저었다.

"명확히 알 수는 없으니. 아무리 자매라 하여도 대신관과 비란이 같은 사람은 아니지 않느냐?"

"하지만—"

"그리고, 어차피 휘는 바쁘지 않아? 나로선 처음인 이 백야를 즐기고 싶으니 비란이 있는 것이 적당한 기회이지. 더는 막지 마라. 신이든 사람이든 영혼이 있는 존재는 겪어 보지 않고서는 모르는 것이야."

유하는 단호히 휘의 말을 막았다. 무표정한 휘의 얼굴에서 그가 이를 전혀 마음에 들어 하지 않는다는 것을 알 수 있었지만, 그녀는 끄떡도 하지 않았다. 전에 한바탕했을 때 느꼈듯이, 이젠 그 누구도 그녀를 가두어 둘 수는 없었다.

그녀가 누구를 만나지 못하게 제한할 수도 없었다. 그녀는 지상의 그 누구보다도 독립적인 존재였고, 어디에도 매여 있지 않았다.

지상에 닿았음에도 녹아내리지 않는 천계의 눈꽃으로서, 신성이 분명하게(비록 반쪽이라도) 존재했기 때문이다. 신이 하는 일을 인간이 알 수는 없음이라, 그녀가 느끼기에 비란은 위험한 존재가 아니었다. 어쩐지 가여운 여인으로 느껴질 뿐.

"알겠습니다."

휘는 의외로 순순히 순응했다. 불안함과 비란에 대한 의심은 여전했으나, 그보다는 어느 틈엔가 그의 안에 유하 님에 대한 믿음이 생겼기 때문이다. 인간 세상의 권모술수에 순수하리만치 반응하지 않으신다고 하나, 그녀는 그것에 대해 무지하지 않았다.

그저 만일을 위해 그림자들을 붙여 드리는 것이 그가 할 수 있는 전부였다.

"그래도 부디, 조심하셨으면 좋겠습니다."

"응."

유하는 작은 미소로 화답했다. 여전히 걱정은 많았지만, 휘는 그 미소에 조금이나마 안도했다. 아주 조금이긴 했지만 말이다.

연회가 한창 무르익었는지, 그들이 서 있는 정원까지 악사들의 비파소리가 들려왔다. 멀찍이 있는 누각의 거대한 기둥 사이로 무희들의 소맷자락이 힐끗힐끗 보였다. 유하는 한쪽 기둥 끝에서 고개를 이리저리 두리번거리고 있는 라현을 발견했다.

"라현이 너를 찾는 것 같구나."

"네. 이만 가 봐야겠습니다."

그렇게 말한 휘는 곧바로 돌아서지 않고, 그녀의 눈을 잠시간 마주했다. 오가는 대화 없이, 무언가 말할 것이 있으나 말하지 못하는 것처럼 가만히 서로를 응시했다. 그대, 내가 없는 시간 동안 어떻게 지냈는지, 지금 무슨 생각을 하고 있는지. 그따위 것이 궁금해서, 새하얀 눈처럼 그 맑고 순수하리만치 검게 빛나는 그녀의 눈동자만 뚫어져라 보았다. 그녀를 홀로 마주하고 있을 때면, 언제부터인가 제멋대로 흘러넘치는 애달픔이 있었다. 숨이 막히도록 두드려지고 쥐어짜이는 듯 아픈데도 너무나 소중한 감정…….

"가 봐야 할 것 같구나."

"……네."

유하는 여린 한숨을 쉬었다.

"먼저 가도록 하마."

"……."

"돌아서는 너를 보면 그 소매를 붙잡을 것 같으니."

등을 돌린 유하 님의 표정은 볼 수 없었다. 붙잡고 싶었다. 붙잡고서 그 말의 의미가 무엇인지 물어보고 싶었다. 읽히지 않는 그녀의 생각들이 조금이라도 그를 향해 있다는 말이라고, 감히 그리 단정 짓고 싶었다.

하지만 언제나 가까이 마주한 순간 멀어지는 그녀의 뒷모습은 그것을 허락하지 않았다. 태양빛에 흩어지는 그녀의 검은 머리칼이 금세라도 허공으로 사라져 버릴 아지랑이처럼 흔들렸다. 휘는 이만 돌아섰다.

"붙잡는다 한들, 언젠간 놓쳐 버릴 것을……."

조용히 읊조린 말들만 허공에 흩어져 은연한 비파 소리에 녹아내렸다.

❋  ❋  ❋

맑게 튕기는 소리와 함께 화살이 정갈하게 바람을 갈랐다. 차분한 자세와 적절한 힘, 그리고 과녁을 겨누는 방향은 나무랄 것 없이 정확했지만, 결국 화살은 과녁의 정중앙에서 비껴 그 옆에 박혔다. 흔들리는 정신력, 그것이 문제였다.

항상 같은 시간대에 마주하는 과녁이었고, 정중앙을 맞추지 못하는 경우는 거의 없었다. 그런데 마음의 평정을 갖추지 못한 지금, 그것은 무리인 듯하였다. 어제 두 사람이 그녀를 찾아왔다. 둘 다 그녀가 익히 아는 사람들이었다. 그 관계는 상극을 달리는 종류의 것이었지만 말이다.

그 둘이 남기고 간 말들도 전혀 다른 내용이었다. 하지만 지금, 둘 다 그녀를 끊임없는 상념에 밀어 넣으며 그녀를 괴롭혔다. 특히 그 남자……

"대신관, 그렇게 안일해도 되나?"

불쑥 찾아온 적호국의 사신은 자리에 앉기도 전에 심중을 알 수 없는 미소를 지으며 그리 물었다. 그 태도가 일개 사신의 것이라 하기엔 오만방자하기 그지없었으나 그 남자에겐 이상하리만치 자연스러웠다.

"무슨 말을 하고 싶으신 건가요."

"신녀 말이야, 신녀."

"그분이 제국에 해가 되지는 않을 겁니다. 그걸 묻고 싶으셨나요?"

별 쓸데없는 소리를 하고 있다고 생각하던 서란은, 어느새 남자가 무표정을 지우고 그녀를 향해 조소를 짓고 있는 것을 발견했다. 그런데 그가 내뿜는 불길한 분위기가 미묘하게 익숙했다. 그러다 문득, 소름 끼치는 생각이 스쳤다. 이 남자, 황제와 닮았다.

"누구신지요?"

말은 차분하게 나왔으나, 마음속엔 폭풍우가 휘몰아치고 있었다. 동물이 위험을 감지하는 것처럼, 그녀는 이 남자에게서 위험을 느꼈다. 무언가 알고 있는 것처럼 보이는 그 눈이 두려웠다. 대체 그는 누구인지, 무엇을 알고 있는 것인지!

순간, 서란은 숨을 멈췄다. 분명 아까 마주한 눈은 적갈색이었건만, 다시 마주한 그의 눈동자는 붉은 핏빛으로 빛나고 있었다. 그녀의 두려움이 그에겐 고스란히 읽혔다.

"안쓰럽기까지 하군. 하긴, 대신관이라고 해 봤자 신과는 접점이 없으니 두려울 법도 하지."

"벼……변안? 설마 황제?!"

서란이 충격에 읊조린 말에 유열은 다소 놀랐다. 이 여자, 그래도 어느 정도 머리는 있는 모양이었다. 마치 갓 잡은 잠자리를 괴롭히는 소년처럼 그의 미소가 짙어졌다.

"뭐, 머리카락을 물들여서 류휘 같은 꼴이 됐지만 말이야, 원래는 붉은 머리거든?"

긍정이었다. 적호국에서 머리칼이 붉은 사람이란, 아니, 두 제국을 통틀어 붉은 머리칼을 가지고 있는 사람은 적호국의 황제 파천 서유열뿐이었다. 그 전 황제가 살아계셨다면 얘기는 달랐을 테지만 말이다. 대체 한 제국의 황제라는 사람이 머리까지 물들이면서 남의 나라에서 무엇 하는 것인가! 서란은 기가 막혀 말이 나오지 않았다.

이 남자에게서 느낀 익숙함은 그가 황제 류휘와 마치 분신인 듯 닮은 분위기를 가지고 있음에서 온 것이었다. 그리고 약간 닮은 그 얼굴에서도 말이다.

"대체 어인 일로 오신 건지요……?"

"신녀에 대한 소식을 들었는데, 궁금해서 참지 못하겠더라고."

조금 떨리기까지 하는 서란의 물음과 대조적으로, 유열은 약 올리듯 격식 없이 답했다. 도무지 의중을 알 수 없는 태도였다. 하지만 이 남자는 적호국의 황제, 절대로 방심할 만한 상대가 아니었다. 서란은 조심스레 다시 물었다.

"무엇이 궁금하시기에 절 찾으신 겁니까?"

"신녀가 진짜 신녀인지, 그리고 무엇보다 모종의 거래를 제안하려고."

"신녀님은 물을 다스리는 힘을 분명 가지고 계십니다. 그건 직접 보았으니 확실합니다. 그리고 거래는 거절하겠습니다."

"무엇인지 물어보지도 않고?"

황제는 신녀에 대한 것은 대수롭지 않게 넘겨 버렸다. 마치 이미 그녀가 신녀인 것을 확신하고 있다는 것처럼. 그렇다면 그가 원하는 것은 진정 무엇일까. 원하는 것이 대체 무엇이길래 그의 제국에서는 개념조차 이미 먼 옛날 사라져 버린 이 신궁의 궁주에게 거래를 제안하는 것일까. 서란은 왠지 불안해지기 시작했다.

"아니요. 그냥 거절하겠습니다."

"촉이 좋군. 거의 동물 수준이야. 하지만 내가 거절당할 거래를 제안할 것 같나?"

"무슨 말씀인지……."

"그대는 그대가 처한 위험을 알지 못하니 내가 친히 알려 주지. 이 거래도 그 때문에 거절할 수 없을 것이다."

그의 당당한 목소리는 확신을 넘어 단정을 짓는 듯했다. 거절할 수 없는 거래라니…… 그것이 무엇이관데. 유열은 여유롭게 손톱이나 들여다보며 말했다.

"인간이 아니더라고."

"네?"

"신녀 말이야, 인간이 아니야."

"그건…… 이미 아는 사실입니다. 말 그대로 신녀이시니까요."

직접 겪어 본 그녀의 힘이 인간의 것이라면 그것이야말로 믿을 수 없는 것이었다. 하지만 그렇게 치자면 황제와 눈앞의 이 남자도 인간이었다. 서란은 그녀가 진짜 신녀라고 생각하지 않았다. 다만 그녀가 인간이 아니라면 무엇일지 정의할 수 없을 뿐이었다. 유열은 설핏 웃었다.

"인간이 아니면 무언데?"

"……."

"그리고 신녀란 거 이야기 속에나 나오는 존재 아닌가? 그건 누구보다 그대가 더 잘 알잖아."

사실이었다. 그 이야기 속 존재는 신궁의 초기 대신관을 민담으로 형상화하여 퍼트린 것이었다. 당연히, 신궁에서 흘러나온 이야기였다. 그랬기에 서란은 지금의 신녀의 존재에 관해서 더욱 부정적이었던 것이다. 황제가 나서서 그녀의 힘을 증명시킬 줄은 몰랐지만 말이다.

"그렇다면 무슨 존재일까, 우리 신녀님은?"

숫제 놀리는 투였다. 서란은 제 말투가 딱딱해지는 것을 구태여 막지 않았다.

"그건 제가 묻고 싶은 바입니다만."

"알고 싶나?"

이 만남의 가치에 대해 거의 반쯤 체념하고 있던 서란의 눈이 크게 뜨였다. 유열이 적호국의 황제라는 것을 알았을 때보다 더 크게 놀라고 말았다. 알려 준다니? 알고 있다는 것인가?

적호국에 신궁이 없다는 것은 알고 있었지만 이 남자는 류씨 황가와 신궁의 관계를 알지 못함이 분명했다. 신과 신의 힘에 관하여 황가는 절대로 신궁에게 그 무엇도 알려주지 않았다. 새어 나갈 수 있는 입이 있다면 제거하는 한이 있어도 말이다. 초대 대신관이 황후였을 때 넘어왔던 신의 이야기만으로 신궁은 지금까지 이루어지고 있었던 것이다. 그러니 이것은 기회였다.

"알고 싶습니다."

"그 무슨 대가를 치른다고 해도?"

서란은 고개를 끄덕였다. 이미 수많은 대가들을 치렀다. 하나 더 치른다 한들, 크게 달라질 것이 있을까. 이미 잃어버린 것이 산더미이건만. 유열은 그녀의 단호함에 그녀가 자신의 덫에 걸려들었다는 것을 알 수 있었다. 발버둥 칠수록 점점 깊어지기만 하는 덫. 하지만 그녀는 발버둥 칠 수밖에 없을 것이다. 그리고 그는 그녀의 발버둥이 필요했다.

"신녀는 완전한 인간이 아니지만 반은 인간이다."

"반이라니……."

"나머지 반은……."

요괴? 괴물? 물귀신? 물의 령? 대체 무엇? 서란은 뜸을 들이는 유열의 조롱 어린 태도에 미간을 찌푸렸다. 유열은 그 모습을 구경하며 뜸을 들이다가 드디어 입을 열었다.

"신이다."

"신?"

"그것도 운명을 관장하는 신이지. 반신반인이라니, 선계에서나 사는 존재인데……."

그런 그녀가 왜 이 지상에 있는 것인가. 불안은 공포가 되었다. 결론이 어디로 가는지 보였다. 아닐 거야, 그럴 리가 없다. 그저 우연의 일치이지 않을까. 왜 이제 와서 신은 이 지상 일에 신경 쓰는 것인가, 몇백 년이나 지난 지금에서야!

문득 선대 대신관에게서 전해 들었던 은밀한 예언이 떠올랐다. 언젠가 분명히, 하늘이 피의 족쇄를 풀려고 하는 날이 올 것이라고. 절망스럽게도 너무나 확실했다. 피의 족쇄와 그 열쇠! 그 열쇠가 다름 아닌 신녀라는 것이 말이다.

신이란 참으로 간사했다. 아무것도 알려 주지 않으면서, 이렇듯 가장 필요한 것을 빼앗아 가려 하다니. 하지만 절대로 순순히 내어 줄 수 없었다. 서란의 안에서 비정상적일 정도로 끓어오르는 분노인지 투기인지 모를 의지가 가슴 밖으로 분출할 듯 솟았다. 서란은 마지막으로 확인의 질문을 했다.

"신녀님이 반신반인이라는 폐하의 말씀을 어떻게 믿습니까?"

마지막 발악 같은 질문이었다. 하지만 가라앉다 못해 가래 끓듯 거칠게 나오는 목소리가 질문의 무의미함을 증명했다. 그러나 서란은 그래도 마지막까지 간절히 유열의 입을 응시했다. 그의 입에서 농담이었다고, 그녀를 놀리는 것뿐이었다는 말이 나오기를 기다렸다. 하지만…….

"사실이니까. 이미 믿고 있는 주제에 웃기지 말라고."

대신관의 생각들을 훤히 알고 있던 유열은 간단히 말했다. 애초에 유열은 아는 자였다. 자신의 힘을 소유했고, 그것을 다루며, 피의 족쇄에 대해 정확히 알고 있는…… 적호국 황가의 아이가 태초의 약속으로 받는 것이 바로 그것이었다.

그리고 적호국 황가의 아이와 쌍둥이와도 같은 호천서 황가의 아이도 태초의 약속을 받았으나, 그것은 다른 종류의 약속이었다. 류휘 역시 마찬가지로 신의 힘을 소유하고, 다룰 수 있으나 피의 족쇄에 대해 정확히 알지는 못했다. 단지 그것이 있다는 것만 알 뿐이었다.

또한 그가 마지막으로 태초의 약속에서 받은 것은 바로 구원이 었다. 피의 족쇄로부터의 구원, 초대 황제 이후부터 대대로 적호국과 호천서의 황제들이 짊어졌던 신의 힘으로부터의 구원 말이다. 그러나 실제로 호천서의 황제들이 구원을 받았던 적은 없었다. 신의 힘은 사라지지 않았으니까.

그 힘은 신이 존재한다는 증거였다. 때문에 대신관은 대대로 신의 힘이 지상을 떠나는 것을 용납할 수 없었고, 그것을 막는 것 또한 대신관의 사명이었다. 그에 신궁은 민중의 힘을 얻어 세력을 키움으로써 그 힘을 지상에 잡아 두었던 것이다.

한편, 황제들이 원하지 않았던 그 힘의 대가는 나라의 존속이었다. 국가를 강인하게 유지시키는 것. 그것은 그 황제들에게 있어서 의무도 책임도 아닌 본능이었다. 따라서 황제는 절대로 나라를 버릴 수도, 망하게 내버려 둘 수도 없었다.

나라를 존속시켜야만 하는 황제는 민심을 얻은 신궁은 물론, 대신관도 건드릴 수 없었다. 신궁은 이미 오랜 세월에 걸쳐 호천서의 존속에 필수 불가결한 요소가 되어 버렸기 때문이었다.

적호국은 일찌감치 그것을 파악한 선대 황제 덕에 초기에 신궁을 파괴시킬 수 있었다. 그 대가는 그 황제가 광기로 침몰하는 것으로 끝났지만 말이다.

어쨌든 피의 족쇄를 풀 열쇠가 나타난 이상, 구원의 약속은 효과를 발할 것이었다. 그리고 신들이 관리하는 운명이란, 틀어 버리

251

기 좀처럼 힘든 것이었다.

유열은 빙긋 웃었다.

"거래를 하지."

절대 거절하지 못할 거래를. 그가 하지 않은 뒷말을 서란은 그 비틀린 미소를 보고 알아들었다. 악마의 함정이었다. 그것을 알고 있으면서도 서란은 거부할 수가 없었다.

"너는 네가 가진 모든 것을 동원해서 신녀를 호천서에서 빼내라. 그 후에는 내가 알아서 하지. 네 원대로 호천서에서 신녀를 찾을 수 없도록 말이야."

"신녀님을 어떻게 하실 거지요?"

"그건 네가 알 필요 없다. 너는 그냥 류휘가 공식적으로 신녀를 찾아다닐 수 없도록 하면 돼. 발을 붙잡아 두어라."

유열은 금패 한 조각을 그녀에게 내밀었다.

"그녀가 나를 찾게 될 거다. 그때, 이 금패를 쥐여서 내게로 보내면 된다."

"알겠습니다."

서란은 패를 받아 들고는 별수 없이 고개를 끄덕였다. 유열은 그렇게 그녀에게서 확답을 얻은 후 홀가분한 기분으로 백야를 즐기러 나갔다. 그녀를 지옥에 떨구어 놓고서.


그래서 이렇듯 서란이 쏜 화살들은 점점 더 과녁 바깥쪽으로 빗나가고 있었다. 서란은 그만 활을 내렸다. 이제 어차피 돌이킬 수도 포기할 수도 없는 일이다. 이미 빗나간 화살을 다시 쏠 수는 없는 노릇이었다.

"과녁을 부서 버리지 않는 이상……."

서란은 한숨을 쉬었다. 유열이 간 뒤 두 번째로 저를 찾아온 이는 그녀가 아끼는 아이였다. 언제 그렇게 자랐는지 모를 아이는 저보고 이제 그만두라고 했다. 모든 것을……. 어쩌면 지금이 마지막 기회일지도 모른다는 것이 그 아이의 결론이었다. 그 아이는 꽤나 똑똑해서, 서란에게 있어 신녀가 지금까지와는 다른 의미를 가진다는 것을 알아챘을 것이다.

애초에 자신이 대신관으로 살아가는 것을 치가 떨리도록 싫어했던 아이였다. 그 아이가 물었다. 그저 평범한 여인으로 살아가고 싶지 않느냐고, 사랑하는 남자를 만나 혼인하고 아이를 낳고, 그렇게 소소한 행복에 둘러싸여 늙어가는 그런 삶을…….

대신관으로서는 꿈꿀 수 없는 것들이었다. 신궁으로 떠나가는 날 자신을 붙잡고 그리 말하며 울던 아이였다. 그 나이에 어떻게 그런 것까지 파악할 수 있었을까. 아니면 그저 순간적인 깨달음이었을까.

어쩌면 진실로 어리석은 이는 자신일지도 몰랐다. 그때 선택했던 삶에 후회는 없었다. 다시 그때로 돌아간다 해도 몇 번이고 지금과 같은 길을 선택했을 테니까. 하지만 지금에 와서 어린 시절 그 아이의 말들이 떠오르는 이유는 알 수가 없었다. 이미 저질러 버린 거래를 벌써 후회하는 것일까.

그래, 후회한다 한들 어쩌랴. 이미 늦어 버린 것을……. 그녀는 이미 대신관이었고, 이 제국이 가진, 알아서는 안 될 비밀을 알아 버렸다. 결코 한 번에 미련 없이 놓아 버릴 수 있는 것이 아니었다. 그러니 끝까지 가야 한다. 그 끝이 영원한 파멸을 불러올지라도.

그러니 그녀는 그 아이의 손 대신 적호국 황제가 내민 손을 잡았다. 이제 돌이킬 수 없으니 앞으로 가는 길만 남은 것이었다. 그러니…….

"미안하구나, 비란. 내 사랑하는 동생아……."

그녀는 멈출 수가 없었다.


※　※　※


"어차피 유열 그놈이 궁을 나가든 말든 파악할 방도는 없다."

"그래도 궁 안에 있으면서 이렇게 위치가 안 잡히는 사람은 처음입니다. 그림자들도 못 따라가는 사람이 인간일 수나 있답니까?"

"지금 나 들으라고 하는 말인가?"

"……아뇨."

라현의 그림자들에 대한 자부심은 이해했으나, 유열은 휘와 같이 인간의 능력 밖의 것을 가지고 있으니, 그가 직접 붙어 있지 않는 이상, 아무리 그림자들이라고 해도 유열을 추적할 수는 없을 것이다. 설상가상으로 그는 날마다 책상 위에 쌓이는 업무 탓에 유열의 동태를 파악하기는커녕 집무실 밖으로 쉬이 나갈 수가 없었다.

여러모로 불리한 상황이었다. 대신 유하 님 쪽에도 그림자들을 붙여 놓았으니 무슨 일이 생기면 적어도 그 부분에 있어서는 빠르게 대처할 수 있다. 그가 가장 크게 마음에 걸려 하는 것이 그것이었다. 유열은 아는 자이니, 어쩌면 유하 님이 진정 누구인지 알고 있을지도 모른다는 것.

지금으로서는 확실치 않았지만 그랬다. 어쨌든 지금 휘가 더 할 수 있는 일이 있다면, 그것은 그를 집무실에 잡아 두고 있는 일들을 처리하는 것이었다. 분하다는 듯이 서성이는 라현에게 주의를 준 휘는 묵묵히 인장을 집어 들었다.

✽  ✽  ✽

"아, 여인의 행복이란 머리장식에서 나타난다더니……."

"처음 듣는 소리구나."

"에이, 까칠하시긴."

비란의 손에 들려 있는 떨잠이 햇빛에 반짝였다. 옥으로 깎은 나비와 홍옥구슬을 은사로 엮은 아름다운 장식이 이리저리 흔들렸다. 유하는 불만스럽게 입을 삐죽 내밀었다. 날은 더웠고, 이리 돌아다닌 것이 벌써 몇 시진인지 알 수가 없었다. 하지만 비란은 끄떡없었다. 유하는 발이 아파 오기 시작했다.

"그게 몇 개째야 비란! 떨잠만 일곱 개라고! 그거 다 꽂았다간 머리카락이 죄다 뽑히고 말 것이야."

"하나씩 매일 바꾸어 꽂으면 되잖아요."

"비란, 내 어쩌면 너와 이리 나온 것을 후회하고 있는 것 같구나."

"에? 그런 섭섭한 말씀을! 치이…… 알겠어요. 근처 객잔에서 잠깐 쉬도록 하지요."

유하와 비란은 가까운 객잔에 들어가 자리를 잡았다. 백야라 그런지 사람들이 많았으나, 다행히 한 자리가 남아 있었다. 비란이 팔을 들어 이리저리 부산스레 흔들며 점소이를 찾았다. 정말이지 하나도 지쳐 보이지 않는 것이 유하로선 신기할 지경이었다.

"여기요!"

"네~!"

점소이가 금방 주문을 받으러 왔다.

"음…… 일단 도화차(복숭아꽃 차)랑 국화주, 편육이랑 만두로 주세요."

"네."

"대낮부터 술 마시게?"

"국화주는 술도 아니라구요~!"

유하는 츳츳 혀를 찼다. 그 요상한 부채를 끼고 있을 때부터 이런 아가씨라는 것을 알아차렸어야 했다. 다행히 오늘은 그 요란한 부채를 끼고 있지 않았지만, 그 대신 손에는 장터에서 쓸어 담듯이 사 온 머리장식들이 한가득이었다. 못 말리는 아가씨였다.

"우와…… 유하 님 때문에 등이 따끔거려요."

"응?"

"사람들이 다 쳐다보잖아요."

확실히 유하는 시선을 끌고 있었다. 그러고 보니 면사를 안 하고 다니는 것은 이번이 처음이었다. 그제야 얼굴 가리는 것을 깜빡했다는 것을 인지한 유하는 아차 했지만, 다행히 아직까지 그녀를 알아보는 이들은 없었다. 그도 그럴 것이, 백야에는 장터에 외부인들이 많았고, 처음 나타난 신녀에게 많은 이들의 관심이 쏠려 있다 한들, 직접 그 얼굴을 가까이서 본 사람은 많지 않았기 때문이다.

"확실히 유하 님은…… 이유 없이 끌리게 하는 무언가가 있어요."

"무엇?"

"음, 뭐랄까, 제가 생각했던 만큼의 미인은 아니세요. 그런데, 눈이 가게 된달까요? 주위를 아우르는…… 그래, 어떠한 맑음이 있어요. 이 세상의 존재가 아닌 것 같은. 정확히 설명할 수는 없지만요."

"……."

256

곧 주문했던 음식이 앞에 놓이기 시작하여, 대화는 끊겼다. 눈을 빛내며 곧장 술병으로 손을 뻗는 비란을 응시하며, 유하는 자신이 그리도 인간 세상과 동떨어진 느낌을 가진 것인지 생각했다. 그래도 지상에 발을 디딘 지 꽤 되었는데…….

유하는 젓가락으로 만두 한 개를 집어서 입에 넣었다. 짭짤한 고기가 씹혔다. 혀를 건드리는 자극적인 맛. 그리고 짧고 강렬하게 끝나는 인간이란 존재의 삶, 그건 그저 뜨겁게 김이 오르는 만두와 같은 것인가.

고개를 들어 한입을 더 베어 무는 순간, 그녀는 한 남자와 시선이 마주쳤다. 아는 남자는 아니었다. 짙은 청록색 머리칼을 길게 늘어뜨리고, 동그란 모양의 철사와 유리알 한 쌍이 이어진 물건을 쓰고, 보랏빛이 감도는 눈동자를 지닌 남자는 꽤나 진지하게 이쪽을 응시하고 있었다. 정확히 말하자면 집요할 정도로 바라보고 있었다, 비란을.

만두를 입에 문 탓에 말을 할 수 없었던 유하는 비란의 소매를 잡아당겼다. 국화주를 물인 것처럼 입에 털어 넣고 있던 비란은 그녀가 소매를 잡아당기자 입에 술을 머금은 채로 고개를 돌렸다. 유하 님이 손으로 어딘가를 가리켰다. 무엇인지 의아해하며 유하 님의 손끝을 따라 시선을 돌리던 비란은 문제의 그 남자를 발견하는 순간 사레가 들리고 말았다.

비란은 격하게 쿨럭거렸다. 제기랄, 저 작자가 왜 여기에! 비란이 놀란 가슴을 추스르는 사이 청록빛 머리칼의 남자가 그들의 자리로 성큼성큼 다가왔다.

"대낮부터 술이라니, 너란 여인은 정말."

"하! 신경 끄시어요. 정강이를 차인 걸로는 모자라답니까?"

"아, 그거야 머릿속에 고이 기억하고 있다."

"술맛 떨어지게 하지 말고 갈 길 가세요! 좀!"

"먼저 와 있었던 건 나인데 말이야, 인사도 안 하고 너무하는군."

유하는 둘이 이리저리 말을 받아치는 모양새를 구경하고 있다가, 비란이 분노로 부르르 떨자 안 되겠다 싶어 끼어들었다.

"비란, 뉘인 것이냐?"

"모르는 사람이어요!"

유하는 비란의 대답에 심기 불편한 표정을 짓고 있는 남자를 빤히 올려다보았다. 모르는 사람이라기엔 그는 비란과 무척이나 관련이 많은 것 같았기 때문이다. 유하의 시선에 그는 나지막이 한숨을 쉬고는 입을 열었다.

"은가의 소가주인 은가원입니다. 비란의 혼약자지요."

"누구 마음대로 혼약자예요! 파기한다고 했잖아요!"

"글쎄, 파기한다는 얘긴 들은 적이 없는데……."

사실이었다. 비란은 화가 나서 발로 그의 정강이를 힘껏 차고서는 자리를 박차고 나왔다. 하지만 혼약을 파기한다고 한 적은 없었다. 아니, 그렇게 차이고 나서도 혼약을 깨지 않을 줄 누가 알았으랴!

"흥! 그럼 똑똑히 들으셔요. 혼약은 파기예요!"

"어디 윤 가주께 한 번 여쭈어 보오?"

정말이지…… 뻔뻔한 건지 당당한 건지 알 수가 없으나 짜증나는 것은 분명한 남자였다. 비란은 숫제 폭발할 것같이 시뻘건 얼굴로 씩씩거리고 있었다. 그리고 결국 그녀는 분노를 터트리고 말았다.

"아악! 이 거만한 자식! 혼인을 해 주십사 직접 청해도 모자랄 판에, 혼인할 것이다 통보하면 좋아해 줄 줄 알아?"

"하린 언니가 말하길, 흥분하면 지는 것이라던데."

언제나 쉽게 흥분하던 하린이 말했다고 하기엔 어폐가 있는 말을 조용히 중얼거리며 유하는 히죽 웃었다. 비란은 은가원이란 이 사내에게 마음이 있는 것일까? 왠지 그런 것 같은 느낌이 들었다. 말은 험하게 뱉긴 했지만 결국 비란이 화난 이유는 청혼 여부 때문인 것이었으니.

가원은 한숨을 쉬었다. 귀찮다거나 성가시단 느낌이 아니라, 귀여워하는 듯 '이 아가씨를 어쩌랴' 하는 느낌이었다. 가원은 안경을 치켜 올리며 고개를 끄덕였다.

"좋아. 청혼은 제대로 해 드릴 터이니, 혼약은 이행하는 것이군."

"흥!"

"그럼 가도록 하지."

"에? 어딜 가요! 나 유하 님이랑 있어야 한단 말이야!"

"사람들 눈요깃거리는 이것으로 충분하다고."

확실히 달라붙는 시선들이 이 둘의 난리로 인해 훨씬 늘어 있었다. 가원은 비란의 말을 무시하고는 그녀의 팔을 붙들어 잡아끌었다. 순식간에 일어난 일이라 비란은 미처 반항도 하지 못하고 순식간에 객잔에서 끌려 나갔다. 가원은 그 와중에도 객잔 주인에게 값을 지불하는 것을 잊지 않았다. 여러모로 철저한 남자였다.

"이거 놓으란 말이에요! 유하 님!"

"잘 가려무나. 난 거기 끼어들고 싶지 않으니."

"유하 님 배신자!"

유하는 멀어져 가는 비란에게 유유히 손을 흔들었다. 짚신에게도 짝은 있다고 했던가. 비란이 짚신이라는 말은 아니었지만, 싫다면 악을 써서라도 가지 않을 비란을 끌고 가는 사내는 비란과 썩 잘 어울렸다.

혼약자라…… 평생 함께할 것을 약속하는 행위란 어떤 느낌일까. 평생이라 한들, 채 백 년도 되지 못할 터인데도. 아니, 외려 그렇게 짧은 순간이기에 남은 삶을 전부 약속할 수 있는 것인가. 지상의 삶이 끝나면 윤회의 고리에 들어 또 다른 인연을 향해 흩어질 부질없는 인생들이나, 어쩐지 그 짧게 타오르다 재로 흩어질 운명들이 무척이나 아름답다 느껴지는 것은…… 보이지 않는 것을 볼 수 있는 그녀의 또 다른 반쪽, 신의 마음임이 틀림없었다. 인간인 휘와는 다른, 그녀의 온전한 반쪽의 신성.

"휘도 언젠가는 혼인이란 것을 하겠지."

그런데 왜 이리 순식간에 기분이 나빠지는지 모르겠다. 후에 휘의 신부가 될 사람을 상상조차 할 수 없었다. 무의식적으로 휘가 언제나 그녀의 곁에 있을 것이라고 생각하고 있었나 보다. 그러나 지금 그녀가 이 지상에 있는 기간은, 그저 어느 하루의 짧고 즐거운 소풍 같은 것일 뿐.

"약속할 수는 없는 것이야."

"무얼 말이지?"

유하는 갑자기 귓가에 들려오는 목소리에 화들짝 놀랐다. 고개를 돌리니 긴 검은 머리카락이 시야에 닿았다. 유하는 단번에 굳었다. 자신을 쳐다보는 적갈색 눈동자…… 왜 저자로 나오면 이자와 마주치는 건지. 벌써 두 번째였다.

"오랜만이야, 아가씨."

"유열⋯⋯."

그의 날카로운 눈이 미소와 함께 휘었다. 여느 때처럼 위험스럽게⋯⋯.

"왜 여기에⋯⋯."

"목적은 아가씨고, 우연이라고 할 마음은 없군."

목소리엔 여전히 웃음기가 서려 있었으나 농담을 하는 것은 아니었다. 그에게서는 처음 느끼는 진지함이었다. 그러나 그가 그녀에게서 무엇을 원하는지는 알 수가 없었다. 처음 만났을 때도, 지금도⋯⋯ 그가 그녀에게 접근한 이유가 무엇인지 전혀 짐작이 가지 않았다. 원래대로라면 그는 친우도 적도 아닌 타인이어야 했다. 아니, 유하는 그의 정체도 모르고 있지 않는가.

"궁금하겠지, 왜 이렇게 내가 그대와 자꾸 마주치는지."

그것은 그가 알아 버렸기 때문이다. 유하가 이 지상에 있는 이유를. 그걸 알아낸 것이야말로 우연이라고 할 수밖에 없었다.

어쩌면 자신과 안 어울리는 짓 따위를 하지 않았으면 좋았을지도 모른다. 그저 그녀에 대한 한때의 흥미 정도면 충분하지 않았을까. 그 흥미가 설사 더 깊은 감정으로 변하게 될지라도 적어도 순수했을 것이니.

하지만 그는 그 빌어먹을 서책을 열어 버렸다. 그리고 한때의 흥미는 거부할 수 없는 소유욕으로 변질되었다. 그래서 이렇듯, 그녀에게 미끼를 내미는 것이었다.

"나와 류휘에 대해서 알려 주지. 아가씨라면 그것을 알 자격이 있어. 알기를 원한다면⋯⋯."

유하는 어찌할지를 몰라 머뭇거렸다. 애초에 그는 대체 휘에 대해서 어떻게 아는 것일까? 그 둘이 그 정도의 연결 관계가 있는

261

것도 그저 그럴 것 같은 느낌이 있었을 뿐이지, 실제로 연관이 있다고는 확신하지 못했다. 그보다 유열을 믿어야 하는지조차 결정할 수 없었다.

상식적으로 따진다면 그녀가 그를 믿어야 하는 그 어떤 이유도 없었다. 오히려 믿지 않는 게 좋을 것이었다. 하지만 어떻게 된 일인지 이 순간엔 진실 되어 보이는 그를 외면해 버리기가 어려웠다. 그는 첫인상부터 진실됨은 고사하고 진지함과도 거리가 멀었는데도 그러했다.

유열은 유하가 좀처럼 결정을 못 하자 준비해 두었던 마지막 패를 쓰기로 했다. 유하와 류휘 사이에 조금이나마 틈새가 생길 만한……. 그렇다고 거짓은 아니었다.

"말해 두지만, 류휘는 내가 말해 주려고 하는 것을 하늘이 두 쪽이 나는 일이 있어도 아가씨에게 알려 주지 않을 거야."

"그게 무언데?"

"아니, 일단 알고 싶은지 아닌지부터 결정해. 간단히 얘기해 줄 수 있는 게 아니니까. 들으나 안 들으나 후회할 텐데, 듣고 후회하는 게 낫지 않나?"

사실 유하는 알고 싶었다. 그것도 아주 절박하게. 들으면 후회할 것 같았지만, 그래도 알고 싶었다. 그것이 진실인지 거짓인지는 상관이 없었다. 유열과 휘 사이의 어떤 연결고리만이라도 알 수 있지 않을까? 아주 작은 단서라도 좋았다. 유열이 무언가라도 알고 있음은 확실했기 때문이다. 휘가 알려 줄 수 있는 것이었다면 그는 진작 알려 주었을 것임으로, 그 부분도 거짓이 아닐 것이다. 결국 유하는 유열이 내민 손을 잡을 수밖에 없었다.

"알려 주어라. 너와 휘에 대한 것."

"궁으로 돌아가지. 내 거처라면 듣는 귀가 없을 테니까."

유하는 모르겠지만, 지난번에 보았던 류휘의 그림자들이 여지없이 따라붙어 있었다. 그러나 그들은 유하의 앞에 모습을 드러내지 못할 것이 뻔했으니, 그가 유하를 해하려 하지 않는 이상 그들은 직접적으로 그를 제지할 수는 없을 것이다.

이미 이 상황을 보고하러 몇은 황제에게 황급히 돌아갔을 터. 그가 보기에 이것은 쓸데없는 배려였다. 그였다면, 류휘처럼 유하를 자유로이 다니게 내버려 두지 않았을 것이다.

"멍청한 자식."

"무어?"

"아, 아가씨 말고. 이만 가도록 하지, 지체할 시간이 없으니."

유열은 멋대로 그녀의 손을 잡고 끌어당겼다. 유하는 손을 빼려고 했으나, 손힘이 어쩜 그리 센지 별수 없이 일어나 그가 이끄는 대로 끌려 나왔다.

유열은 그림자들이 있는 곳을 흘끗 보며 작은 소리로 무언가를 읊조렸다. 그러자 그림자들은 더 이상 따라붙지 못했다.

"이것 좀 놓아라~! 유열!"

"거참 시끄럽군."

멀어져 가는 두 인영을 보고만 있는 그림자들의 눈이 불안하게 움직였다. 다리가 마비된 것처럼 움직이지 않았던 것이다. 분명 신녀님 옆에 있던 그자의 짓이었다. 두 사람이 황궁에 도달했을 만큼의 시간이 지나고 나서야 그들은 다리를 움직일 수 있다는 것을 알았다. 마비가 풀리자마자 그들은 황급히 주군에게로 돌아갔다. 다행히 그들 중 몇은 미리 돌아갔으니 조금 더 빨리 소식이 도착했을 것이다. 그러나 그들이 가지고 오는 소식을 황제 폐하께서 좋아하시지 않을 것이 분명했다.

✽ ✽ ✽

"그래서 그놈이 데려갔다?"

"네. 흑발의 젊은 남자였습니다."

흑발의 젊은 남자. 불가사의한 힘으로 그림자들의 다리를 붙잡아 놓았다라……. 아주 제 신변을 떨치며 다니고 있구나. 대체 어디로 갔을까……. 유하 님을 데리고 궁에서 더 멀리 가진 않았을 것이다. 분명 그녀를 내보이기 싫은 마음인 데다 누군가 그녀를 알아보기라도 한다면 그대로 발목이 잡힐 것이 뻔하기 때문이다.

그러니 남은 곳은 황궁밖에 없었다. 그것도 분명 유열의 거처일 것이다. 타국의 사신들이기에 오로지 황제만 자유로이 찾아갈 수 있는 곳이고, 유하 님과 몇 분만이라도 단둘이 있을 수 있는 곳은 그곳이 유일했다.

달리 어려운 추측이라고 할 것도 없었다. 미친놈이긴 했지만 멍청하진 않았다. 그리고 안타깝게도 그와 원치 않게 닮은 휘는 그의 생각을 쉬이 읽을 수 있었다. 휘는 바로 하던 일을 덮고 일어섰다.

"너희는 쉬어라. 나 혼자로 충분하니."

"네."

의외로 황제 폐하께서 그들을 질타하시지 않아, 그림자들은 내심 안도하면서 돌아갔다. 휘는 서둘러 유열의 거처로 향했다.

유열이 유하 님과 황궁으로 돌아오길 택한 또 다른 이유는 이것이었다. 궁 밖의 저자야 사람들이 알아보지 못하게 면사를 쓴다면 미친 듯이 뛰어가든 말을 타고 가든 아무 문제도 되지 않겠지만,

황궁 안에서는 말은 고사하고 뛰거나 가마를 탈 수 있는 경우가 정해져 있었기 때문에 필히 걸어가야 했다. 황도(황제가 다니는 길)로 간다 해도 본관과 꽤 떨어져 있는 유열의 거처에 도달하려면 최소 일각 정도 걸릴 것이었다.

지금 이 상황에서 남들에게 보이는 모습 따위가 무엇이 중요하겠느냐만은, 문제는 그가 그냥 황제가 아닌 피의 족쇄에 묶인 황제라는 것이었다. 평소라면 모르겠지만 지금은 백야다. 타국의 중요 인사들이 황궁에 있다. 이 상황에서 그의 행동은 제국의 위신과 너무도 밀접하게 이어져 있을 수밖에 없었다. 그래서 지금은 황제의 체통을 지켜 뛰지 않는다는 사소한 것조차 나라의 존폐에 따라 움직이는 그의 족쇄에 영향을 주기 충분했다.

그래서 휘는 불안했다. 지금으로서는 어떻게 해도 막을 수 없는 일각의 시간…… 그것이 무엇을 뒤집을지 짐작할 수 없었다. 서유열은 무엇을 알고 있는 것일까? 유열은 그와 달리 그 힘을 쓰는 데에 아무 거리낌이 없었다. 그것이 가져온 불행을 겪으며 살았던 것은 같음에도 불구하고, 심지어 족쇄를 거역하려 하다가 순식간에 무너져 내린 선대 황제들을 충분히 알면서도 그 저주스러운 힘을 너무도 쉬이 사용했다. 그들의 피에 섞인 힘, 신언을 말이다.

"신언이란 신의 언어로, 두 종류가 있다. 의지를 타인에게 새기는 것과 타인의 의지를 읽는 것. 간단히 말해서 새기는 것은 타인을 자신의 말이나 생각에 복종하게 하게 할 수 있다는 것이고, 의지를 읽는다는 것은 타인의 생각을 읽을 수 있다는 말이지. 복종하는 쪽은 일시적으로만 가능하지만."

유하는 신언이 무엇인지 알고 있었다. 신의 언어는, 곧 신이 가진 근본의 힘인 신력을 말한다. 바로 이 언어로 세상은 창조되었다. 태초의 모든 것은 창조신이 내뱉은 한마디의 언어로 생명을 얻게 된 것이다. 그를 본뜬 인간의 힘 역시 한마디의 말로 시작되었다.

하지만 지금은 태초의 때에서 수백만 년이 넘게 지났다. 그리고 신언은 여러 갈래로 그 힘이 갈라져 창조신 또한 여러 신으로 분화했다. 그러나 그 힘은 결코 인간의 것일 수 없었다. 하지만 유열이 거짓을 말할 이유도 없다. 게다가 신언이라면 여러 가지가 설명되었다.

처음 만났을 때 바람의 정령인 홍아와 백아를 볼 수 있었던 것, 그리고 그리도 쉬이 그들을 복종시켰던 것 말이다. 그러나 유열은 분명 인간의 몸이었다. 그것은 확실했다. 그런데…….

"어떻게 그런 힘을…….''

"날 때부터 가지고 있었다. 대물림되는 힘이니까.''

유열이 말하는 것들은 상상한 것 이상으로 충격적이었다. 어째서 신의 힘이 지상에 돌아다니는 것일까. 천계의 존재가 인간 세상에 이 정도로 개입하는 것은 금기였다. 신의 언어를 담을 수 있는 그릇은 신체(신의 몸)로는 피, 정신체로는 영혼이다.

그렇다는 것은 지금 신의 피가 인간의 몸속을 돌아다닌다는 말인가? 윤회의 고리로 흩어져 새로운 피와 육체를 얻는 인간의 몸에?

"있을 수 없는 일이야! 이치에 어긋난다고!''

"하지만 사실이야. 류휘와 나는 이치에 어긋나는 존재들이지.''

만약 이 말이 사실이라면, 그 능력을 가진 인간이 받을 고통이란 상상을 초월할 것이다. 그걸 맨정신으로 견디어 낸 것이 신기할 지경이었다. 인간의 생각을 읽을 수 있다는 것은 그의 가장 더럽고 어두운 심연에 노출될 수 있다는 것이었다. 어린아이가 그런 것을 읽는다면 온전한 정신으로 있을 수 있을 리가 만무했다. 그보다 더한 것은…….

"그 힘에 대해 알고 있는 사람이 있느냐?"

"당연히 아비와 어미는 알고 있었지. 그건 류휘도 마찬가지다. 어느 면에서, 그와 나는 쌍둥이와도 같으니까."

유하는 눈을 질끈 감았다. 최악 중의 최악이다. 누구든 신언과 같은 힘에 경외심이나 시기심 따위를 가질 것이다. 하지만 그 근본에는 심신을 흔들 만큼의 두려움이 도사리고 있음이었다. 이러한 애증이 섞인 공포는 인간을 치졸하고 잔인하게 만든다. 그 대상이 누구든 상관없이.

유열과 휘는 그러한 감정의 소용돌이를 매번 마주하면서도 아무 것도 할 수 없었을 것이다. 그러니 자신으로 인해 주변 사람들, 특히 그 둘에게 애정을 주어야 함이 마땅한 아비와 어미가 미쳐 가는 꼴을 보고서도 손을 내밀 수 없었을 터. 유열과 휘가 할 수 있는 것은 외면하거나, 같이 미치는 것. 그것밖에는 없었을 것이다.

어미인 월희의 눈으로 되새겼던 인간 운명들은 그러했다. 자신이 감당할 수 없는 것을 가진 자들은 자신 안에 도사리는 두려움으로 시작되는 광증과, 그 주변인들이 느끼는 두려움에서 파생된 광기로 결국 여지없이 침몰했다. 단 한 명의 예외도 없이.

어찌해야 하나, 이것을 어찌해야 하나…… 반신반인의 몸으로서도 받아들이기 어려운 이야기였다.

유열은 주먹 쥔 손을 부들부들 떨고 있는 유하를 보며 그녀가 어디까지 알아챘는지 눈치챘다. 그는 그녀가 인간 세상에 익숙하지 않을 뿐, 웬만한 이들보다 뛰어난 사고를 가졌음을 알 수 있었다.

자신이나 류휘에게 이런 오래된 이야기는 별로 의미가 없었다. 그것을 되새긴다 해도 바뀌는 것은 없을 테니까. 그러나 그녀가 있었다. 모든 것을 바꿀 수 있는 열쇠가 눈앞에…… 유열은 가슴 안에 벅차오르는 무언가를 뒤로하고 입을 열었다.

"결국 어머니가 어떻게 되었을지 알겠어?"

"말하지 마."

"내 머리카락보다 붉었어. 처음 본 죽음이란 것은."

"그만!"

유하는 듣지 못하겠다는 듯 귀를 막았지만 유열의 목소리는 끝까지 들려왔다.

"그대로도 좋았는데. 하루에 한번 볼까 말까 한 얼굴이라도, 살아만 있어 주었다면. 슬프지는 않았는데, 그냥 궁금했어. '당신 스스로 목숨을 끊을 만큼 내가 두려웠을까?' 라고."

유하는 입을 틀어막고 흐느끼고 있었다. 너무나 아팠다. 스스로 슬플 줄도, 아플 줄도 모르는 유열 때문에…… 그는 정말이지 처절할 정도로 휘와 똑같았다.

인간의 아이들에게 신은 대체 무슨 짓을 한 것인가. 신의 힘을 가지고 있는 자의 필연적인 괴로움. 차라리 온전한 신이라면 상관없었다. 정신체까지 신성의 것이라면 사사로운 감정에 쉬이 흔들리지 않으니까. 하지만 인성은 달랐다.

유하는 그녀의 슬픔이 왜 휘와 유열의 것에 공명하는지 그제야 알 수 있었다. 그녀도 같았기 때문이다. 반은 신이나, 반은 인간……. 신언을 쓴다는 두려움과 그에 따른 영혼의 고통은, 신성으로 감당할 수 있으나 인성 또한 영향을 받을 수밖에 없었다.

그러나 유하는 어머니인 칠원성녀 월희의 태 안에 존재했기에 숱한 세월 동안 스미는 광기를 감당하고 떨쳐 낼 수 있었던 것이다. 무엇보다, 설령 인성이 있다고 해도 그녀에게는 그것을 잡아줄 반쪽의 신성이 있었다.

하지만 유열과 휘는 반신반인이 아니다. 반신반인이었다면 유하가 그것을 알아챘을 것이다. 이들은 오롯한 인간이 맞다. 그렇다면 어떻게 된 일인가.

"신언이 대물림된다고 했지? 다음 적자가 태어나면 아비는 신언을 잃고 그저 광증 도진 범인이 되어 버려. 자식은 적자만 태어나고, 그 적자에 대한 두려움 때문인지 무엇 때문인지, 아비와 어미는 곧 죽어 버리지. 참 한결같은 집안이야."

"그, 그만해!"

"아비와 어미의 죽음을 내버려 두었던 내 행동이 외면이라면, 자기 손으로 죽인 류휘는 뭐라고 해야 하나? 광증?"

"뭐……라고……?"

유하는 순간적으로 머리가 울리는 느낌에 그대로 굳었다. 잘못들은 것이 틀림없다. 그래야만 했다.

유열은 충격 어린 표정으로 그를 뚫어지게 바라보는 유하를 조금 우울한 눈으로 보았다. 이것은 대신관에게서 흘러나온 정보였기 때문에 완전한 진실인지 아닌지는 그도 몰랐다.

하지만 확실히 전 황제부부는 아무도 없는 방에서 죽었고, 그때 류휘 혼자 그들 곁에 있었으며, 그들 앞에 놓여 있던 피 묻은 단도는 류휘의 것이었다 했다. 달리 무엇이라 말할 수 있을까. 제국의 역사를 통틀어 그 어떤 미쳐 버린 황제일지라도 하지 않았던 혈육의 살인을, 당시에도 그리고 아직까지도 제정신이긴 분명한 류휘가 저질렀다는 것이 놀랍기는 하지만 달리 설명할 수도 없었다.

"류휘는 자기 손으로 그의 아비와 어미를 죽였다. 한마디로, 폐륜이지."

"그럴 리가 없어!"

"믿거나 말거나는 아가씨 몫이지만……."

이것으로 조금이라도 틈새가 생길 터였다. 세상 어딘가에는 짐승만도 못한 인간이 그 부모의 목숨을 앗아 가는 일이 있기야 있을 터였다. 하지만 한 나라의 황제가, 그것도 신의 가호를 받는 제국의 황제가 그러했다면 그것은 인간적이다, 비인간적이다, 라는 선을 넘은 문제가 될 것이다.

단 한 번도 의문시되지 않았던, 류씨 황가가 황위를 잇는 것의 절대성, 그것에 의문을 제기할 수 있는 확실한 약점이 된다는 말이었다. 그리고 하늘의 깨끗한 눈꽃에게는, 인간이 그 정도로까지 추악해질 수 있음을 처음 알게 될 그녀에게는 참을 수 없는 진실이 될 것이다.

"하아……."

유하는 눈을 질끈 감고 생각했다. 생각하고 또 생각했다. 그러나 무엇에 대해 생각해 보아야 할지 알 수 없었다. 이것이었나? 유열과 휘의 연결고리, 그리고 그녀가 도무지 마음에 담을 수 없는 어쩌면 진실일 휘의 과거 말이다. 신언의 힘은 진실이었다. 그것은 알 수 있었다.

하지만, 폐륜에 관해선 어떻게 행동해야 할지 혼란스러웠다. 유열의 진지한 눈이 그것이 진실임을 말해 준다고 해도, 그녀의 마음은 그것을 믿으려 하지 않았다. 더 이상 나아갈 길이 없어 보였다.

그래서 생각한 끝에, 유하는 자신이 해야 할 것을 떠올렸다.

운명과 운명이 모여 또 다른 운명이 완성되는 하늘의 법칙 아래, 그녀가 이렇게 진실과 마주하게 된 데에는 분명 이유가 있을 것이다. 그 이유에 그녀는 부합해야 했다.

"내 생각이 읽히느냐? 내가 어떤 생각을 하고 있는지 보인다면, 나에게도 들려주련?"

지나치게 차분히 가라앉은 목소리로 그녀가 말한, 어쩌면 엉뚱하기 그지없는 말을 유열은 바로 알아들었다. 그녀조차도 어찌할 수 없는 혼란…… 그것을 그녀가 어떻게 해야 하는지 물어보는 것이리라.

안타깝게도 그는 그녀의 생각만은 읽을 수가 없었다. 그녀가 가진 반쪽의 신성 탓인지 그가 가진 신언의 힘이 발현되지 않았다.

"이상하게도, 그대에겐 신언의 힘이 먹혀들지 않는다. 그건 아마도 아가씨가 반신반인이기 때문이겠지."

유하의 눈이 크게 뜨였다. 차분히, 그리고 꾸밈없이 솔직하게 응시해 오는 적갈색 눈동자가, 마치 그녀가 어떤 존재인지 그가 원래부터 알고 있었음을 알려 주는 듯했다. 그래서 그리도 그와 마주쳤던 것인가. 그는 어디까지 알고 있는 걸까.

그의 진의를 파악하듯, 그녀의 눈도 물러서지 않고 그의 눈동자를 들여다보았다. 유열의 손이 올라가 그녀의 볼 위로 흐르는 물기를 닦아 내었다. 그녀의 깊은 흑안이, 그리고 손끝에 닿는 물기 어린 온기가 그의 말라 비틀어져 있던 심장을 적셔 왔다. 갈증이 났다. 이 온기를 갖고 싶다. 갖고 싶다, 가지면 안 될까. 한껏 그러안고 이대로 취해 버렸으면…… 이대로 그의 것이 된다면.

"유열?"

"……음?"

"눈이……."

"아……."

그는 유하에게서 손을 거두고는 자신의 눈가로 가져갔다. 핏빛으로 변해 버린 것인가. 순간 그의 안에 있는 것이 튀어나올 뻔했다. 눈을 가리니 그녀의 얼굴이 보이지 않았다. 분명 두려운 눈빛으로 그를 응시하고 있을 것이다. 그의 변안은 류휘의 것처럼 아름다운 쪽빛이 아니니까. 그녀가 어찌 생각하든 상관없었지만 말이다. 그런데 손을 내리고 싶지 않았다. 이제 눈동자가 다시 적갈색으로 돌아왔을 터인데도.

순간, 보드라운 손이 그의 손을 감싸 왔다. 그러고는 제 손을 잡아 내렸다. 다시 돌아오는 시야 사이로 그녀의 눈이 보였다. 단호한, 그리고 약간 짜증 난 듯 찌푸린…… 그러나 두려움 따위는 아니었다. 안도감이란 게 밀려들었다. 왜인지는 알 수 없었다.

"대화는 눈을 보며 하는 것이다. 그리고 변안한 눈동자 같은 건 안 무서우니 가릴 필요도 없으니. 무서운 건 눈동자가 아니라 이성을 잃은 태도인 것이야."

유하는 짐작되는 바를 말했다. 어쩐지 휘의 경우도 생각을 해보니, 신언의 힘이 발현되는 때 외에 변안이 되는 경우는 순간적으로 이성을 잃거나 할 때인 것 같았다. 그러니 두렵지 않았다. 이제는 눈의 색상이 변하는 것이 낯선 이가 되는 것이 아님을 알 수 있으니까.

아는 것은 많은 변화를 불러온다. 무지했을 때는 검은 밤을 더듬어 나가는 듯했다. 하나 조금이나마 아는 지금은 가늠이 되었다. 위험스레 비틀린 유열, 그의 가여움이 보였다.

안쓰러이 그를 바라보는 그녀의 시선이 따뜻했다. 유열은 처음으로 할 말을 잃었다. 대부분의 사람들은 그를 두려워했다. 그는 그것이 무엇인지 오래전에 잊어버렸다고 생각했다. 하지만 그 순간 그는 알 수 있었다. 그렇구나. 이것이, 그녀의 눈을 보고 싶지 않았던 것이, 순간 숨을 죽일 만큼 심장을 조이던 마음이 두려움이었구나, 하고.

　눈물이 멎은 눈으로 맑고 강하게 응시해 오는 칠흑의 눈동자가 그 무엇보다 눈부시게 빛났다. 천계의 눈꽃이라, 인간이 가질 수 없는 깨끗하고 하이얀 꽃이다. 그러나 그의 손에 닿아 부서져 버리는 한이 있어도, 그는 가질 것이었다. 유열은 그것을 다시 곱씹었다.

　"아가씨는 조심성이 없어."

　"뭐?"

　"내 욕심이 어떤 건지 알았다면, 도망칠 수 있었을 것을…… 안타깝군."

　그녀의 귓가에 속삭이는 그의 나직한 말에도 그녀는 아이같이 멀뚱한 눈으로 그것이 무슨 의미일까 헤아릴 뿐이었다.

　유열은 그녀다운 태도에 빙글 웃고는 일어섰다. 발소리가 들려왔다. 유열은 발소리의 주인이 누군지 충분히 알 수 있었다. 그는 유하를 방에 남겨 둔 채 나왔다. 그리 멀지 않은 곳에서 저를 응시해 오는 익숙한 인영이 보였다.

　"여어, 황제 폐하."

　"서유열."

　방 안에서 유하가 흠칫 놀라는 기척에 유열의 미소가 더욱 진하게 피어올랐다. 그의 두 눈은 그 어느 때보다 차분하게 가라앉아 있었지만 말이다. 이것 참, 그에게는 즐겁기 그지없는 삼자대면이었다.

"어쩐지 시끄럽다 했더니…… 뛰어왔나?"

유열은 한껏 승리자의 미소를 머금은 채 휘를 조롱했다. 그가 이렇게 흐트러진 꼴을 놓칠 위인이 아니었다. 하지만 유열이 조롱하는 말 따위 휘는 알고 싶지 않았다.

그는 유열의 태도에 아랑곳 않고, 유하 님이 계실 방 안으로 곧장 들어가 그녀의 상태를 파악하려 했으나, 유열이 그 앞을 가로막고는 비키는 시늉조차 하지 않았다. 그에 휘의 근원 깊숙한 곳에서부터, 에이는 살기를 동반한 분노가 몰려왔다.

"비켜라."

"싫다면?"

"죽여 버리기 전에 비켜라, 유열!"

"너가 날 죽일 수 있을까? 유하라면 멀쩡하니 안심하라고. 어차피 그녀는 지금 네 얼굴을 보고 싶어 하지 않을 테니."

휘는 유열이 하는 말의 의미를 알 수 없었다. 단지, 그녀의 얼굴을 볼 수 없는 지금 상태에서 듣는 그 말이 미치도록 그를 불안하게 만들었다. 간신히 이성을 붙드는 듯한 음성이 분노로 떨리고 있었다.

"대체, 무슨 짓을 한 거지……?"

"뭐가?"

"유하 님에게 무슨 짓을 했느냐고 물었다!"

그저 눈앞에서 키득거리고 있는 유열을 어떻게든 해 버리고 싶었다. 언제나 그러고 싶었다. 너무 닮아서 그 존재 자체가 거슬리는, 쌍둥이처럼 각인된 저주를 마주 보게 하는 존재. 그런데 그 존재가 유하 님을 건드렸다. 유하 님을.

"그게 너랑 무슨 상관이지?"

휘는 빈정대는 유열의 말에 이를 악물었다. 여기서 상관없는 사람은 그가 아닌 유열이었다. 구원을 예언받은 쪽 또한 유열이 아니라 그였다. 유열과 달리 그에게는 더 이상 유하 님이 천계의 눈꽃이라느니 하는 것 따위가 중요하지 않았다. 그녀 자체만으로도 그에겐 과분했으니까.

그러니 유하 님을 조금이라도 원할 자격이 있는 자 역시 유열이 아닌 그였다. 소유욕으로 번뜩이는 유열의 적갈색 눈동자에 치가 떨렸다. 이 고리는 대체 언제 끊어지려고!

유열이 제 분수에 맞지 않는 것을 이미 소유하기라도 한 듯이 구는 양을 바라보며, 휘는 한 자 한 자 각인시키듯 내뱉었다.

"유하 님에 관해서 상관없는 인간은 네놈이다. 애초에 선택받은 쪽은 네가 아니니까!"

정곡을 찔린 유열은 순식간에 치미는 분노에 류휘의 목을 붙잡고 벽으로 밀어붙였다. 그의 눈동자도 휘의 것과 같이 다른 색으로 물들었다. 휘와는 달리 짙은 핏빛으로.

"닥쳐라! 네놈에게도 저주스러운 피가 흐르는 주제에 감히! 감히 선택을 운운하다니⋯⋯."

"다시 말해 주지, 선택받은 것은 네가 아니다. 구원받는 것도 네가 아니고, 유하 님을 원할 자격이 있는 것도 네가 아니란 말이다!"

어찌 보면 진실이었다. 단 한 명뿐인 천계의 눈꽃은 확실히 휘에게로 왔으니까. 그러나 그녀를 빼앗을 수 없다는 규칙은 하늘과 땅 그 어디에도 없었다. 천계의 눈꽃이라는 열쇠가 필요한 존재는 휘와 유열, 두 명이었으니까.

하지만 유하 님을 소유할 수 있는 존재가 이 세상에 누가 있을까? 그나 유열이나 그것을 주장할 그 어떠한 권리도, 명분도 없었다. 이렇듯 자신의 굴레에 처박혀 핏빛 눈을 번뜩이는 유열은 더더욱. 그 순간, 휘는 그의 목을 억세게 조여 오는 손을 떼어 내고는 유열에게 주먹을 날렸다. 피할 겨를이 없었던 유열은 그대로 널브러졌다. 휘는 유열의 가슴을 발로 누르고는 낮게 깔린 목소리를 내뱉었다.

"다시는 그녀를 건드리지 마라. 그랬다간 금기고 뭐고 망설이지 않고 죽인다. 지옥으로 떨어진다고 해도!"

휘는 발을 내리고 돌아서서 방문을 잡았다. 그런데 그 문을 열려는 찰나, 나지막하게 들려오는 유열의 목소리에 휘는 그대로 멈추고 말았다. 유열이 피가 묻은 입가를 닦으며 상체를 일으켜 내뱉은 말에 그는 다시 돌아설 수밖에 없었다. 방금, 뭐라고……?

이것이 승부라고 한다면, 그 끝은 유열, 그의 승리였다. 적어도 욱신거리는 입가를 만지며 유열은 그리 생각했다. 백야 동안 뿌려 놓은 미끼는 충분했으니까.

"신언의 힘에 대해 알려 줬다. 너와 나에게 있는……."

"정말로…… 미쳤군."

그 힘이 가져온 불행들도 동일하게 겪었으면서 그걸 자기 입으로 알려 준 유열을 달리 칭할 말이 없었다. 유하 님에게는 그 힘이 작용하지 않는다는 것도 변명이 되지 않았다. 이쯤 되면 휘는 정말 궁금했다. 지금까지는 신경조차 써 보지 않은 유열의 본심이 처음으로 알고 싶었다. 무슨 생각을 가지고 있길래 그토록 원하는 유하 님을 그들의 저주의 굴레에 끌어들이는 짓을 할 수가 있는지. 유열은 얼마나 망가져 있는 것인지.

휘는 이때까지 유열과 자신을 동일하게 보고 있었다. 동일하게 신의 힘이란 저주를 나눠 받은 존재. 그랬기에 그가 더욱 싫었던 것이다. 그런데 이건……. 휘는 작은 한숨을 뱉었다.

그리 오래되지 않은 과거의 그 역시 유열과 다를 바가 없었다. 지긋지긋한 피의 굴레, 의무, 그리고 구원에 대한 집착이 그를 옭아매고 있었다. 하지만 지금은……. 휘는 조용히, 그러나 힘 있는 목소리로 유열에게 질문했다.

"말해 봐라. 너에게 유하 님은 어떤 존재지?

"그거야……."

"천계에서 내려온 신체? 구원? 이 모든 것에서 널 해방시켜 줄 아름답고 탐나는 열쇠?"

유열이 그녀의 정체를 알고 있다는 것을 이미 알고 있었으므로 그는 거침없이 말할 수 있었다. 점점 굳어지는 유열의 얼굴을 보니 휘는 자신이 옳았음을 알 수 있었다. 어떤 면에서 유열은 그 나름대로 유하 님을 연모하고 있을지도 모른다. 하지만 '아는 자'로서 너무 오랫동안 고통받은 그는 구원의 열쇠로서의 유하 님을 배제할 수 없을 것이었다.

정제되지 않은 소유욕……. 그러니 이건 아니었다. 더 이상 유열과 자신은 같지 않았다. 그 사실이 좋은 것인지 나쁜 것인지는 알 수가 없었다. 하지만 확실한 것이 하나 있었다. 휘는 자신을 묶고 있던 족쇄들 중 하나가 풀려 나감을 느꼈다. 휘는 원래대로 돌아온 청록빛 눈동자로 유열을 직시하며 말을 이었다.

"나에게는 다르다."

"웃기지 마라! 너도 같아!"

"아니, 분명히 다르다."

그따위 말, 유열은 믿을 수 없었다. 믿을 수 없는데, 그 순간 어째서 류휘가 그리도 당당해 보이는 것인지……. 유열은 상대적으로 초라해진 것 같은 자신을 느꼈다. 이럴 수는 없었다. 유하에 대한 그의 감정이야말로 진실된 것인데 휘는 그것을 때가 탄 듯 더러운 것으로 매도하고 있었다. 그게 정말이지 참을 수 없었다.

"이 마음은 진짜란 말이다!"

유열로서는 처음으로 떼쓰는 아이같이 진심을 말했다. 혼란이 가득한 목소리였다. 하지만…….

"거짓이라고는 하지 않았다."

"그러면 왜!"

"유하 님은 언젠가 승천하신다. 그건 알고 있겠지?"

당연히 알고 있었다. 그렇기에 붙잡아 두어야 함도.

"우리로서는 그녀를 지상에 묶어 둘 수 없지. 하지만 유열, 그럼에도 넌 그녀를 믿나?"

"!"

믿음이라니…… 그런 것은! 묶어 놓지 않으면 그를 버리고 떠날 존재인 그녀를 어떻게 믿을 수 있다는 것인가. 유열은 뚜렷하게 자신을 응시하는 휘의 초록빛 눈동자를 그만 피해 버렸다. 심장이 거칠게 뛰었다.

"난 믿는다. 유하 님을 믿어. 언젠가 우리를 버리고 떠나가신다고 해도, 그것은 유하 님이 가야 하시는 길일 뿐. 그녀는 날 구원해 줄 것이다. 그녀는 하늘이 주신 천계의 눈꽃이니, 그것만으로도, 그것을 지금까지 함께한 시간 동안 충분히 깨달은 것만으로도 나에겐 구원이 약속된 것이니."

"거짓이다……."

"아니, 난 처음으로 나에게 주어지지 않았던 '앎'을 얻었다. 이
것은 하백 님조차도 나에게 주시지 못했던 진실이다."

유열의 꽉 쥔 주먹이 부들부들 떨렸다. 류휘 같은 겁쟁이가 그
럴 수 있을 리가 없다. 그럴 수 있을 리가 없는데…… 왜 그의 말
들은 빛으로 나아가는 것처럼 확신에 가득 차 있는 것인지, 유열은
정말 이해할 수가 없었다. 무언가 변하고 있었다. 항상 같았던 굴
레가 그를 더욱 옥죄여 오는 것 같았다.

"왜─"

"넌 믿음까지는 아니었나 보군……."

당장 부정해야 했다. 하지만 유열은 아무 말도 할 수가 없었다.

"그렇다면 이 마음은…… 너의 것과 그 깊이를 달리한다."

단호한 음성이었다. 그 어떤 감정도 섞이지 않은, 오직 진실됨
그 하나로 가득 찬 음성이 불안하게 뛰는 유열의 심장에 부딪혔다.
그 묵직함이 그를 짓눌렀다. 휘는 고개를 떨군 유열을 남겨 두고
돌아섰다.

이것이 유열과는 처음이자 마지막으로 나누는 온전한 진심일 것
이다. 사실 직접 말로 하기 전에는 자신이 그런 결론을 내렸다는
것을 스스로도 인식하지 못했다. 하지만 유열에게 망설임 없이 말
했을 때, 그것은 결코 거짓이 아니었다. 자기도 모르는 사이에 스
며들어 서서히 쌓인 진실 된 마음이었다.

유하 님을 연모한다. 비록 이 말을 입 밖으로 낼 자격이 없어,
그녀를 그의 하찮은 마음 따위로 붙잡지 못하겠지만, 그의 가슴 가
운데 울리는 가장 큰 진실은 그것이었다. 휘는 담담하게 인정했다.
그랬더니 이상하게도, 유하 님이 신의 힘에 대해 알아 버렸다는 불

안은 온데간데없이 그녀가 보고 싶어졌다.

그 순간은 그 어떤 족쇄도 그의 마음을 멈추지 못했다. 당장 그 사랑스러운 얼굴을 마주하지 않으면 멈춰 버릴 것이라는 듯, 심장이 힘차게 뛰고 있었으니…….

# 十四
## 돌아오는 밤

그의 목소리가 유열이 나가기 위해 잠깐 열었다 닫은 문 사이로 새어들어 왔을 때, 유하는 차마 움직일 수가 없었다. 그가 무엇을 얘기하는지, 어떤 얼굴을 하고 있는지 그 무엇보다 알고 싶다가도 그에게 무어라 해야 할지 알 수 없었기 때문이다.

벽 하나를 사이에 두고, 어떻게 해야 좋을지 알지 못하는 상태로 기다리는 것은 고문이었다. 어디까지가 진실이고, 어디까지가 거짓인지 알지 못하는 상태로 하게 될 말로 휘에게 상처 주고 싶지 않았다. 이미 충분히 상처 입은 그에게 또 다른 아픔이 되고 싶지 않았던 것이다.

"상처가 되지 않을 수 있을까……."

그리 중얼거려 보았지만, 어쩌면 자신은 휘에게 항상 짐스러운 존재가 아니었을까……하는 생각이 마음에 걸렸다. 이 마당에 정말 쓸데없는 생각이었다. 하지만 마음이 아파 오는 것을 막을 수가 없었다.

그때, 문이 열리는 소리가 들렸다. 그녀는 숙인 고개를 들지 않았다. 발소리가 가까워졌고, 마침내 휘가 그녀 앞에 멈춰 섰다. 잠시간 긴 침묵이 흘렀다.

"유하 님."

"……."

그의 음성을 타고 들리는 그녀의 이름이 여느 때처럼 따스하게 울렸다. 그러나 그녀는 차마 고개를 들 수 없었다.

"유하 님, 이쪽을 봐 주시면 아니 되겠습니까?"

그가 무릎을 굽혀 앉았다. 그의 얼굴이 눈앞에 있었다. 유하는 눈을 질끈 감았다. 작은 한숨 소리와 함께, 얼굴에 그의 손가락이 닿았다. 눈은 여전히 감고 있었지만, 익숙한 온기였기에 알 수 있었다.

그의 손이 천천히 그녀의 얼굴을 들어올렸다. 유하는 하릴없이 눈을 떴다. 무표정한 그의 얼굴을 마주하자, 그녀의 입 밖으로 나온 말은 그도 그녀도 예상하지 못한 것이었다.

"휘, 괜찮느냐?"

그녀의 난데없는 물음에, 휘는 긴장하던 마음이 풀어지는 것을 느꼈다. 입가에 어찌할 수 없는 미소가 자리 잡았다. 놀랍게도, 그 순간 그는 괜찮았다. 그것은 아마도 유하 님의 표정이, 얼굴이 평소와 다름없기 때문이었을 것이다.

그녀가 무슨 생각을 하고 있든 간에 이렇게 그를 외면하지 않아 주어서, 그가 가진 힘을 알고서도 이렇게 그와 아무렇지 않게 이야기를 나눠 주는 것만으로도 그는 충분했다.

"그건 제가 묻고 싶습니다. 그가 무슨 짓을 한 겁니까?"

"네가 알려 주지 않은 것들을 알려 주었다."

질타가 아니었다. 그녀는 그저 사실을 말했다. 담담하게. 하지만, 휘에 대한 것들은 휘가 직접 알려 줬으면 했다. 진실을 직면할 준비가 덜 된, 그의 부모에 관한 일들도 말이다. 그가 직접 알려 준다면, 그녀는 그것이 무엇이라도 들을 것이었다.

"유열이 알려 준 것들이 다 사실이라해도, 그래도 네가 말해 주기 전에는 믿지 않을 것이야."

"……사실입니다. 신언의 힘은, 분명 제 안에 존재합니다."

"하지만, 나에게는 통하지 않겠지."

더 기다렸지만, 그의 부모에 관한 일은 그의 입에서 나오지 않았다. 지금은 이 정도로 충분했다. 더 이상 유열이 말한 그 일에 대해 생각하고 싶지 않은 것도 있었고, 그만한 사연은 그가 말하고자 할 때, 그때 듣고 싶었다. 유하는 길게 숨을 내쉬었다.

"가자꾸나. 나도 알려 주어야 할 것이 있느니."

"숨긴 것이 없다고 하지 않으셨습니까?"

"숨긴 것이 아니라, 알려 주지 않은 것이야."

"……그렇습니까."

맞는 말이긴 했다. 휘가 먼저 문을 열었다. 유열은 어디로 갔는지, 보이지 않았다. 유하의 입장에서는 아직 해결된 것이 많지 않았다. 그러나 조금씩 시야가 트이는 것 같았다. 아직은 이 직감이 정확히 무엇인지 알 수 없었지만, 열쇠 하나를 얻은 셈이었다.

하백 님의 기운이 느껴지던 휘, 그리고 그와 같은 유열. 그 둘에게 깃든 신의 힘은 그녀와 무관하지 않았다. 유하는 휘의 팔을 잡아끌었다. 그에게 이야기해 줄 것이 많았다.

※ ※ ※

"왜 여기 계십니까?"

"……."

사한의 물음에도 유열은 답이 없었다. 그 태도에 그는 주군의 심기가 그리 좋지 않다는 것을 알 수 있었다. 마치 영혼이 빠져나간 듯 무감한 표정이었다. 그의 말이 들리지 않는 듯, 주군의 상념이 먼 곳에 머물고 있다는 것을 사한은 알 수 있었다.

"주군."

"……내일은 백야 마지막 날이다."

"그렇사온데……."

"돌아가면 할 일이 많다."

사한은 의아한 눈빛으로 그의 주군을 응시했다. 무언가 엇나가고 있는 것 같았다. 그의 주군은 평소에도 그리 밝은 분위기의 사람이 아니었으나, 그 서늘한 성정이 지금 정도의 것은 아니었다.

지금은 마치 사람이 아닌 듯, 딱딱한 음성에 한기가 서린 듯했다.

"가자. 지금쯤이면 갔겠지."

누가 갔다는 것인지 알 수는 없었으나, 사한은 조용히 돌아서는 주군을 따랐다. 주군의 말대로, 내일은 백야 마지막 날이다. 이제 곧 밤이 돌아올 것이었다.

어둠이 없는 세상이란, 그리 좋은 것만은 아니었다. 간혹 원치 않는 진실이 드러나기도 했고, 끝나지 않는 빛에 눈이 멀기도 했다. 누구의 진실이 드러나고, 누구의 눈이 멀었는지는 그도 알지 못했으나, 백야는 항상 많은 변화를 가져왔다.

밤이 돌아온다고 해도, 변한 것이 그 전의 상태로 돌아갈 수는 없을 것이다. 그것이, 그 나름대로 믿고 있는 세상의 이치였다. 사한은 실없는 생각을 그만두었다.

"사한, 난 항상 류휘가 싫었다."

"……."

"그런 건, 깊어지기만 하고 없어지진 않더군."

도무지 버려지지 않는 증오는, 어쩌면 눈꽃이 나타난 시점부터 서서히 솟구치기 시작했을지도 모른다. 둘 다 신에게 버림받은 주제에, 류휘에겐 구원이 주어졌다니…… 누가 납득할 수 있을 것인가.

아이같이 맹목적인 소유욕이 그의 안에 도사리고 있었다. 단지 저주에서 벗어나고 싶어서, 그래서 구원을 원하는 것이 그리도 잘못된 일이란 말인가. 그래서 눈꽃을 온전히 그의 것으로 취하고 싶다는 마음이? 아니, 이것은 그의 잘못이 아니었다. 그도 무겁기만 한 이 피의 굴레가 지긋지긋했던 것이다. 더 이상 어둡고 칙칙하기 그지없는 사람들의 생각 따위 알고 싶지도 않았고, 그와 같은 괴물을 자식이랍시고 낳고 싶지도 않았다.

그의 아비, 그 아비의 아비처럼 광기에 집어삼켜지는 것만은…… 그것은 휘의 두려움만이 아니었다. 그의 것이기도 했다. 그러니 그도 눈꽃을 탐할 자격이 있다. 미치도록 두려우니까.

그래, 그렇기에 빼앗고 싶은 것은 빼앗을 것이다. 그의 마음이 류휘가 주장하는 바, 그 깊이가 다르다고 해도 뭐 어쩌란 말인가. 그런 것은 상관없었다. 상관없어야 했다. 처음부터 끝까지, 그의 마음은 변한 적이 없었다. 눈꽃은 그의 것이었다. 그리고 마침내 가져갈 기회가 생긴 지금, 그는 기회를 놓칠 생각이 없었다.

"고통받았으면 좋겠군. 최대한, 그놈이 견딜 수 없이…… 고통받으면 좋겠어. 죽일 수는 없으니까."

사한이 침묵하는 가운데, 유열이 미소 지었다. 비틀린 미소도, 한쪽 입꼬리만 올라간 조소도 아니었다. 반듯하고 순수한 호선이 그의 입가에 머물러 있었다. 하지만 날카롭게 앞을 응시하는 무감정한 눈이, 미소와 어우러져 오한이 들 만큼 공포스러웠다.

사한은 그만 고개를 숙였다. 어둠이 돌아올 것이다. 그리고 모든 것을 덮어 버릴 것이다. 적어도 사한에겐, 그것이 눈을 멀게 하는 빛보다는 나았다. 그리고 어쩌면, 그의 주군에게도…….

❋ ❋ ❋

칠원성녀 중 일곱 번째 별 월희는 자신이 보게 된 것에 놀라 눈앞이 깜깜해졌다. 이럴 수는 없었다, 상제께서 그녀에게 이러실 수는!

"이건 말도 안 돼요!"

"월희야, 진정해라."

"왜 하필 제 아이인 거지요? 처음부터 이러실 작정이셨군요! 아버지께서 제게 이러실 수는 없어요!"

처절하기까지 한 그녀의 모습에도 상제는 아랑곳 않았다. 이것은 아주 오래된 만큼 굳건한 약조였고, 세상의 법칙을 관장해야 하는 그는 그것을 지켜야만 했다.

"그만! 유하니까 가능한 것이다. 이걸 알아라, 난 네 아버지이기 이전에 상제로서의 책임이 있고 그것은 칠원성녀인 너도 마찬가지다! 이제 와서 그 아이의 선택을 보게 되었다 하더라도, 너는 그것

288

을 받아들여야 하는 것이란 말이다."

"항상 이런 식이시죠! 그이를 버리기까지 했는데, 이제는 제 딸마저 내주어야 하는 거랍니까? 인간을 원할 수 없는 것이 이치라면 이런 감정 처음부터 없어야 하는 것 아니에요? 왜 저에게 이런 시련을 주시는 거죠? 그 아이 잘못도 아니잖아요!"

상제는 눈을 감았다. 이 모든 것은 당연히 유하의 잘못이 아니었다. 그 아이는 그저 좋은 날에 맞추어 태어난 것밖에 없었으니까. 하지만 그만한 축복에는 대가가 있는 법이었다. 유하의 탄생은 오래전 비틀어지기 시작한 세상의 균형을 바로잡는 것에 그 목적을 두고 있었다. 상제가 보는 미래에는 한계가 존재하지 않았으니 그는 알 수 있었다. 때가 왔음을…… 그가 저지른 잘못을 바로잡을 때가.

그리고 유하, 그 사랑스러운 아이를 그에 이용하는 대가는 상제인 그가 직접 치를 것이었다. 상제는 딸의 얼굴에 흘러내리는 눈물을 다정한 손길로 닦아 내었다.

"결자해지. 그것이 답임을 너도 알고 있지 않느냐."

그에 월희는 아무 대꾸도 하지 못했다. 결국 그녀는 끝까지 지켜보는 것밖에 하지 못하는 신세였던 것이다. 그녀가 흘린 눈물은 유하가 있는 지상까지 닿지 않았다.

✳ ✳ ✳

"어머니께서 아시면 경을 치실 것이야. 이걸 듣게 되는 인간은 네가 처음이다, 휘."

"……."

유하의 손에 이끌려 그녀의 방에 들어온 휘는 대꾸할 말이 없어 조용히 앉아서 그녀가 마저 말하기를 기다렸다. 그녀가 진정 누구인지 미치도록 궁금했던 것이 어디 한두 번이던가. 대체 인간이 아니면 무엇인가라는 물음에 그 스스로도 전혀 답을 예상할 수 없어, 입 밖에 내지 않았을 뿐이다. 이렇게 불안해 보이시는 모습도 흔한 모습은 아닌지라, 휘는 그대로 침묵했다.

"휘, 너는 나와 그리 다르지 않다. 나에게도 신이 깃들어 있기 때문이다."

"……유하 님, 당신은 진정 누구십니까? 저는 아직도 모르겠습니다."

유하 님에게 신이 깃들어 있는 것은, 그녀가 천계의 눈꽃임을 아는 탓에 놀랍지도 않았다. 천계의 눈꽃이 신과 연관성이 없다는 것이 오히려 이상했으니 말이다. 그러나 그것이 어느 정도인지 짐작할 길이 없었다. 유하는 그의 조급함을 나무라듯이 입을 꼭 다물었다가, 다시 입술을 떼었다.

"반신반인이다, 나는."

"반신반인이라면……."

"어머니는 칠성신 중 한 명인 칠원성녀 월희이고, 아버지는 이름 모를 인간인 것이지."

휘는 반신반인이란 존재를 본 적이 없었다. 전해지는 신화를 통해서 그들이 선신과 별반 차이가 없는 먼 하늘의 존재임을 알고 있었지만 말이다. 그러나 유하 님은 지금 그의 앞에 있었다. 얼핏 보면 그와 그다지 다르지 않은 인간의 모습이었으나, 그간 세상의 때를 입지 않은 그 고귀한 기운은 한낱 인간의 것이라 치부하기 어려운 것이었다.

그것은 그의 인간으로서의 존재감과 확연히 달랐다. 말없이 깊이 응시해 오는 휘의 눈길에 유하는 다시금 입을 열었다. 이야기해 줄 것은 이제 막 시작이었으니.

"유열이 말한 신언의 힘은 사실 나에게 그리 대단한 것이 아니다. 너와 유열은 인간이 분명한지라 내가 전혀 고려하지 못했던 것이지마는, 신언의 힘은 신성을 지닌 이들 모두에게 있는 것이다. 나에게도 신언의 힘이 있다. 단지, 그 종류가 너와 다를 뿐인 것이야."

휘는 뜻밖의 말에 무어라 반응하지 못하였다. 신언의 힘이 신의 힘임은 알고 있었다. 그러나 유열을 제외하고 그 힘에 대해 직접적으로 알고 있는 사람이 그의 곁에 있을 것이라고는 상상도 하지 못하였다. 유열에게 느끼는 동질감과는 다른 종류의 동질감이 느껴졌다.

유하 님의 신언, 진정 저주스럽다고만 생각했던 그 힘에 대해 자세히 알고 싶었다.

"유하 님의 신언은 무슨 종류의 것입니까?"

"의지를 타인에게 새길 수 있다는 점에서는 너와 같다, 휘. 하지만, 생각을 읽을 수는 없지. 대신, 나에겐 또 다른 힘이 있단다. 어머니에게서부터 내려오는 또 다른 힘……."

창조신이 여러 신으로 분화했듯, 그 언어도 여러 갈래로 분화하여 각 신에게 담겼다. 그중에서 칠원성녀 월희는 운명을 관장하는 언어를 가지고 있었다. 그리하여 필연적으로 그녀의 딸인 유하의 신언 또한 그것과 비슷한 힘을 지닐 수밖에 없었다. 신언의 힘은 피로 이어지기 때문이다.

"운명을 각인시키는 것."

어디서 어떻게 비틀린 힘인지 알 수는 없었지만, 비극적이기 그지없는 힘이었다. 유하가 기억하는 한, 그녀의 신언은 그 대상을 슬프게 할 뿐이었다. 그 누구도 그 힘의 대상이 되길 원하지 않았다. 그녀가 아직 태아였을 때, 선인들은 그녀의 어머니에게 미래의 실 가닥이 향하는 곳을 물으러 오곤 했었다.

운명이란, 여러 갈래로 예정이 되어 있는 길이었다. 갈림길에 다다랐을 때, 개인이 택하는 길에 따라 운명의 방향이 바뀌었다. 절대적으로 거치게 되는 운명과 상황에 따라 거치기도 피해가기도 하는 운명이 있었다. 법칙은 그렇게 되어 있었다. 그런데 그녀의 힘은 마치 저주처럼 그 법칙을 비틀었다.

"나의 힘은 운명이란 것을, 미래의 한 장면을 보게 함으로써 그 것에서 벗어나지 못하게 하는 것이다. 실로, 무서운 것이지."

그 미래의 한 자락이 평범하거나 기쁘고 아름다운 것이면 상관이 없었으나, 주로 보여지는 미래는 비극적인 장면들이었다. 그도 그럴 것이, 인생의 갈림길은 그 인생의 환난과 어려움에서 갈릴 수밖에 없는 것이어서, 운명의 선택지를 각인시키는 힘을 가진 유하로서는 그것을 보여 주어 각인시킬 뿐, 대신 정해줄 수 있는 것이 아니었다. 운명을 본다는 것이 각인된다는 것과 같은 의미가 되는 이유는 바로 운명의 속성이 그러하기 때문이다. 운명을 보게 되었을 때, 대상은 그것에서 의식을 떼어 놓지 못하게 된다. 자신의 미래의 일이기 때문이다.

그러나 만약, 그것에서 스스로 벗어나고자 움직이게 되면, 운명은 마치 날카로운 이를 가진 짐승처럼 기어코 그 대상을 집어삼켜 그 미래를 이루고야 마는 것이었다.

결국, 그녀가 운명을 보여 준 대상 중에 그 운명에서 벗어난 자는 아무도 없었다. 그래서 그녀의 신언은 '운명을 각인시키는 힘'

으로 정의되었던 것이다.

"의식이 생긴 직후는, 정말 엉망이었다. 힘을 제대로 조절하지 못하니, 어머니를 찾아온 많은 선인들이 어머니의 배 속에 있던 나로 인해 보고 싶지 않았던 운명을 보게 되었으니……."

"……."

"휘, 내가 두렵지 않느냐. 지금이야 힘을 통제할 수 있으나, 그때 내가 그들에게 준 고통은 그리 작지 않은 것이었다. 내 자신이 너무도 두렵고 미워서, 그것이 상처가 되고 또 내 탄생의 의미조차 알 수 없게 만들었단다."

계속되는 아픔은 의식을 둔하게 만들었다. 상처 위에 새로 상처가 생겨도 더 이상 아프지 않았고, 말을 나누는 즐거움도 듣는 즐거움도, 그리고 보는 즐거움조차 더 이상 느끼지 못하게 되었다.

그렇게, 마음이 만드는 벽에 둘러싸일 즈음 처음으로 어머니의 슬픔이 그녀의 벽을 두드렸다. 월희의 울부짖음이 소멸해 가던 유하의 의식을 깨웠다. '이 세상에 하나밖에 없는, 소중하고도 소중한 딸아, 말 한마디라도 제발 들려줄 수 없겠느냐' 라고.

그때 유하는 깨달았다. 그녀의 존재가 어머니에게는 그리도 소중하다는 것을, 그녀가 태어난 의미와 상관없이 세상은 의미 없는 것을 존재시키지 않는다는 것을 말이다.

그러자 월희의 배 속에 의식으로만 존재하던 유하의 신체가 만들어지기 시작했다. 손과 발이 생기고, 팔과 다리가 생기고…… 해가 갈수록 실존체가 되어 간다는 기쁨은 그녀에게나 그녀의 어머니에게나 그전의 아픔을 모두 쓸어 버릴 정도로 컸다. 존재한다는 것이 얼마나 큰 행복인지!

"하지만 휘, 결국에 나는 깨달았단다. 이 세상에 살아 있는 의미가 없는 것은 없음을. 그때의 어렸던 나는 몰랐던 것일 뿐, 운명이란 끝을 뜻하는 게 아니었어. 운명이 각인된 이들도, 결국에는 그 길 끝에 나 있는 또 다른 갈림길에 다다르고 또 그 나름대로 그 이후의 길을 만들어 간다는 것을 알게 되었다. 비극은 비극으로 끝나는 것이 아니라, 그저 또 다른 행복과 운명을 위해 나아가는 전환점이니 인생은 정해지지 않은 모험으로 가득 차 있다는 것을!"

그리 말하는 그녀는 그 순간 그 무엇보다 빛으로 가득했다. 휘의 가슴에 속속들이 빛이 스며들었다. 그녀가 말하는 행복을 그도 이해할 수 있을 것 같았다. 희망이라는 것이 이런 것인가, 이렇게 실존하는 것처럼 따스한 모양과 형태를 띨 수 있었던 것인가.

마치 이 감정을 손으로 잡을 수 있을 것 같았다. 그 정도로 유하에게서 오는 마음의 떨림이 뚜렷하여서 가슴이 아렸다.

"유하 님, 저는 당신이 두렵지 않습니다. 유하 님이 두려웠던 적은 없었습니다. 이렇게 아름답기만 하신데……."

그것이었다. 아름다움이었다. 외적인 것이 아니라, 그녀의 영혼에서 오는 심장이 떨리게 하는 아름다움이었다. 그에 휘의 입가에 웃음이 걸렸다. 유하는 미소 지었다.

"말했지 않느냐, 너와 내가 그리 다를 것이 없다고 했느니. 네가 겪은 아픔을, 생각들을 나는 정말 알 수가 있다. 그래서 휘, 나는 기쁘단다. 지금 여기 너와 함께 있을 수 있는 것이, 말로 할 수 없이 기뻐. 이렇듯 네가 웃을 때, 그것이 정말 아름다워서 나는—"

"존재의 의미를 알게 됩니다, 당신의, 나의…… 지금까지의 삶이 헛되지 않았다는 것을 알게 됩니다, 유하 님."

그녀의 말을 자신의 말로 마무리 지으며, 휘는 잠시 놀란 듯 그를 바라보는 그녀를 두 손으로 끌어당겨 한껏 안았다. 그러지 않고

서는 살아 있지 못했으리라. 주춤하며 그의 어깨를 안아 오는 손이, 이 온기가 견딜 수 없이 사랑스러웠다.

그 온기가 그에게 규율과 법칙 때문이 아닌, 그저 순수하게 '존재하고 싶다'는 갈망에 의한 존재 이유를 주었다. 처음으로, 이렇게 온전히 살아 있다는 것이 감사했다. 처음인 것이 많은 백야였다. 이대로 밤이 세상을 덮어 버린다고 해도, 아깝지 않으리라. 이렇게 그의 품 안에, 빛나는 그녀가 있었다.

"어찌하면 좋습니까. 저 같은 놈이 그대를……."

점점 더 속수무책으로, 사모하니…….

※ ※ ※

"그럼, 이걸로 되었는지요?"

유열은 서란을 빤히 보았다. 그럴 리는 없겠지만 이 계약은 그리 충실한 것이 아니니 경고는 한 번쯤 해 주는 게 좋을 듯싶었다.

"혹시나 해서 말인데, 그녀의 몸에 작은 생채기라도 날 일이 생기면 그쪽 책임으로 알고 그대의 성스러운 목을 따 주지, 대신관."

서란은 한 치의 표정 변화도 없었다. 꽤나 예리한 지적이라고 생각되었지만, 그녀로서는 손해 볼 것도 없었다. 실패하든 성공하든 신녀는 호천서에 있어서는 안 될 것이었으니까. 저승이나 적호국 황제의 손안이나 그게 그거였다.

유열은 그 말을 끝으로 신궁을 나왔다. 아직 태양이 떠 있지만 그는 알고 있었다. 백야의 마지막 날, 오늘 저녁에는 밤이 돌아온다. 그전에 자신의 나라로 돌아가야 했다. 그녀를 맞을 준비와 더불어, 들어온 순간 빠져나갈 수 없게 묶어 둘 곳도 정해 놓고 싶었다. 물론 그와 아주아주 가까운 곳에.

류휘의 자신만만한 마음 따위, 상관없었다. 유하의 주인은 결국 그가 될 것이었으니……. 이 지긋지긋하게 붉은 태양도 이제 끝이다. 어둠이 찾아오면 그의 머리칼도 더는 염색할 필요 없이 검게 물들 터이고, 그 어둠에 끌려 들어온 천계의 눈꽃은 그의 손안에서 녹아내릴 것이었다. 다시는 류휘에게 돌아갈 수 없도록.

"다음에 오게 될 때는 여긴 없어져 있겠군."

"모든 것을 걸고 있으니까요."

서란은 담담하게 유열의 말을 인정했다. 진정 모든 것을 건 도박이었다. 아니, 목적을 달성한다면 이긴 것이나 다름없었기에 신궁 따위는 그리 중요하지 않았다. 제 나름의 역사를 가지고 있다지만, 신녀 하나로 그 모든 의미가 무너지는 마당에 인간의 의지로 세운 인조물 하나쯤이야 무슨 소용이 있을까.

그런 것은 충분한 시간이 있다면 긴 세월의 대를 걸쳐 얼마든지 만들 수 있는 것이었다. 그러니 신의 힘을 지상에 가둬 둘 목적이라면 못 할 것이 없었다. 그것이 그녀의 사명이었으니까.

"그럼, 안녕히 가십시오."

"그러지. 불행한 그대도 잘 있길 바라."

서란은 그의 비아냥에도 대꾸할 가치도 없다는 듯이 돌아섰다. 불행하면 뭐 어떤가, 불행하긴 저쪽 붉은 머리의 황제도 똑같은 것을. 그런 것은 신경 쓰지 않은 지 오래란 것을 그녀도 저 남자도 알고 있었다. 말하자면 실없는 농담 같은 것이었다.

"그 성질만 죽였어도 글쎄, 류휘가 눈길이라도 좀 주었을까?"

"……."

"아, 그럴 리가 없군. 신녀님과 그대 따위를 비교하다니 내가 멍청했다. 그럼 잘 있으라고, 대신관."

유열의 잔혹하기 그지없는 말에 치미는 화를 누르느라 꽉 쥔 주먹이 떨려 왔지만, 서란은 끝까지 아무 말도 하지 않았다. 그녀의 감정을 저도 모르는 사이 저 남자에게 보였다는 것이 수치스러웠다. 다시는 저 얼굴을 마주하지 않으리라, 절대로! 그러려면 저자와의 계약을 성공시켜야 했다. 그녀만의 방법으로…….

✳ ✳ ✳

"장관이구나."

"글쎄요. 밤이 더 볼 만한 것 같습니다. 그때는 적호국 사신뿐 아니라 타국의 사람들까지 모두 등불을 켜고 무리 지어 빠져나가니 말입니다."

"라현, 나는 더 앞으로 가서 보고 올 테니, 휘에게는 아무 말 마렴."

"네? 유, 유하 님! 잠시만요! 신녀님—!"

라현이랑 휘야 4년마다 보니 그저 그런 광경으로 취급하는 것이겠지만, 유하에게는 더 가까이서 보고 싶을 만큼 희귀한 구경거리였다. 휘는 사신들을 먼저 배웅하고서 남은 일을 하기 위해 벌써 들어가 있었기에, 유하는 당황하는 라현을 놔두고 자유로이 행렬이 지나가는 곳으로 내려올 수 있었다. 휘가 알았더라면 당연히 위험하다느니, 안 된다느니 하며 그녀를 말렸겠지만 그는 지금 그녀 옆에 없었다.

게다가 4년 후, 다시 백야가 돌아올 때, 그녀가 호천서에 있을 것이라는 보장은 없었다. 어쩌면, 먼 하늘 위에서 지켜보고 있을지도 모른다. 기둥 뒤에서 끊임없이 줄지어 문을 지나 사라지는 행렬을 바라보며 유하는 다시 올 미래의 백야를 생각해 보았다.

그때도 이 땅 위에 있을까, 언제쯤 하늘로 돌아가게 될 것인가. 이런 생각들을 처음 한 것도 아니지만, 그 생각들이 전보다 희미해져 가는 것은 이곳 생활에 나름 정을 붙였기 때문일까, 아니면 또 다른 이유일까…… 문득 떠오르려고 하는 또 다른 이유를 그녀는 지워 버렸다. 그것은 아니 되었으므로.

"신녀님이 이렇게 나와 있어도 되는 건가?"

귓가에 갑작스레 닿는 목소리에 유하는 놀랐다. 하지만 어쩌면 알고 있었을지도 모른다. 그가 그냥 돌아가지는 않을 것임을. 싱긋 웃는 눈매가 익숙했다. 그 복장은 전혀 익숙하지 않았지만 말이다.

"유열?"

"바로 알아보는군."

"목소리가 너의 것이니까. 기운도 그러하고. 그런데 왜 이러고 있느냐? 저 행렬 앞쪽에 있어야 하는 것 아니야?"

일개 병사로 변장하고 그녀 앞에 서 있는 유열은, 전혀 어색해 보이지 않았다. 항상 여기저기서, 예상치 못한 상황에서 맞닥뜨리게 되는 이 남자는 또 한 번, 돌아가기 전에 그녀와 마주 서 있었다. 유열은 유하의 한 손을 잡아 펴고는, 작고 얇은 금빛 패를 쥐여 주었다.

"이건—"

"이것이 필요할 때가 올 거야. '아는 자'가 필요할 때가 말이지…… 그때 이것을 가지고 대신관을 찾아가면 나를 만나게 될 수 있을 거다."

"그게 대체 무슨—?"

298

"류휘한테는 말하지 않는 것이 나을 거야. 때로는 말이지, 침묵하는 것이 지키는 것이니까. 명심해야 돼. '아는 자'는 휘가 아니라 나니까."

유하는 도무지 유열이 그녀에게 하는 말을 하나도 이해할 수 없었다. 유열은 더 설명하지 않고 행렬 속으로 멀어져 갔다. 유하가 채 붙잡기도 전에 벌어진 일이었다. 그녀에게 남은 것은 유열이 쥐여 주고 간 금패뿐이었다.

유하는 일단 그것을 허리춤에 넣었다. 사실 휘에게 보여 주는 것이야 문제도 아니었지만, 어쩐지 유열의 말을 무시할 수가 없었다. 이것을 보여 주어서는 안 된다는 직감이 강하게 그녀를 옭아맸다. 멀리서 그녀를 찾으러 내려오는 라현이 보였다.

"신녀님, 충분히 구경하셨다면…… 황제 폐하께서 아시기 전에 들어가 주시면 안 되겠습니까?"

"참, 알았다니까. 휘한테 혼나기 싫으면, 말을 안 하면 되지 않느냐."

"그게 그렇게 간단한 일이 아닙니다."

"휘는 애초에 너무 걱정이 태산이야, 요 앞을 조금 거니는 것이 무어 그리 위험한 일이라고—!"

라현은 바로 나오려는 반박의 말을 삼켰다. 말이야 그러했지만, 궁 안은 생각보다 위험한 곳이었다. 그리고 유하 님의 애매하신 위치나 그런 것을 보아서라도 조심해서 다녀야 하는 것은 당연한 부분이었다. 하지만, 신녀님은 좀처럼 그것을 받아들이는 것을 힘들어하시는 것 같았다.

라현은 한숨을 내쉬었다. 그는 폐하의 보좌관이건만, 대체 어느 순간부터 신녀님 옆에 붙어 있게 되었는지…… 다시 본래 일로 복귀하고 싶은 마음을 부정할 수가 없었다.

"어쨌든, 이제는 그만 들어가실 시간입니다. 비란 아가씨께서 오신다고 하지 않으셨습니까?"

"아, 맞아. 그럼 당장 가자꾸나."

"조금 더 빨리 그래 주셨으면 감사했겠습니다만······."

라현은 금방 그를 앞질러 걸음을 옮기는 유하의 등을 보고 투덜 대었으나, 이어지는 그녀의 외침에 입을 다물었다.

"무어라 구시렁거리지 말고 빨리 오너라."

"예."

모시기 어렵기는 얼음 같은 황제 폐하나 천방지축 신녀님이나 매한가지라는 생각이 끊임없이 라현의 머릿속에 맴도는 것은, 정 말이지 어쩔 수 없는 일이었다.

❋ ❋ ❋

"정말로 이게 사실인가요?"

홍의 신관 진연은 떨리는 손을 애써 진정시키려고 노력했다. 종 이에 적힌 내용은 그냥 농담이라 넘길 만한 것이 아니었으므로. 대 신관 서란은 그런 그녀를 무심한 눈으로 응시했다. 서란은 각오가 되어 있었다.

"사실이라 믿어야지."

"대신관님!"

그것이 서란의 최후 일침이었다. 신궁에서 그녀의 말은 곧 법 도였으니 신관인 진연은 거역할 수가 없었다. 하지만 이것이 불 러올 파란은······! 진연은 진심이냐는 마음을 담아 감히 대신관을 직시했다.

대신관님의 눈빛은 언제나처럼 흔들림이 없었으나, 진연이 느끼기에는 무언가 전과 다른 느낌이 있었다. 마치 다른 사람의 눈을 마주하는 것처럼…… 하기야, 지금 지시하신 일은 전의 서란 님이라면 절대로 하지 않았을 법한 것이었다.

"진실은 아무도 모른다. 하지만 신궁의 이름으로 신뢰를 얻겠지."

"거짓이면요?"

"그때는 두고 보는 것이다. 과연, 신궁과 류씨 황족의 피 중에 어느 쪽이 살아남을지."

"거짓이면 신궁이 역모로—"

"거짓과 진실의 경계는 그것을 둘러싼 세력들의 힘 차이다. 특히 이 경우, 증인도 없을뿐더러 신궁이 일방적으로 소리 없이 공격하는 것이니 황제는 그저 당할 수밖에 없겠지."

마침내 서란은 아무 동요 없이 본래의 목적을 말했다. 진연은 그 자리에 굳은 채로 믿을 수 없다는 눈을 하며 대신관을 응시했다. 한참의 침묵이 지난 뒤에야 진연은 입을 열었다. 목소리가 떨려 왔다.

"변……하셨습니다. 제가 아는 서란 님이 아니군요."

서란은 그 말을 들은 듯 만 듯 눈을 감았다. 조금씩, 무언가 다른 존재에게 잠식되어 가는 것처럼 그녀는 침묵했다.

"저희야 어찌하겠습니까? 따를 수밖에요. 하지만, 그 선택에 후회는 하지 마십시오. 선택에 따르는 결과에 대한 책임은…… 서란 님의 것이니까요."

그 말을 끝으로 진연은 문을 박차고 나갔다. 서란은 그제야 눈을 떴다. 입가가 바싹 말라 왔다. 서서히 열리지 않던 그녀의 입이 열렸다. 지나간 애틋함과, 지독한 증오와, 어찌할 수 없는 마음이 이미 쌓이고 쌓여, 그녀 안에 까맣게 탄 채로 가득했다. 마치 그 자욱한 검댕이 묻어 나오듯, 잔뜩 가라앉은 말들이 나왔다.

"그래도 누군가는, 누군가는 변해야 하지 않겠느냐? 그것이 설령 나 자신, 아니, 꺾여서는 안 될 윤서란이 될지라도……."

그녀는 밝은 빛이 걸린 천장을 향해 고개를 젖혔다. 흐릿해진 그녀의 눈동자 아래에 자리 잡은 붉은 입술이 잔혹하게 비틀렸다. 오늘, 밤이 돌아오는 것처럼 그녀도 어둠에 잠식되어 버릴 것이다.

✽  ✽  ✽

"그게 다인 것이어요? 정말로요?"

"그럼 또 무어가 있겠느냐. 대체 네가 알고 싶은 것이 무엇인지 나는 알지 못하겠구나, 비란."

맑은 다향이 맴도는 방 안은 그 은은한 향기가 무색하게 다소 시끄러웠다. 반짝이는 떨잠 여럿을 머리에 꽂은 여인이 그 앞에 앉은 흑발의 미희를 붙잡고 열성적으로 무언가 소리치고 있었기 때문이다.

"어쨌든, 당분간 휘도 바쁜 것 같으니 심심해진 것이지."

비란은 그런 식으로만 생각하는 유하를 보고 속이 터져 죽을 것 같았다. 정말 모르는 건지 아니면 모른 척하는 건지 알 길이 없었지만 이건 해도 해도 너무했다. 지금 이 마당에 심심하고 말고가 중요한 것이 아니라—!

"마음 없는 여인에게 그러는 남자는 화화공자(바람둥이)라구욧! 폐하가 솔직히 목석에 가깝지 화화공자는 아니잖아요?"

"둘 다 별로 좋은 의미는 아닌데……."

"대체 폐하와 포옹하신 일을 왜 이리 아무렇지 않게 생각하시는 거여요!"

"하지만 그러한 것이 이번이 처음은 아닐뿐더러 꽤나 여러 번 그러했고, 게다가 한 번도 그것이 무슨 대단한 의미라고 서로 언급한 적도 없었단 말이다. 그저 포옹이란 것이 포근하고, 따뜻하고, 기분 좋게 가슴을 두드리는 마음의 나눔 같은 것이라고 생각했다면 아니 되는 일이더냐?"

비란은 머리가 아프다는 듯이 이마를 짚었다. 황제 폐하께서 유하 님의 이런 순수함을 아시고 계셨다면, 그분은 천하의 교활한 늑대일 것이다. 하지만 그 싸늘함 뚝뚝 떨어지는 빙벽황제가 그러리라 생각하기는 무지 어려운 일이니, 비란은 차라리 여자를 대할 줄 모르는 남자…… 아니 그렇다기보다는 대할 생각조차 하지 않은, 말하자면 남녀 간의 관계에 대해 알지 못하기는 것과 마찬가지인 그런 분이라 이해하는 쪽을 택했다.

이것은 정말 중요한 문제이건만, 유하 님은 하나도 실감하지 못하고 계셨다. 황제란 범인이 아니다. 그저 천천히 마음 가는 대로 끌리고 멀어지고 할 수 있는 위치에 있는 사람이 아니라는 것이다. 비란은 한숨을 내쉬었다.

별로 멀지도 않은 일이었다. 꽤나 권세 있는 윤씨 가문의 차녀이자 차기 가주인 비란은 지금 어떤 움직임이 일어나고 있는지 파악하고 있었다. 황제의 나이도 어느덧 23세에 가까워지고 있었다. 제국인 적호국과 호천서의 군주들을 제외하고 다른 나라의 왕들은 이미 성인(16세)이 되었을 때 정비를 맞이했다. 물론 호천서와 적호국의 군주들은 제때 반려를 맞이한 적이 거의 없었지만 호천서 같은 경우, 공통적으로 모두 23세 이전에는 황후를 맞이해 왔다.

좀 더 정확히 말하자면 가장 늦게 황후를 맞이한 선대 황제께서 혼인을 하신 나이가 23세였기 때문에 딸을 가진 대신들은 그 나이를 넘겨서는 안 된다며 벼르고 있는 중이었다.

그렇다고 황후가 항상 권세가문의 영양이었던 것은 아니다. 황제들은 항상 자신들이 원하는 여인 단 한 명만을 황후로 취했으니까. 그것은 일종의 전통이자 불문율이었기 때문에 호천서와, 그와 쌍벽을 이루는 제국인 적호국에는 후궁전이 없었다.

제국의 황족은 다른 왕국들과는 달랐다. 마치 찍어 낸 것처럼 단 한 명의 황후가 책봉되고, 그녀가 낳는 첫 번째 아이는 항상 남아였다. 게다가 황제들은 모두 외동아들이었으니, 그 핏줄이 신기하다고 할 수밖에.

어쨌든 그 이유에서 비란은 이리도 유하를 닦달하는 것이었다. 미련한 대신들 몇몇은 황후의 자리를 탐내겠지만, 사실 황후의 지위가 어떻든 간에 황제들은 자신이 선택한 여인을 황후로 취했으니, 지금 비란이 보기에 그 자리는 유하 님의 것이었다. 그것에는 한 치의 의심도 없었다.

그리고 유하 님이 황후가 되신다면, 그렇다면 가엾은 언니를…… 어리석은 언니 서란을 구해 주시지 않을까? 정말 신이 유하 님과 함께하신다면!

이런 불순한 의도를 가졌다 하나, 유하 님을 거짓으로 대한 것은 절대로 아니었다. 그녀는 도무지 그렇게 대하기에는 너무도 맑고 순수한 분이셨으니까 말이다. 그러니 이 진심을 바친다면 자신의 안타까운 손을 잡아 주시지 않을까……? 그것이 그리도 삿된 바람일까?

답은 알 수 없었지만 비란은 그리할 것이었다. 언젠가 언니가 일을 저질렀을 때, 망설임 없이 언니 서란의 목에 황제가 시퍼런 칼날을 들이댔을 때, 유하 님에게 손을 내밀어 살려 달라고 할 것이다. 언니를 살려 달라고.

황제의 진노를 가라앉힐 수 있는 사람은 오직 유하 님 뿐임을 그 어느 누구도 모르고 있지만, 비란은 알고 있었다. 연심을 품은 사람의 마음이 그 연인 앞에서 어디까지 약해지는지 비란은 아니까. 그것이 언니와 이별하고 나서 그녀가 꿈꿔 왔던 모든 것이니까.

행복한 가정, 사랑하는 사람, 소중한 인연들…… 모두가 더 이상 상처받지 않고 외로워하지 않는 평범한 일상…….

"비란? 비란! 왜 멍하니 있는 것이야?"

갑자기 침묵하는 비란이 이상한지 유하는 귀에서 뗀 손을 비란의 눈앞에서 이리저리 흔들었다. 퍼뜩 상념에서 깨어난 비란의 눈빛에는 유하는 결코 알지 못할 결심이 서 있었다.

"황제의 반려는 황후입니다."

"응?"

"유하 님, 황제 폐하께서는 언젠가 반드시 혼인하셔야 해요. 대를 이을 의무가 있으니까요."

뜬금없는 비란의 한마디에 유하는 미간을 찌푸렸다. 인간에겐 혼인이라는 제도가 있고, 대부분 그것을 따른다는 것을 유하도 알고 있었다. 조금씩, 폭풍이 다가오는 것처럼 무언가 마주하고 싶지 않은 것이 다가오는 느낌이었다.

"유하 님, 황후가 아니 되시면 황제 폐하께서는 다른 여인의 반려가 되셔요! 그래도, 그래도 괜찮으신 건가요?"

유하는 답을 하지 못했다. 휘가 다른 이의 반려가 된다. 그래, 그것은 사실 당연한 것이었다. 휘는 황제로서 당연히 황후가 필요할 테고, 그러니 언젠가 다른 여인의 남자가 될 것이었다. 그 손도, 너른 어깨도…… 다정한 품조차도 언젠가는 다른 이의 것이 될 것이다.

그래도 괜찮겠니? 유하, 너 정말 괜찮을 수 있어? 정말 그래? 어디 한번 말해 보아라. 다른 여인과 그가 다정히 말을 섞고, 안아 주고 그래도 괜찮아?

맑고 검은 눈동자가 충격으로 흔들렸다.

"싫어……!"

반사적으로 심장을 관통하는 감정. 절대로 괜찮지 않았다. 상상만으로도 치가 떨린다. 아아, 어쩌면 좋아. 유하, 이 바보야! 오만함과 경솔함도 정도가 있지, 어떻게 모를 수가 있니? 이토록이나 스스로를 속여 무엇을 어찌하려 했단 말이야!

어머니께로 돌아갈 수 있을 만큼 굳건하다 자신했던 마음 따위, 이미 송두리째 휘에게 빼앗겨 버린 지 오래인 것을. 곧게 겹쳐진 손 위로 눈물이 후두둑 떨어졌다. 정말 어쩌니…… 이제 어찌하면 좋아! 비란의 한마디에 모래성처럼, 심장이 헛된 아픔으로 스러졌다.

휘의 반려가 되고 싶었다. 영원히, 영원히 휘의 곁에 있고 싶었다. 더 이상…… 천계의 눈꽃이고 싶지 않았다.

고통스레 각인되어 가는 깨달음은 태양을 삼키며 서서히 다가오는 밤의 어둠에 섞여 들어갔다. 사흘 만에 돌아온 밤은, 그 전의 것과 전혀 다른 속성을 가진 것처럼 마음 가운데 깊은 곳을 찔러 들어왔다. 인간사 흐름 아래 평온하던 유하의 마음에 파문이 일듯, 낯선 갈망이 고이고 있었다.

十五
변화

"주군!"

사한의 부름에도 유열은 빙글거리며 침대에 드러누웠다.

"돌아오자마자 결국 네놈 얼굴을 보다니 재미없군. 애써 피해 다녔는데 말이지."

"제발 말없이 사라지는 것은 자제해 주십시오."

사한은 그런 주군을 보며 한숨을 쉬었다. 궁에 마냥 박혀 있는 것도 걱정이었지만 대책 없이 훌쩍 사라지는 것도 문제였다. 그것도 지리가 훤한 자국이 아니라, 소리 없이 사라지면 찾을 길이 없는 타국에서 말이다. 게다가 그 타국의 황제는 자신의 주군을 끔찍이도 싫어하는 상황이기까지 했다.

하지만 도무지 그의 주군은 그런 것을 신경 쓰지 않으셨다. 사한이 속으로 한탄하는 동안, 유열은 천장을 올려다보다가 문득 툭 하니 말을 뱉어 냈다.

"사한, 좋은 소식을 알려 줄까?"

"예?"

"짐이…… 사랑에 빠진 것 같다."

"……."

아무렇지 않게 툭하니 던지기에는 지나치게 놀라운 말이었다. 사한은 한순간 굳은 채, 아무 말도 하지 못했다. 하지만 그의 주군은 마치 아주 사소하고 일반적인 일을 말한 것처럼 천하태평인 표정이었다. 사한은 한숨을 쉬었다. 또 주군이 으레 기분 좋으실 때 하시는 짓궂은 농담인가 보다.

"토끼를 잡아먹은 범 같은 표정이십니다."

요컨대 그는 그것이 농이라 믿지 않겠다는 말이었다. 유열의 입가가 조금 굳었지만 사한은 알아채지 못했다.

유열은 순간 이해할 수 없었다. 왜 아무도 믿지 않는 걸까? 그런 감정은 이 붉은 악귀에게 불가능하다는 말인가? 당장에라도 그녀를 손에 넣고 싶은 이 갈망은 익숙하면서도 생소한 감정이나 단순하지만은 않은 순수한 소유욕이었다. 그런데 이놈이나 저놈이나 비웃기만 하니……

"손님 맞을 준비나 해라."

사한은 싸늘한 그의 어조에 입을 다물었다. 며칠간 풀어진 듯 보였던 황제 폐하의 본래 성정을 다시 맞닥뜨리니 순식간에 공기가 얼어붙는 느낌이었다. 그의 주군은 사실 쓸데없는 농담을 좋아하지 않으신다. 농담 같은 말들은 대부분 모두 잔혹한 진담일 때가 많았다. 그걸 잊어버리고 있었다니, 사한은 그만 정신이 번쩍 들었다. 사한은 조심스레 되물었다.

"손님이라시면……."

"호천서의 신녀다."

"그분이 왜?"

유열은 눈도 깜빡하지 않고 당연하다는 듯이 내뱉었다.

"그녀는 짐의 황후가 될 것이니까."

순식간에 도는 침묵에 사한은 황망히 눈을 깜빡거렸다. 분명 사한은 귀가 좋은 편이었다. 하지만 방금 그의 주군이 하신 말은 잘 못 들은 것이 틀림없었다. 그러니까…… 무어라고?

*　*　*

"유하에게 붙어 있어라."

"예?"

하백이 처음 꺼낸 말은 그것이었다. 청은 그의 심각한 표정에 급작스럽게 불려 온 것에 대한 불만을 꺼내지도 못했다. 여유롭게 호천서의 수맥 중심에서, 유하가 있어 더욱더 기분 좋기 그지없는 물의 기운을 즐기던 그의 평온한 표정은 소환을 당함으로써 이미 사라진 지 오래였다. 진지하게, 전혀 의미를 알 수 없는 말을 꺼내는 하백 앞에서 청은 말을 잃었다.

"조만간 유하는 더 이상 호천서에 있지 못할 것이다. 그리고 홀로 적호국으로 가게 된다."

"하백 님? 지금 무슨 말씀을 하시는지 도무지—"

"거기서 일이 틀어지면 남는 길은 파멸이다. 알겠느냐? 7천 년을 준비해 온 계획이 한순간에 허물어진단 말이다. 유하에게 무슨 일이 생기면 세상은 태초의 혼돈으로 돌아가야 한다."

청은 얼어붙었다. 7천 년이니 뭐니 하는, 하백의 이야기는 이해하기 힘들었지만, 태초의 혼돈으로 돌아간다는 것은 한마디로 세상의 종말을 의미했다.

"신의 힘이 한계를 보이고 있다. 애초에 유하가 지상에 존재하는 시기와 맞물리게 되어 있으니까. 마지막 순간에 나아가는 길을 택하지 못하게 된다면 처음으로 돌아가는 길밖에 없다."

신의 힘이라는 말이 나오자 청은 그가 무슨 말을 하는 것인지 그제야 알아차릴 수 있었다. 음이 있는 곳에 양이 섞이면 아니 되듯이 지상에 너무 오래 머무르는 신의 힘은 우주의 균형을 깨는 것이었으므로 거두어들여 천계로 돌려보내지 못하면 아예 세상과 함께 없애 버려야 했다.

"그걸 유하에게 맡겼다고요? 아주 미치셨습니까?"

"어쩔 수 없지 않느냐, 신이 직접 개입했다가는 신의 힘을 거둘 새도 없이 시공에 금이 간다. 모든 일에는 이치에 타당한 명분이 필요한 법이고, 그것을 만들 자격이 있는 것은 갑자년의 만물의 기운을 가진 신의 아이, 유하가 유일하다. 그녀 한 명의 탄생이 운명으로 자리 잡을 때까지 7천 년이 걸렸는데, 네가 신이라면 다른 길을 택할 수 있겠느냐?"

"지금 그리 차분하게 신의 도의를 말하실 수 있으십니까? 이게 모두 누구 잘못인데, 그걸 유하가!"

순간, 하백의 눈빛이 차갑게 내려앉았다.

"내가 지금 차분한 상태로 보이느냐? 이것이 내 잘못이라는 것은 내가 가장 잘 안다. 정령 따위가 건방지구나. 그러니 그만하고 너는 내가 말한 대로 따르기만 하면 된다. 유하가 어딜 가게 되든 그 곁을 지키면 된다는 말이다. 천계의 눈꽃이, 그 육신이 죽게 된다면 그때는 정말 되돌릴 길이 없으니……."

신이라는 존재가 이리 나오니 한낱 자연의 존재인 청은 감히 더는 대꾸할 수 없었다. 그로서는 가늠조차 할 수 없는 신의 계획과, 그에 맞추어 인내해야 하는 하백의 기다림의 크기가 청을 두렵게 했다.

하지만 그것을 신 앞에서 내색할 수는 없었다. 청의 마음이 그 창조자 앞에서 무거워졌다. 하기야 하백은 이 문제로 가장 오래 고통 받았을 것이었다. 원인을 따지자면 바로 그의 말 한마디로 시작된 것이었으니까. 신이 아니었다면 감당하지 못했으리라. 세상의 법칙을 지고 소멸과 창조의 경계에 발을 디디는 그 책임의 크기를……

＊　＊　＊

"다시 말해 봐라."

"신궁에서 아기신관들을 내보냈습니다."

"몇백 년 만에 정말 어이없는 일이군. 전례가 있나?"

라현은 들고 있는 종이뭉치를 몇 번 뒤적이더니 고개를 저었다.

"사서관(중요기록들을 보관하는 곳)을 다 뒤졌지만 이런 전례는 없었습니다."

"한마디로 무슨 꿍꿍이가 있다는 것이군. 그런데 이렇게 되면 알아낼 방도가 없다. 아기신관들은 다 흔적도 없이 흩어져 버렸고 다른 신관들은 신궁에 박혀서 나오지를 않으니."

휘는 골치가 아픈 듯 머리를 짚었다. 어쩐지 유열 그놈도 조용히 나간 마당에 일이 잘 풀리나 싶었다. 게다가 어째선지 신궁은 정중한 알현 요청들이 쌓여 가는데도 닫은 문을 열려 하지 않았다.

그때부터 휘는 뭔가 일이 있음을 눈치챘지만, 정확한 꿍꿍이를 파악하기에 신궁은 전보다 훨씬 접근하기가 어려워져 있었다.

"그보다 대가주들이 황후 간택에 대해—"

"기각!"

"듣지도 않으시고—"

"기각한다. 그에 대해 올라오는 것들은 다 불태우도록."

싸늘하니 일말의 여지도 주지 않는 황제 폐하의 명령에 라현은 별수 없이 종이를 넘겼다. 대가주들이 발을 동동 구르겠지만, 오랜 시간 폐하를 모셔 온 라현이 보기에 이건 발을 구른다고 그들 뜻대로 될 일이 아니었다. 폐하의 눈빛에 얼음처럼 굳게, 그리고 뚜렷하게 서린 확신이 보였으니 말이다.

"라현."

"예?"

"유하 님은?"

"처소에 계시는 것으로 알고 있습니다."

그리 한마디만 물으시고 황제께서는 말이 없으셨다. 하지만 일로 눈을 돌리시지 않고, 무언가를 생각하시는 듯 앞을 보시다가 다시 그를 보며 입을 여셨다. 무언가 중요한 내용일까 싶어 라현은 알게 모르게 긴장했다.

"왜……."

"?"

"요즘은 오시지 않는 거지?"

"예?"

"유하 님 말이다. 요 며칠간 얼굴을 뵌 적이 없다."

사실이긴 했으나, 라현은 뭐라 말해야 할지 전혀 알 수가 없었다. 그 말을 끝으로 황제 폐하께서는 다시금 붓을 집어 드셨지만, 라현은 여전히 멍하니 있었다.

헛것이 아니었다. 그의 주군께서는 외로워 보이셨다. 빙벽황제의 얼음이…… 눈에 띄게 녹아 있었다. 어쩐지 라현은 가슴이 따스해지는 것을 느꼈다. 나름, 괜찮은 느낌이었다.

✻   ✻   ✻

백야가 지나고 찾아온 것은 가을이었다. 바람은 쌀쌀해지고 낙엽은 살랑살랑 내려앉아 막 신궁을 등지고 나온 소녀의 발등에 떨어졌다. 하지만 그것은 설레는 11살 소녀를 막을 만큼 무겁지 못했기에 금세 다시 바람에 실려가 버렸다.

11살의 아기신관, 말하자면 아직 수습신관에 불과한 소녀의 발걸음은 집을 향하고 있었다. 집을 떠난 몇 년 만에 처음으로, 그리고 신궁으로서도 처음으로 본궁의 신관들—비록 아기신관뿐이라 할지라도, 신궁의 일원은 그 가족들과도 접촉해서는 안 된다는 몇백 년을 이어 온 금기를 깨고—을 그들의 집으로 보내고 있었다.

그 아기신관들 중 한 명인 소녀도 집으로 가게 되어 만면에 미소가 가득했다. 산골마을의 작은 집에서 태어난 그녀는 그 작은 산골 마을까지 내려와 사람들을 도와주는 신관들을 동경해 신관이 되기를 자처한 몸이었다.

소녀는 신관이 된 후 평생 만날 수 없을 것이라 생각했던 가족들을 만날 수 있다는 게 꿈만 같았다. 그리고 작은 사명을 안고 내려온 것이라서 더더욱.

"어머니! 아영이가 왔어요! 아영이에요, 아영이!"

"이게 뭔 소리…… 아가?"

"참말로 우리 아영인 게야? 평생 못 본다 하였는데?"

정말로 다시는 못 볼 줄 알았던 부모님의 품에서 소녀는 찔끔 눈물을 흘렸다. 이런 행복도 다 착하고 너그러우신 대신관님 덕분이라 소녀는 생각했다. 그러니 가족을 다시 볼 수 있게 온정을 베풀어 주신 대신관님의 부탁을 확실히 수행해야 했다.

분명 신궁에서 집으로 간 수많은 아기신관들도 자신처럼 대신관님의 부탁을 잊지 않았을 터였다. 소녀는 작게 웃으며 방에 짐을 내려놓았다.

"그런데 아가, 이게 대체 무슨 일이다냐?"

"사실 대신관님이 허락해 주셨어요. 원래 금지된 일인데도요."

"아이고, 요번 대신관님은 특히 더 너그러우신 분인가벼?"

"네, 맞아요."

그리고 이런 감사한 일에 대한 대가로 대신관님이 부탁하신 것은 실로 간단하기 짝이 없는 것이었기에 소녀는 의아할 뿐이었다. 그 대가란 바로…….

"그런데 신궁에 있는 동안 정말 이상한 말을 들었지 뭐예요?"

"그게 뭐니?"

"음…… 대신관님이 실수로 흘리신 말이라고 들었는데, 글쎄……."

소녀는 조용하고 은밀하게 어머니에게 속닥거렸다. 서서히, 그 말을 들은 어머니의 눈이 크게 뜨이기 시작했다.

"아가, 그게 참말이냐?"

"신궁에서 들은 말이니 참말일 것 같은데요? 대신관님이 하신 말씀이니까요. 근데 그게 무슨 뜻이에요?"

"아, 아영이는 몰라도 된다."

여인은 말을 얼버무리며 딸아이를 위한 음식을 준비하러 서둘러 부엌 쪽으로 갔다. 어린 아영과는 달리 그녀는 아영의 말이 무슨 뜻인지 알았다. 세상에, 이 정보를 온 동네 여인네들에게 알려 주고 싶어서 온몸이 근질거렸다. 그네 같은 촌 여인이 얻기에는 쉽지 않은, 정말 상상도 못 할 정보였다.

"황제라는 사람이……."

여인은 고개를 저었다. 나랏님들이 다스리는 일에 대해서는 알지 못하지만 방금 들은 것이 사실이라면 분명 황제 자리에서 쫓겨나고도 남을 소식이었다.

"나라가 어찌 돌아가누?"

그녀의 입에서 퍼져 나간 말들이 나중에 어떤 결과를 불러올지, 그저 작은 산골마을 아낙네인 그녀는 알지 못했다.

✽　✽　✽

"날이 쌀쌀해졌구나."

"제법 그렇지요?"

비란은 따스한 차를 따른 잔을 신녀님에게 넘겨 드렸다. 여름이 지났다. 호천서의 가을은 짧기에, 금방 겨울이 될 것이었다. 비란은 단도직입적으로 물었다.

"그래서 어쩌시려구요?"

"무얼?"

"저번 얘기 안 끝났잖아요."

유하는 그만 차 한 모금을 마시기도 전에 멈칫하며 찻잔을 내려
놓았다. 그랬었다. 원치 않던 것을 알아 버린 그날, 유하는 다급히,
아니 거의 무례할 정도로 쫓아내다시피 하여 비란을 자택으로 돌
려보냈었다.

하지만 그날 그녀가 내뱉었던 '싫어'라는 말의 절박함을 비란이
잊어버릴 리가 없었다. '무얼 어찌할까.' 그냥 거기서 끝나는 물음
이었다. 그녀는 '어찌할' 수 없었으니까.

"그 얘긴, 그만하자꾸나."

"네? 하지만!"

"비란, 내 마음을 그때 엿보았느냐?"

비란은 고개를 끄덕였다. 그때 신녀님의 고통 어린 표정은, 그
녀가 외치다시피한 마음과 더불어 잊을 수 있는 것이 아니었다. 비
란의 입장에서는 답답했다. 그녀가 보기에는 이어진 마음이요, 이
미 끝난 결말인데 왜 이리 황제나 신녀님이나 앞으로 나아가지 않
는지 이해할 수 없었다. 유하는 그녀의 의아한 표정에 다시금 입을
열었다.

"때로는 말이지, 뻔히 보이는 것들보다 중한 것들이 숨어 있는
법이다."

"제가 유하 님에게서 본 것이 빙산의 일각이란 말씀이시지요?"

"기분 상하지 않았으면 좋겠어."

"상하지 않았어요, 유하 님. 사실 이런 것들, 제가 언급하기에도
무엄한 일들이지요."

비란은 진심이었다. 지금까지 그녀가 보았던 신녀의 마음은 그
녀가 언급할 수 있는 위치의 것이 아니었다. 하지만 그녀는 겁을
상실한 괴짜라고 정평이 나 있는 만큼 그녀의 성격대로 조금 더

무리를 했던 것이다.

유하 님은 지금, 여기서 선을 그으셨다. 그러나 비란은 포기할 생각이 없었다. 마음 가운데, 아주 강렬한 직감이 생겨나·그녀의 심장을 두드렸다.

미래를 아는 예지력 따위는 없었지만, 어떻게든 알 수 있었다. 언젠가 반드시, 황제의 곁에 황후가 선다면, 그 자리에는 유하 님이 서 계실 것이라고.

"좋아요. 이 얘기는 그만하지요."

"……사실은 말이지 비란, 이 마음이 없어졌으면 좋겠다."

"알려 드리는 바, 그건 그리 쉽지 않을 거여요."

"그렇겠지? 그것 참 슬픈 일이구나."

열린 창문 밖으로 높이 떠다니는 구름을 응시하며 유하가 말했다. 그녀의 시선을 따라가며 비란은 다시 한 번 생각했다.

쉽지 않은 게 아니라 거의 불가능할 것이다. 유하 님 같은 성정과 깨끗한 마음에 무언가 새겨진다면, 그것은 닳고 닳은 다른 이들의 마음보다 훨씬 지워지기 어려울 테니까. 그것을 감추는 것 또한, 그만큼이나 어려울 것이다. 비란은 다시 시선을 거두며 그리 확신했다.

"날이 제법 쌀쌀해졌네요."

"그건 이미 말했느니."

"그랬지요, 참."

차가운 공기가 득달같이 여름을 몰아내고 있었다. 멍하니 하늘을 응시하는 유하와, 그녀를 응시하는 비란은 비록 다른 생각을 하고 있었으나, 그 둘이 느끼고 있는 무언가가 변하고 있다는 직감은 같은 종류의 것이었다.

마치, 계절이 바뀌는 것처럼 인간도, 법칙도, 하늘의 방향도 바뀌고 있었다. 그네들이 전혀 알 수 없는 사이에 말이다. 부정할 수 없이, 겨울은 다가오고 있었다.

# 十六

전조

"엣취—!"

"고뿔?"

"아닙니다."

라현은 황제의 물음에 단호히 부정하며 웃옷을 바로 여몄다. 고뿔은 아니더라도 추운 날씨인 것만은 분명했다. 호천서의 가을이 짧기는 했지만 이리도 빨리 겨울이 온 것인가, 단 몇 주만의 일이었다. 내뱉은 입김에 하얀 김이 서렸다. 사방이 고요한 가운데 말 몇 마리가 투레질을 했다. 조만간, 화살 하나가 허공을 가를 것이었다.

동수란 겨울철마다 행해지는 황궁의 사냥행사였다. 본래는 동면기에 든 짐승들을 동면하지 않는 맹수들이 해치지 못하게 하기 위해 맹수를 사냥한다는 의미를 가지고 있었으나, 현실적으로는 어디까지나 상징적인 사냥이었다. 눈이 내리기 전, 차가워진 땅에는 겨울을 알리는 짐승의 따스한 피가 흩뿌려질 것이었다. 휘는 활을 올렸다. 시위를 당기자, 사냥에 참여하는 자들의 시선이 그에게 몰렸다. 황제가 활을 겨누는 곳은 어디일까. 그것은 비단 짐승뿐이 아니니, 머무는 시선들이 조심스러웠다.

이윽고, 황제가 시위를 놓았다. 화살은 지체 없이 깨끗한 자태로 허공을 갈랐다. 시작을 알리는 화살이니 아무것도 맞추지 않아도 되었으나, 허공에서 외마디 짐승의 소리가 들렸다.

그것이 떨어진 곳으로 황제의 시위들이 달려가 짐승을 가져왔다. 하얀 두루미가 힘없이 늘어진 채 들려 왔다. 새는 이제 봄이 와도 고향으로 돌아가지 못할 것이었다. 휘는 손수 화살을 뽑아냈다. 어찌하여 두루미가 홀로 있는지는 알 길이 없었지만, 죽음은 되돌릴 수 없는 것이었다.

"죽었으니 어찌할 수 없지. 새는 가져가고, 사냥을 허한다."

황제의 음성을 필두로, 사냥에 참여한 이들이 말 머리를 돌려 뿔뿔이 흩어졌다. 터에 남은 이들은 이제 황제와 그 시위들, 라현, 그리고 한 여인이었다. 조용히 그를 보며 싱글거리는 모습이 휘는 보기 마땅찮았다. 은가의 소가주는 부득이하게 참여하지 못한다고 했던가? 그런 부득이한 이유라면 그의 약혼녀도 참여하지 않아도 되었을 것을.

"그대는 안 가나?"

"사냥 같은 것은 못 한답니다."

"아비를 대신해서 온 것이라 했지?"

"워낙 연로하셔서요."

또박또박 말하는 비란의 모습이 휘에게는 그리도 건방져 보일 수 없었다. 고개조차 숙이지 않는 모습이 간덩이 하나는 제대로 부은 것이 틀림없었다. 요 근래 윤비란이 나이에 비해 무척이나 정정한 윤가의 가주 윤철견 대신 계속해서 공식 석상에 나타나고 있었다. 유일하게 남은 자식인 그녀에게 가주의 자리를 넘겨주려는 윤 공공의 의도는 훤히 알 수 있었으나, 문제는 이 아가씨의 의도였다.

혼례 준비로 눈코 뜰 새 없이 바쁠 시기에 그녀는 무슨 꿍꿍이인지 너무도 자주 유하 님과 접촉했다. 그에 더불어 그 의중을 알 수 없이 신궁에 몸을 꽁꽁 숨기고 나오지 않는 그녀의 언니 또한 언제나 그러했듯 그의 심기를 거스르고 있었다. 휘는 단도직입적으로 물었다.

"신녀님을 계속 뵙는 의중이 뭐지?"

"그걸 대답해 드려야 할 의무가 있나요?"

"윤 소저! 어느 안전이라고 감히—!"

비란의 대답에 놀란 숨을 들이켠 라현이 바로 호통치려 하자, 휘는 싸늘함 어린 무표정으로 손을 들어 라현의 말을 막았다. 라현은 말을 삼켰지만, 비란의 당돌하다 못해 마치 목숨이 열 개라도 되는 듯한 대답에 여전히 가슴이 놀라 뛰고 있었다.

"그대 언니가 무슨 음모인지 신궁에 틀어박혀 나오질 않는 것은 알고 있나?"

"……."

음모라고 지칭하는 황제의 가차 없는 말에 비란은 그만 고개를 숙였다. 이 남자는 대신관이자 신궁의 궁주라도 죽이고자 한다면 한 치도 망설이지 않을 것이다. 그러니 유하 님이 필요했다. 유하 님이라면 그 어느 상황에서도 황제의 칼날을 막아 주실 수 있을 것이다.

가슴속 깊이 고여 있던 불안의 물결이 요동쳤다. 정말 언니가 무엇을 하고 있는지는 그녀도 몰랐다. 하지만 모습을 아예 드러내지 않는 것은 정말 수상한 일이었다. 비란은 제발 언니가 가만히 있기를 마음속으로 빌었다. 황제의 얼음장 같은 성정은 인간이 상대할 수 있는 것이 아니었다.

휘의 눈이 초록빛에서 어두운 쪽빛으로, 그리고 다시금 초록빛으로 돌아왔다. 고로 그는, 비란의 머릿속에서 일어나는 일들을 쉬이 읽었다. 그래도 윤가의 둘째는 그 언니보다는 잘 돌아가는 머리를 가지고 있음을 그는 인정했다. 그의 약점을 정확히 파악하고 있었으니 말이다. 그러나 그녀의 그 약점에 대한 생각은 더욱더 마음에 들지 않았다. 휘는 선언했다.

"윤비란, 신녀님께 해가 간다면 신녀님도 그대 언니를 살려 주시진 못할 것이다."

비란은 놀라 눈을 깜빡였다. 그녀의 생각이 그리도 쉬이 읽힌다는 말인가? 노련한 그녀의 아버지도 잘 읽지 못하는 그녀의 생각을 말이다. 황제는 두말할 여지도 없이 그녀보다 한 수 위의 사람이었다. 그러나, 그것이 이리도 두려운 깨달음일 줄이야……. 그녀는 이제야 실감할 수 있었다.

그녀의 부은 간덩이도 등 뒤를 타고 으스스 올라오는 오한은 떨쳐 내지 못했다. 황제는 팔을 감싸 안는 그녀를 내버려 두고는 이젠 그 어떤 여지도 없다는 듯이 말을 돌려 그의 보좌관과 함께 나무 사이로 사라졌다.

언니는 어쩌면 생각보다 죽음과 가까이 있는 것일지도 몰랐다. 황제의 화살이 꿰뚫었던 하얀 두루미의 죽어 가는 모습이 비란의 머릿속에서 지워지지 않았다.

"이 노인, 그 한 마는 흠집이 있으니 빼 주십시오."

"거참 도련님, 그걸 하나 지나쳐 주질 않으시는구려."

"계산은 정확히 해야 하지 않겠습니까?"

노인은 고개를 절레절레 저으며 동전 몇 개를 더 돌려주었다. 참으로 지나치게 철저한 남자였다.

가원은 돌려받은 동전들을 품에 갈무리했다. 부득이하게 황궁의 사냥행사에 참여하지 못한 그는 여유롭게 저자를 다니며 산책이나 하는 중이었다. 그는 사냥은커녕 활도 다루지 못하는 사람이었기 때문이다. 무릇 남자라면, 머리로 승부해야 한다는 것이 그의 변명이자 지론이었다. 그의 약혼녀는 별로 그것을 이해하지 못하는 듯싶었지만 말이다. 그래도 곧 그런 그녀와 혼인할 예정이니 그는 그 지론에 나름 만족했다.

"그나저나, 그 얘기 들었소?"

"응?"

"하 거참, 이 양반이 소식이 늦네. 내 알려 줄 테니 귀 좀 기울여 보시오."

객잔에 들어서서 한가로이 차나 한잔하고 있던 가원은 옆에 앉은 사람들이 곧 나누려는 것 같은 비밀스러운 이야기에 덩달아 귀를 기울였다. 별것 아닌 소식일 수도 있지만, 이 한가로운 시간에 저런 비밀스러운 이야기는 구미가 당길 수밖에 없는 소재였다.

가원은 태평스레 차를 마시는 척, 몸을 기울여 귓가에 흥미로운 소식이 닿기를 기다렸다. 같이 있던 호위가 주인의 수상한 행태에 의아한 듯 그를 쳐다보았지만, 가원의 온 신경은 이미 옆에 앉아 있는 두 사람에게 쏠려 있었다. 다행히 옆 두 사람의 속닥거림은 충분히 잘 들려왔다.

"그게 말이지⋯⋯."

"응응?"

"⋯⋯?"

가만히 귀를 기울이던 가원의 눈이 순간 크게 뜨였다. 그리고 우아하게 감싸 쥐고 있던 찻잔마저 탁상 위로 떨어뜨렸다. 쨍그랑 거리는 소리로 인해 이야기에 심취해 있던 두 사람도 그만 화들짝 놀라 말을 멈췄다. 주인의 이상 행동에 그의 호위도 퍼뜩 일어났으나, 그가 무어라 하기도 전에 가원이 벌떡 일어나 이야기 하던 남자를 붙들었다.

"그 이야기가 사실이오?"

"예?"

"그 소문이 사실이냐는 말이오!"

남자는 무척이나 당황스러워 보였다. 소문 자체가 함부로 입 밖으로 낼 만한 것이 아니었기 때문이다. 하지만 그는 가원의 진지함을 넘어서서 무섭기까지 한 표정에 말이 나오지 않았는지 간신히 고개만 끄덕였다. 가원은 심각한 표정으로 남자에게서 손을 뗐다. 그러고는 바로 그의 호위무사 이랑에게 고개를 돌렸다. 그는 이랑이 움찔할 정도로 굳은 표정이었다. 대체 무슨 말을 들으셨길래⋯⋯.

"이랑, 사태가 심각하니 바로 돌아간다."

"예!"

도대체 소문의 진원지가 어디인지 알아야만 했다. 가원은 여유로움을 잃은 채 걸음을 빨리했다.

＊ ＊ ＊

"아우, 추워. 유하 님께 웃옷이라도 빌려올걸……."

비란은 유하 님과 밤늦게까지 수다를 떨다가 다음 날 아침에야
출궁하고 있었다. 일만 없었다면 가뜩이나 추운 날씨에 황제가 뭐
라 하든 따뜻한 유하 님 방에 틀어박혀 있었을 테지만, 문제의 그
일이 바로 비란 그녀의 혼사준비였기 때문에 별수 없이 윤씨 본가
로 돌아가야 했다.

"가기 전에 은 가가(은가원을 지칭: 비란의 혼약자)를 뵙고 돌아
가야겠다."

비란은 서둘러 은씨 본가의 별채로 걸음을 옮겼다. 가원은 본궁
에 더 가까운 별채에서 머물고 있었기 때문이다. 현 가주가 물러나
면 다음 가주인 그가 본채로 가게 되는 것이다. 두 가문은 호천서의
권세가문 중에 꽤나 높은 위치를 차지하고 있는 가문이었기 때문에
황궁과 가까운 만큼 두 집의 위치 또한 그리 멀지 않았다. 때문에
비란은 마음만 먹으면 언제든지 가원을 만날 수 있었다.

"가가? 어디 계시어요?"

비란은 문을 여는 시비들을 지나 요란스레 들어서며 기다란 복
도를 지나 한쪽 방으로 들어섰다. 빼꼼히 몸을 내밀자 길게 늘어진
청록빛 머리카락이 시야에 잡혔다. 인기척에 그가 고개를 들었다.
비란은 조금 놀랄 수밖에 없었다. 가원이 보기 드물게 초췌해 보였
기 때문이다.

"가가, 무슨 일 있어요?"

"비란? 본가에 있는 줄 알았더니……."

"신녀님을 뵙고 왔지요."

비란이 신녀님이라는 말을 꺼내자 안 그래도 그다지 상태가 좋아 보이지 않는 가원의 얼굴이 더 굳어졌다. 가원은 진지한 눈으로 비란을 보았다. 그 눈빛에 그녀 또한 미미하게나마 그리고 있던 미소를 지을 수밖에 없었다. 그녀가 뭔가 잘못 말한 것일까?

"비란, 신녀님과 가까이 지내는 건 이제 그만두도록 해."

"네?"

비란은 단호한 만큼 갑작스러운 그의 말에 당황하여 되물었다. 분명, 가원은 이런 소리를 할 남자가 아니다. 어렸을 적부터 그녀와 서란 언니의 관계를 알고 있는 남자였고, 유하 님에게 가지고 있는 그녀 자신의 마음도 짐작건대 어느 정도 꿰뚫어보고 있는 사람이었다. 아버지도 모르는 그녀의 마음을 들여다볼 줄 아는 이라 속절없이 끌려 버린 마음이 방금 그의 선언으로 불안에 흔들렸다.

"그럴 수 없다는 거 아시잖아요."

"……보아하니 그대는 그것을 못 들었나 보군. 비란, 일이 커지기 전에 유하 님과의 관계는 끊어 내는 것이 좋을 것 같다."

"가가!"

대체 가원이 갑자기 왜 이런다는 말인가. 그가 만약 강압적인 자세로 이리 말했다면 비란도 당황하기보단 반박의 의사부터 표했을 테지만, 가원의 지친 얼굴에 떠오른 걱정 어린 눈이 그녀를 막았다. 잠시간 말없이 혼란스러운 눈으로 그를 보던 비란은 마침내 조심스레 입을 열었다.

"가가…… 대체 무슨 일이어요. 알려 주시어요."

다가와 살며시 손을 쥐는 그녀의 무거운 물음에 가원은 나직한 한숨을 내쉬었다. 그녀에게 꽤나 고통스러울 이야기였다. 그녀가 아파할 것을 알기에 그도 마음이 괴로웠다. 그러나 별수가 없었다.

"소문이 돌고 있어, 비란. 요 며칠 사이에 나라를 통째로 뿌리 뽑을 기세야."

"소문……요?"

비란으로서는 금시초문이었다. 소문이 돈다면 그녀도 알고 있어야 했다. 제국을 뒤흔들 만한 소문이라면 위에서부터 흘러나왔을 테니, 권세가문 영양인 자신이 아직 모르고 있을 리가 없다. 하지만 그녀가 들은 최근의 충격적인 소식은 언니가 신궁에 박혀서 전혀 얼굴을 보이지 않고 있다는 것이 전부였고, 그것은 소문거리도 되지 못하였다.

"대신관님에게서 아무 말도 듣지 못한 것은 확실한가 보오. 아예 신궁이 문을 열지 않고 있다는 것을 들었긴 하지만, 그대에게조차 입을 다물 줄은 몰랐는데. 그럼 윤 공공께서도 모르신다는 것이고……."

가원은 골치 아프다는 듯이 눈을 감았다가 떴다. 적어도 윤씨 일가가 엮여 있지 않다는 것은 그나마 다행이었으나, 그리하면 대신관의 의중을 전혀 알 수 없게 된다. 그 태도에 모순이 생기게 된다는 말이었다. 지금까지 제국의 안녕을 유지하는 데에 공헌하던 신궁이 왜 갑자기 그 안녕을 무너뜨리려고 하는지 이해가 되지 않았다.

"대신관님이라면…… 설마."

가원은 고개를 끄덕였다.

"신궁에서 흘러나온 소문이지. 진원지가 확실해. 조사하고 자시고 할 것도 없었어. 저잣거리의 아이들까지 알고 있는 정보니까. 아니, 아직은 저잣거리에만 떠돌고 있지만 막을 길 없이 모두가 알게 되겠지."

"그런…… 아니 그보다 무슨 소문이…….."

"황제가 패륜아다."

짧고 빠르게 내뱉어진 말은 비란이 상상도 못 한 것이었다.

"네?"

"황제가 그 아비와 어미를 죽이고 황좌에 올랐다, 패륜이다, 라고 떠들고 있어 비란. 게다가 신궁에서…… 아니, 대신관의 입에서 나온 정보라고 말이야."

"아아…… 언니 정말, 어쩌시려고—!"

거의 울부짖음처럼 터져 나오는 비란의 절규에 가원은 충격에 작게 떨리는 그녀의 손을 다시금 꼭 쥐었다. 안타까웠다. 그렇다고 그가 소문 따위를 무조건 믿는 것은 아니었지만, 신궁에서 흘러나왔다면 대부분은 진실이라고 믿을 것이다. 신궁 측에서 거짓말이라고 직접 해명하지 않는 이상 말이다.

"진……실인가요? 그…… 패륜이라는 거요."

크나큰 충격을 받은 듯 힘없는 비란의 물음에 가원은 나지막한 한숨을 내쉬었다. 일단 소문의 진위를 판단할 만한 단서는 찾을 수 없었다. 그리고 그것 자체부터가 상당한 의미를 내포했다. 그가 정보를 얻을 수 없다는 것은 그의 윗선에서 덮어 버린 일이라는 것이고, 그의 윗선이란 황가와 대신관뿐이었다.

"진실이고 아니고는 중요한 게 아닌 거, 잘 알잖아. 문제는 소문이란 어두운 만큼 빨리 퍼지고, 신궁에서 나온 것이니, 대부분의 사람들이 의심 없이 믿을 거란 사실이야."

애초에 왜 신궁의 힘이, 그에 대한 제국민의 신뢰가 그리 변함없이 탄탄했을까? 그게 가원의 의문이었다. 그 어떤 권력도 상승기가 있고 하강기가 있다. 제국의 황제만큼 강한 권력을 변함없이 유지하기는 어려웠을 것이다. 신궁은 민중을 살핀다.

그 좋은 취지에 맞게 실제로 그런 기능을 하고 있는 신궁이라
도, 돈이 모이고 지금처럼 권력이 생기면 흔들리기 마련이다. 인간
은 신이 아니기 때문에 대부분 재물 앞에 초연하지 못하다. 그런데
도 그 오랜 대를 걸쳐 한 차례도 흔들림이 없었다는 것은, 생각할
수록 정말 이상했다.

가원은 거기서 생각을 잘라 냈다. 그 부분은 어찌해도 알 수 없
을 것이다. 왜 황제가 패륜아란 소문이 신궁에서, 그리고 황제와는
접점조차 거의 없는 대신관의 입에서 나왔는지는 더 이상 그의 알
바가 아니었다.

신의 존재가 분명한 이 제국에서 신의 법칙을 가장 끔찍하게 벗
어나는 일을 저지른 통치자를 과연 제국이 용납할 수 있을까. 부모
를 죽인 자식이란, 신 앞에서 인간이 아닌 자란 의미였다. 황권이
서 있는 명분을 잃게 되는 것이다. 그리고 그 중심에는 황제와 그
가 난데없이 나타난 신녀가 있었다. 황제가 인간이 아니라면, 그
누구도 그가 세운 신녀를 신의 축복을 받은 자로 인정하지 않을
것이 자명했다. 그것은 모순이었기 때문이다.

하지만 이런 진실과 거짓, 그리고 명분과 합당함의 씨름은 가원이
관심을 가지는 바가 전혀 아니었다. 마음에 걸리는 것은 오직 하나였
다. 비록 소수만 안다 하나 이 사달을 낸 대신관이 비란의 언니였고,
비란이 이 사달을 피해 갈 리 없는 신녀와 친하다는 것을 알 만한 사
람은 안다는 것. 이는 그의 비란이 이 사달에 말려들 수도 있는 여지
를 만들고 있었다. 가원은 그 여지를 최대한 없애고 싶었다.

"그러니 이제 신녀님과의 알현은 더 이상 안 돼. 이 마당에 혼
인식을 제대로 치를 수 있을지는 모르겠지만, 일단 혼인 준비를 하

면서 추이를 지켜보는 것이 좋을 것 같아. 그대가 엮여서는 안 되니까."

"하지만, 가가!"

"비란! 그대가 휘말리는 것은 절대 용납할 수 없어. 제발 부탁이니 이번만큼은 말 들어."

비란이 그의 말에 어느 방향으로 튈지는 알 수 없었지만, 필요하다면 집에 가둬 놓아서라도 곧 다가올 혼란은 피해야 했다. 또한 신녀, 대신관 그리고 황제와 될 수 있는 한 그 어떤 접촉도 하지 않는 것이 지금으로서는 최우선이었다. 가원은 침묵할 생각이다. 그가 무어라 하지 않아도, 황궁은 조만간 발칵 뒤집힐 것이기 때문이었다. 난데없이 불어닥친 이 태풍의 중심이었으니…….

＊　＊　＊

며칠 후, 편전.

사각거리며 넘어가는 종이 소리가 마침내 멎었다. 오늘은 유난히 조용한 시간이었다. 신료들도 마치 입술을 무언가로 봉한 것처럼 조용히 서 있었다. 황제는 말없이 시선을 올려 그들을 하나하나 굽어보았다. 이들이 가지고 있는 생각은 신의 힘을 쓰지 않더라도 알 수 있었다. 그저 그에 대해 상소 하나 올라오지 않았다는 것에서부터 가소로웠다. 부관합회는 끝났다. 자, 이제 누가 먼저 그에게 어리석은 용기로 고문할 것인가?

"그대들 중 누구도 더는 할 말이 없다면 해산해도 좋다."

황제의 말에 순식간에 긴장감이 편전에 가득 찼다. 그들에게는 할 말이 많았다. 반드시 고문해야 할 질문이 있었으나, 그 누구도 선불리 입 밖으로 내지 못했던 것이다. 그러니 아무도 걸음을 옮기지 못했다. 그들의 황제로부터 답을 들어야 했기 때문이다. 비록 그 답을 믿을 수 있을지가 의문이라고 하여도 말이다. 안절부절못하는 표정으로 고개를 조아린 이들 가운데서, 우상서 이하량이 마침내 고개를 올려 입을 열었다.

"폐하."

"우상서는 할 말이 있나 보군."

"폐하, 폐하께서도 분명 알고 계실 것이라 믿고 있습니다만."

"무얼 말이지?"

황제는 그의 입에서 무슨 말이 나올지 잘 알고 있다는 눈을 하고선 그리 하문했다. 그것은 마치 그가 물어봐 주길 기다렸다는 표시와도 같았다. 그것을 아는 순간, 그는 바짝 긴장했다. 이는 침묵을 깨고 올린 말을 물릴 수 없을 것이란 뜻이었기 때문이다. 황제는 그가 그 일에 대해서 말하길 기다리고 있었다.

"온 제국에 소문이 돌고 있습니다. 그에 대해—"

"소문이 무어라 하던가?"

평이한 음성으로 다소 날카롭게 찌르고 들어오는 황제의 물음에 이하량은 작게 숨을 들이켰다. 직접 말해 보라는 뜻이 다분한 물음에 그는 정말 곤란하였다. 황제가 그저 소문을 정확히 알기를 원하는 것인지, 아니면 자신을 희생양으로 삼고자 함인지 알 수가 없었기 때문이다.

"답이 없군, 우상서."

"그것이……."

"그리도 말하기 어려운 내용의 소문인 것인가."

"폐하—"

"혹여! 그대들의 황제가 그 어미를 잡아먹었다든지."

황제의 목소리가 크게 울리자 이하량을 비롯한 신료들이 그 험한 내용과 드물게 소리를 높인 황제의 음성에 몸을 움츠렸다. 그것이 분노가 어린 음성이 아니라, 의중을 알 수 없을 정도로 감정이 섞이지 않은 그저 크기만 한 음성이었기에 더더욱 그들을 불안하게 했다.

"아니면! 그 아비의 목숨을 앗아 갔다든지, 우상서?"

"……예, 폐하."

"둘 중 어느 것이었나?"

"……."

"어쩌면, 둘 다일 수도 있겠지. 아니 그런가?"

우상서 이하량은 답을 할 수가 없어 더더욱 고개를 조아렸다. 황제는 설핏 웃었다.

"짐이 모를 것이라 생각하진 않았겠지."

휘는 일어나 자리에서 내려왔다. 우습게도, 지금 이 순간 그는 이들 앞에서 아무렇지도 않았다. 적어도 이들 앞에서 그는 온전했기 때문이다. 제대로 그의 뒤통수를 친 것이라면, 대신관도 칭찬해 줄 만했다. 그러나 그는 그의 앞에서 조아리고 있는 무수한 신하들과 신성과는 조금도 관련이 없는 신궁 앞에서는 꺼릴 것이 없었다.

신의 힘에 대해서, 하늘의 방향을 따라가던 그의 핏줄의 역사에 관해 그 무엇도 알지 못하는 이들은 그저 한 시대를 살고 스러지는 평범한 인간이라는 존재들이다. 이들이 어떻게 그를 평가할 수가 있는가? 설사 그가 패륜아라고 할지라도, 삶의 죄로 치면 이들도 그만한 패륜아이긴 마찬가지다. 모든 것을 막론하고, 그의 정통성을 건드릴 수 있는 자는 하늘밖에 없었다.

"그래서, 그대들은 소문을 믿나?"

"……."

"아, 신궁과 그대들의 황제 중에 한쪽을 택하라는 것은 조금 가혹하긴 하지. 그렇담…… 그 소문이 사실이라면 그대들은 어찌할 생각인가? 지금도 그대들 앞에 서 있고, 몇백 년을 넘어 이 자리를 지켜 오던 황가의 피를 갈아 치울 생각인가?"

"폐하!"

역모를 꿈꾸냐는 과격한 황제의 말에 좌상서 윤철견(윤 공공)이 오랜 침묵 끝에 나무라듯 입을 열었다. 황제가 그를 보았다. 황제는 여전히 표정이 없었다.

"이 호천서에 적통의 피를 가진 이는 언제나 단 하나밖에 없었습니다. 그 피를 '갈아 치우는' 것은 이 제국을 뒤엎는 것과 마찬가지입니다."

"그도 그렇군."

언제나 적자만이 태어나는 류씨 황가의 피. 그 또한 신의 피가 가져온 특징 중에 하나였다. 주변 왕국들처럼 피비린내 나는 왕좌를 둘러싼 형제간의 싸움 따위, 호천서에는 없었다. 그런 피 흘림이 좋다는 것은 아니었지만, 이 제국은 전체가 박제인 것처럼 몇백 년 내내 그 역사가 변하지 않고 똑같이 흘러왔던 것이다. 그 나태함이, 그 정적임이 휘는 지긋지긋했다. 그마저 살아 있지 않은 것처럼 느껴지곤 했기 때문이다.

"그래서 소문은 무시할 생각인가?"

"그건……."

"이리 물으면 또 원점으로 돌아오겠지. 그대들의 생각 같은 것은 쉬이 읽을 수 있다."

휘는 알고 있었다. 결국, 이는 대신관과 그의 싸움이었다. 이 문제가 진작에 터져 나오지 않았던 이유는, 대신관이 아기신관들을 고향으로 돌려보내 소문을 퍼트리게 함으로써 소문의 시발지를 제국 변두리로 잡았기 때문이다. 즉, 그에게 소문이 가장 늦게 닿도록 만든 것이다.

이것은 대신관이 미치지 않고서야 저지를 수 없는 일이었다. 대신관이 무슨 생각에선지, 제국을 말아먹으려고 하고 있었다. 이는 그녀의 사명에 어긋나는 일이었다. 호천서의 긴 역사를 통틀어, 대신관이 황제에게 이렇게 직접적으로 전쟁을 선포한 것은 처음이다. 대신관이 단단히 미쳤음이 틀림없었다. 이 상황에서 그가 할 수 있는 것은 하나였다. 대신관 윤서란을 대면하는 것.

"이 상태로 답이 나올 리가 없으니, 오늘은 이만 해산하라. 나의 백성들이 나를 갈아 치우려 들기 전에 대신관과 대면하도록 하겠다. 대체 무슨 생각으로 이런 소동을 벌였는지 말이다."

이 일을 대신관의 한낮 '소동'으로 지칭하는 황제의 태도가 그전까지 다소 경직되어 있던 신료들의 마음에 작은 안도감을 주었다. 어쩌면, 소문이 정말은 진실이 아닐 것이라는 생각이 들게 만들었기 때문이다. 유일한 적통의 황제가 정말 패륜아라면 곤란한 점이 한둘이 아니었고, 소문이 사실이라 한들 황가의 피를 갈아 치울 배짱도 명분도 그들에게는 없었던 것이다.

황좌가 비게 되면, 이 제국은 순식간에 피바다가 될 것이다. 오랜 평화에 익숙한 그들에게 그것은 정말이지 끔찍한 일이었다. 몇몇은 그 생각에 고개마저 절레절레 저으며 조용히, 황제가 이미 사라진 편전을 나가기 시작했다.

"라현."

"예, 폐하."

휘는 가던 길을 멈추고 라현을 불렀다. 지시할 것이 있었다. 비록 그녀가 정말 싫어할 것임을 알았지만 지금 반드시 해야 할 일이었다. 곧 소문의 화살이 그녀를 향할지도 모르는 일이었기 때문이다. 그녀가 소문에 대해 알지 않는 것이 좋을 것이다. 휘는 나지막이 라현에게 지시를 내렸다.

"신녀님이 처소에서 나오시지 못하게 해라."

"예?"

"그리해."

"하지만 폐하, 유폐는…… 신녀님께서 정말 싫어하실 텐데요."

"어쩔 수 없는 일이다……. 지켜야 하니까."

라현은 별수 없이 명을 받아 고개를 한번 끄덕였다. 맞는 말씀이긴 했다.

안 그래도 황제가 세운 신녀이니 지금 모습을 드러내거나 황제 폐하와 접하시는 것을 보이면 그녀의 위치적 정당성 또한 시험을 받을 가능성이 높아지기 때문이다. 그것은 아무리 그녀가 그녀의 힘으로 신녀임을 스스로 증명해 보였다 한들, 사람들은 쉬이 그 충격을 잊고 다시 의문을 제기할 여지가 있다는 말이었다. 황제 폐하께서는 그것을 최대한 막고자 하심이리라. 그렇다면, 그 명을 따르는 것이 그가 할 수 있는 최선이었다.

✳ ✳ ✳

"이게 대체 무슨 짓이더냐."

"죄송합니다."

"죄송하다 말하기 전에 설명은 해야 할 것 아니야."

"⋯⋯말씀드릴 수 없습니다."

"라현!"

유하는 못마땅하다는 듯이 얼굴을 잔뜩 찌푸렸지만 라현은 어쩐일인지 꿈쩍도 하지 않았다. 그게 더더욱 이상했다. 이렇게 강경하고 웃음기 없이 진지한 라현은 처음 본다. 휘는 갑자기 왜 이러는 것일까? 그녀를 가두다니⋯⋯. 게다가 직접 오지 않고 라현을 대신 보낸 것도 일반적이지 않았다. 그녀도 모르는 사이 대체 무슨일이 일어나고 있는 것일까. 유하는 라현과 닫힌 문을 번갈아 보다가 다시 라현을 보았다. 유하는 한숨을 내쉬었다.

"휘는 오지 않을 예정이겠지."

"⋯⋯이것이 신녀님을 위한 일이라는 것만 알아주시면 좋겠습니다."

"나를 위한 일을 내가 모르는 것은 또 무슨 경우일까."

라현은 답이 없었다. 이래서야 처음 이곳 호천서에 발을 디뎠을때와 다를 것이 무에 있을까. 아무것도 알지 못하고, 아무 데도 나가지 못하고, 또 아무와도 이야기하지 못했던 그때와 다를 것이 없었다. 최소한의 설명이라도 하지 않으면 대체 그녀더러 어찌하라는 것인지 유하는 도무지 알 수가 없었다.

무엇보다, 휘에게 실망하게 될까 봐 마음이 아팠다. 분명 이유가 있겠지 싶으면서도 마음에 들지 않는 지금 이 상황에 그녀는 심정이 무거웠다. 신이 내린 물건 취급은 오랜만에 당해 보니 더더욱 치 떨리도록 싫었던 것이다.

"라현, 말해 보아라. 나는 대체 언제까지 무지해야 하는 것이야?"

"이 상황이…… 조금이라도 잠잠해질 때까지만 참아 주셨으면 합니다."

"난 더 이상 기다리는 것이 지긋지긋하구나."

누군가가 진실을 알려 주길, 누군가가 이 궁궐 안에서 꺼내 주길 기다리는 것은 정말 더는 싫었다. 밖의 세상이 험하고 더러운 것들로 가득하고 지금의 상황이 위험하다고 하여도, 싫은 것은 싫은 것이었다.

그저 어린아이가 집이 답답해 떼를 쓰는 종류의 것이 아니었다. 이것은 마냥 인세의 흐름 속에 조용히 흔들리며 바람이 지나가길 기다리고 싶지 않은, 하나의 분명한 존재로서 스스로 나아가고 싶은 그녀의 긍지였다. 그 어느 누구도 그녀를 가두어 둘 수 없다. 그리도 곤란한 문제가 있다면, 휘와 함께 해결하고 싶었다. 왜 휘는 그것을 모르는 것일까.

"휘에게 돌아가는 것이라면 라현, 일러두어라."

"말씀하십시오."

"무슨 일인지 알려 주기 싫다 해도, 나는 내 나름으로 알아내고야 말 것이라고."

라현은 조금 당황한 눈치였으나, 그녀의 말에 고개를 한번 숙이고는 이만 방에서 물러갔다. 유하는 텅 빈 그녀의 방을 둘러보았다. 이 안은 텅 비었다고는 하나, 그녀의 문간 밖에는 평소보다 조금 더 많은 호위들과 궁녀들이 포진해 있었다. 그녀가 나가지 못하게 단단히 지키고 있음이었다. 하지만 라현에게 말했듯이, 그녀는 나름대로 알아내고야 말 생각이었다. 이 어이없는 사태의 원인을 말이다.

"그렇게 말씀하셨습니다."

"그녀답다…… 라고 한다면 나도 못 말릴 놈인 것이냐?"

"농을 하실 만큼 심신이 괜찮으시다면야, 저는 신하 된 입장으로서 기쁘지요."

휘는 눈을 지그시 감았다. 그녀를 아프게 했을 것이다. 그것이 못내 그의 마음에 걸렸다.

패륜이라……. 그날의 일에 대해 그는 자신이 완전히 무결하다고 말할 수 없었다. 그리고 이 소문에 대한 그녀의 마음을 알기가 두렵지 않다고 한다면, 그것은 거짓이리라. 그녀가 그를 오해하지 않을 것임은 잘 알고 있었다.

하지만 여전히, 그녀의 맑은 두 눈 앞에서 그는 너무나도 더러운 존재였다. 온 세상 앞에서 당당하게 그는 패륜아가 아니라고 소리칠 수 있었으나, 유하 님 앞에서만은 예외였다. 그녀에겐 하늘의 눈과 그의 심장이 있었으니…….

"어쩌면…… 호위를 늘린다고 한들, 신녀님이 나가고자 하신다면 막을 수는 없을 것 같습니다, 폐하."

"그렇겠지. 알고 있다."

라현은 아직도 어떤 불가사의한 방법으로 신녀님께서 홀연히 사라지셔서 그림자들의 심장을 철렁하게 만들었던 연초의 일을 잊지 않고 있었다. 라현이 보기에 확실히, 그가 알 수 없는 방향으로 신녀님과 황제 폐하께서는 어떤 접점 내지는 공통점이 있으셨다. 인간으로서는 가늠할 수 없는 무언가가 말이다.

"그녀가 진정 나서려 한다면, 그녀를 저지할 수 있는 이가 없을 것이다."

"알고 있는 분이 그러셨습니까?"

"그것이 내가 할 수 있는 최선이니까."

그와의 관계가 그녀에게 누가 될 수 있었다. 그의 부족함으로 인해 그녀를 보는 이들의 시선에 날이 서게 되는 것이 휘는 견딜 수가 없었다. 이것이 얼마나 이기적인 마음인 것인가는 알고 있었으나, 그 어떤 이유로든 그녀의 존재에 의문을 제기하는 것은 그로 서는 용납할 수가 없었다. 그녀는 누구도 의심할 수 없는, 천계의 눈꽃이었기 때문이다.

"대신관에게 알현을 청해라."

"요번에도 받지 않을 텐데요."

"아…… 그렇지. 그럼 직접 문을 두드려야겠군."

사태 파악이 되고도 남은 이상, 더는 정중하게 기다리고만 있을 필요가 없었다. 요컨대, 직접 쳐들어가겠다는 뜻이었다. 처음 라현 이 몹시 창백한 얼굴로 이 소문이란 것을 그에게 알려 왔을 때, 휘 는 당황하거나 화가 난 것이 아니었다. 그저 그 여자가 드디어 미쳤 다는 것과, 이 일이 유하 님에게 해가 될지를 걱정했을 뿐이었다.

온 세상이 무어라 할지는, 설사 그의 족쇄에 영향을 줄 것이 뻔 하더라도, 상관없었다. 유하 님이 있으므로, 광기 따위는 떨쳐 낼 수 있으니 말이다. 아비처럼 스스로 침몰하지는 않을 것이다.

"알현 요청이 되돌아오는 날, 신궁으로 간다."

"예."

라현은 눈을 감은 채 미동도 않는 황제를 향해 고개를 숙이고는 조용히 문을 다시 닫고 자리에서 물러나 집무실에서 멀어져 갔다. 그는 그런 소문 따위 믿지 않았다. 설령 신궁에서 나온 것일지라도 말이다. 그가 아는 황제 폐하는 필요할 때는 냉혹할 수 있을지언정 이유 없이 냉혹하지 않으셨고, 절대로 그 도를 넘는 경우는 단 한 번도 보지 못하였다. 빙벽황제라 칭하고들 하지만, 그 빙벽은 그분이 어렸을 적 필요로 인해 세워진 것이었다. 언제나, 언제나 공격이 아닌 방어였다.

부디, 유하 님이 그가 기대한 만큼의 여인이시길 바랐다. 여기서 그분이 흔들리신다면, 외려 황제 폐하 곁에 계시지 않는 것이 나았으니까. 그건 라현에게, 유하 님이 황제 폐하의 반려로 합당하지 않다는 증거가 되어 버릴 것이었다. 그에게 그것을 판단할 권리가 없다 해도 말이다.

※ ※ ※

"이제 정말 어찌한다……?"

유하는 조용히 의자에 앉아 고민했다. 시중드는 이들을 제외하면 누구도 만날 수 없거니와, 심지어 그녀가 있는 처소에서 나갈 수도 없었다. 라현에게 당당히 얘기야 했지만, 그녀 홀로는 이 상황에서 아무것도 하지 못했다. 무슨 방도가 없을까? 휘가 깔아 둔 철벽같은 호위를 뚫는 것은 귀신이 아니라면 불가능할 것이다.

"잠깐…… 귀신?"

문득, 유하는 잊어버리고 있던 존재가 생각났다. 푸른빛의…… 귀신을 말이다. 그녀는 이런 상황임에도 그만 웃음이 나고 말았다. 그를 한낱 잡귀로 비유했다는 것을 알면 그는 당장에 경을 칠 것이었다. 그래도 그의 존재가 생각나자 유하는 의외로 쉽게 돌파구를 찾은 느낌이었다. 그는 호위들이 막기는커녕, 보지도 못하는 존재였기 때문이다. 유하는 미소 지었다.

"청!"

유하의 부름에 그 이름에 따른 속박으로 청이 그녀 앞에 소환되었다. 청은 알 만하다는 표정으로 유하를 내려다보았다. 항상 그러했듯이, 그녀가 짓고 있는 미소가 그에게 미묘한 불안감을 주었기 때문이다.

하백이 해 준 이야기에 한 번 충격을 받고 돌아왔던 그는 다행히 어느 정도 마음의 준비가 되어 있었다. 신의 아이가 필요한 것이 무엇이든, 그는 그 부탁을 들어주어야 했다. 이제는 의무가 아니라, 그보다 더 중한 세상의 법칙이었기 때문이다. 지상의 신, 하백의 신언이었기에……

"그래서, 부른 이유는?"

"여기서 내가 나갈 수 있는 방법이 있을까? 휘가 모르게 말야."

"소란 피우지 않고 나갈 수 있느냐는 말이군."

유하가 고개를 끄덕였다. 청은 주위를 둘러보고는 그의 밑으로 느껴지는 수맥을 찾았다. 물 하나는 풍부한 제국인 만큼, 그 중심에 있는 황궁 아래로도 확실히 수맥이 느껴졌다. 하지만 그렇다고 해서 유하가 실체적 육신이 없는 그처럼 수맥을 통해서 이곳을 나갈 수 있는 것도 아니지 않은가.

청은 고개를 저었다. 지금으로서는 물리적으로 그녀를 가두고 있는 것들을 해치우지 않고서 나가는 것은 불가능해 보였다.

"자신만만하게 말했는데 이대로 포기할 수는 없어. 흠, 무슨 방도가 있을 텐데……"

"나가고 싶은 이유가 뭐지? 그것도 류휘가 모르게 말이야."

"휘가 모르게 한다기보다는, 밖에 무슨 일이 일어나고 있는지 알아야 하는데 그것을 모르니, 소란을 피우면 그게 어떤 피해를 끼

345

칠지 몰라 그러지 않느냐."

청은 다소 놀란 표정을 지었다.

"그런 것도 생각할 줄 알았어?"

"에잇! 내가 뭐 어린아이인 줄 아느냐? 그보다 지금 장난할 시간 없느니!"

장난이기만 한 것은 아니었다. 분명 신의 아이가 세속의 마음가짐에 조금 더 익숙해졌음이라. 그것이 마냥 좋은 의미이기만 한 것은 아니었지만, 확실히 그녀는 조금 달라져 있었다.

그나저나, '밖에 무슨 일이 일어나고 있는지 알아야 한다'라⋯⋯. 이것은 어쩌면 어렵지 않을 수 있었다. 유하는 이곳에서 당장 나가기 어려우나, 그는 수맥이 흐르는 곳이라면 어디든 움직일 수 있었다. 그리고 수맥이 흐르는 곳이라면, 호천서의 거의 모든 곳을 의미했다.

"밖에 무슨 일이 일어나고 있는지는 내가 알아보도록 할게."

"그럼 나보고 여기 박혀 있으라는 말이더냐?"

"달리 방도가 없잖아."

"⋯⋯지금으로선 그렇긴 하지. 음⋯⋯ 휘와 나에 관련된 무언가일 것이야. 그런 게 아니면 나를 여기 가둘 이유가 없어."

"알겠다. 해시(오후 9시~11시)의 끝자락에 돌아올게. 그때까지 얌전히 있어라."

감히 또 신의 아이를 이따위로 가둬 버리다니. 그것도 두 번째였다. 마음 같아서는 당장 황궁을 수몰시켜 버리고 싶었지만, 그의 직감에도 정말 무언가 심상치 않게 돌아가는 것 같아서(하백 님의 경고는 특히) 청은 참기로 했다. 조용하기만 하던 인세에서 대체 무슨 일이 일어나고 있는지 그의 알 바가 아니었지만, 유하의 상황이 이렇게 된 마당에 이제는 정말 알 때가 되었지 싶었다.

"간다."

유하는 홀연히 사라지는 청에게 고개를 끄덕이고는 한숨을 내쉬며 침대 위로 몸을 뉘었다. 하루 만에 너무나 많은 일들이 일어났다.

그녀는 손가락 위에 자리 잡은 청의 옥가락지를 응시했다. 그래도 청이 있어서 정말 다행이었다. 옥가락지 옆에는 신궁의 백자지환이 희미하게 반짝였다. 유하는 그만 손을 내렸다. 이런 것이 대체 무슨 의미가 있단 말인가. 누군가 인정하든 말든 간에 그녀가 신의 아이임은 엄연한 진실일진대.

게다가 이렇게 되니 도무지 휘가 무슨 생각을 하는지 알 수가 없었다. 며칠 전까지만 해도 거의 손에 잡힐 듯했던 마음의 거리가 순식간에 훌쩍 멀어져 있었다. 그녀는 몸을 굴려 얼굴을 베개에 파묻었다. 이쯤 되니 짜증이 나기 시작하는 것도 어쩔 수 없는 일이었다.

❋ ❋ ❋

"라현, 준비는 끝났나?"

"예, 폐하. 신궁의 문지기들은 다 처리해 두었습니다. 들어가시면 될 것 같습니다."

겨울이라 벌써 깜깜하기만 한 밤, 달빛마저 구름으로 가려 실로 어두웠다. 그 어둠 사이로 휘와 라현을 포함한 그의 그림자들이 조용히 신궁에 입궁할 준비를 마쳤다. 발소리 하나조차 듣지 못한 사이에, 신궁의 문지기들은 영문을 모르는 채로 순식간에 제압당해 조용히 기절한 상태였다.

"즐거워 보이는군."

"오랜만이니까요. 솔직히 그동안 몸이 근질근질했습니다."

"그렇다면, 이상한 것을 보더라도 그림자일 때처럼 침묵하길 바란다."

"……예."

딱히 질타는 아니었지만 라현은 바로 입을 다물었다. 은연한 긴장감이 들었기 때문이다. '이상한 것'을 그는 정확히 보지는 못하였다. 그러나 오랫동안 황제 폐하를 모시면서 느껴 왔던 것, 그리고 가끔가다 느껴지는 분명한 이질감을 라현은 충분히 알고 있었다. 그가 느끼고 있었다는 것을 황제 폐하께서도 아실 것이다.

하지만 이리 확실히 언급하심은, 그 '이상한 것'을 오늘, 그에게 확실히 보이실 수도 있단 말이었다. 그것이 그에게 영광이 되는 것인지, 위험이 되는 것인지는 라현도 몰랐다. 하지만 이전과 같은 충성심으로 생각하건대, 물러날 생각은 전혀 없었다.

"들어가지."

그림자 두 명이 굳게 닫혀 있었던 신궁의 문을 열었다. 휘는 그 사이로 검은 밤바람을 몰며 걸어 들어갔다. 사방이 고요했으나, 조금 더 걸어 들어가자 하얀 옷을 입은 인영들이 보이기 시작했다. 지금 휘의 곁에 있는 그림자들은 라현을 포함해서 6명이었다. 그 정도 수로 충분하리라.

휘가 손을 들어 올리자, 그들을 채 발견하지도 못한 하얀 인영들이 하나둘 조용히 쓰러졌다. 죽지는 않았으나, 혈이 짚여 한동안 의식을 잃은 채로 있을 것이었다. 휘는 한마디의 말도 없이 바로 대신관이 있을 곳으로 발을 옮겼다.

"폐하께서 어인 일로 오셨나요?"

그녀는 홀로 있었다. 오히려 마치 그를 기다리고 있었다는 듯한 태도였다. 그에게 묻는 그녀의 목소리에 귓가에 거슬리도록 어울리지 않는 부드러움이 있었다. 표정 또한 다른 사람인 것처럼 온화했다. 대신관은 이 상황이 무척이나 만족스러운 듯싶었다. 휘의 눈빛이 싸늘하게 가라앉았다.

"무슨 일로 왔을지는 그대가 더 잘 알고 있을 텐데?"

"아, 그거야 잘 알고 있지요. 물어본 제가 어리석었네요."

무언가가 이상했다. 이런 부드러운 말투며, 황제의 앞에서 잘못을 시인하는 태도는 대신관인 그녀는 물론 모든 신궁의 주인들이 거부하던 것이었다. 서란은 천천히 그에게 다가왔다. 그를 응시하는 눈빛에 평소와 같은 멸시와 증오가 아니라 되려…… 유혹에 가까운 감정이 어려 있었다.

왠지 모를 꺼림칙한 느낌에 휘는 한 발짝 물러나려고 했으나, 채 물러나기도 전에 서란의 팔이 그의 목을 감고 끌어당겼다. 비정상적으로 차가운 팔의 느낌과 더불어 여인의 것이라고 하기엔 너무 센 힘으로 끌어당긴 통에 휘는 그녀의 팔에서 벗어나지 못했다.

순식간에 모습을 드러낸 그림자들이 사방에서 서란의 목에 검을 들이댔다. 바로 앞에 번뜩이는 칼날이 있음에도 그녀는 아무 일도 일어나지 않은 것처럼 휘의 얼굴을 올려다보았다. 그것도 입가에 미소를 띤 채로. 그녀를 보는 휘의 눈빛이 더할 나위 없이 차가웠다.

"이게…… 대체 무슨 짓이지?"

휘는 대신관의 팔을 붙잡고는 떼어 내려고 했다. 그때, 그녀의 손이 더 강하게, 거의 손톱을 그의 목에 박을 것처럼 그를 붙들었다. 더 가까이 드리워지는 칼날에도 그녀는 아랑곳 않고 입을 열었다. 여전히 아까와 같은 부드러운 목소리였다.

"황제 폐하, 거래를 하지요."

"내 인내심이 끊어지기 전에 놓는 게 좋을 것이다."

휘의 눈동자가 쪽빛으로 변하며 스산하게 빛나자, 서란은 오히려 더 짙게 미소 지으며 그의 눈동자를 응시했다. 그녀의 눈빛이 마치 그리운 무언가를 발견한 것처럼 기이하게 반짝였다. 휘는 그녀의 생각을 읽으려고 했으나, 놀랍게도 아무것도 읽히지 않았다. 하얀 장막이 그의 신언을 방해하고 있는 것처럼, 서란의 머릿속이 보이지 않았다. 불길했다.

"제가 흘린 말을 도로 삼키도록 하지요."

"뭐?"

"신궁이 허언을 흘렸다고 공표하겠어요. 그걸로, 지금 제국의 혼란을 잠식시키기엔 충분할 테니까요. 그 대신…… 신녀님을 적호국으로 추방시키세요. 아, 추방도 아니지요. 적호국 황제 폐하께서 잘 돌봐 주실 테니까요. 제법 싼 거래가 아닌가요?"

"미친 여자에겐 답할 가치도 느끼지 못한다."

"미친 여자라니, 너무하시네요. 어차피 이 방도밖엔 없으시잖아요."

어느새 청록안으로 되돌아온 휘가 손을 들자, 그림자들이 서란의 목에 겨누던 칼을 내렸다. 그는 서란의 양팔을 떼어 내고 그대로, 마치 더러운 것이 닿은 것처럼 뗼구었다. 그 반동으로 서란은 바닥으로 넘어지고 말았다. 그녀를 내려다보는 휘의 눈에는 일말의 동정심도 없었다. 그저 무심할 뿐이었다.

"그대에게 나의 방도를 정할 권리를 준 적은 없다. 그대의 사명이 무너진 마당에 솔직히 말하지. 나 또한 이 제국이 황제 없이 무너져 내리든, 피바다가 되든 간에 상관없다. 유하 님이 옆에 계시

다면, 그걸로 족하니까. 그녀가 나의 심장을 가지고 계시니 내 족
쇄는 풀린 것이다. 그러니 그대의 제안은 거절한다. 어디 한번 끝
까지 해 보지."

심장을 주었다는 그의 말이 끝끝내 서란의 마음 가운데에 또 다
른 상처로 남고 말았다. 그래, 그녀도 더 이상 사명 따위는 상관없
었다. 심장이 너무도 아팠다.

언제였던가? 증오에 쓸데없는 연모의 마음이 붙어 버린 것이. 신
의 힘을 타고난 불운의 태자는 항상 신궁의 궁주들에게는 증오의
대상이었으나, 어쩌면 그 무심하면서도 무언가와 싸우는 것 같은
눈으로 하늘을 올려다보는 모습에 시선이 이끌렸을지도 모른다.

그 어린 마음에야 조소 어린 연민이라 여겼건만…… 생각해 보
니 그녀는 그때 그를 따라 하늘을 올려다보고 있었던 것이다. 그가
보는 하늘에는 무엇이 있나, 하고. 그것이 씨앗이었다.

그러고 보니 왜 증오였을까. 애초에 왜 그를 증오하고, 왜 그를
연모하고, 왜 둘 다 가지고 만 것인지 알 수가 없었다. 이 피에 새
겨진 사명 끝에는 대체 무엇이 있길래…….

이미 그 사명마저 무너져 가고 있는 이 시점에서 서란은 그 사명
의 결정체인 황제의 눈을 보고 있었다. 언제나 그녀가 지켜야 하
나, 단 한 번도 그녀의 것인 적이 없었던 사내……. 이것은 그녀의
마음인가, 아니면 또 다른 원령의 것인가. 상관없었다. 상관없었다.

그런데 눈물이 흘렀다. 평생 흐를 줄 몰랐던 눈물이 흘러내렸
다. 돌아서는 그의 검은 옷자락을 눈에 박힌 듯이 바라보는 사이에
점점 무언가 익숙한 것이 그녀를 잠식했다. 조금씩, 그녀의 눈물
위로 미소가 덧그려지기 시작했다.

아아, 가여운 여인아. 그때는 가지지 못했으나, 이번에는 가지고

말리라. 그녀의 목소리를 닮은 원령이 달콤하게 속삭였다. 부디 사모하는 그에게, 내가 받은 것보다 더 큰 아픔을 주기를.

❋ ❋ ❋

"휘 그놈, 정말 큰일 났군."

수맥을 따라 황궁 밖으로 나온 청이 무슨 일이 일어나고 있는지 알아내기는 어렵지 않았다. 더러는 시시비비를 가리고 있었고, 더러는 고개를 끄덕이고, 더러는 고개를 젓고 있었지만, 그들은 모두 하나를 가리키고 있었다.

수맥을 따라 내려가던 청은 다시 황궁 쪽으로 방향을 돌렸다. 밤이 이미 어둑한 가운데, 멀리서 빛을 발하는 황궁이 보였다. 유하가 적잖이 놀랄 것이다. 그러나 서둘러 소식을 전해야 했다. 해시의 끝자락이 가까워지고 있었다. 순간, 강한 바람이 불었다. 쌀쌀한 겨울바람이었으나, 그뿐이 아니었다.

"어라라? 청 님 안녕하시어요?"

"청 님이 아니라 청청 님이야. 아닌가? 청청청 님인가?"

"청은 하나다, 꼬맹이들."

백발의 개구쟁이 쌍둥이 동령들이었다. 두 바람의 정령들은 계절에 맞추어 겨울을 입고는 달빛에 맑은 두 쌍의 홍안을 반짝이며 쌩쌩거리다가 청을 발견하여 말을 건 것이었다. 그가 월희 님의 아기씨에게 인을 주었다는(지박되었다는) 것만으로도 이들의 관심을 끌기에는 충분했던 것이다. 하지만 그가 모르는 것은, 바로 그들이 유하 님에게 먼저 인을 남겼다는 것이다. 쌍둥이는 은밀한 미소를 지었다.

"청 님, 유하 님은 어찌하고 계세요?"

"그것은 무엇하러 물어?"

"그건 말이죠."

"저희가 청 님보다 먼저 아기씨에게 인을 남겼으니까요!"

"뭐?"

청의 놀란 표정에 쌍둥이는 깔깔거리며 웃었다. 바람이 근처 나뭇가지를 흔들어 가지가 서로 부딪히는 소리가 났다.

"그러니 유하 님이 뭐하고 계신지 궁금하지요. 그렇지 형제?"

"맞아. 통~ 이름을 아니 불러 주시잖아."

"그래서 홍아는 슬프다니까?"

두 동령 중 남아인 백아가 시무룩해하는 여아, 홍아의 머리를 쓰다듬었다. 청은 그러나저러나 의아할 따름이었다.

"유하에게서 인의 흔적을 느낀 적이 없는데……."

"아이 참, 저흰 바람인데 물인 청 님과는 당연히 다르거니와."

"어린아이라 청 님처럼 지박의 증표 같은 건 필요하지 않사와요."

숫제 놀리는 것 같은 말투라 청은 내심 짜증이 났다. 이 건방진 꼬맹이들이 의기양양하기는! 그보다 영력이 낮아 지박되기 쉽다는 말을 마치 대단한 권위가 있어 그러한 것처럼 말하고 있었다. 청은 그것이 어이가 없으면서도 은근히 거슬리는 것이었다.

"유하 님 품에 꼭 안겼을 때 향기를 묻혔지요."

"바람에 향기가 어딨어?"

"차암! 이래서 물의 정령님이란…… 그치 백아?"

"그러니까 말이야. 청 님, 바람은 향기를 담을 수 있사와요. 유하 님의 향을 저희 안에 담아서 인을 내는 것이랍니다. 물이랑은 많이~ 다르지요?"

"적당히 까불어라, 적당히."

쌍둥이들은 또 한 번 깔깔대었다. 청은 이 개구쟁이들의 놀림에 한숨을 내쉬었다. 그나저나, 바람의 정령들이라면 지금 유하에게 상당한 도움이 될 수 있었다. 비록 동령들이라 힘에 한계가 있을 테지만, 분명 없는 것보다는 나을 것이었다. 보아하니, 유하는 이 동령들이 그녀에게 지박되어 있다는 것을 모르는 것 같았다. 한 번도 부르는 것을 본 적이 없으니.

"너희, 유하가 부르면 곧장 오너라."

"당연하지요, 지박되었으니까요."

일단은 해시가 끝나기 전에 서둘러 유하에게 돌아가야 했다. 그 이후의 일은 유하가 결정할 터였다. 아직까지도 싱글거리면서 장난을 치는 쌍둥이 동령들을 두고 청은 순식간에 사라졌다. 쌍둥이들은 수맥에 스며들어 청이 사라진 것이 마치 주술이라도 되는 것처럼 붉은 눈을 빛내고 까르르 웃음을 터트리며 다시금 쌩쌩 내달렸다. 지나가는 사람들이 난데없이 부는 얼음장 같은 바람에 옷깃을 여미고 덜덜 떨며 걸음을 재촉하였다.

"청! 돌아왔느냐? 무슨 일인 것이야?"

해시가 되기 조금 전, 하염없이 청을 기다리던 유하는 청이 드디어 돌아오자 모든 것을 제치고 그것부터 물어보았다. 청은 바로 말하지 않았다. 사태가 생각보다 심각한 것인 걸까? 청은 그다지 여유롭지 못해 보였다. 그에 그녀의 마음이 더 조급해졌다. 대체 무슨 일인 것일까?

"말해 주어라. 그것이 무엇이든, 어서."

"하아…… 유하 너는 모르고 있던 건가? 왜 하필 그것이 그런 식으로……."

"무엇인데!"

"사람들이 류휘가 그 아비와 어미를 죽인 패륜아라고 떠들고 있었다."

"……."

유하는 움직임을 멈췄다. 머릿속으로 유열이 말해 줬던 것들이 파도처럼 휩쓸려 들어왔다. 패륜아라고. 도대체 왜 그런 진위를 알 수도 없는 것을 모두가 떠들고 있는 것일까. 휘와 유열과 그녀만 알아도 가슴 아픈 것을 휘에 대해 잘 알지도 못하는 사람들마저 떠들고 있다니, 분노인지 슬픔인지 모를 감정이 북받쳐 턱 하고 가슴이 막혔다. 아니, 거의 찢기는 것처럼 아파 왔다. 소리가 새어 나오지 못할 정도로 아파서, 유하의 눈이 크게 뜨이고 무언가 말할 듯 열렸으나 나오는 것은 말소리가 아니었다.

"유하!"

청은 당황하여 다리가 풀린 그녀가 주저앉기 전에 그녀의 팔을 붙들었다. 유하의 두 눈에서 맑은 눈물이 끊임없이 흘러내리고 있었다. 청은 그만 흠칫했다. 평소라면 그녀의 영혼 안에 갈무리되어 있을 신력이 새어 나오고 있었다. 그의 심각한 표정에 겨우겨우 신력을 억누르듯이 그녀의 떨림이 멎었다.

천천히, 유하는 다리에 힘을 주어 일어났다. 청은 한 발짝 물러났다. 그녀의 영혼이 신성 쪽으로 기울어 있었다. 인성으로는 감당하기 힘든 감정이 그녀의 신력을 깨웠음이 틀림없었다. 그를 보는 그녀의 두 눈동자가 은빛으로 물들어 있었다. 그녀의 이마의 선명한 하얀 인과 더불어. 그것은 이전에 대신관 앞에서 폭주하는 그를 막기 위해 일시적으로 신력을 드러냈을 때보다 신력이 훨씬 더 풀

355

려 버렸다는 뜻이었다.

"괜……찮아?"

"괜찮지 않아. 화가 난다."

유하의 음성에 차분한 신력이 넘실거렸다. 그것은 은연중에 청을 긴장하게 만들었다. 존재감 자체가 주는 위압감이 훨씬 뚜렷했기 때문이다. 그녀는 화가 난다고 한 것치고는 지나치게 평온한 표정으로 입을 열었다.

"그래서, 누군지는 들었느냐?"

"어? 무…… 무얼?"

"누가 먼저 휘의 일을 입에 올렸는지 말이다."

"들었긴 한데, 근데 유하 너 아직도 눈물이―"

"누구!"

은빛 찬란한 눈에서는 아까부터 여전히 눈물이 흘러내리고 있었다. 하지만 그녀는 인식조차 하지 못하고 있는 것 같았다. 청은 다그쳐 묻는 말에 움찔했다. 유하의 신성이 그녀의 육신을 완전히 사로잡고 있는 듯했다. 그녀의 기가 숫제 그의 존재를 누르고 있었다.

"……대신관이야."

"대신관……. 그녀에게 신이 무엇인지 가르쳐 주어야겠구나."

감히 한낱 인간이 하늘이 내린 황가의 피를 진위도 알 수 없는 소문으로 그리 가벼이 더럽히려고 하다니, 그녀에게 신이 머무르고 있을 리가 없었다. 무슨 권리로 그녀가 휘에게 그런 상처를 내려고 하는 것인가.

정말 화가 났다. 휘는 단 한마디도 한 적이 없는데, 그의 말은 들을 가치도 없다는 것인가. 그의 진실은 알고 싶지 않음이 분명했다. 그런 마음은 인간 주제에 너무도 건방져서, 유하는 용서하고 싶지 않았다.

말을 듣지 않는 아이는 벌을 받아야 했다. 그 이유가 무엇이든, 이 방법은 잘못됐음이 분명했다. 대신관의 머릿속에 하늘이 보고 있다는 사실을 똑똑히 박아 주리라. 유하의 눈물이 그 분노 어린 결심에 서서히 멎었다.

"홍아! 백아! 오거라. 너희가 훤히 느껴지니."

"신력이 풀리니 느껴지나 보군."

"유하 님!"

"와, 아기씨가 불러주셨어! 홍아 여기 왔사와요~"

유하는 안겨 오는 두 동령의 머리칼을 쓰다듬었다. 기분 좋은 바람이, 그녀의 마음에 서린 확신에 공감하듯 눈물로 젖었던 얼굴을 선선히 어루만졌다. 순식간에 눈물이 말라 갔다. 장난기 어린 두 쌍의 눈동자가 맑게 반짝였다. 그녀의 복잡했던 머릿속도 그만큼 맑아졌다. 그녀가 가야 할 길이 보였다.

별이 반짝이는 새벽의 시간, 영혼이 가장 뚜렷하게 빛나는 시간이다. 더불어 갈 길을 가지 못하고 지상을 헤매는 죽은 자들의 영혼 또한, 가장 활발히 움직일 시간이었다. 이 시간에, 결정적인 운명의 길을 정할 수 있으리라. 그녀의 신성이 알려 주고 있었다.

"청, 수고했어."

"신의 아이를 위해서라면 뭐든지."

감사의 표시로 그의 얼굴에 닿는 그녀의 손등에서 기분 좋은 기운이 흘러나왔다. 청은 눈을 감고 그 손을 그의 손으로 감싸며 기운을 느꼈다. 미미한 슬픔이 느껴지는 것은 착각이 아니리라. 그녀는 지나치게 황제의 일에 가슴 아파하고 있었다. 청은 그것이 안타까웠다. 신의 아이가 한낱 저주받은 인간에게 마음을 빼앗겨 버리고 말았음이다. 이것이 그녀의 운명이라면, 가혹하지 않은가. 심장을 떼어 놓는 한이 있더라도 그녀는 승천해 버리고 말 것을.

하늘이 하는 일들을 그는 이해할 수가 없었다. 다만, 안타까워하는 것뿐. 그는 이만 그녀의 손을 놓아주었다. 유하는 그에게 머물던 시선을 아직 그녀에게 매달려 있는 바람의 정령 쌍둥이에게 돌렸다.

"홍아, 백아, 신궁으로 가자꾸나."

"아기씨가 원하신다면, 홍아는 할 수 있사와요."

홍아의 웃음기 어린 말에 백아도 고개를 끄덕였다. 마지막으로, 유하가 얇은 미소를 띠자, 그녀의 모습이 공기가 된 것처럼, 스르르 사라졌다. 홀로 남은 청은 그녀가 사라진 곳을 응시했다. 신의 아이가 결단을 내렸다. 그녀가 무엇을 하든, 그녀의 마음에 확신이 있다는 것만으로도 충분한 일이었다. 청은 그제야 안도의 미소를 지을 수 있었다.

❈　❈　❈

"아기씨, 괜찮으셔요?"

"괜찮느니. 단지, 이 감정이 가라앉지 않아서……."

동령들이 느낀 대로 신력이 완전히 갈무리되지 않았다. 그녀는 여전히 화가 나 있었다. 대신관의 얼굴을 떠올리는 것만으로도 금방 신력이 요동쳤다. 그 여자는 대체 무슨 생각일까.

유하는 바람의 아이들이 알려 준 대로, 대신관이 있을 방 앞에 섰다. 유하는 애써 숨을 고르며, 요동치는 듯한 그녀의 기운을 조금이나마 가라앉히고는 지체 없이 문을 열었다. 그리 멀지 않은 곳에, 대신관이 주저앉아 있었다. 그녀는 문이 열리는 소리에 곧장, 유하를 응시했다. 그녀의 두 눈이 흐릿했다.

"어머나, 고귀하신 분께서 들러 주시다니 영광스럽기 그지없군요."

짐짓 부드러운 내용과는 전혀 어울리지 않는 거칠게 쉬어 버린 목소리였다. 그리고 그 어조에는, 부정할 수 없는 비아냥이 걸려 있었다. 하지만, 유하를 멈칫하게 한 것은 그런 태도가 아니었다. 뒤에 조용히 따라왔던 동령들이 유하의 치맛자락에 매달렸다. 전에 없던 어두운 무언가가 있었다.

"저 인간, 이상해요! 그치 형제?"

"응."

쌍둥이들의 말대로 그녀에게 이상한 기운이 느껴졌다. 정령들이 움츠러들 정도의 어두운 기운이었다.

"대체, 무슨 짓을 한 것이더냐."

"신녀님께서도 들으셨나 보군요?"

대신관이 흘린 소문을 말한 것은 아니었으나, 유하는 대답하지 않았다.

"그래요, 제가 상황을 이 꼴로 만들었답니다. 하지만, 폐하께서 유일한 해결책을 거절하고 가셨으니 어쩌겠어요?"

"휘가 다녀갔다고?"

"그 이름! 그렇게 쉽게 부르지 마!"

"……."

갑자기 그녀가 내지르는 외침에 유하는 다시 입을 다물었다. 확실했다. 대신관은 무언가에 사로잡혀 있었다. 그나마의 높임말도 사라져, 그녀를 마치 다른 사람으로 보이게 했다.

"그래, 나아갈 방도 하나 없는 주제에 내 마지막 손을 뿌리치고 갔지. 그것도 당신 때문에. 신의 아이가 무엇이길래……. 당신만 적호국 황제에게 넘겼다면, 내 마지막 손만 잡았다면 이 입으로 기꺼이 거두었을 소문이었다. 그런데 그것을 다 마다하고 갔다. 끝까지 어리석은 남자. 그렇다면 이제 남은 것은 파멸밖에 없는 것을. 차라리 잘 된 것일까……."

갈 길을 잃은 눈으로 주절거리던 서란은 잠시 침묵하다가, 갑작스레 날카로운 눈으로 유하를 보았다.

"당신 때문이야. 그와 내가 이리 괴로워해야 하는 것은 모두 당신 잘못이라고! 하늘이 뭐가 그리 높고 고귀하다고 나의 사명과 이 나라를 무너뜨리려고 들지? 지키려고 했는데…… 그의 힘을 지키려고 했는데―!"

"그만!"

조금 갈무리되나 싶었던 노여움이 기어코 치솟았다. 서란은 도를 넘고 있었다. 그건 인간이 아니라 짐승처럼 막무가내로 달려들어 물어뜯으려고 하는 모습이었다. 적반하장이라, 더 이상 듣는 것은 귀를 더럽히는 일일 것이다.

유하는 떨리기까지 하는 손가락을 서란을 향해 치켜들었다. 유하의 두 눈이 전에 없이 강렬한 은빛으로 빛났다. 그녀의 마음도 아팠다. 대신관, 휘에게 마음을 주었나 보구나. 그녀의 상처받은 눈에 그것 하나는 알 수 있었다. 하나, 그렇다고 해서 그녀가 저지른 일들을 용서할 수는 없었다.

"듣거라 아이야. 너의 사명과 나라를 무너뜨리고 있는 것은 너 자신이다. 하늘의 방향을 한낱 인간이 왜곡하려 들지 마라. 하늘은 높고 고귀하다. 너 같은 인간일지라도 가장 좋은 길을 주려고 하니까……. 단지 네가 무지하여 보지 못하는 것이야. 그러고도 신의 아이를 책망하려 하다니, 진정 하늘이 두렵지 않은 것이냐."

귀에 들리지 않는 음성이 서란을 옭아맸다. 소리가 아니었다. 그러나 신녀가 무엇을 말하는지 그 무엇보다 뚜렷하게 알 수 있었다. 말로 형용할 수 없는 위압감이 그녀를 짓눌렀다. 하이얀 음성과 눈이 멀 것 같은 하이얀 눈동자, 입을 봉하는 말.

신이란…… 이런 것인가. 그에 그녀 안의 목소리가 그녀에게 속삭였다. 바로 저 신이 빼앗아 갔지. 나의 삶을, 나의 모든 것을. 지난 몇백 년간 죽도록 사랑하고 죽도록 미워했던 하늘 따위 더는 보지 않아. 절대로.

"당신은 신의 아이가 아니야. 그럴 리가 없으니까."

"똑똑히 느끼고도 그렇게 말한다면 그건, 가엾기 그지없을 뿐이구나."

유하는 성큼성큼 서란에게 다가가 그녀 앞에 마주 앉아 눈을 맞추었다. 보여 주리라. 하늘의 길을, 이 가여운 여인에게. 몸부림치고 벗어나려 발악을 할 것이나, 결국 제 발로 운명에 삼켜지리라. 그리고 그제야 진정한 구원이 무엇인지, 그녀의 삶의 의미가 어디에서 오는지 알게 될 것이다. 그것이 하늘이 그녀에게 주는 마지막 길이었다.

"그리도 하늘을 알지 못한다면, 보아라. 이것이 너의 운명이니."

서란의 눈을 붙잡은 신녀의 하얀 눈동자 가운데에서 무언가가 머릿속으로 흘러 들어와 그녀에게 펼쳐졌다. 그것을 보는 서란의 눈이 점점 크게 뜨였다.

이것은…… 이것은 대체! 그녀 안에 있는 목소리도 괴로운 소리를 내질렀다. 이럴 수는 없다! 몇 년을 버텨왔는데, 이럴 수는!

보고 싶지 않았으나, 눈이 감기지 않았다. 기어코 환영이 스스로 사라질 때까지, 서란은 그녀의 운명을 뇌리에 새기고야 말았다. 그녀의 두 눈에서 하염없이 눈물이 흘러내리기 시작했다.

진정, 그것이 나의 끝인가. 그리도 허무하게 스러질 것이라면 대체 나는 무엇을 위해 여태 살아 있었던 것일까. 진실일 리가 없다. 거짓이어야 한다! 그녀 안의 목소리가 울부짖었다.

"믿지 않아! 절대로……."

유하는 그만 일어섰다. 그녀의 신언은 이미 내려졌다. 순식간에 신력이 갈무리되었다. 서란의 운명은 서란에게만 보이는 것이었으니, 시간이 흐르고 세상이 돌아가는 법칙대로 운명은 진행될 것이었다. 유하는 더는 미련을 느끼지 않았다. 단지, 그녀 자신이 나아갈 방도를 알아내는 것이 남아 있을 뿐이었다.

"적호국으로 떠날 것이야."

"……?"

"그러니 약속대로 소문을 거두어라."

전혀 예상치 못한 말에 서란은 정신없는 와중에도 일말의 의아함으로 그녀를 올려보았다. 이런 저주를 내려놓고, 왜 또 갑자기 그녀의 의도대로 스스로 떠나겠다는 것일까. 결국은 황제 때문일까, 아니면 이 제국 때문일까. 무엇이든 상관없었다. 스스로 떠나겠다면, 잘된 일이지. 그녀 안의 목소리가 다시금 안정을 찾으며 속삭였다.

"이건! 휘 때문도, 너 때문도 아니야. 그러니 착각하지 마라. 이건 나만의 길이니."

"……약속은 지키겠으니, 속히 떠나 주세요."

"날이 밝자마자 떠날 것이야."

"……서두르시네요."

"하늘과 가까운 자는 때를 아는 법이니까."

서란은 이해하지 못했지만 고개를 끄덕였다. 때는 벌써 자시(밤 11시~새벽 1시)의 끝자락. 아침까지는 몇 시진 남지 않았다. 무슨 변덕인지는 알 수 없었으나, 결과적으로는 그녀의 뜻대로 되었다.

그러나 여전히 마음 한가운데에, 아까 보았던 것이 걸려 있었다. 분명, 영혼마저 거두어지는 죽음. 그리고 거두어들이는 손은 분명 이름 모를 신의 것이었다. 그 어둠이 칠흑 같아서 서란은, 그녀 안의 목소리는, 그것을 잠시 생각하는 것만으로도 정신을 차릴 수 없었다. 그만! 그것은 거짓이다. 그런 일이 일어날 리 없지. 보라, 신녀가 떠나겠다는데 어떻게 그런 일이 일어날 수 있겠는가. 그녀 안의 목소리가 되뇌었다. 서란은 그에 고개를 끄덕였다.

"그럼, 오늘 아침입니다."

"그리고, 오늘 본 것은 잊지 말길……."

"……."

유하는 이만 돌아섰다. 쌍둥이 정령들은 여전히 흥미로운 눈빛으로 그녀를 보고 있었다. 거의 흥미로움을 넘어 무언가 신기한 것을 본 표정이었다. 그녀가 두 손을 내밀자, 둘은 금세 배시시 웃으며 쪼르르 다가와 그 손을 잡았다. 두 아이는 아무것도 묻지 않았다. 인간들의 일이야, 그들이 알 바가 아니었기 때문이다. 오로지, 신의 아이의 손을 잡을 수 있다는 것이 그들에게는 더 중요했다. 그 순수함이 유하는 좋았다.

"자, 그럼. 휘에게 가자꾸나."

그녀의 말이 떨어지는 순간, 익숙한 바람이 불어오더니 이내 그녀의 몸을 감쌌다. 아침이 아직 오지 않은 새벽이었다. 왠지, 머릿속이 맑아졌다. 시간 때문일까, 행해 버린 일 때문일까. 무엇이 되었든, 유하는 들을 준비가 되어 있었다. 휘가 말하고자 하는 진실을, 그리고 그녀의 마음이 그에게 말하고자 하는 것들을 말이다. 유하와 쌍둥이 바람은 이내 자취를 감췄다.

※　※　※

"그 여자, 뭔가 이상하다."

"……."

라현은 뭐라 답해 드릴지 몰랐으나, 황제 폐하의 말씀은 충분히 이해하였다. 그에게는 비단 대신관뿐 아니라 요 근래 돌아가는 모든 일들이 이상했기 때문이다. 그러나 그중에서 그가 개입할 수 있는 일은 딱히 없었기에, 그는 물음으로 대체하였다.

"그래서, 어찌하실 생각이십니까?"

"길이 없다면 뚫고 나가야지."

말이야 쉽지, 실상은 신궁과 겨루어 누가 이기는지 끝까지 해보는 수밖에 없다는 뜻이었다. 본궁의 세력들은 별로 문제가 되지 않았다. 몇 년 전 선황제의 구세력들을 어느 정도 몰아낸 뒤였기 때문에, 후계나 방계가 전혀 없는 류씨 황가의 특성상, 축적된 힘이 크지 않은 그들이 황제를 몰아내고자 하는 것은 다 같이 죽고자 하는 것과 다름없었기 때문이다.

하나, 그렇다고 해서 이대로 넘어가기엔 민심이 어떻게 반응하게 될지가 문제였던 것이다. 그동안 신궁이 민심을 살펴 왔기 때문에 어쩔 수 없이 민심은 황가보다는 신궁에 조금 더 기울어 있었다. 하지만 지금까지는 황궁과 신궁이 상호 보완적 관계였기에 오히려 그것이 안팎으로 제국을 더 강하게 하고 있었던 것이다. 그런데 지붕을 받치는 두 기둥 중 하나가 나머지 하나를 쳐내려고 하고 있었다. 그렇다면 결과야 불 보듯 뻔한 일이었다.

"애초에 대신관은 거래를 받아 낸 후에 스스로 소문을 거둘 생각이었을 것이다."

"그런 무모함이라니…… 신궁 전체를 폐할 수 있는 명분을 주는 것 아닙니까?"

"그러니 미리 신관들을 내보냈겠지. 아기신관들뿐만 아니라…… 그녀들은 사명을 위해서라면 무엇이든 해 왔으니까."

황후들은 오랜 세월 동안 계속해서, 그들의 어린 아기를 빼앗겼고, 황제들은 그 아기를 차디찬 대신관의 손에 던져 주었다. 그들에게 유일한 자식이란 그들을 침몰시킬 광기의 전조일 뿐, 거기에 애정이란 없었다. 그들과 그들의 반려를 위협할, 위험한 존재이나 죽일 수도 없었던 괴물일 뿐이었다.

황제들에겐 그것이 일종의 보복 심리였다. 전통이라는 명분 아래, 그들의 저주스러운 피를 담은 아이들 또한 그들이 어린 시절에 겪었던 것처럼 겪어 보라는 것이었다.

또한 황제의 피를 담는 그릇인 황제를 완벽하게 키우는 것 또한 대대로 대신관들의 일이라는 것이 그 전통이라는 명분이었다. 그리고 항상 그 가르침이 증오의 시작이 되었다. 장차 황제가 될 태자는 그들 앞에선 그들의 사명을 위협할 수도 있는 불안정한 존재였기에, 그들은 태자에게 완벽을 가르치기 위해 그가 인간이라는 것도 잊어버리는 것 같았다.

열 살이 되기 전에는 햇빛 한 줌을 느낄 수 없는 방에서 나가지 못하는 것이 일상이었다. 인내를 알기 위함이라며 며칠을 굶은 채로 버티게 만들었던 적은 셀 수도 없이 많았다. 나이가 들수록, 그 가르침이란 것은 실로 가혹하기 짝이 없는 것들이었다.

천장까지 쌓여 있는 서책들과 온몸을 물들이고 하던 시퍼런 자욱……. 그런 자국들이 생길 때마다 눈앞에서는 그 계집아이가 빤히 쳐다보고 있었더랬다. 마치 너도, 너의 자식도, 그 자식의 자식도, 이렇게 그네들의 손에 장난감처럼 다루어지고 말 운명이라고 말하고 있는 것 같았다.

열여섯 살 성년의 나이에 신궁에서 풀려날 수 있었지만, 그때 그 여아의 눈빛은 한 번도 잊은 적이 없었다. 한 번도 증오하지 않은 적이 없었다. 그것이 대신관이란 여인들이었던 것이다.

"그렇다면 거래를 받아들이는 것이—"

"그럴 생각은 없다. 그녀에게 거짓을 말한 것이 아니야. 유하 님은 그 무엇과도 바꿀 수 없다. 황제로서는 실격이지. 실망스럽나?"

"신하로서 말하자면, 뭐, 솔직히는 실망스럽습니다. 하지만…… 한 인간으로서라면, 어떤 상황에서도 포기할 수 없는 무언가를 가지고 계시다는 것이 부럽기 그지없습니다. 그리고 주군께서 쉬운 길을 버리고 어려운 길을 택하셨다고 해서 꺾일 충성심도 아닙니다."

"대답은 좋군……. 이만 물러가라. 어차피 남은 길은 하나이니."

라현은 알아들었다는 듯이 고개를 깊이 숙이고는 물러갔다. 남겨진 휘는 가만히 눈을 감았다. 잠자리에 들고도 남을 시간이었지만, 잠이 오지 않았다.

불쑥 올라온 과거의 잔재들이 저주스러웠다. 성년이 지나고 몇 년이 안 되어 아비는 광기에 침몰하기 시작했고, 그에 비례해 그의 신력은 나날이 강해졌다. 광기란, 육신이 신의 힘을 유지하기 위해 발악하는 것과도 같았다. 하지만 다음으로 나라를 유지할 육신이 이미 충분히 컸으니, 신의 힘은 속속들이 전 그릇을 빠져나갔고 그 그릇은 점점 금이 가다가 마침내 깨지고 말았다. 그것이 광기의 끝이었다.

남은 것은 피로 가득한 침상과 미처 감기지 못한 두 쌍의 눈, 아비의 심장에 박힌 홍옥 단도, 그리고 그 참상을 가장 먼저 발견한 후 망연자실 그 앞에 서 있는 그 단도의 주인, 휘뿐이었다. 신의 힘은 이미 온전히 새 그릇으로 스며든 상태였다.

휘는 손을 내려 그의 허리춤에 항상 자리 잡고 있는 홍옥이 박힌 단도의 손잡이를 쓸었다. 대대로 황가에 내려오는 신물이었다. 아비가 준 처음이자 마지막이었던 물건, 그 아비의 심장에 박혀 있던 물건이기도 했다.

"지지 않는 물의 제국이라……."

그 '지지 않음'에는 항상 희생양이 필요했고, 그것이 바로 류씨 황가였다. 제국의 안녕에 금이 가는 순간, 발작하는 신의 피는 제국에는 축복이었으나 황제들에게는 족쇄이자 저주였다. 하나, 황제들조차 그 피의 족쇄를 무시할 엄두를 내지 못했다. 발작하는 광기는 무슨 각인처럼 자동으로 일어나는 현상이 아니었다.

사실은 황제들이 그 족쇄가 없을 때의 공허를 견디지 못했음이었다. 그들의 존재의 의미 자체가 제국의 안녕밖에는 없었기 때문이다. 죽어서도 버리지 못할 대신관들의 사명처럼, 그들이 인식하지도 못하는 사이에 황제들에게 족쇄란 그들의 영혼에 얽힌 없어서는 안 될 존재의 의미가 되어 버리고 말았던 것이다. 그런 의미에서 대신관들의 가르침은 정말이지 대단한 신의 산물이었다.

휘는 조소했다. 그는 그 악의 굴레를 반드시 끊어 버리고 말 것이었다. 그가 그리 자신하는 이유는 단 한 가지였다. 진실된 신의 방향을 보았기 때문이다. 그에게는 더 중요한 존재의 의미가 생겼다. 그것으로 이미 족쇄는 풀린 것이나 마찬가지였던 것이다. 그 앞에선 위대한 인간의 문명도, 높이 쌓아 올린 인간의 지식도 기술도, 그리고 마침내 이 제국의 안녕조차도 빛을 잃었다.

강한 바람이 불어왔다. 귓가를 스치는 차가운 느낌과 희미한, 아이들의 웃음소리에 휘는 눈을 떴다. 굳게 닫혀 있던 창문이 활짝 열려 있었고, 구름이 걷힌 후 눈이 시릴 정도로 찬란하게 빛나는 달빛 아래…… 그녀가 서 있었다. 휘는 할 말을 찾지 못했다. 검고 맑은 한 쌍의 눈동자가 항상 그랬던 것처럼 깊고 고요하게 그를 응시하고 있었다. 그녀의 얼굴을 본 지 얼마나 되었던가. 사흘? 나흘? 아니, 강산이 변하고도 남을 오랜 세월이 지난 것 같았다.

"홍아, 백아. 이만 가도 된단다."

"그럼 또 불러 주시어요!"

유하가 고개를 끄덕이자, 깔깔거리는 웃음소리와 함께 불던 바람이 그쳤다. 그리고 다시금 고요가 찾아 들었다. 그녀의 두 눈이 조용히, 움직일 생각을 하지 않는 그의 두 눈을 다시 마주했다.

그는 제대로 그녀를 보고 있는 것일까? 그것조차 알 수 없는 상황에서도 그는 아무 말도 하지 않았다. 마치, 몸은 거기에 있으나 실제로는 그녀 앞에 있지 않은 것처럼. 어떤 변명도, 핑계도 없이 그저 바라보기만 하는 눈. 앞에 있는 사람이 환영이 아닐까 의심마저 서릴 때 즈음, 유하가 먼저 입을 열었다.

"도대체, 너는 어디로 달아나고 있는 것이냐."

그녀의 말에 휘의 심장이 뛰었다. 황급히, 그의 입이 입 밖으로 낼 단어들을 찾았다. 그것들은 무척 초라했으나, 당황한 그에게 그런 것은 상관없었다.

"유하 님, 나오시지 말라—"

"휘!"

그의 의미 없는 말들을 유하의 아픔 어린 부름 하나가 단숨에 잘라 내었다. 그러고는 다시금 물었다.

"왜…… 왜 나에게서 달아나는 것이야?"

"……."

정곡이 꿰뚫렸다. 그녀의 눈빛에는 준비된 기세가 있었다. 더는 그가 물러설 수 없게 만드는, 그런 무언가가.

그렇다면 그에게 있는 것은 무엇인가. 휘는 할 말을 찾을 수가 없었다. 편전의 수많은 신료들 앞에서나, 대신관 앞에서나 그는 온전히 그 자신이었다. 그 누구도 그를 판단할 수 없고, 그 누구 앞에서도 그는 당당했음이라.

하지만 유하 님 앞에서 그는…… 그저 그들과 같은 한낱 인간일 뿐인 것을. 그의 마음 가장 깊숙한 곳을 차지하고 있던 죄책감과 검붉은 상처가 다시 벌겋게 벌어져 그녀 앞에 드러나고 말리라. 그래서 그래, 결국 그녀에게서 달아나고 있었다. 사람들의 시선이나 그녀의 위치를 위협할 수 있다는 것 따위 그저 번듯한 핑계에 지나지 않았던 것이다.

휘는 더 이상 그녀의 눈을 마주치지 못해, 고개를 돌리고 말았다. 그 모습이 기어이, 유하의 마음에 비수가 되었다.

"내가…… 내가 두려운 것이구나. 너의 진실을 원했는데, 휘를 믿을 수 있었는데…… 결국은 나 혼자뿐."

그녀가 돌아섰다. 그 뒤로 휘의 놀란 시선이 꽂혔다. 아니다, 그녀가 두려운 것이 아니었다. 그 자신이 두려웠다. 그녀를 그 누구보다 믿었다. 그것은 거짓이 아니었다. 하지만 자신은 이리도 그녀에게 해로운 존재인데 어떻게…….

그녀가 한 발자국 더 그에게서 멀어졌다. 심장소리가 커졌다. 절박한 마음이 그를 짓눌렀다. 그의 품에 그녀를 붙잡아 놓고 싶은 이기심이 증폭했다. 그녀가 한 발자국을 더 떼었다. 아아, 이대로 정말 떠나려는 것인가. 달빛이 그녀를 눈부시게 감쌌다. 그녀의 형체가 보이지 않는 것 같았다. 심장이 멈추었다. 그 순간 그는 알았다. 그녀는 그 없이 홀로 돌아갈 것이었으나, 그는 그녀 없이는 죽고 말리라. 그의 모든 존재가 사라지고 말리라!

혼란스러운 감정들이 순식간에 삼켜졌다. 몸이 생각보다 더 빠르게 움직여, 한순간에 달려 나가고 있었다.

그의 한 손이 그녀의 팔목을 낚아챘고, 다른 한 손이 그녀의 허리를 휘어잡아 그의 품으로 당겼다. 그러고는 영원히 놓지 않을 듯이 그가 그녀를 감쌌다. 그녀의 어깨 너머로 숙여진 그의 얼굴이 그녀의 얼굴에 맞닿았다.

조금 가쁜 숨소리가 유하의 귓가에 들려왔다. 놀란 숨을 들이켜는 유하의 심장과 휘의 심장이 공명하며 그제야 짝을 찾은 것처럼 천천히 속도를 늦춰 가고 있었다. 그러고는 맞닿은 뺨에 따스한 무언가가 흘러내리는 것이었다. 그의……눈물이었다.

"휘……?"

그는 대답 없이 그녀를 더 깊이 끌어안았다. 그의 심장이 다시 뛰고 있었다.

"휘…… 괜찮—"

"제가…… 제가 한 것이 아니라 할 수 없었습니다. 아버지가 어머니를 찌르고, 스스로의 목숨을 버리신 것도 다 저의 존재 때문이었습니다. 저의 피는 항상 그리도 더러운 것이었습니다. 그래도 다른 이들이 뭐라 하든 상관없었습니다. 제 탓이 아니라고 스스로를 속일 수도 있었습니다. 하지만……!"

그녀를 붙든 그의 손이 속절없이 떨리고 있었다.

"하지만 당신 앞에서 만큼은, 그러할 수가 없어서…… 당신을 더럽힐 것만 같아서……."

그의 눈물이 그치지 않고 그녀를 적셔 왔다.

"그런데도! ……저는 유하 님이 없으면 안 되니 어찌합니까? 죽을 것만 같이 숨이 쉬어지지 않으니 이렇게도 더러운 손으로 당신을 붙잡고 말았습니다. 염치없이 이 심장이 당신을 사모한다 울부짖고 있습니다. 이렇게 당신을 붙잡는 것밖에는 할 수 없는데……."

낮은 흐느낌이 섞인 절박한 말에 유하는 알고야 말았다. 그의 진실을, 가장 뚜렷한 진실을 말이다. 이 남자는, 패륜 따위 저지르지 못하는 사람이다. 정에 목이 말라, 패륜은커녕 스스로를 상처 내는 방법밖에는 모르는 가엾고 가여운 사람…….

그런 그가 그녀를 사모한다고 했다. 놓치면 죽을 것 같은 절박함으로 그의 고백이 그녀의 심장을 붙들고 있었다. 쌓이고 쌓였던 그의 벽이 허물어진 틈 사이로 그의 마음이 보였다. 거기에, 그녀가 나아갈 길이 있었다.

유하는 그에게로 돌아섰다. 어느새, 그녀의 눈에도 눈물이 고여 있었다. 그녀의 두 눈이 휘의 청록빛 눈동자를 들여다보았다. 엷게 물든 미소와 함께 유하는 휘의 두 손을 꼭 잡았다. 그의 눈동자가 흔들렸다.

"휘, 아느냐? 네가 나를 붙잡는 것밖에 할 수 없다면 나는 널 끌어당기면 될 일이고, 너의 심장이 염치없이 날 사모한다면…… 휘, 나의 심장은 두 배로 당당하게 너를 사랑하고 있으니, 두려워하지 마라. 마음 아프지도 말고, 숨지도 마. 그대, 천계의 눈꽃을 얻었으니 네가 부족한 것을 내가 채우면 될 일이다. 나의 심장이 휘에게 있으니까."

휘는 믿을 수 없다는 듯이 숨을 멈췄다. 그의 귀가 미쳤거나, 머리가 미쳤으리라. 하지만, 차라리 미쳐도 좋으니 진실이었으면 한다……. 시선을 피하지 않는 그녀의 두 눈에 그 무엇보다 뚜렷한 마음의 증거가 있었다. 다시 숨이 쉬어졌다. 심장이 벅차올랐고, 그녀를 안고 있는 손에 힘이 들어갔다.

"……농하시는 거라면, 죽고 말 겁니다."

"농이 아니야."

"거짓이라 하셔도 이젠 놓지 못합니다."

"아이 참! 거짓이 아니라—!"

유하의 작은 외침이 순식간에 휘의 입술 가운데로 삼켜졌다. 부드러이 짓눌러 오는 그의 입술에 유하의 두 눈이 동그랗게 되었다가, 닿아 오는 그의 뺨이 아직도 조금 젖은 것을 느끼며 스르르 감겼다.

마음이 담긴 입맞춤은 영혼이 맞닿는 것과 같다고 했던가? 입술을 눌러 오는 감촉 하나로, 그녀의 등을 받치는 온기 하나로, 그의 강인하나 아이같이 맹목적이기 그지없는 마음을 느낄 수 있는 것을. 흐트러지는 생각들 사이로 작고 여린 마찰음이 오갔다. 생명이 걸린 호흡을 나누는 것처럼 절박하면서도 사랑스러운 입맞춤……. 그리고 서로 가득 끌어안은 손. 숨이 가빠올 때 즈음, 그의 입술이 떨어졌다.

유하는 조금 달아오른 얼굴로 그를 올려다보았다. 그의 초록빛 눈이, 입술과 함께 아름답게 휘어 웃음 짓고 있었다. 유하는 부끄러운 마음에 그의 가슴에 얼굴을 묻었다. 그래, 이 자리였다. 그녀가 있을 자리……. 휘가 그녀의 어깨를 감싸 안았다.

"이젠 어디도 가지 못하십니다."

"……아!"

휘의 말에, 꼭 안겨들던 유하는 퍼뜩 생각이 났다. 그녀는 고개를 확 들었다. 그가 움찔했다. 유하는 입을 열려다가 그만 다물었다. 아니, 알리지 않는 것이 나으리라.

적호국으로 가야 했다. 이제는, 그녀가 이 지상에서 해야 할 것이 무엇인지 알아야 할 때가 온 것이다. 휘는 그녀를 가지 못하게 할 것이 분명했다. 그렇지 않더라도, 분명 같이 가고자 할 것이고 그러하기엔 지금 이 제국에 휘가 무척이나 많이 필요한 상황이었다. 이제 그 정도는 알 수 있었다. 그러니 이건 그녀가 홀로 가야 할 길이었다. 유하는 떠나야 한다는 말 대신에, 더 중요한 것을 말하고자 했다.

"눈꽃을 가졌으니, 버리면 아니 된다."

"유하 님께서도, 절 버리지 마십시오."

"……버리지 않아, 절대로. 약속하니 믿어야 해?"

그녀의 음성에 서린 왠지 모를 강한 의지에 휘는 의아했으나, 의심하지 않았다. 그의 품 안에 사랑스러운 온기가 있었다. 밤이 깊어 왔지만, 그는 오래도록 그녀를 놓지 않았다. 어느새 그녀가 졸음에 못 이겨 스르르 잠이 든 후, 그의 침상에 온전히 뉘이고 나서야, 휘는 그 곁에 몸을 쉬일 수 있었다. 그러고도 그는 한참 동안 그녀의 달빛이 드리운 얼굴을 바라보았다. 그러고는 스스로도 모르는 사이에 깊은 잠에 빠져들었다.

몇 시진 정도 시간이 지났을까? 간혹 가지를 스치는 바람 소리만 머무는 고요한 겨울밤, 그의 숨소리가 옅어진 지 한참이 되었을 때 즈음…… 그의 곁에서 잠들어 있던 여인이 번뜩 눈을 떴다. 창밖으로, 아직 한참은 멀었으나 분명 곧 해가 떠오를 것임을 알리듯이 미미하게 붉은 하늘이 보였다. 유하는 휘의 잠자는 얼굴을 한번 내려다보고는 조용하고 길게 숨을 내쉬었다. 아침이 오고 있었다.

❄   ❄   ❄

"흠…… 제법 괜찮은 장기짝이 이번엔 정말 노력한 모양이야."

"……"

사한은 그의 주군이 말하는 제법 괜찮은 장기짝이 누구인지 충분히 알고 있었다. 호천서에서 난리가 난 소문이 은밀히 이곳 적호국의 궁중까지 닿았기 때문이다. 신궁이 없는 적호국에서야 소문의 근원지에 대한 신뢰가 비교적 낮은 데다가 옆 나라 이야기인 탓에 그다지 빨리 퍼지고 있지는 않았지만, 어쨌든 그와 그의 주군은 알고 있는 소문이었다. 호천서 신궁의 궁주, 대신관 윤서란이 그의 주군께서 지칭하신 바 '장기짝'의 역할을 지나치게 열심히, 아니 정말 무모할 정도로 톡톡히 해 버리고 만 것이다.

"미친 여자 같으니."

유열은 우습다는 표정으로 문제의 대신관이 보내, 오늘 새벽에 막 도착한 서신을 펼쳐 보았다. 일 하나는 확실히 착착 진행되고 있었다. 하긴, 제대로 겁을 주었으니 무슨 짓을 해서라도 유하를 제국 밖으로 몰아냈을 것이다.

그네들의 사명이 얼마나 지독한 것인지는 어머니에게서 직접 느꼈기 때문이다. 그의 어미가 호천서의 전대 대신관을 바로 옆에서 보필하던 신관이었다. 그래서인지 아비와 그의 실체를 알고는 더는 제정신으로 살지를 못했더랬다.

백야가 무엇이길래, 저주받은 피를 가진 황제의 눈에 띄어서는 그런 식으로 잡혀 오고 말았는지……. 우스운 여자였다.

"그네들이 정말 신을 모시는 자들이었다면, 유하를 몰아내려 하지 않았겠지. 하는 짓거리들이 모두 우습기 짝이 없다. 그 덕에 그녀가 손에 들어올 예정이지만 말이야."

"손에 들어온다 하심은……."

"사한, 그새 까먹었나? 짐의 예비 황후가 제 발로 적호국으로 올 예정이다. 그것도 근 시일 내에. 오는 데 며칠 걸리기는 하겠지만."

사한은 주군의 말에 눈만 깜빡였다. 그것이 진정 진담이었단 말인가. 어찌 타 제국의, 그것도 신녀를 그렇게 쉽게 황후로 낚아채 오신 것인지는 모르겠으나, 이로 인해 호천서는 또 한 번 혼란스럽게 될 것이다. 안 그래도 불이 난 곳에 부채질을 하는 격이랄까.

그러나 어찌 되었든 신녀께서 제 발로 오고 계신 거라면, 강 건너 불구경이었다. 아마 주군께서는 이리될 것을 어느 정도 예상하고 계셨을지도 모른다. 아니, 그의 주군이라면 알고 하신 일일 것이다. 그의 주군은 참으로 경이로운 분이셨으니까.

"그녀가 도착하기 전에 황후가 될 여자로 공표할 예정이다. 호천서의 신녀란 것도 아니, 호천서에서 왔다는 것 자체도 알릴 필요 없겠지. 어차피 휘, 그놈은 알 테니까."

"주의하겠습니다."

요컨대, 신녀의 정체 자체를 함구하라는 명이셨다. 그거야 어려운 일이 아니었다. 신녀의 얼굴을 본 이들은 기껏해야 백야 때 호천서로 갔던 사신들뿐이었다. 이미 호천서에서 신녀님이 출발하신 상태라면, 국경지에 바로 명을 내려놓아야 할 것이다. 사한의 머릿속에 해 놓아야 할 것들이 착착 정리되었다.

"주작이 새겨진 금패를 찾으면 된다."

"주작패를 드리셨군요."

사한은 납득했다. 주작패라면 신녀가 국경에 닿자마자 몇 시진 내에 알 수 있을 것이다. 주작패를 제시할 수 있는 사람은 황가의 일원밖에는 없었다. 말인 즉슨, 황제와 황후, 그리고 황가의 아이들만이 가지고 있을 수 있는 패란 말이었다. 그러니 현재 패를 가지고 있을 수 있는 사람은 그의 주군이 유일했으나, 호천서의 신녀를 예정된 황제의 반려로 공표한다면 그녀도 충분히 소유하고 있을 수 있는 물건이었다. 그러니 신녀는 국경에 닿자마자 예비 황후로 모셔질 것이라는 얘기였다.

"단지, 그녀 본인은 짐과 혼인할 예정이란 것을 모르고 있으니 황궁에 닿을 때까지는 모르게 해야 할 것이다. 그런 일은 없겠지만, 도망치려 하면 곤란하니까."

"어…… 그걸 모르신단 말입니까?"

"알면 이만큼 순순히 오진 않았겠지."

"……"

호천서의 신녀가 본인의 예정된 혼인 사실을 모르는 것이 전혀 문제되지 않는 것처럼 천연덕스럽게 대꾸하는 주군의 태도에, 사

한은 주군이 그 신녀에게 정말 마음이 있으신 것 같다는 생각이
들었다.

처음 모실 때부터 물질적인 것은 물론, 인간이 탐하는 거의 모
든 것에 대해서 별로 미련이나 욕심이 없던 분이셨다. 거의 주변
모든 것에 무심하셨다고 하는 편이 좋을 것이다. 오로지 제국의 정
사에 대한 부분만 신경 쓰실 뿐, 그리고 궁을 벗어나 여기저기 돌
아다니는 것에만 조금이나마의 흥미를 느끼셨을 뿐이었다. 그런
분이 호천서의 신녀에 대해선 상당한 소유욕을 보이고 계셨다. 사
한은 그것을 전혀 나쁘게 보지 않았다. 오히려, 그의 주군께는 좋
은 것이 아닌가.

"흠…… 정동장군(동쪽 지역 국방 총괄) 양랑에게 책임지고 데
려오라 하면 되겠군."

"명 받들겠습니다."

사한은 주저 없이 고개를 숙였다. 직접 가시겠다고 하는 것보다
는 훨씬 나은 명령이었다. 국경에서 수도까지, 그리고 다시 황궁까
지는 족히 이천오백 리가 넘는다. 당장 말을 쉬지 않고 달린다고
해도 3일은 걸리니, 수도에서 직접 누군가가 가기에는 시간이 모
자란 감이 있었다. 호천서에서 신녀가 오는 것도 대략 그 정도의
시간은 걸리니, 미리 준비하여 어떤 착오도 없게 하기가 힘들었기
때문이다. 매를 날리면, 직접 가지 않고도 하루 만에 준비하도록
지시할 수가 있었다.

"직접 가는 것도 재미있겠지만."

"참아 주십시오."

"그러지."

이번만큼은 유열도, 기다리는 것이 즐겁기 그지없었다. 그는 싱

긋 웃으며 자리에서 일어났다. 그의 신부가 오고 있다는 것을 만천하에 알릴 차례였다. 그리고 유하에겐 그와 같이 족쇄가 생길 테지……. 마침내 어둠으로 물든 빛은, 드디어 그가 삼킬 수 있을 것이었다.

✻ ✻ ✻

"……가 버리셨군."

오랜만에 깊이 잠들고 난 후 휘의 곁에는 이미 차가워진 이불만이 흐트러져 있을 뿐, 유하 님은 온데간데없었다. 항상 그러했던 일이지만, 무척이나 이례적인 일인 것처럼 혼자 맞이하는 아침이 낯선 것은 무슨 연유일까. 일어나서 그녀가 옆에 있기를 은연중에 기대하고 있었던 것인가. 분명 중간에 깨어나셔서 처소로 돌아가셨을 것이다.

그런데, 사방이 고요했다. 그다지 이상한 일은 아니었으나 문득 휘는 난데없이 불안감이 몰려오는 것을 느꼈다. 그는 재빨리 일어났다. 옷은 어제 걸친 그대로였으니, 그는 바로 문간으로 걸음을 옮겼다. 지금 당장 유하 님의 얼굴을 뵈어야 했다. 순간, 푸른 물빛이 스쳤다.

"아침부터 어딜 가지?"

"유하 님께로."

청은 한숨을 내쉬었다.

"유하는 여기 없어. 궁을 떠난 지 몇 시진 되었다."

"……"

휘는 그대로 멈췄다. 불안한 직감이 이것이었나? 청의 말에 휘를 사로잡은 것은 분노도, 그녀가 그를 버리고 떠났다는 두려움도 아니었다. 그는 지금 이 순간처럼 선명하게, 그 새벽을 기억하고 있었다. 절대로 버리지 않는다고. 약속하니 믿어야 한다고. 그녀의 붉은 입술 가운데로 흘러나온 말들이 그의 뇌리에 새겨진 채였다. 그러니 어찌 믿지 않을 수가 있겠는가.

지난밤의 기억에 미쳐 날뛰려 하던 그의 정신이 폭풍이 잦아들 듯 잔잔해졌다. 그러나 죽도록 가슴이 답답해지는 것은 어쩔 수 없었다. 왜일까…… 왜 한 마디 말조차 안 해 주시고 떠나 버리신 걸까. 어디로? 어떻게……? 묻고 싶은 것들투성이였지만 답해 줄 그녀가 없었다. 아직도 어제 새벽 두 팔 가득 선명하던 그녀의 온기가 남아 있는 것 같은데……가슴이 텅 비어 버리는 것 같았다.

"죽을 것 같은 표정이군그래."

이거야 원, 분노에 휩쓸려 날뛰는 것보다 더 안타까운 반응이었다. 이놈이 언제부터 이렇게 속을 쉬이 읽을 수 있는 인간이었다고. 청은 얼굴을 찡그렸다. 유하가 이 녀석에게 남겨 준 몇 마디 말들이 도움이 될까 싶었으나 어쨌든 전해 줘야 했다. 그리고 지금 저 영혼이 빠진 표정을 보아, 이것부터.

"돌아온다고 했다. 유하가, 최대한 빨리 돌아온다고."

"……알고 있다."

"하, 안다고? 그럼 그딴 얼굴은 하지 말았어야지."

믿고 있으니 돌아오실 거라는 것도 알고 있는 것이나 마찬가지였다. 하지만 청을 통해 확실하게 그녀에게서 전해진 말을 듣는 것은 그가 합리적으로 따져 보는 것과는 천지 차이였다. 우스울 만큼 빠르게 안도감이 몰려왔다. 하지만 아직 알아내야 할 것이 남아 있었다.

"어디로 가셨는지, 왜 떠나신 건지도 말해 주셨겠지."

"이제 정신 차린 건가? 적호국으로 갔다."

"유열인가."

어느새 휘의 손이 주먹 쥐어져 있다. 그놈에게 갔다고. 필시 그만한 이유가 있으시겠지만 당장 그녀를 찾아 데려오고 싶은 마음이 솟구쳤다. 대체 그를 떠나서 유열 그놈에게 갈 만한 일이 무엇이길래. 청의 말은 끝난 것이 아니었다.

"알 때가 왔다더라. 그쪽 황제가 '아는 자'라면서. 필시 네 족쇄에 관련된 일이겠지. 그건 그녀밖에 풀 수 없으니까."

"이제 그런 건 상관없는 것을, 왜……."

"허, 그새 잊었나? 그녀는 지상에 온 목적이 그것이다. 네놈이 운 좋게 유하의 마음까지 얻었을진 몰라도, 본래 네놈 배필이나 되라고 천계에서 하강한 것이 아니란 말이다. 네가 구원을 약속받았고, 적호국 황제는 대신에 '앎'을 약속 받았으니 지금 유하에게 필요한 것은 네가 아니라 그쪽 황제다. 이놈이나 저놈이나 인간의 기준으로만 생각하니 그 모양이지."

청은 한심하다는 표정으로 그리 말했다. 그가 보기에 휘는 충분히 이해하고 있었다. 이놈은 한심하긴 하나, 바보는 아니었다. 그러니 지금 미쳐 날뛰지 않고 이렇게 차분한 것이다. 그러나 억누르고 있는 것이 보였다. 머리로는 이해가 가나, 마음이 그렇지 않은 것을. 청은 혀를 찼다.

"너는 네가 해야 할 일을 해라. 어차피 당장 유하를 쫓아갈 수 있는 상황도 아니니."

사실이었다. 틀린 말 하나 없었다. 그가 황좌를 비우면 당장에 말들이 많아 지금 상황이 더 복잡해질 것이었다. 휘는 그녀가 떠난 것에 요동치는 마음을 일단 억누르고는 가장 현실적인 것부터 생각했다. 유하 님이 유열에게서 알아내야 할 것이 있다고 한들, 왜 그에게 직접 오라고 하거나 자신을 통해 연락하지 않고 이 제국을 떠나는 길을 선택하셨을까? 그리해 봤자, 그나마의 이득을 보는 것은……

"혹여, 유하 님이 근래에 신궁에 가신 적이 있나?"

당연히 대신관이었다. 그리고 휘는 그녀가 제시했던 거래를 똑똑히 기억하고 있었다. 유하 님의 행보와 그녀가 제시한 내용들이 너무나 명확하게 맞아떨어지고 있었다.

정말이지 유하 님은, 그의 손에 떨어진 눈꽃치고는 한 번도 제대로 잡혀 준 적조차 없었다. 눈처럼 녹아내리기는커녕 잠시 닿을 듯싶으면 바람에 날리는 눈송이처럼 어디 잡을 수 없는 곳으로 흩날려 버리시니……. 청이 있으니 어느 정도 상황에 대한 정보를 얻기는 어렵지 않았을 것을 알았지만, 하룻밤 사이에 그리도 많은 것들을 행하고 가셨을 줄이야. 정말이지 신의 방향이 아니라면, 그 무엇도 믿기지 않을 법한 일들이 일어나고 있었다.

"신궁이라면, 확실히 갔었지. 그것도 오늘 새벽에 말이다."

"……그녀는 항상 내가 상상치 못한 방향으로 가시는군."

"신의 아이란 원래 그런 것이지."

"그래, 그렇다."

휘는 지금까지 그것을 충분히 경험해 왔었다. 단지 이토록 확실히 알게 된 것이 얼마 되지 않았을 뿐. 그의 안에서 요동치던 마음이 드디어 잔잔히 가라앉았다. 비로소 온전한 믿음이 자리 잡았다.

이것이 유하 님의 길이라면, 그도 막지는 않으리라. 그 대신, 그도 마냥 가만히 있을 수만은 없었다. 청의 말대로 그가 해야 할 일이 남아 있었다. 게다가 어느 정도 유하 님이 실마리를 제시해 주신 격이니, 그는 그것을 최대한 이용할 것이었다. 그때까지 그녀가 돌아오지 않는다면, 이 일을 해결하고 나서도 오시지 않는다면, 그때는 그가 직접 갈 것이다. 이것은 그 자신에게 하는 다짐이었다.

유하 님에게 그녀의 길이 있다면, 그에게도 그만의 길이 있었기에. 그리고 그때 즈음이면, 이 다짐도 아무런 문제가 되지 않으리라.

"아, 잠깐. 한 가지 더 있다."

조례를 위해 나서려는 휘를 청이 마지막으로 붙잡았다. 유하가 전하는 마지막 몇 마디 말들에 휘의 표정이 조금씩 굳어 갔으나, 잠시간의 침묵 끝에 결국 휘는 고개를 끄덕였다.

그는 확실히 깨달았다. 천계의 눈꽃은 단 한 가지도 지나치지 않는다고. 순수하니 맑은 두 눈에 천 리 앞을 보는 혜안이 있음을, 그녀를 처음 만났을 때의 그는 알지 못하고 있었다. 자, 그런 그녀가 먼저 한발 나아갔다. 그러니 이젠 그의 차례였다.

十七
붉은 제국

마른 땅에서 먼지가 일었다. 황궁에서 대신관이 준비해 두었던 말을 타고 서쪽으로 한나절 동안 달려온 후, 유하는 말을 역전에 맡기고 근처 객잔에 들어섰다. 객잔은 사람이 많지 않았다. 수도에서 많이 떨어진 곳까지 왔으니 그녀를 알아보는 사람은 없을 테지만, 그래도 유하는 면사를 벗지 않았다.

"요즘 황제의 패륜이고 뭐고가 상당히 논쟁거리던데."

"허, 참. 그건 이미 꽤 시들해진 소문이라고. 자네, 신녀에 대한 건 못 들었나?"

"신녀?"

익숙하게 들려오는 단어들에 유하는 반사적으로 귀를 기울였다. 휘는 그렇다고 쳐도 그녀는 왜? 점소이가 그녀가 주문한 차와 간단한 다식을 놓고 갈 동안 점소이를 의식했는지, 말하기를 멈춘 두 객이 점소이가 멀어지자 다시 대화를 나누기 시작했다. 유하는 찻잔을 들고는 그들의 얘기에 집중했다.

"상식적으로 생각해서 말이지, 만약 황제가 정말 패륜을 저질렀다면 하늘이 귀한 신녀를 보내 줬을까?"

"……말이 안 되긴 하는군."

"그렇지?"

"그럼 신녀가 가짜라는 말인가?"

유하는 놀란 숨을 들이켰다. 곧바로 찻잔을 입가에 가져가며 차분함을 가장했지만, 이미 들은 것을 무를 수도 없는 일이었다. 휘가 그녀를 가두고, 또 그녀와 접촉을 피했던 이유가 이것이었나? 그렇다면 어느 정도 그의 조치가 말이 되었다. 하지만 그렇다고 해서 발 달린 듯 빨리 퍼지는 소문을 막을 수도 없었을 것이다.

유하는 다식을 몇 개 입에 넣고는 자리에서 일어났다. 아직 갈 길이 꽤 남았다. 그러나 이번에는 시간이 그리 오래 걸리진 않을 것이었다. 객잔을 나오자 날이 질 것인지, 노을이 져 있었다.

"홍아, 백아."

"요즘 아기씨가 자주 불러 주셔서 좋다니까요?"

"맞아!"

"나도 자주 봐서 좋구나. 하지만, 그보다 급한 일이 있단다."

유하의 다소 가라앉은 어조에 백아와 홍아는 의아해하며 그녀를 보았다.

"무얼 원하시어요?"

"너희는 바람이니, 어디든 갈 수 있겠지……. 여기서 적호국의 국경까지 날 데려갈 수 있느냐?"

홍아와 백아는 놀란 듯이 서로를 보았다. 이곳에서 적호국의 가장 가까운 국경까지는 족히 천오백 리가 넘으니, 전처럼 그녀를 궁

안에서 궁 밖으로 옮기는 것과는 차원이 다른 일이었다. 물론 불가능한 일은 아니었다. 그들은 어디든 갈 수 있는 바람의 아이들인 데다가 쌍둥이였으니, 비록 동령이지만, 영력도 문제가 되지 않았다.

"하지만 아기씨, 그리하려면 한 번이 아니라 세 번은 이동해야 할 것이와요."

"게다가 그건 아기씨의 몸에 무리가 갈 게 분명하고요."

바람은 형체가 없으니, 이동하는 속도도 그에 따른 저항도 고려할 필요가 없었다. 하지만, 육체가 있는 유하를 옮기는 것은 그런 것들의 영향을 받을 수밖에 없었다.

게다가 이것은 거리의 이동이 아니라, 아예 공간을 이동하는 것과 마찬가지기에 시간에 얽매이는 육체를 일시적으로 시간의 굴레에서 뺐었다가 다시 집어넣는 일이었다. 그러니 한 번은 괜찮을지 몰라도 세 번이나 이동하여 천오백 리를 가는 것을 육체가 견디어낼지를 알 수가 없는 것이었다.

"죽지는 않을 테지."

"그야 그렇지요."

"그렇다면 정신력 하나로 될 것이야. 그러니 해 주어라."

홍아와 백아는 내키지 않았지만 고개를 끄덕였다. 신의 아이가 원하니 못할 것은 없었다. 처음 이동은 여기서 대략 오백 리의 거리인 양양, 그 후에는 련주, 그리고 마지막으로 적호국의 가장 동쪽 국경에 닿으면 된다. 쌍둥이는 서로의 생각을 읽으며, 대략의 지표를 그려 냈다. 2~3일은 족히 걸릴 거리를 단 한 시진 만에 갈 수 있을 것이다. 하지만 그 대가는 유하 님이 치러야 할 일이었다.

"그럼 저희 손을 잡아 주셔요."

유하는 입고 있는 망토의 털 깃을 여미고는 쌍둥이의 손을 잡았

387

다. 투명한 무언가가 소용돌이쳐 그들을 둘러싸는 듯싶더니, 작게 먼지가 흩날리며 세 명의 형체가 처음부터 없는 것처럼 사라져 버렸다. 그리고 붉던 노을은, 마지막 여명을 남기고는 조금 뒤에 지평선으로 잠겨 들었다.

＊ ＊ ＊

"죄인부터 들라 하지."

죄인이라는 말에 좌중이 술렁였다. 저녁이 다 되어 가는 시각에 이리 급하게 신료들을 소집하시고는 난데없이 죄인이라니. 어떤 죄를 저질렀길래 이렇게 의례적인 시간과 장소로 그들을 소집하였는지 알 수가 없었다.

황제의 얼굴에서는 아무것도 읽을 수 없는 가운데, 문이 열렸다. 저마다 조금씩 목을 빼고 들어오는 죄인이 누군지 보려고 하는데, 익숙한 인영이 하얀 옷자락을 펄럭이며 걸어 들어왔다. 놀란 숨을 삼키는 소리가 곳곳에서 들려왔다.

"대신관 윤서란은 황제 폐하 앞에 예를 갖추시오."

서란이 조용히 무릎을 꿇자, 황제는 손수 자리에서 일어났다. 그녀의 초연한 모습이, 죄를 지었다는 황제의 말과 상당히 거리가 있어 보였으나, 황제는 그녀에게 일어나도 좋다 허락하지 않았다. 그것은 명백히 죄인을 대할 때의 태도였다. 잠시간의 침묵이 흘렀으나, 그것은 곧 황제의 물음으로 인해 깨져 버렸다.

"대신관, 스스로 죄를 고할 텐가?"

갑작스럽게 끌려왔지만, 서란은 알아채고 있었다. 황제가 그녀가 한 짓을 알고 있다는 것을 말이다. 그러니 말 한마디 오가지 않앉음에도, 지금 여기 무릎을 꿇고 있다는 것이 그녀가 입 밖으로 뱉은 조건을 지키라는 뜻임을 서란을 덤덤히 이해했다. 억울하지 않았다.

황제가 그녀에게 일전에 제시했던 거래에 대한 조건을 요구하고 있다는 것은 그녀가 계획했던 일이 이미 성공했다는 것을 의미하기 때문이다.

직접적으로 거래가 성립된 것은 아니었으나 아니, 그 거래 자체가 이미 황제 쪽에서 거절한 것이었다고 해도, 서란은 발뺌할 생각이 없었다. 단순히 신녀를 적호국으로 몰아내는 것만이 끝이 아니었다. 그녀는 신녀가 돌아오지 못하게 쐐기를 박고자 했다. 그러니 지금, 이렇게 스스로 죄인이라 쉬이 고개를 숙이고 있는 것이었다.

"고하겠습니다."

"중대한 사안이니 그대들, 문무백관은 잘 듣도록."

휘는 한번 좌중을 훑고는 다시 자리에 앉았다. 어느 정도, 대신 관이 이리 순순히 구는 이유를 짐작할 수 있었다. 신언을 쓰지 않아도 알 수 있었던 것이다.

조용히 내리깐 두 눈동자는 볼 수가 없었으나, 꼿꼿이 허리를 세운 자세에서 느껴지는 결연함이 그녀의 의도를 비추었다. 유하 님에 대해 언급하려 함이다.

결국 피할 수 없는 것인가? 휘는 생각했다. 그러나 그것은 어차피 대신관이 할 수 있는 최소의 방어였다. 이전 힘겨루기의 연장전. 신궁이 지금까지 축적한 믿음은 어느 정도일까. 과연 대신관이 죄인이 되고서도 그 입술에 머무는 말들이 신뢰를 살 수 있을까.

"여기 모이신 분들 모두, 황제 폐하에 대한 소문은 충분히 들으셨을 거라 알고 있습니다. 그것도 분명, 저의 입에서 나온 소문이라 들으셨을 테지요. 똑똑히 말씀드리건대, 저의 입에서 나온 소문이 맞습니다. 하나, 황제 폐하의 패륜은 진실이 아닙니다. 소녀가 하늘과 온 세상 앞에 거짓을 고했습니다."

"거짓? 그게 무슨 말이오!"

"감히! 진실이라면 천벌을 받을진대—!"

"조용—!"

신료들로서는 예상치도 못한 충격적인 서란의 발언에 곳곳에서 참지 못하고 터져 나오는 의문 혹은 비난에 어수선해지자, 황제는 소리를 높여 소란을 저지했다.

말없이 서란만을 보고 있는 좌상서 윤철견에게 그의 시선이 닿았다. 참으로 불쌍한 아비였다. 오래전에 신궁에 빼앗긴 딸이라지만, 그동안 아무 소식도 전해 듣지 못하고 딸에 대해 아무것도 알지 못하다가 이제 와 이렇게 하늘이 무너질 말을 하는 딸아이를 보는 것이 상당히 괴로운 일일 것이다. 지금은 괴로움까지도 못 가고 혼란스러움에 잠겨 있는 듯해 보였다. 그는 꼭 입을 다물고 있었다.

"그대들이 그 무엇보다 궁금해하던 일의 실상이 이런 것이다. 황가의 피를 모함하는 것은 상당한 중죄에 해당한다. 아니 그런가 우방부관(형부 소속)?"

"그렇습니다. 실상은 역모와 다를 바 없고, 죄를 자수하였긴 하나 끼친 피해가 크니……."

"사형이로군. 대신관, 목숨을 내놓을 준비는 해 놓고 한 짓인가?"

지난 수년 신궁의 궁주로서 자리매김했던 대신관 서란에게 이렇게 간단히 사형이라니, 다른 누구라면 몰랐으나 신의 대리자라 여겨지던 그녀이기에, 놀람과 불안이 가득한 술렁거림이 편전을 맴돌았다.

호천서에 있어서 신궁이란 신을 모시는 곳이니, 그곳의 대신관은 신의 대리자나 마찬가지인 의미를 가지고 있었다. 법대로 따르는 것이 원칙이었으나, 신료들로서는 그것을 곧이곧대로 따르기도 참 애매한 상황이었다. 민심이 적지 않게 흔들릴 것이었다.

"역모는 원래 구족을 멸할 죄지. 하지만 그대의 혈연에 대해선 그 누구도 아는 바가 없으니……."

좌상서 윤철견이 움찔하는 것이 휘의 눈에는 보였다. 물론 윤서란이 그의 딸이라는 것은 여기서 그와 좌상서와 윤서란밖에 없었다. 윤서란이 스스로 그것을 밝힐 리도 없고, 그것은 좌상서도 마찬가지였다. 휘는 좌상서에게서 시선을 돌렸다.

"그대 목숨 하나로 충분할까?"

"충분하지 않으신가요?"

나지막하나, 다분히 반항적인 서란의 대답에 휘는 다시 물었다.

"그럼 그댄 충분하다고 생각하는 건가? 한번 뱉은 말은 다시 삼켜지지 않는다. 여기서 그대가 헛소리를 했다고 한들, 지금까지 퍼지던 소문의 영향력이 갑자기 사라질 거라 생각하진 않겠지. 그대는 단지 짐에게서 돌아선 것이 아니다. 호천서 전체를 등진 것이니."

황제가 하나하나 따지는 말들은 틀린 것이 없었으니, 신료들은 납득하는 분위기였다. 서란도 더는 할 말이 없었다. 어차피 황제가 무슨 말을 하든지 간에, 그녀가 죽음을 면치 못하리란 것을 알고 있었다. 처음부터 죽음을 피할 생각은 조금도 없었다.

"원하시는 대로 하시옵소서. 하나, 이 일은 모두 이유가 있어—"

"이미 저지른 일의 이유 따위, 알고 싶지 않다. 말해 봤자 달라질 것은 없으니. 그 정도로 용서 받지 못할 죄임은 알고 있겠지."

"폐하."

서란의 말을 막는 황제가 무어라 더 말하기 전에 가만히 있던 좌상서 윤철견이 그를 불렀다. 황제는 그에게 말해 보라는 듯 시선을 던졌다. 그에 윤철견은 조심스레 입을 열었다.

"죄인의 이유는 들어 보는 것이 합당하다 사료됩니다."

"왜지?"

"이유가 행위에 정당함을 부여할 여지가 없다고 할 수는 없으니 말입니다."

"역모에 정당성이 있을 수 있다고 생각하는 건가?"

"하나, 직접적으로 역모라 할 수는 없습니다. 그저 허언이 우연찮게 사람의 입을 타고 퍼진 것일 수도 있지 않습니까. "

윤 공공이 꽤나 끈질기게 나오고 있었다. 휘는 그가 이러는 이유를 어느 정도 이해했다. 마지막이라도 그의 딸이 한 행동의 이유를 알고자 함이다. 알면 조금이나마 도울 수 있다고 생각하고 있을 것이다.

하지만 휘는 대신관이 다분히 의도적으로 소문을 흘린 것을 알고 있다. 그러니 윤 공공의 논리는 전혀 받아들일 생각이 없었다. 하지만 이렇게 그가 끈질기게 서란의 이유를 듣고자 한 탓에, 휘는 그 부분에 대해서는 더는 무어라 할 수 없었다.

"좋다. 대신관, 이유를 말해라."

"신녀님 때문입니다. 폐하께서 세우신 신녀님을 인정할 수 없었습니다."

결국 서란은 말하고 말았다. 마뜩찮았지만, 휘는 그녀가 이렇게 나올 것을 알고 있었다. 유하 님이 정당한 위치로 돌아올 수 없게 막고자 함이었다. 그러니 휘는 그 이유를 말하는 것은 막고 싶었던 것이다. 하지만 이제는 틀어 버릴 수 없는 일이었다. 휘는 그녀에게 맞춰 줌으로써 이 상황을 빨리 끝내고자 했다.

"그것이 짐의 패륜에 대한 헛소문을 낸 것이랑 무슨 상관이지?"

"폐하께서 패륜을 저지르신 거라면, 신녀님은 신녀일 수 없을 테니 그녀의 실체를 납득시킬 수 있을 거라 생각했습니다."

"그 행동이 논리가 맞다고 보는가? 거짓에서는 진실이 나올 수 없다. 신녀님이 신녀가 아니라는 것은 제대로 증명할 수 있나?"

"없습니다. 하나, 이 신궁의 궁주는 압니다."

휘는 조소했다. 알기는 무얼 안다고. 신궁의 궁주는 한낱 인간이다. 신에 대해선, 유하 님에 대해선 조금도 알지 못하는데도 이리 당당하다니.

그러나, 그가 아는 것을 다른 이들은 모른다. 그의 앞에 서 있는 이들 대부분은 대신관의 말을 상당히 신빙성 있게 받아들일 것이다. 대신관의 말이 실제로 거짓이라는 것은 중요하지 않았다. 아무도 모를뿐더러, 그가 거짓이라고 말한들, 휘 또한 유하 님이 신의 힘을 가졌다는 것을 당장 증명할 수 없었다. 일전에 청의 힘으로 보여 준 것이면 충분할 것이라 생각했는데, 이들은 그새 그때의 두려움을 잊어버린 것이다.

"그대가 저지른 일에 가만히 계시는 신녀님을 끌어들이지 마라. 그대의 행동으로 신궁은 짐의 신뢰를 잃었으니."

"하나, 신녀님은 호천서를 떠나시지 않았습니까. 그것도 최근 일이지요. 무슨 연유인지는 모르겠으나, 사라지신 것을 알고 있습니다."

대신관은 이 상황에서도 끝까지 유하 님을 향해 비수를 꽂고자 하고 있었다. 죽여 버리고 싶었다. 하지만 그리할 수 없었다. 유하 님의 부탁 때문에 말이다. 정말 모순적인 상황이었다. 유하 님을 죽이고자 하는 여자를 정작 그녀는 살리고자 하였으니…….

"그게 사실입니까, 폐하?"

우상서 이 공공이 물었다.

"사실이다. 하나 상관없다. 때가 되어 가신 것이니."

"어디로 가셨다는 말입니까?"

"짐도 모른다. 승천하셨다…… 하면 그대들은 믿을 것인가?"

서란이 숨을 들이켰다. 그런 거짓말이라니! 그러나 그녀가 무어라 말하기 전에, 황제가 먼저 입을 열었다.

"이에 대해선 그만 얘기하지. 중요한 것은 여기 죄인에 대한 처벌의 문제다."

"벌에 대해서는 그다지 논의할 여지가 없습니다."

"더도 덜도 말고 목숨을 내놓아야 하니 말이다. 하나, 그대들 마음에 꺼림이 있겠지. 무어라 하든, 대신관이었으니. 아니 그런가?"

황제의 말 한마디 한마디가 고개를 숙인 이들의 정곡을 찔렀다. 신의 뜻이 어디 있는지 알 수가 없으니 마냥 법대로 따르기가 망설여졌던 것이다. 그들로서는 이 상태로 신녀님이 정말 신녀인지도 확신할 수가 없었다. 대신관의 주장도 그녀의 말을 들으니 신빙성이 없어 보이진 않았으니, 선뜻 대신관이 목숨으로 죗값을 치르는 것이 옳다고 하기가 꺼려졌다.

"그 곤란한 표정들 하며, 알 만하군. 신녀님께서 대신관의 목숨을 걱정했었지. 마치, 이런 일이 일어날 것을 아신 것처럼. 그래서…… 그녀의 말에 따라 그대 목숨은 그대로 두기로 결정했다. 이의 있나?"

갑작스러운 황제의 제안에 문무백관이 술렁였다. 진짜 신녀인지 알지도 못하는 여인의 말을 따른다는 것이 꺼려지는 한편, 그런 선견지명을 가진 여인이라니 정말 신녀일 수도 있지 않느냐는 생각이 스치기도 했다. 무엇보다, 신녀의 말에 그들의 판단의 책임을 넘긴다면 그들은 쉬이 이 상황을 타개할 수 있을 것이었다. 그 와중에 좌상서 윤철견이 다시금 말을 올렸다.

"하나 처벌을 아니할 수는 없습니다, 폐하."

"처벌하지 않는다고 한 적은 없다. 목숨만은 살려 주겠다고 한 것이지."

휘는 단호히 말했다. 윤 공공은 그래도 딸이 어떻게 될지는 궁금해하고 있나 보군. 그는 분명히 윤서란에 목숨에 조건이 붙는다는 것을 알고 있을 것이다. 그러니 안도하는 대신에 물어보는 것이다. 과연, 좌상서는 아무나 하는 것이 아니었다.

"대신관은 살려 둔다. 대신…… 신궁을 폐한다."

"……! 폐하!"

"죄인에게 발언권을 준 적은 없다. 왜, 이미 그것도 짐작하고 있지 않았나?"

짐작이야 하고 있었다. 그러나 그것은 서란이 마음에 둔 상황들 중 최악의 것이었다. 그녀의 목숨을 담보로 하면, 피해 갈 수 있을 상황이라 생각했던 것이다. 직접 확언을 들으니, 순간 눈앞에 캄캄해졌다. 이렇게 한순간에 무너지는 것인가. 신의 힘을 가두었던 억겁의 세월이 스민 그녀의 궁…….

"신궁을 폐하다니……."

"그럼 우상서, 대신관의 목을 칠까? 아마 그쪽이 더 가벼운 처벌이겠지. 하나, 둘 중 하나는 포기하지 않겠다. 신궁을 본궁으로 귀속하면 될 터이니, 무엇이 문제지? 신궁을 폐하는 것이 그대들에겐 더 편한 일이지 않은가?"

"신의 생각에도, 신궁을 폐하심이 더 적당한 처벌인 것 같습니다."

거의 기다렸다는 듯이 좌상서 윤 공공이 황제의 말에 동의했다. 황제에겐 그의 속이 빤히 들여다보이는 일이었지만, 오래전 잃어버린 딸이라도 아비인 그는 살리고 싶었던 것이다. 그를 보는 황제의 시선에는 아무 감정도 섞여 있지 않았다. 분명 이해하고 계심이었다.

"신궁을 폐한다 해서, 그 역할을 없애거나 하는 것이 아니다. 실질적으로는 대신관을 폐하는 것이지. 신관들은 더 이상 신관들이 아니라, 그대들과 같은 짐의 신료가 되는 것이다. 그걸로 충분하지 않은가? 죄인에게는 그 무엇보다 큰 처벌일 테니."

그렇다. 서란에게는 그 무엇보다 큰 처벌이었다. 사명이 없어진다 함은, 그녀의 영혼이 없어지는 것과 같았으니 말이다. 서란은 그만 할 말을 잃었다.

황제만이 알고 있었다. 그가 그리도 증오하던 신궁을 삼켜 버리는 것. 그는 지금 그의 일생의 다짐을 실현해 버린 것이었다. 흘끗 올려다본 그의 눈가에 희미한 희열이 어려 있었다. 그녀만이 읽을 수 있는 희열……. 그리고 그것에 비례하여 그만큼 그녀를 절규하게 하는 이 결말.

하나 신녀를 적호국에 넘겼으니 후회는 없었다. 그녀는 사명을 다했다. 황제의 결정에 문무백관 대부분이 동의했다. 황제는 만족스럽게 고개를 끄덕이고는 입을 열었다.

"신궁을 폐함을 공표한다. 이후 신궁은 본궁의 관할로 흡수되고, 차후에 지칭을 바꾸겠다. 대신관은 지위를 박탈하나, 그 이상의 처벌은 하지 않는다. 속히 출궁하도록. 가야 할 곳은 그대가 알겠지."

가야 할 곳이라는 황제의 말에, 서란과 그의 아비 윤철견의 눈이 마주쳤다. 서란의 가슴속에서 작은 무언가가 따스하게 솟아오르는 듯싶었으나, 금방 알 수 없는 어둠에 짓눌려 버렸다. 서란은 차갑게 식은 눈빛으로 윤철견과 마주친 시선을 거두었다.

"이상이다. 해산하도록."

모두가 조용한 가운데, 무릎을 꿇은 서란이 심장을 부여잡았다. 그녀 안의 어둠이 울부짖고 있었다. 이대로는 부족하다고…….

❅　❅　❅

"유하? ……아가야."

"어머니……?"

머리를 쓰다듬는 손길이, 그 다정한 감촉이 실제인 것처럼 부드럽게 느껴졌다. 하지만 유하는 알고 있었다. 이것은 꿈이다. 월희는 온전한 신의 몸이라, 직접 그녀 곁에 올 수가 없기 때문이다. 세상의 법칙이 그것을 허락하지 않았다. 하지만, 어찌 이렇게 생생할 수 있을까. 어찌 이렇게 그리울 수 있을까. 이것은 일전의 꿈과 같은 기억이 아니었다. 마치 진짜로 마음이 닿는 것 같았다. 유하의 의아함에 월희는 설명을 해 주었다.

"접몽이란다. 꿈을 통해 영혼이 닿는 것이지. 때가 되었으니, 이

길이 일시적으로 뚫린 것이야. 하나, 금방 닫히니 지금 잘 들어야 한다."

"말씀하셔요. 필시 제가 지상에 온 이유와 관련 있을 테지요?"

"맞다. 세상의 균형을 바로잡을 때가 왔구나. 네가 그 열쇠란다. 더는 지상에 신의 힘이 머무르면 아니 돼. 무환 류휘와 파천 서유열…… 그 두 명의 신력이 너의 것과 짝을 이루지. 그리하도록 운명 지어졌으니까. 그러니 너만이 구원을 이룰 수 있다. 너만이 신의 힘을 하늘로 거둘 수가 있어. 만일 그렇지 못한다면, 운명은 세상을 통째로 삼켜야 한단다. 태초의 혼돈으로 돌아가, 모든 존재물의 존재가 소멸되지. 신마저도……."

"그건…… 그건 상상도 못할 정도로 슬픈 운명이네요. 절대로 그렇게 되게 둘 수 없어요. 어떻게 해야 하는지 알려 주셔요!"

모든 것이 소멸된다는 것은 정말 생각하기도 두려운 운명이었다. 이제껏 세상은 너무나도 아름답고, 살아가기 즐거운 것이었는데 이렇게 허무하게 사라지게 만들 수는 없었다. 그녀는 세상의 균형을 바로잡고야 말 것이었다. 휘에게 돌아가겠다고 약속했으니까. 약속했으니, 그녀의 마음을 그에게 두고 왔으니, 지켜야 했다.

"파천 서유열, 그 아이가 운명에 따라 '알고 있는 자'이다. 붉은 글씨를 가지고 있는 것이지. 그것을 보면 알 것이야. 그리고 그 글씨에 따라 옛 도읍의 중심으로 가야 한다. 그 태초의 기운이 모이는 곳에서야말로 천지하의 삼신과 운명이 발을 디딜 수 있을 테니까."

"어머니, 무슨 말인지 알기가 어렵사와요."

"유열, 그 가여운 아이에게 가 보면 알 것이다. 내가 말해 줄 수 있는 것은 이 정도구나. 더는 시간이 없어. 늦어서는 안 된다, 아가."

그 말을 끝으로, 월희의 모습이 스르르 사라지기 시작했다. 유하는 그녀에게 손을 뻗었다. 아직은 많이 혼란스러워, 유하는 급히 그녀를 붙잡으려 했으나 소용이 없었다. 꿈은 모래알같이 허무하다는 말처럼, 월희의 모습도 마치 없는 것처럼 손가락 사이로 사라졌다. 그리운 얼굴을 미처 뇌리에 새기기도 전에, 그녀의 모습은 온데간데없이 사라진 후였다. 무의식이 다시금 어둠으로 덮였다.

※　※　※

"주군!"

급하게 들어오는 사한의 모습에 유열은 특유의 미묘하게 비틀린 웃음을 지었다.

"네가 드물게 호들갑인 걸 보니, 그녀를 찾았군."

"정확하십니다. 주작패를 소지한 여인을 모시고 있다고 서신이 왔습니다. 그런데, 인상착의가…… 그분과 조금 다릅니다."

"뭐? 그럼 그녀가 아니란 건가?"

하지만 유하가 아니라는 것이 더 이상했다. 주작패를 유하에게서 누군가가 빼앗은 것이 아니라면 불가능한 일이었다. 게다가 그녀가 그것을 가지고 있다는 것은 유열과 그녀밖에는 알지 못하는 사실이었다. 그러니 그녀가 아닐 리가 없다는 말이었다.

"인상착의가 어떻게 다른 거지?"

"아, 다른 모든 부분은 일치합니다. 한데, 머리카락이……."

"머리카락?"

달그닥거리는 말발굽 소리가 귓가에 서서히 들려왔다. 몸이 흔들리고 있었다. 눈부신 햇살을 받으며, 유하는 스르르 눈을 떴다. 잠시간 흐릿하더니, 이내 시야가 트였다. 광활한 대지가 펼쳐져 있었다. 건조한 바람이 귓가에 속살거리며 스쳐 지나갔고, 너른 땅은 붉은색이었다. 그래, 이곳은…… 호천서가 아니었다. 유하는 눈을 한 번 깜빡였다.

"아, 깨셨나요?"

"……?"

호의적인 갈색 눈동자 한 쌍이 유하를 내려다보았다. 갑옷을 입고는 있었으나, 그녀와 같은 여인이었다.

"누구……?"

"이락 양랑입니다. 양랑이라고 부르시면 돼요. 폐하의 명으로 홍한성까지 마마를 모시고 있습니다."

"홍한성? ……적호국이 맞느냐?"

"적호국이 맞습니다. 아직은 조금 동쪽이긴 하지만요. 수도 홍한성까진 아직 하루 정도 남았습니다."

수도까지 하루밖에 안 남았다니…… 그녀는 며칠을 잠들어 있었던 것일까. 모든 것이 무척이나 낯설어서 아직은 제대로 상황을 파악할 수가 없었다. 피부에 확 와 닿는 건조한 공기와, 호천서보다 확연히 높은 기온이 정말 국경을 넘었다는 것을 실감하게 했다.

"족히 반나절은 의식이 없으셨답니다. 아직 조금 더 누워 계셨어야 하는데, 폐하의 명으로 무리해서 길에 오른 것이니 조금 혼란스러우실 거예요."

"반나절?"

"예. 성문 밖에서 처음 발견되신 반나절을 빼면요. 쓰러져 계시던 것을 병사들이 잘 모셔 와서 다행입니다. 변방의 군사들은 거칠기 마련이라 여인에게는 위험하지만, 동쪽은 그들을 부리는 제가 여인의 몸이니 군기가 제대로 잡혀 있어 다행이랄까요…….”

“머…… 머리카락!”

“에?”

최소 이틀은 의식이 없었다는 말에 놀라 양랑이 주절거리던 것을 반쯤 흘려듣고 있던 유하는 그제야 그녀의 머리카락이 이상함을 발견했다.

“어…… 머리카락에 문제가 있으신가요?”

“하얀색이야……. 하얗게 새어 버렸어.”

“네? 원래 그런 색이 아닌 거예요?”

“…….”

칠흑같이 검었던 머리카락이 하얀색이 되어 있었다. 게다가 신력마저 조금 풀려 있었다. 필요하지 않을 때에는 항상 갈무리해 두던 신력이 멋대로 넘실대고 있었다. 이것이 세 번이나 바람으로 이동한 부작용인 듯싶었다.

육신이 약해지는 바람에 신성의 영향이 커져 있었다. 머리카락이 새어 버린 것도 신력의 영향이 아닐까 싶었다. 유하는 그만 손에 쥐었던 머리카락을 내려놓았다. 갑작스러운 변화였지만, 이렇게 당황하고 있을 시간이 없었다. 반나절이나 지나 버리다니…… 더는 지체할 수 없었던 것이다.

“양랑, 지금 당장 날 말에서 내려 주거라.”

“예? 하나 일각도 지체할 시간이…….”

“바로 그러니까 내려 달란 것이야. 하루는 너무 길다.”

양랑은 영문을 알 수가 없었다. 당장 가야 하는데 말에서 내려 달라니, 더 빨리 갈 수 있는 다른 방법이 있다는 말인가?

그녀로서는 별다른 방법이 생각나지 않았다. 게다가 주작패를 가진 채 발견되었던 이 여인은 주작패와 몇 가지 다른 소지품들을 제외하고는 가지고 있는 것이 없었으니, 양랑은 그녀가 대체 무얼 어떻게 하려고 하는 것인지를 알 수가 없었다. 하지만 그녀의 다급한 눈빛과 더불어, 달리 무엇을 하겠냐 싶은 생각에 양랑은 말을 멈추고 먼저 내린 뒤, 여인을 내려주었다.

"시간이 없으니, 배려해 줄 수가 없구나. 너무 놀라지는 마라, 난 무사할 터이니."

"……네?"

"홍아, 백아…… 마지막으로 한 번 더 부탁해도 되겠느냐?"

어리둥절한 양랑을 뒤로하고, 유하의 물음에 바람이 일렁였다. 기운으로 보아선, 홍아랑 백아도 있었으나 이번에는 훨씬 더 강한 기운들이 함께하고 있었다. 바닥에서 붉은 먼지가 일더니, 홍아, 백아와 함께 두 명의 소년이 함께 나타났다. 그들은 17살쯤 되어 보이는 소년들이었다. 홍아와 백아보다 성장한 영체를 가지고 있다는 것은, 영력이 더 강하다는 의미도 되었다.

"안녕하세요, 아기씨. 파람이라고 합니다. 동풍이죠."

"전 새람이랍니다. 이 개구쟁이들보단 저희가 영력이 훨씬 강하니 아기씨께서 쓰러지시는 일은 없을 거예요."

새람의 말에 홍아가 볼을 부풀렸다.

"쳇…… 풍백 님한테 불려갔더니 이상한 오라버니들이 붙어 버렸어!"

"하하, 꼬맹아. 아기씨께서는 이럴 시간이 없으시단다. 풍백 님께 들은 바로는…… 파천 서유열, 그자가 있는 곳으로 가면 되겠지요?"

"황궁이라면 멀지 않아요."

그들을 보고 있던 유하가 소란스러운 사이 고개를 끄덕이자, 새람과 파람은 그녀의 손을 양쪽에서 잡았다. 홍아와 백아는 그것이 불만이라는 듯이 얼굴을 찡그렸지만, 별다른 말을 하지는 않았다. 고분고분한 것을 보니 풍백 님의 명령이 맞는 듯싶었다. 유하의 행보에 하늘의 방향이 함께한다는 뜻이었다.

"저…… 저기……!"

정령들을 보지 못하는 양랑이 그녀가 무엇을 하는지 싶어서 부르며 다가오려고 했다. 유하는 싱긋 웃었다.

"양랑, 안녕히 있어라."

"네?"

그러고는 강풍과 함께 하얀 머리칼이 휘날리며, 그녀는 순식간에 모습을 감췄다. 양랑은 손을 뻗은 채로 멍하니 굳고 말았다. 도대체 이게 어찌 된 일일까. 사람이 한 순간에 허공으로 사라졌다.

어…… 어찌하지? 양랑은 당황하는 자신을 붙잡았다. 일단, 폐하께 급신을 보내는 것이 옳았다. 그 생각이 스치자, 양랑은 손을 내리고는 급하게 말에 올라탔다. 가장 가까운 역전까지는 한 시진이었다. 부디, 양랑은 그녀가 늦지 않기를 바랐다. 이대로 정말 여인이 사라진 것이라면, 그녀는 황후가 될 귀한 분을 잃어버린 값을 치러야 할 것이기 때문이다.

＊ ＊ ＊

고요한 가운데 궁녀들이 차를 따르는 소리만이 들려왔다. 황제가 차분히 자리 잡은 앞에, 형식적인 인사를 올린 윤 공공과 그의 딸 윤비란이 앉았다. 참으로 불편한 자리였다. 비란은 찻잔만 바라보았다. 갑자기 불려왔으나, 황제는 차가 조금 식도록 말이 없었기 때문이다. 마치 그녀와 그녀의 아버지를 불편하게 만드는 것을 즐기는 것 같았다. 비란이 흘끗 그녀의 아버지 쪽을 보려고 할 때, 갑자기 황제의 음성이 들려왔다.

"짐에게 빚을 지었군, 그대들."

"그렇습니다, 폐하. 감사할 따름이지요."

윤 공공은 군더더기 없이 인정하며 감사의 말을 올렸다. 평소에 깐깐하고 철벽같은 아버지가 그렇게 깔끔하게 말을 하니, 비란은 눈을 동그랗게 뜨고 그를 보았다. 하지만, 사실이었다. 서란 언니가 그런 천하의 말도 안 되는 일을 저지르고 나서도 목숨을 구한 것은 정말 기적이라고 할 수 있을 정도의 성은이었다. 비란도 감사의 예를 취했다.

"물론 짐도 짐만의 이유가 있었지만, 대신관······ 아, 이젠 대신관도 아니군. 윤가 첫째를 살려 둔 것은 신녀님의 뜻이 컸다. 신녀님이 윤비란, 그대를 염두에 두신 것이니."

"예? 제가 서란 언니의 동생임을 아시고 계셨단 말인가요?"

"진작에 알고 계셨다. 백야의 연회 때 알려 드렸으니까. 그러고도 그대를 거부하지 않았지."

비란은 아직 스스로 그녀가 서란의 동생임을 신녀님에게 밝힌 적이 없었다. 친해졌으니, 곧 얘기하고서 자비를 구할 예정이었지만, 그녀가 그러하기도 전에 너무나 큰일이 터져 버린 것이다. 그 난리통에 신녀님을 알현할 기회가 전혀 없었기 때문에, 비란은 절망 속에서 언니의 최후를 기다리고만 있던 상태였다. 무엇보다, 황제가 유하 님에게 해가 간다면 그 무엇이든 용서치 않겠다고 했기에 더더욱. 하지만 유하 님은 그녀의 얄팍한 수를 훨씬 앞서고 계셨던 것이다.

비란은 가슴이 아파 오는 것을 느꼈다. 정말, 이루 말할 수 없을 정도로 감사했다. 서란 언니의 동생이라는 것을 보지 않으시고, 다가가려는 그녀의 마음을 보셨다.

그저 인간이라면, 그러할 수 있었을까? 서란은 아마 안 될 것이라는 생각이 들었다. 그래, 처음부터 끝까지, 유하 님은 특별하셨다. 어쩌면, 신궁을 폐한 것은 가장 합당한 일일지도 몰랐다. 하늘이 내린 신녀와, 그저 신을 모시는 인간이란 이렇게도 차이가 큰 것을. 본질적 차이란 것일까? 그저 사명에 집착하여 아무것도 보지 못하던 서란 언니와는 비교할 수도 없는…….

"말로는 할 수가 없을 정도로 진정 감사드립니다, 폐하. 신녀님께도 직접 감사를 드릴 수 있으면—"

"짐이 전해 주지. 어쨌든 그것은 제쳐 두고, 그대들을 부른 이유는 또 다른 것이다."

비란의 말을 아무렇지 않게 끊은 휘는 그대로 본론을 말하고자 했다.

"그대들이 짐에게 빚이 있다고 했지."

"무언가, 대가를 염두에 두고 있으신가 봅니다."

"맞다. 짐이 필요한 것이 있다."

윤 공공이 되묻자, 휘는 망설임 없이 인정했다. 유하 님은 모르시나, 그녀를 위해 필요한 것을 이들에게서 얻을 생각이었다. 그는 원래 최소한의 것에서 최대한을 뽑아내는 것에 능한 사람이었다. 하나의 덫으로 세 마리, 네 마리의 토끼를 손에 쥘 예정이었다. 그러고는 반드시 유하 님을 다시 데려오리라.

"신녀라는 존재를 잊히게 할 생각이다. 그러니 유하 님을……."

차분한 음성으로 윤가의 가주가 지불할 대가를 설명하는 휘의 눈에 선연한 의지가 자리 잡고 있었다.

\* \* \*

"지금쯤이면 대신관, 이 세상 사람이 아니려나……?"

유열은 생각 없는 오찬을 물리고 한가로이 침상에 누워 섬뜩한 소리를 중얼거렸다. 그리 신빙성 없는 얘기도 아니었다. 류휘가 대신관을 그냥 두었을 리는 없으니 말이다. 어쨌든, 이미 쓸모가 없어진 이상 대신관은 그의 관심 밖이었다.

문제는 유하였다. 그의 짐작으로는 인상착의가 비슷하다고 하니, 보고받은 여인은 그녀가 분명하다. 하지만 무슨 일이길래 머리카락만 흑발이 아닌 것인지…….

"대신관이 그녀를 보내기 전에 기어코 무슨 짓을 한 것인가?"

어쩌면 그때 차라리 피를 보더라도 신궁에 칼을 대고 왔어야 했나 싶었다. 하지만 유열은 곧 달리 생각했다. 신관 몇 명을 베어 버린다 한들, 대신관은 꿈쩍도 안 했을 것이다. 그만큼 독한 여자였다. 그렇게 기분 나쁜 주제에 또 류휘 놈에게 마음이 있다니, 악취미도 아니고 그녀는 모순이 덕지덕지 붙어 있었다. 생각도 하기 싫었다.

"느긋하게 기다리고서, 유하가 아니면 조용히 죽여 버리지 뭐."

다시금 편안한 마음으로 눈을 감던 유열은 난데없이 바람이 불어오는 것을 느꼈다. 그건 예상치 못하게 비정상적인 일이었다. 모든 창문이 굳게 닫혀 있었기 때문이다.

유열은 퍼뜩 눈을 떴다. 고개를 돌린 시선에 새하얀 머리카락을 늘어뜨린 미희가 걸렸다. 익숙한 얼굴에 눈썹마저 하얀 미희였다. 그 미희는 그가 오랜 시간 손에 넣길 기다렸던 눈꽃이었다. 유열은 곧장 침상에서 내려왔다.

"안녕, 유열."

참으로 이상한 일이었다. 유하는 확연히 놀란 눈으로 다가오는 그에게 작게 인사를 건넸다.

이 위험한 남자에게 반가움을 느낄 줄은 몰랐다. 하지만 반가웠다. 어쩌면, 그때의 백야 이후로 그녀는 그에게 연민을 느끼고 있는 것인지도 몰랐다. 휘에게 느끼는 감정이랑은 매우 다른 종류의 것이었지만, 유열은 어쩐지 길을 잃은 아이 같은 눈을 가지고 있다는 점에서 휘와 닮아 있었다. 가엾게도 신의 짐을 대신 짊어졌으니, 이제는 그 짐을 내려 주고 싶었다. 둘 다…… 말이다.

"유하…… 진짜 유하인가? 어떻게 이리 빨리 온 거지?"

"자…… 잠시만!"

금세 팔목을 잡아채어 끌어안고는 얼굴 곳곳을 살피는 유열을 그녀는 밀어내려고 했으나, 그는 아랑곳하지 않았다. 그의 손이 유하의 머리카락을 쥐었다. 정말 하얀색이었다. 그 나름대로 아름답다 할 수 있는 색이었으나, 확실히 원래의 흑발은 아니었다. 그의 의아함을 넘어 심각하기까지 한 표정에 유하는 어색하게나마 미소 지었다.

"호천서 황궁에서 국경까지 바람의 령들과 이동했단다. 조금 무리했던 탓에 머리카락이 새어 버렸지만 별것 아니야. 시간이 없었으니 어쩔 수 없지 않겠느냐."

그렇다면 유하가 이렇게나 빨리, 그것도 그가 있는 곳에 바로 나타난 것이 이해가 되었다. 그를 만나기 위해 머리카락이 하얗게 될 정도로 무리를 했다니…… 어쩐지 묘한 기분이 들었다. 어색할 정도로 부드러운 감정. 유열은 손에 쥐고 있던 그녀의 하얀 머리카락을 살며시 내렸다. 그는 이런 느낌에는 익숙하지 않았다.

"저기…… 유열, 그만 몸도 놓아주지 않으련?"

유열이 아직까지도 그녀의 허리를 바짝 그러안고 있던 탓에 유하는 조금 불편한 표정으로 그에게 물었다. 아직 인간적인, 여자와 남자로서의 접촉은 익숙지 못한 그녀였으나, 이런 것은 휘가 아니면 하고 싶지 않은 종류의 접촉이었다. 휘라면 자연스러운 느낌이었을 것이나, 유열이니 무척이나 불편했다.

"싫다. 왜 갑자기 신경 쓰지? 저번엔 그렇지 않았잖아."

"전에는 알지 못해서 그런 것이야. 하나, 지금은 확실히 불편하다. 그러니 놔주어."

유열의 온유하게 풀려 있던 눈매가 순식간에 굳었다. 비록 무의식적이라도 그녀가 그의 인간적 욕망을 인지하고 있었다. 전에는 그런 것 자체를 알지 못해 반응하지 않았다면, 이제는 알고 있다는 것이다. 그리고 그것은 누가 그녀에게 욕망의 감정에 대해 알게 만들었다는 뜻이었다. 공교롭게도, 그게 누구인지는 고민할 필요도 없었다.

"류휘, 그놈이 손을 댔군. 하, 고고하게 굴더니 그사이에…… 어디까지 취한 거지?"

"뭐? 유…… 유열! 뭘 하려는 것이야! 자…… 잠깐—!"

갑작스러운 만큼 거칠게 붙들어 오는 손에 유하는 거부할 새도 없었다. 앗, 하는 사이에 순식간에 몸이 들린 후, 곧장 침상에 눕

408

혀졌다. 그녀는 무슨 일이 일어나는 것인지조차 알지 못했다. 하나 정신을 차리고 보니 유열의 몸에 깔려 있었다. 그리고 두 손마저 머리 위로 결박당해 움직일 수 없는 상태가 되어 있었다.

혼란스러운 눈으로 위를 올려다보자, 짙은 적갈색의 눈동자가 그녀를 내려다보고 있었다. 익히 보아 왔던 냉한 눈빛이나, 미묘한 조소가 어린 눈빛이 아니었다. 참을 수 없이 억눌린 분노와 알 수 없는 열기가 고여 있었다. 유하는 숨을 들이켰다. 낯선 감정이 발 끝에서부터 타고 올라오는 것 같았다. 낯선 두려움이었다. 무엇을, 왜 두려워해야 하는지는 알지 못했으나, 미치도록 두려웠다.

"놔줘 유열, 제발!"

"왜 류휘일까? 하늘이라면 공평해야 할 텐데, 나에겐 그렇지 않아."

그는 나지막이 말하며 그녀의 얼굴을 천천히 손가락으로 쓸었다.

"그거 아나? 무엇이든 빼앗지 않으면 빼앗기고, 상처 내지 않으면 상처를 받게 되지……."

그녀의 얼굴을 쓸고는 목을 타고 내려온 손가락이 순식간에 옷 깃을 파고들었다. 유하의 몸이 움찔했다. 손을 움직일 수가 없었기 에 도무지 피할 방법이 없었고, 다리도 그의 몸에 짓눌려 빠져나갈 틈이 없었다. 옷은 점점 더 흐트러져 열기 어린 시선에 속살이 노 출되기 시작했다. 그리고 그럴수록 두려움은 배로 증폭했다.

"그만…… 그만해!"

"세상은 싸우지 않으면 당하는 거다, 유하."

칼을 꽂는 것처럼 그 말을 그녀의 귓가에 내리꽂으며 마침내 그 녀의 알몸을 드러낸 손이 여리고 순결한 봉우리를 난폭하게 쥐었 다. 그에 유하의 입술 사이로 참고 있던 흐느낌이 눈물방울과 함께 새어 나왔다. 두려워 미칠 것 같았다. 잔혹한 감촉이었다.

잔뜩 흐려진 시야 사이로 보이는 유열의 얼굴은 전에 본 적 없이 고통스럽게 일그러져 있었다. 마치 스스로를 죽여 버리고 싶은 것처럼.

"유열."

나지막이 그의 이름을 부르자, 그가 움찔했다. 이미 움직임을 멈춘 그의 손이 작게 떨리고 있었다. 오히려 그가 해를 당한 것처럼, 그의 두 눈에 두려움이 서려 있었다. 유하의 것과는 다른, 무언가 근본적인 두려움……. 그것을 보자 이상하게도 유하의 두려움이 조금씩 가시기 시작했다. 넋이 나간 것처럼, 유열이 무언가 중얼거렸다.

"광기에 삼켜져…… 괴물이 되고 말 거야."

"……."

정확히 무슨 말인지 유하는 알 수 없었다. 그러나 가슴이 미어지는 아픔이 느껴졌다. 휘의 과거를 들었을 때와 같이 근원을 흔드는 슬픔이었다. 쌍둥이처럼 맞닿는 슬픔……. 그 슬픔이 유하의 두려움을 꿰뚫고 나왔다. 지금까지 그는 대체 어떤 세상에서 살아왔던 것인가. 가엽고도 가여운 아이.

그러나 그의 세상은 틀렸다. 이대로 둘 수 없었다. 어둠이 두려워 감고 있던 눈을 뜨게 하리라. 유하는 입을 열었다. 용기로써, 그의 마음을 두드렸다. 하얗게 흐트러진 머리카락과 같은 빛깔로, 눈동자가 빛나기 시작했다. 가라앉은 음성에 신력이 실려 있었다.

"유열, 틀렸어."

차분히 가라앉은, 그러나 확신 있는 음성이 그의 손을 멈췄다. 은빛으로 빛나는 그녀의 두 눈동자가 그 무엇보다 맑게 그의 모습을 비췄다. 틀리다는 단호한 말 하나로 그를 붙들었다. 마치, 그 말이 진실인 양……

그에 유열은 강렬한 빛에 덴 맹인처럼 숨을 들이켜며 그녀에게서 물러나려 했다. 하지만 벌거벗은 몸에 아랑곳없이 스스로 몸을 일으킨 유하가 그것을 허락하지 않았다. 마치 가장 신성한 옷을 입고 있는 것처럼 당당한 자세로, 그녀는 두 손을 뻗어 그의 얼굴을 붙들고는 시선을 맞추었다. 그녀의 두 눈이 피할 수 없는 칼처럼 그의 혼란스러운 얼굴을 응시했다. 유열은 어찌할 줄 모르는 아이처럼, 하염없이 그녀의 눈동자에 붙들렸다.

"괴물이 아니야. 알지 못해서 방황하는 나약함일 뿐이다. 그래, 무지는 죄를 만들지. 하나, 그 모든 것을 앎으로써 극복하는 것이야."

유열은 그만 고개를 떨구었다.

"난 '아는 자'라는데도, 알지 못한다."

유하는 그 말에 마치 재미있는 말을 들은 것처럼 웃었다. 신성이 장악한 그녀는 웃음마저 하얗게 빛나고 있었다. 신성의 유하는 정확히 알고 있었기 때문이다. 그녀는 마치 어린아이를 타이르는 것처럼 그의 떨군 고개를 들어 올렸다.

"유열, 진짜 '아는 자'는 나란다. 아직도 몰랐느냐? 인간인 너는 지금 네게 주어진 앎으로 충분한 것이야."

그는 알 수가 없다는 눈빛이었다. 유하는 한숨을 내쉬었다.

"그래, 네가 알고 있는 것만으로도 충분하다면 왜 그리 세상은 무서운 곳이었는지 이해가 되지 않겠지. 하지만 유열, 눈을 떠 보아라. 세상은 싸우는 것이 아니라 변화시켜 나가는 것이다. 태초의 신들이 그러했던 것처럼 창조에 창조를 거듭하며 스스로를 변화시

키고, 그를 통해 세상을 바꾸는 것이야. 그러고는 마침내, 끌어안
으면 되는 거다. 아픔도, 슬픔도 모두."

태초의 신들이 가졌던 힘의 근본은 신언이 아니었다. 그것은 오
로지 창조의 열매 중 가장 근본에 가까운 하나일 뿐, 근본이 아니
다. 태초의 씨는 바로 '앎'이었다. 스스로 존재한다는 '앎', 존재
할 세상이 필요하다는 '앎'……. 그 두 개로 태초의 신은 탄생했
고, 그 첫 창조로부터 모든 것들이 창조되기 시작한 것이다. '앎'
이란 그만큼의 위력을 가진 것이었다. 유열은 그 창조의 씨앗을 가
지고 있던 것이다.

"너는 '아는 자'야. 얼마나 큰 것을 가지고 있는지 모르겠느냐?
그래, 휘는 천계의 눈꽃을 약속받았지. 하나, 대신 너는 세상을 바
꿀 수 있는 창조의 씨앗을 얻은 것이다. 그러나 씨앗을 가지고 있
다 한들, 꽃피우는 방법을 모른다면 소용없지. 구원은 그 둘을 합
친 하나……. 나와 네가 가진 '앎'은 짝인 것이야. 다른 하나가 없
이는 무용지물인……."

"……!"

"알겠느냐? 휘가 내가 디딜 준비된 믿음의 발판을 세웠기에 내
가 여기까지 올 수 있었고, 네가 가진 앎의 씨앗들을 내가 꽃피울
수 있기에 구원은 실체로 존재하는 것이다."

스스로의 입술로 풀어내는 사이, 유하는 모든 것을 깨달았음을
알았다. 그녀의 존재의 이유, 그녀가 지상에 온 이유, 그리고 하늘
이 그녀에게 가지고 있던 뜻을 모두 말이다. 마침내 잠겨 있던 문
을 연 그녀의 신성이 만족스럽게 스르르 잠들었다. 은빛으로 빛나
던 그녀의 두 눈이 검은색으로 돌아왔지만, 그 안에 빛나는 환희는
가시지 않았다. 안다는 것은 세상이 새로이 열리는 것과도 같아서,

유열과 유하는 한동안 눈을 맞춘 채로 말을 잃고 말았다.

"정말로, 변하는구나…… 정말로."

그러했다. 유열은 말없이 동의했다. 어둠을 뚫고 햇빛이 쏟아져 내리고 있었다. 눈을 뜬 자들을 환영이라도 하듯, 그 따스한 빛이 감싸 안았다. 그리고…… 그녀의 두 눈을 하염없이 응시하는 그에게, 세상은 난생처음으로 눈부시게 밝은 곳이었다.

❋ ❋ ❋

"이제 와서 막지는 않겠지?"

"예— 예—. 내내 노래를 부르시지 않으셨습니까. 차라리 빨리 가셨다가 빨리 돌아오십시오."

제국 제일 명마의 고삐를 쥔 휘는 홀가분한 표정으로 라련을 내려다보며 말했다. 그는 이미 체념한 표정이었다. 하지만 라련도 그의 주군이 할 만큼 다 했다는 것을 인정하지 않을 수 없었다. 채 나흘도 되지 않는 시간에, 신궁의 일이 정리되었다.

패륜에 대한 것은, 제국을 뒤흔든 만큼 빠르게 가라앉았다. 대신관의 처분에 대한 반발이 있었으나, 신궁의 지칭을 권민서(민중을 보살피는 곳)로 바꾸고 신관들도 그대로 지위만 바꾸어서 들이니 반발도 그리 오래가진 못했다. 역시 이름이란 실체의 포장일 뿐, 실체 자체는 이름을 바꾸어도 충분히 존재와 타협이 가능한 것이었다.

"그나저나, 변방이긴 하지만 낙안의 수로가 마르다니…… 겨울에 그게 가능한 일인가? 반대로 용적과 양적은 지나친 비로 홍수가 났지. 기현상이란 말이다."

문제는 그것이었다. 신궁의 일을 해결하자마자 전에는 없던 자연적 악재들이 변방의 지역들에서 하나둘씩 나타나기 시작했다. 그것도, 물에 관해서라면 신의 가호를 단단히 받고 있다 전해질 정도로 수자원이 풍부하고 가뭄이나 홍수가 흔치 않은 호천서에서 말이다. 특히 수로가 마르는 것은 그가 아는 한 한 번도 일어난 적이 없던 일이었다. 게다가 변방의 기후는 다르다고 해도, 겨울에 수로가 마를 가능성은 상당히 희박했다. 마치 세상의 균형이 깨지고 있는 것 같았다.

"뭐, 자연적으로 일어나는 일들을 어찌하겠습니까. 지시하신 조치는 제대로 취하고 있으니 걱정하지 마십시오."

"겨울이니 인명 피해가 없도록 각별히 신경 쓰라고 전해라."

"알겠습니다."

단순히 자연적인 현상이든 아니든 간에, 이것이 지속적으로 변방에 변방을 거쳐 일어난다면 상당히 곤란한 일이 될 것이었다. 수로가 마른 낙안은 일단 가장 가까운 수로에서 물을 끌어다 쓰도록 했고, 홍수 피해가 있는 두 지역은 근방 지역으로 대피시키는 것으로 임시로 해결을 해 놓았다. 겨울이라 농사지을 일이 없어 수자원이 그리 큰 타격을 주지 않는다는 것이 그나마 다행이었다.

갑작스럽게 난민들을 수용한 지역의 질서를 위해 군사들을 배치시키고 자금을 주는 것으로 상황은 일단락되었던 것이다. 그 모든 것을 급히 처리하느라, 시간이 예상보다 너무도 많이 지났으니…… 그로서는 더는 지체하고 싶지 않았다.

"황후라니, 누구 마음대로."

"그 황후가 유하 님이라는 것은 어떻게 아시는지 모르겠지만요."

"아니라면 이렇게 금방 옆 제국 황궁에 닿을 정도로 동네방네 떠들고 있진 않겠지. 나보고 들으라고 하는 거다."

유열이 유하 님을 황후로 삼겠다 선언만 하지 않았어도, 그녀가 스스로 돌아오기를 기다려 줄 수 있었을지도 모른다. 하지만 유열이 그녀가 호천서의 신녀라는 것은 물론, 기본적인 인상착의조차 공개하지 않은 것은, 휘로 하여금 공개적으로 그녀의 반환을 요구하지 못하게 하기 위함이었다. 한 마디로 스스로 되찾으러 가지 않으면, 유열은 그녀가 뭐라 하든 그녀를 놓아주지 않을 것이란 말이었다. 하나, 꼴에 그를 괴롭히고 싶었는지 황후를 맞이할 것이라는 소식을 퍼뜨렸다.

"다시 데려오면 그만이지."

"충분히 아시겠지만, 자리를 비우시는 것이니 최대한 빨리 돌아와 주십시오."

하여간, 라현은 잔소리만 늘었다. 휘는 고개를 끄덕였다.

"문제가 있다면, 급신을 보내라."

마지막으로 한마디를 한 휘는 라현을 뒤로하고는 말을 몰아 박차고 나아갔다. 목적지는 적호국이었다. 성가시게 굴 것이 뻔한 붉은 제국의 주인은 안중에도 없었으나, 칠흑같이 검은 눈이 빛나는 천계의 눈꽃이 거기 있다는 것만으로 제국 제일 명마의 속력은 점점 더 빨라지고 있었다.


"뭐라도 더 찾았나, 아가씨?"

"글쎄…… 네 붉은 서책은 여러 번 보고 있는데, 참 알기 어려운 말들이야."

"그 글씨가 보이는 것부터가 나로선 놀라우니, 천천히 생각해 보라고."

유열이 가장 먼저 내민 작은 서책에는 피로 쓴 듯한 붉은 글씨가 빽빽이 적혀 있었다. 그녀에게는 선명히 보이는 글씨였으나, 유열에 따르면 그것은 지금까지 그에게밖에 보이지 않았던 글씨라고 했다. 그렇다면 이 책은 신의 힘이 깃든 신물임이 분명했다. 단지, 글씨들이 수수께끼처럼 비유들로 가득하여 해독하기가 쉽지 않다는 것이었다.

"때가 되면 천지가 엇갈려 다시금 신을 찾게 될지니…… 천지의 엇갈림은 세상이 불안정해진다는 건가?"

"그럴지도…… 안 그래도 요즘 갑작스럽게 나를 귀찮게 하는 악재들이 일어나고 있긴 하던데, 금방도 하나 해결하고 온 거다. 서쪽의 남원 땅 일부가 갈라져 버렸거든. 기현상이야, 한 번도 이런 적이 없었으니."

"과연…… 이대로 계속된다면 곤란해질 것이야. 다음 구절이…… 태초로 돌아간다는 내용이거든. 세상이 스스로 소멸하여 질서를 다시 잡을 거라는 뜻이지."

그리고 그것은 일전의 꿈속에서 월희가 일러 준 것이기도 했다. 소멸의 첫 단계가 바로 불안정한 세상과 그로부터 파생되는 기현상일 것이다. 어쩌면, 어머니가 시간이 없다고 한 것은 이러한 기현상을 두고 말씀하신 것일지도 모른다.

"그리고 이거…… '그릇은 반으로 쪼개져 그 하나로서는 짝과 크기가 다르더라' 래."

"나한테 물어본들…… 그걸 가졌던 수년 동안 아무것도 풀지 못했잖아?"

그 말을 하는 그의 얼굴에 농담을 던지는 것처럼 웃음기가 스며

416

있었다. 유하는 마주 미소 지었다. 그때의 일 이후로 유열은 뭔가 달라져 있었다. 그녀에게 더는 손대지 않는다는 것을 떠나서, 그에게서는 한 번도 느껴 보지 못한 여유가 그 눈가에 스며 있었다. 아주 작은 변화지만, 가끔은 온전히 부드럽게 미소 지을 때도 있었다. 정작 본인은 그렇게 크게 느끼지 못하는 것 같았지만, 그의 마음 가운데 전에 없던 무언가가 채워진 것 같았다.

"이 구절이 구원의 방법을 말하고 있고, '피가 섞임으로 자유를 찾은 씨는 새로운 열매를 맺으리라'."

"그런가 보네."

유열도 전에는 그리 생각했었다. 인간적인 차원에서 '피가 섞이는 것'은 육체적 관계의 일반적인 표현이고, 새로운 열매는 그에 따른 잉태의 생명을 뜻했기 때문이다. 그러니 유하를 안으면, 구원이 이루어지는 것이라 생각했던 것이다. 유열로서는 그리 생각할 수밖에 없었다. 그때는 신의 언어를 알아볼 유하가 없었으니까.

하지만, 이제는 그게 아닌 걸 그도 어렴풋이 알 수 있었다. 설사 진실이라 한들, 그건 그가 구원받는 게 아니라 언젠가 있을지 없을지도 모르는 그의 후손들이 받는 구원이고, 그건 모순이었다. 그 예언이 류휘에게도 해당되는 것이라면, 분명히 신은 본인에게 구원을 주겠다고 했기 때문이다. 하늘은 그에게 불공평했을지는 모르나, 모순적이었던 적은 없었다. 이 지상에 모순적인 생물이라고는 인간뿐이었다.

"이 서책, 풀지는 못하면서 용케 지금까지 가지고 있었구나?"

"뭔가 나와 연결되어 있는 것 같아서 항상 지니고 다녔다. 읽어 본 지는 얼마 되지 않았지만……."

유하는 미소 지었다. 사실은 당연한 얘기였다. 붉은 서책은 신
물이니, 신력을 가진 유열에게 반응할 수밖에 없었다. 그리고 마찬
가지로 그녀에게도……. 유하는 허리춤에 묶어둔 옥경을 기억했
다. 어쩌면, 어머니가 '가장 필요할 때' 옥경을 통해 만날 수 있으
리라 하신 것은 또 다른 뜻이 있을지도 몰랐다.

"자유를 찾은 씨……. 씨는 창조의 근본을 의미하기도 하니, 새
로운 열매는 새로운 세상을 의미할 수도 있지. 모든 것이 소멸하는
운명을 피할 방법이 있다는 말이야."

그 말에 유열은 새삼 신기하다는 눈빛으로 그녀를 보았다. 그가
생각하는 것들은 나름의 타당성이 있음에도 자신 한 명의 범주, 혹
은 이 제국의 범주 밖을 벗어나지 못했지만, 그녀가 말하는 것들은
항상 온누리를 담고 있었다.

"문제는 '피가 섞인다는 것'과 '그릇이 쪼개져 그 짝과는 크기
가 다르다는 것'. ……이 두 개의 의미를 알 수가 없어. 족쇄를 푸
는 방법에 관련된 것일 터……. 무슨 다른 단서가 없을까?"

유하는 월희가 꿈에서 일러 주었던 말들을 다시 되짚었다. 대부
분은 붉은 서책의 비유들을 푼 말들이었다. 그녀가 놓친 것이 있을
까. 생각에 생각을 거듭하던 차에, 유열의 목소리가 들려왔다.

"그런데 말이야, 항상 궁금한 것이 있었다. 대체 눈에 보이거나
손에 잡을 수 없는 것을 어떻게 풀 수 있지? 신이라면 가능한 건
가?"

"아!"

신이라면 가능하냐는 유열에 말에 유하는 놓치고 있던 것을 알
수 있었다. 그녀의 어머니는 '옛 도읍'으로 가야 한다고 말했었다.
옛 도읍이 있다는 것은 지금의 것이 아닌 역사가 있다는 말이고,

그것은 유하가 항상 의문을 가졌던 부분이었다. 바로…… 건국 신화. 인간 문명의 시작을 함께한, 신들의 이야기 말이다.

"유열, 건국 신화를 아느냐?"

"어…… 건국신화? 알기야 알지. 들은 지는 너무 오래됐지 만……."

"휘는 없다고 하였는데?"

유열은 그녀의 의문에 알 만하다는 표정을 지었다. 아마 그로서 는 생각하기도 싫었을 것이다. 차라리 없는 이야기인 것이 그에게 는 더 좋았을지도 모를 일이었으니까. 류휘는 그와는 다르게 건국 신화를 전대 대신관에게서 배웠을 것이다.

그들이 가진 힘의 시초에 대해 대강의 유래를 알려 주는 신화였 기에, 그 위대함에 대해서 전대 대신관에게 뇌에 박히도록 세뇌를 받았을 것이 분명했다.

그러나 그것이 오히려 족쇄이자 증오의 대상이었으니, 어떻게 아무렇지 않게 얘기할 수가 있을까. 그나 류휘나 그놈의 대신관에 게는, 그리고 그 전 황제들까지 모두, 건국 신화는 일종의 그들만 이 알고 있어야 하는 금기였다.

그러했기에 민간에는 아니, 황가를 제외한 그 어느 누구에게도 퍼지지 않은 것이다. 황제의 핏줄과 대신관을 제외하고는 신력에 대한 것을 알아서는 아니 되었기 때문이었다.

"아니, 분명히 있어. 그쪽은 구두로 대신관들한테 대대로 전해 들었겠지. 이쪽은 글로써 전해진다. 그리고 특이하게도…… 우린 같은 건국 신화를 공유하지."

정말 흥미로웠다. 두 나라가 같은 건국 신화를 공유하다니……. 이제 보니 무언가 갈피가 잡힐 듯한 특징이었다. 건국 신화를 공유

419

한다는 것은, 두 나라가 한때는 하나였다는 뜻이었으니까. 유열은 곧장 일어나서 벽장의 문을 열고 그 구석을 뒤지는가 싶더니 얇고 넓은 정사각형 모양의 옥패를 꺼내 들었다. 영롱한 빛을 발하는 옥 패는 딱 보기에도 무척이나 진귀한 물건으로 보였다.

"그런 귀한 걸 그렇게 아무렇게나 넣어 놨다는 것이냐?"

"딱히 필요 없는 물건이었으니까."

그는 대충 천으로 묻어 있는 먼지를 닦아 내고는 유하에게 그것 을 내밀었다. 옥패에는 작은 글씨가 촘촘하게 새겨져 있었다. 유하 는 그것을 유심히 보았으나, 글씨가 너무 작아서 도무지 읽기가 힘 들었다. 유열은 눈살을 찌푸려가며 어찌어찌 읽어 보려는 그녀의 모습에 작게 웃었다. 그러고는 작은 유리가 끼워진 물체를 그녀에 게 내밀었다.

"자, 이걸 대고 보면 크게 보일 거다."

"이게 뭐야?"

"애체(돋보기)라는 것인데, 물체가 확대되어 보이지."

유하는 그것을 옥패에 대어 보았다. 정말이었다. 그녀는 신기하 다는 듯이 애체를 유심히 보았다. 이 붉은 제국에는 이런 처음 보 는 것들이 많았다. 신기한 기능을 하는 물체들이나, 광물 혹은 유 리로 만든 섬세한 공예품이 여기저기 널려 있었던 것이다. 호천서 에서는 볼 수 없었던 것들도 많았다.

"호천서에도 이런 것이 있어?"

"있다. 뭐, 정확히 말하면 우리에게서 사 가는 거지만. 거긴, 수 자원이 풍부하고 토지는 비옥하지만 우리만큼 불을 다루는 기술이 발달하진 않았으니까."

"그리 보면 말이지, 너와 휘가 그러하듯 두 제국도 정말 대칭적이야. 아주 닮았지만, 어딘가 엇갈려 있어."

그리고 애체를 대어 살펴본 글자들은 두 제국의 시작점을 찍던 시간에 대해 이야기하기 시작했다. 조용히 찾아 든 침묵 속에서, 유하는 새겨진 글씨를 읽어 내려가기 시작했다. 어디서부터 닮은 것들이 미묘하게 엇나가기 시작했는지, 그 단서를 찾을 수 있을까 하고.

❈ ❈ ❈

"언니, 어딜 가시려는 거여요?"

서란은 그녀가 탄 말의 고삐를 잡아채는 동생 비란을 무감정한 눈으로 내려다보았다. 이리 지체할 시간이 없었다. 이럴 줄 알고 한밤중에 나가려고 했건만, 어떻게 알았는지가 의문이었다. 정말이지 성가셨다. 그녀의 입에서 냉한 목소리가 흘러나왔다.

"난 네 언니가 아니다, 아이야."

"언니?"

비란의 혼란스러운 표정에 그녀는 재밌다는 듯이 웃었다. 그래, 그녀는 이 아이의 언니가 아니었다. 서란이라 할 것 같으면 이미 의식이 완전히 잠들어 버린 상태였으니, 이 몸은 이제 온전히 그녀의 것이었다.

"네 언니는 내가 먹어 버렸단다. 알겠느냐?"

비란의 얼굴이 공포로 물들었다. 기이하고 섬뜩한 눈빛에 확실히 알 수 있었기 때문이다. 이 여인은 서란이 아니었다. 무언가 더 어둡고, 이 세상의 것이 아닌 듯한 느낌이 비란의 팔을 타고 오소소 올라왔다. 비란은 그만 고삐를 놓고 말았다.

"세상이 끝날 때까지만이라도 즐기려무나, 곧 이 부희가 모두 없애 줄 테니. 이 슬픔은 너무나 오래 묵었으니, 이제는 태워 버려야 할 때가 되었잖니?"

"……."

무슨 의미인지 도무지 알 수가 없으나, 귓가에 오한이 서리는 듯한 말을 읊조린 그녀는 굳어 있는 비란을 두고는 이내 말을 타고 사라졌다. 때는 한밤중이 넘어 밤새가 우는 소리만 들려오는 축시. 악귀가 헤집고 다닌다는 시각이었다. 비란은 떨리는 손으로 빼앗긴 온기를 다시 모으려는 듯, 차가워진 두 팔을 감싸 안았다.

"태초의 시간이 지나고, 지상에는 두 형제가 내려왔다. 지신에게서 난 두 형제는 물을 다루는 수신과, 불을 다루는 화신으로서, 신들의 가장 사랑하는 창조물을 번영케 하고자 나라를 세웠다. 그들의 뜻대로, 그 안에서 인간들은 풍요로웠고 점차 문명을 이루었다. 하나, 본래 하나에서 갈라진 두 형제가 같이 있으니 그 피의 무게로 인해 세상의 균형이 깨지기 시작하였으므로, 형제는 나라를 둘로 갈라 옛 도읍을 버리고 정반대 방향으로 떠나 각각의 나라를 세웠다. 수신은 신을 모시던 부희와 혼인하여 아들을 남겼고, 화신은 또 다른 인간의 딸인 소요와 혼인하여 아들을 남겼다."

"여기가 비극의 시작이지."

씁쓸하게 내뱉는 유열의 말에 유하는 잠시 읽기를 멈춘 후 그를 흘끗 보고는, 그가 더 이상 대답이 없자 다시금 글자로 시선을 돌렸다.

"신의 피는 두 아이에게 깃들었으나, 인간의 피가 섞인 탓에 신언의 형태로만 남게 되었다. 세상은 더 이상 두 신의 무게를 버티지 못했으니, 수신과 화신은 스스로 소멸하여 세상의 한 부분이 되었더라. 부희는 슬픔에 울부짖었고, 그 목숨이 오래가지 못하였다. 그러나 그들의 두 아들은 남겨진 제국을 붙들어 부강하게 하였고, 그 풍요로움은 차고 넘쳐서 옛 도읍의 생기를 앗아 가는 듯하였다. 그리하여 옛 도읍은 죽음의 땅이 되었으나, 신의 피가 깃든 두 제국의 해는 지지 않았으니, 신의 가호가 영영하였더라……."

짧은 신화를 다 읽어 내린 유하는 잠시간 아무 말도 하지 않았다. 휘와 유열에게 신의 피가 깃든 것의 유래는 건국 신화만으로도 충분했다. 둘은 머나먼 신의 자손이다. 그것도 지신인 하백 님의……. 그러니 처음부터 그녀는 휘가 하백 님의 기운과 비슷한 것을 갖고 있다고 느낀 것이다. 단지, 오랜 세월 동안 피가 섞인 탓에 그다지 뚜렷하지 못했을 뿐이다. 그러나 휘와 유열의 신언은 상당히 강했다. 인간의 피로 많이 옅어진 것에 비해 지나칠 정도로 말이다.

"그 신의 피 때문이야."

"응?"

갑작스럽게 침묵을 뚫고 나오는 유열의 말에 유하는 상념에서 깨어났다.

"류휘나 나나, 우리 가문이 적자만 태어나는 이유 말이다. 마치 신의 피가 그렇게 되도록 선택했던 것 같아. 그런 데다가, 드물게도 갑작스럽게 신언이 유독 강하게 나타났지. 류휘의 아비는 어땠는지 모르겠지만, 내 아비는 기겁을 했다. 동정인지, 두려움인지…… 죽기 전에 나에게 너무 일찍 미치지는 말라고 했거든."

"유열, 그런 거 이제는 중요치 않잖아. 풀어내야 하니까."

유하는 어둠에 잠기려고 하는 그를 한마디로 건져 내었다. 그런 것을 따지고 있을 겨를이 없었다. 격세혈전이라고 해야 할까. 아마도 신의 피를 하늘로 되돌려 버릴 때가 되었기에 나타난 것인지도 몰랐다.

"내가 원하는 내용은…… 여기, '옛 도읍'이라고 한 부분이야. 옛 도읍으로 가야 한다고 하셨어."

"누가?"

"어머니가. 거기 가면 알 수 있겠지? 적어도 그릇이 쪼개져 그 짝과는 크기가 다르다는 말이 무엇인지는 알 것 같아."

그녀의 단호한 말에 유열은 그녀를 빤히 보았다. 정말…… 신의 아이가 맞나 보다. 그는 차분히 유하가 말을 더 풀어내기를 기다렸다. 작게 마음속에 묻혀 있던 희망이라는 것이 그의 안에서 피어오르기 시작하는 것 같았다.

"신화라는 것이 어디까지가 진실인지는 모르겠지만, '지신에게서 나온 두 형제'라는 말은 지상의 신은 하백 님이니, 그분으로부터 분신이 나올 때 그 주어진 힘 또한 둘로 갈렸다는 거야. '그릇이 쪼개졌다'는 것은 너와 휘의 신력은 둘로서 하나라는 거지. 그러니 그 짝…… 그러니까 나의 신력에 비했을 때 그 하나만으로는 작다는 거야."

게다가 그릇은…… 신이라 해도 분명 남성은 양이고 여성은 음이니 신력 또한 그렇게 짝으로 이루어져 그릇처럼 담길 수 있다는 것이었다. 즉 합쳐지면 봉인될 수 있다는 말이었다. 유하는 잠시간 숨을 멈췄다. 이는 휘와 유열에게 있는 신의 피를 봉인하여 승천시키려면, 그녀의 신성을 포기해야 한다는 것이었다.

신의 아이가 신성을 포기해야 한다니……. 그 조용한 충격에 유하는 잠시 침묵했다. 일시적으로 사고가 정지했다. 그러나 곧 유열이 의아한 눈으로 보자, 가까스로 아무렇지 않은 척 다시금 입을 열었다.

"어쨌든, 지금 해야 할 일은 '옛 도읍'으로, 죽음의 땅으로 가야 한다는 거야. 근데 거기가 어디인지⋯⋯."

유열은 그에 알고 있다는 듯이 곧장 대답했다.

"두 제국을 통틀어 죽음의 땅이라고 불리는 곳은 하나밖에 없다."

그렇다면 그곳일지도 몰랐다. 고개를 끄덕인 유하는 잠시 망설였으나, 이내 말했다.

"당장 가 보자. 그리고 휘도 불러와야 하니 서신을 보내 줘."

"지금 가겠다는 소리? 자정이 다 되어 가는데?"

"자정이라 했느냐?"

전혀 알지 못했다는 그녀의 표정에 유열은 알 만하다는 표정이었다. 하루 종일 해독하기 힘든 글씨들과 사투를 하느라 시간이 가는 줄도 모르고 있었음이 틀림없었다. 그리고 놀랍게도, 그들은 어제에 비해 훨씬 더 많은 것들을 알고 있었다. 점점 더 희망이 커져 갔다. 족쇄를 정말로 풀 수 있을 것이라고. 하나 아무리 급하여도 이 한밤중에 죽음의 땅으로 갈 수는 없는 일이었다.

"내일 아침에 출발하자. 그때까지는 충분히 자 두라고, 아가씨. 그리고 류휘가 오는 것에 대해서는 걱정하지 마라."

왠지 모르게 짓궂게 느껴지는 어조로 말하는 유열을 그녀는 의아한 듯 쳐다보았다. 휘는 분명 그녀가 돌아오길 기다리고 있을 터인데?

"아마 가만있지는 못했을 거야. 비록 지금으로서는 무효가 된 듯한 소식이긴 하지만 아직 그놈은 모를 테니까."

"도통 무슨 말인지 모르겠는데…… 휘가 지금 여기로 오고 있다는 것이냐?"

"주군, 죄송합니다만 급신이 도착했습니다."

유열이 그 물음에 답하기도 전에 급한 듯이 들어온 사한이 그에게 서신을 내밀었다. 거기에 적힌 내용을 보는 유열의 눈이 즐거운 듯 휘어졌다. 호랑이도 제 말하면 온다더니…….

"이미 국경에 도착했군. 아가씨, 그도 내일이면 죽음의 땅에 닿을 수 있을 거야. 그러니 이제 그만 자."

유열은 아직 의아한 시선을 주며 침상에 드는 유하를 남겨 두고는 방을 나섰다. 그도 잠자리에 들기 전에 마지막으로 해야 할 일이 남아 있었다. 내일 죽음에 땅에서 어떤 일이 기다리고 있을지는 모르나, 이번만큼은 류휘 놈도 없어서는 안 될 존재였다. 정말 이렇게 붉은 글씨가 풀릴 줄은 어찌 알았으랴.

그는 사한을 불러 급신을 전하라 일렀다. 류휘의 행선지를 죽음의 땅으로 바꿔 내일 조우할 수 있도록 하는 내용의……. 모든 것이 믿을 수 없도록 빈틈없이, 운명에 따라 맞물리는 듯한 예감이 들었다. 그에 수긍하듯, 밤하늘에 걸린 새벽 별이 뚜렷이 반짝이고 있었다.

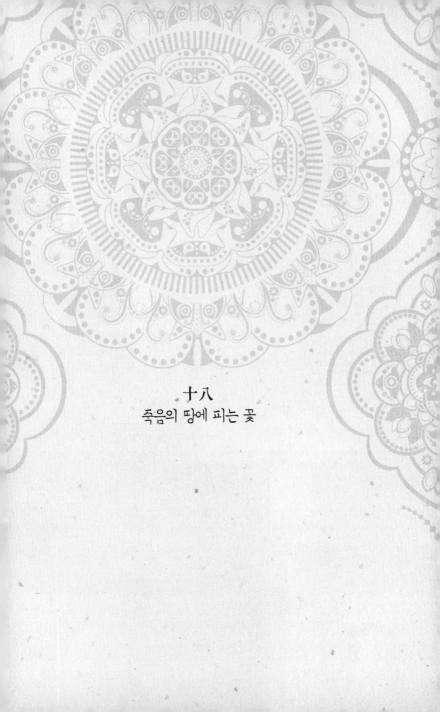

# 十八
## 죽음의 땅에 피는 꽃

"그놈, 대체 무슨 생각인 건지……."

모래바람이 강하게 불어오고 있었다. 죽음의 땅은 말 그대로 죽음의 땅이었기에 휘는 이곳에 와 본 경험이 거의 없었다. 이곳은 까마득한 옛날에 존재했던 도읍이라고 하기에는 지나치게 생명력이 결여된 사막이었기 때문이다.

겨울이라고는 하나 태양이 내리쬐는 탓에 상당히 따듯했다. 여름에 왔다면 타서 죽을 정도의 햇빛일 것이라는 예상은 쉬이 할 수 있었다. 왜 이런 곳으로 불러냈을까, 그놈은. 그나마 서신마저 받지 못했다면 헛고생을 할 뻔했다.

무모하긴 하지만, 확실하게 제국의 황제라는 것을 증명할 패를 내밀자 성문은 쉬이 열렸다. 한 제국의 황제가 갑자기 타국 국경에 혈혈단신으로 문을 두드렸으니, 병사들은 상당히 당황한 모습으로 그를 맞이할 수밖에 없었다.

그러곤 그에게 서유열에게서 온 급신을 건네주었던 것이다. 그리고 그것은 곧장 그의 행선지를 바꾸어 버렸다. '유하를 돌려받고 싶으면 죽음의 땅으로 오도록. 늦으면 후회할 거다.'라고 적혀 있었으니 말이다. 그래서 휘는 바로 죽음의 땅으로 향할 수밖에 없었다.

"후…… 저기 있군."

모래언덕이 즐비한 사막의 한가운데, 유난히 큰 모래 언덕 하나가 솟아올라 있었다. 그리고 그곳에는 유일하게 옛 도읍의 흔적이 남아 있었다. 무슨 용도였는지는 알 수 없으나, 거대한 돌 열두 개가 원형으로 줄지어 세워져 있는 곳이었다.

가까이 가니 멀리서 짐작한 것보다 더 큰 돌들이었다. 도무지 인간이 쉬이 세워 놓을 수 없을 것 같은 그런 크기의……. 그의 오래된 기억에도 그러했었다. 하백 님과 함께 왔었던가? 잘은 기억이 나지 않았다. 언덕에 도착한 휘는 그곳에 오르기 시작했다. 발이 사정없이 모래에 파묻혔지만, 그런 대로 오를 만했다. 고지가 가까워지자, 너무도 그리웠던 목소리가 들려오기 시작했다.

"정말 죽음의 땅이구나. 옛 도읍이라면 다른 어떤 곳보다 풍성했을 터인데 왜 이렇게……."

"이게 정상이다. 십 년이면 강산도 변해야 하는 거니까."

"그런 것이냐?"

"그런 거다."

당연하게도 유열의 목소리와 함께 들려왔지만, 그런 건 상관없었다. 심장이 먼저 벅차오르기 시작했다. 태양이 내리쬐고 있었다. 조금씩 그녀의 모습이 보이기 시작했다. 익숙한 얼굴…… 하얀 머리칼? 머리카락이 정말 하얗게 새어 있었다. 그러나 분명한 그녀였다. 놀랐던 마음이 순식간에 가라앉았다. 이름을 부르면, 칠흑

같은 눈동자가 그를 마주할 것이다. 그 순간이 죽을 만치 기대되어 지체 없이 이름을 부르려는 찰나에, 그녀가 기대어 있는 돌 옆으로 손이 뻗어져 나오는 것을 보았다. 서란이었다.

"유하 님! 뒤에—!"

"어?"

갑작스럽게 들려오는 익숙한 목소리의 다급함에 유하는 뒤를 돌아보았으나, 이미 손의 주인은 그녀의 팔을 붙들고는 순식간에 유하의 허리춤에 있던 옥경을 꺼내 들었다. 아차, 하는 순간에 벌어진 일이었다. 서란이 원하는 것을 쥔 후 유하를 밀어내는 것을, 휘는 간신히 그녀가 넘어지기 전에 받아 들었다. 곧장 서슬 퍼런 시선이 서란에게 닿았다. 거기엔 유열의 싸늘한 눈빛도 함께 있었다.

"무엇하는 짓이냐, 윤서란."

"유하에게 위해를 가한다면 목을 따 주겠다고 했던 것 같은데."

그 말에 서란은 외려 웃기다는 시선으로 슬쩍 입꼬리를 올렸다.

"서란이 아니라면 어쩔 것이냐? 그 신의 아이보단 이 거울에 관심 있거든."

"저게 정말 미쳤—"

"아니야 유열. 정말 서란이 아니야."

짜증스러운 유열의 말이 끝나기도 전에 휘의 품에서 다시 제대로 선 유하가 단언했다. 정말 서란이 아니었다. 대신, 그때 이상하다고 느꼈던 어두운 기운만이 가득했다. 서란의 몸을 무언가가 완전히 잠식하고 있었다.

"누군지 모르겠지만, 그녀의 몸에서 나와!"

"어리석긴. 천 년 넘게 벼르고 있었는데 내가 나오겠느냐? 대신 관이란 건 대대로 내가 머무는 그릇이었단다, 신의 아이야. 이만큼

431

완전히 먹어 버린 건 처음이지만 말이야."

유하의 외침에 쿡쿡 웃으며 그녀는 옥경을 들어 보였다.

"아이야, 이게 뭔지 아느냐? 거울이란 비추이는 대로 다른 세상을 만들어 내지. 그러니 신성한 의식에 쓰이는 거란다. 이날을 위해 얼마나 공을 들였는데, 이제 와서 그이의 남은 흔적마저 거두어 가려고 하는 것은 너무하지 않니?"

그녀의 시선이 순간 아릿하고 부드럽게 휘의 얼굴에 머물렀다. 하지만 그것은 휘를 보는 것이 아니었다. 휘 안에 있는 또 다른 누군가를 그리는 듯한 눈빛이었다. 그녀의 입술이 또 다른 이름을 읊조리는 듯했다.

그러나 유하가 의아함으로 그 시선을 따라가다가 때마침 눈을 돌린 휘와 시선을 마주쳤을 때, 여인의 입술은 비틀리고 말았다. 그래, 정말 남은 흔적일 뿐이지. 미련 없이 날 버리고 간 매정한 남자……. 그래도 하늘이 거두어 가게 둘 수는 없었다. 여인은 손에 있는 옥경을 한껏 치켜들었다. 유하의 놀란 눈이 크게 뜨였다.

"아…… 안 돼!"

유하의 다급한 외침에도 옥경은 가차 없이 날아가 굳건히 세워져 있던 돌과 부딪혔다. 그러곤 청명한 소리를 내며 순식간에 둘로 깨져 버렸다. 여인의 입가에 참을 수 없는 미소가 지어졌다. 그러나 곧 난데없이 지축이 흔들리기 시작하자, 그 미소는 형편없이 일그러졌다. 그러고는 곧 경악으로 물들어 갔다.

"이…… 이게 무슨!"

이럴 리가 없었다. 신이 강림할 수 있는 문을 깨뜨려 없애 버렸는데, 왜 하늘의 기운이 치솟기 시작하는 것인가. 모래언덕이 진동했다. 눈으로는 가늠할 수 없는 하얀 공간이 찢겨 나와 확장되기 시작했다. 그를 통해 이곳으로 모여드는 기운이 강해질수록, 여인의 얼굴은 더 파랗게 질려 가고 있었다. 죽음의 그림자가 가까워지고 있었다. 그리고 마침내,

"아하! 드디어 잡았구나!"

쿵 하고 지축이 흔들리는 소리 뒤로 그녀 앞에 온통 검은 남자가 서 있었다. 죽음보다 더 검은 남자였다. 슬쩍 웃는 검은 입술이 공포스러웠다. 여인은 뒤로 물러나려고 했으나, 어쩐 일인지 발이 칭칭 묶인 것처럼 움직여지지가 않았다.

남자의 검은 손가락이 다가왔다. 신의 아이가 보여 주었던 운명과 피할 수 없을 정도로 닮은 모습이었다. 여인의 눈가에서 두려움이 범벅된 눈물이 새어 나왔다. 이대로는 안 되는데……. 나의 사랑, 나를 버린 나의 사랑을……!

하나 그 절규에도 지체 없이, 검은 손가락이 서란의 가슴을 꿰뚫었다. 세상이 뒤집어지는 고통에 여인의 입가에서는 끝내 아무 소리도 새어 나오지 못했다. 서란의 눈이 천천히 감겼다. 저물어 가는 그녀의 시야에 그녀가 사랑했던 남자의 얼굴이 보였다. 호여…… 왜 나를 두고 가 버리셨나요? 나의 가장 사모하는…….

"지독하군, 이 빛깔……. 이러니 저승사자들이 이날이 되도록 못 찾았겠지."

검은 남자의 손가락에 어두운 형체의 무언가가 걸려 있었다. 유하는 그것이 무엇인지 알 수 있었다. 영혼이었다. 정확히 말하자면, 악귀가 되어 버린 여인의 영혼. 저토록 형체가 없다는 것은 그만큼 한이 서리고 증오가 쌓여 본래 인간으로서의 정신마저 사라진 악의 형태가 되었다는 뜻이었다. 그리고 분명, 그것을 들고 있는 저 남자는…….

"대제님이시군요."

염라대제였다. 죽음보다 검은 지옥의 신……. 그녀의 말에 검은 남자는 미소 지었다.

"알아보는구나, 신의 아이야. 저기 쓰러진 아이는 걱정 마렴. 악 귀를 빼냈으니, 별 무리 없이 일어날 수 있을 게다. 스스로 차원의 문을 열어 버리다니. 그러니 거울이란 건 알고 써야 하는데 말이야."

쓰러져 눈을 감고 있는 서란에게 시선을 준 후, 그는 다시금 유 하와 그녀 뒤에 있는 휘와 유열을 보고는 쿡쿡 웃었다.

"그런데, 정말 닮은 것 같구나, 호여……. 아, 이리 말하면 모를 테지. 수신의 아이가 너이겠고."

대제의 눈이 휘에게 머물렀다가 그 옆으로 옮겨갔다.

"화신인 홍랑의 아이가 너겠구나. 기운이 빼닮아서 착각할 수가 없겠지. 후후…… 악귀가 되어 버린 이 아이는 호여의 아내였던 부희의 것이란다. 가엾은 영혼이지. 지금껏 호여의 남은 잔재 옆을 맴돌고 있었나 보구나."

그렇게 된 일이었나 보다. 왠지 씁쓸한 눈빛으로 검은 악귀를 갈무리해 주머니에 집어넣는 대제의 모습에 휘는 말없이 이해했 다. 대제가 한숨을 쉬자, 또다시 지축이 흔들렸다. 그 흔들림에 반 사적으로 휘의 팔을 붙든 유하는 이 하얀 공간이 불안정함을 알아 챘다. 옥경을 통해 천지하의 문이 열렸으나, 세상이 그것을 지탱할 수 있는 시간은 얼마 남지 않았을 것이다.

"대제님, 어머니는 천지하의 삼신과 운명이 발을 디뎌야 한다고 하셨어요."

"맞는 말이다. 그런데 왜 이리 늦게 오는ㅡ"

아니다. 몰려들고 있었다. 바람이 소리를 질렀다. 천하의 기운이다 쏟아지는 것과 같아서, 유하는 크게 심호흡을 했다. 정신을 차리지 않으면 밀려드는 생명의 기운을 견디지 못할 것이었다. 다시 한 번, 쿵 하고 지축이 흔들렸다. 익숙하고 너무도 그리운 기운들이 빛처럼 맴돌았다.

유하는 고개를 들었다. 상제님, 하백 님, 그리고…… 어머니. 유하의 눈가에서 후두둑 눈물이 떨어져 내렸다. 그녀의 두 발이 그제야 자유를 얻은 듯 내달려, 월희의 품에 안겨 들었다. 세상 천지에 너무도 그리웠던 온기에 유하는 말을 잃고는 하염없이 눈물만 흘렸다.

"아가……."

등을 쓸어내리는 손길에 유하는 어머니를 더 꼭 끌어안았다. 비로소 지상에 발을 디딘 천지하의 삼신과 그녀의 어머니, 운명을 마주한 것이다. 그래, 그녀의 세상을 바꿀 선택의 순간이 눈앞에 온 것이었다. 가슴이 미어졌다.

"하백 님, 오랜만입니다."

"그렇구나, 휘. 그리고 이쪽은 유열이겠지. 너희가 원하는 것은 그 무엇보다 확실히 안다. 너희는 호여와 홍랑을 내버려 둔 내 부주의함 때문에 오랜 세월 대를 걸쳐 신의 짐을 져야 했지. 잘 버텨 주었다. 하나, 선택은 유하의 몫. 신의 힘이 승천하기 위해서 그녀는 신성을 포기해야 한다."

그 말에 휘와 유열은 당혹스러운 눈으로 유하에게 시선을 돌렸다. 신성을 포기한다는 것은 그들과 같은 인간이 된다는 것이었다. 그것은 다시는 승천하지 못하고 윤회의 굴레에 들어가게 된다는 말도 내포하고 있었다. 그들에게는 그녀에게 그런 희생을 강요할 권리가 없었던 것이다. 차분히 마주쳐 오는 휘의 눈동자에 유하는 마음이 아파 왔다. 언제부터인가 생각만으로도 항상 그녀를 슬프게 했던 최후의 선택.

말 한마디 오가지 않았지만, 그 따스한 눈빛만으로 알 수 있었다. 그녀가 무슨 선택을 하든지 그의 마음은 그녀의 곁에 있기로, 천지하에 그녀와 같은 세상에 머물 수 있는 것만으로도 그의 구원은 이루어진 것이라고. 그의 입가에 부드러운 호선이 걸려 있었다.

그 미소를 담은 유하의 마음이 속삭였다. 그래, 어떻게 그리 쉽게 선택할 수 있을까. 모든 것을 바꿀 운명의 갈림길……

하지만 유하, 진정 그를 떠날 수 있니? 그것을 묻는 순간 따스하게 응시해 오는 초록빛 눈동자가 떠올랐고, 그녀는 이미 답이 정해져 있었다는 것을 깨달았다. 부인하려 해도, 생각지 않으려고 해도, 운명은 언제인가부터 여기에 있었다. 심장을 주었다는 것은, 이미 영혼이 묶인 것임을 이제야 알게된 것이다.

그러니 모든 망설임과 이유를 제치고서 마음이 먼저 외쳤다. 소멸이 아니라 새로운 세상을 맞이하고 싶다! 그것이 영생이 아니라, 단 백 년도 안 되는 시간이라 할지라도. 휘에게 돌아가기로 약속했으니, 새로운 세상을 함께 맞이하기로 했으니……. 유하는 상제에게 돌아서며 입을 열었다.

"마음이란 건, 신성보다 강한 것이었군요."

유하의 마음을 쉬이 읽은 상제는 조용히 한숨을 쉬었다. 그녀에게서는 일말의 여지도 보이지 않았다. 참으로 아쉬운 일이지만 어찌할까. 세상의 법칙이란, 신들도 거역할 수 없는 것을.

"유하, 귀걸이는 돌려받아야겠구나."

"돌려 드릴게요."

유하는 눈물 가득한 눈으로도 웃음 지으며 대답했다. 그에 세상이 공명했다. 지상에서도 녹아내리지 않는 신성을 뜻하는 눈꽃 귀걸이…….. 하나 이제는 그만 눈으로 흩어져 내릴 차례였다. 월희가 유하의 손을 쥐어 왔다. 저 초록빛 눈의 아이가 떨어진 별을 주웠음을, 그녀는 알 수 있었다. 미리 염두에 두고 있던 운명의 흐름임에도, 월희는 처음 사랑이란 것에 빠졌던 그때처럼 부드러운 아픔에 한숨지었다. 다시금 지축이 흔들렸다.

"휘, 홍옥 단도를 주렴. 그리고 유열은 붉은 서책을…….."

하백이 두 신물을 돌려받자, 그것은 형체를 잃고는 녹아내려 작은 구슬이 되었다. 하백은 그것을 먼저 대제에게 넘겨주었다. 대제는 두 구슬에 죽음의 숨결을 불어넣었다. 휘와 유열의 눈이 스르르 감겼다. 마치 잠이 든 것처럼, 육신이 모래 위로 뉘이었다.

육신의 눈이 감기자, 영혼이 풀려나기 시작했다. 붉은 기운과 푸른 기운이 넘실거렸다. 하백은 곧장 그것들을 잡아채어 실타래처럼 손가락에 감고는 대제가 넘겨주는 구슬 두 개에 불어넣었다.

구슬이 빛을 발하기 시작했다. 그리고 이어 구슬들이 상제의 손에 넘어가자, 상제는 새로운 창조를 하는 것처럼 두 구슬을 하나로 만들었다. 그것에서 처음 하백에게서 떨어져 나왔던 생명의 기운이 만연했다.

구슬이 하나가 되자, 그들이 서 있는 하얀 공간이 조금씩 좁아지기 시작했다. 천지하의 문이 닫히기 시작하는 것이었다. 새하얀 공간은 세상의 균형이 맞춰지는 사이, 삼신과 운명이 돌아갈 수 있는 마지막 통로였다.

"어머니, 어머니의 운명을 되돌리고 싶으신가요?"

유하는 마지막으로 물었다. 지금이 아니면, 다시는 묻지 못하리라. 그녀의 물음에 월희는 전에 없이 아름다운 미소를 지었다.

"나는…….. 난 내 운명을 사랑한단다, 아가. 네가 지금 그러하듯, 그때의 선택은 온전히 나의 것이었으니."

월희의 손이 유하의 심장에 닿았다. 그 순간, 유하는 온전히 어머니의 마음을 알 수 있었다. 마치 태초에 그녀의 자궁으로 돌아간 것처럼 느껴지는 세상의 법칙만큼 확실한 마음의 이어짐. 언제나 그녀의 것이었던 신력이 부드럽게 빠져나가기 시작했다. 세상이 새하얗게 빛을 발했다. 그것은 고통도, 두려움도 아니었다. 그래, 그저 변화이리라. 그녀의 세상을 바꿀, 창조의 씨앗. 그리고 마침내 두 팔에 가득 끌어안을 새로운 세상……

"행복하렴……. 언제나 사랑할, 나의 아기……."

귓가에 스미는 그리운 목소리와 함께, 유하의 몸에서 힘이 천천히 빠져나갔다. 월희의 손가락에 가득 감긴 은빛의 순수하고 맑은 신력이 제 짝을 찾아가듯, 상제의 손에서 빛을 발하던 구슬을 감싸 안았다. 그렇게, 봉인이 완성되었다.

천년을 거슬러 온 기다림이 보상을 받은 듯, 삼신의 얼굴에 미소가 어렸다. 신들의 환희, 인간의 행복이란 극히 그 일부에 지나지 않을 정도로 존재 가득 기쁨이 흘러넘치는 그런 환희였다. 닫혀가는 천지하의 통로 사이로 그들의 모습도 조금씩 희미해져 갔다.

유하는 좁혀지는 시야 사이로, 빛이 하늘로 만개하는 것을 보았다. 소멸을 피해 간 세상이 새로이 맞은 운명에 맞추어 방향을 틀었다. 바람이 노래했다. 한껏 목청을 높이며, 시간이 흐르고 세월이 지나는 것에 대해 재잘거렸다. 그리고 그 모든 소란스러움을 뒤로 하고 마침내…… 죽음의 땅에서 꽃이 피어났다.

十九
첫눈

　유열은 눈을 깜빡였다. 하늘이 온통 주홍빛이었다. 죽은 것일까, 산 것일까? 확신이 서지 않을 찰나에, 옆에서 몸을 움직이는 인기척에 유열은 그가 온전히 숨 쉬고 있다는 것을 깨달았다. 그래도 그는 곧장 일어나지 않았다.

　주홍빛 하늘이 평온했다. 눈을 멀게 하는 밝은 빛도, 검은 어둠도 아니었다. 자연스럽게 세상 가운데로 스며드는 노을. 이질감 하나 없이 시간에 따라 변화하는 빛깔이었다.

　"존재한다는 게, 이렇게 가벼운 것이었나……."

　옆에서 들려오는 류휘의 물음은 답을 바란 것은 아니었으나, 유열은 어쩌면 존재가 그런 것이었을지도 모른다고 생각했다. 그동안 너무 무거운 것을 들고 다녔던 것이 분명하다. 산다는 것은 그렇게 거창하지도, 화려하지도 않은 것이었음이 분명했다. 아무것도 고민하지 않으며 그저 붉은 하늘을 보는 이 영혼의 가벼움이 낯설지 않았다. 마치 처음부터 이러했어야 한 것처럼.

휘가 먼저 몸을 일으켰다. 그러고는 여태 누워 있는 유열에게 손을 내밀었다.

"안 하던 짓 하는 거 아니라고 하던데."

그리 말하는 유열은 그의 손을 잡고 몸을 일으켰다. 거짓말처럼, 서로에 대해 별다른 감정을 느끼지 않았다. 증오도, 살의도, 그 어느 것도. 어쩌면 그런 상황이 아니었다면 친구가 될 수도 있었겠다는 말도 안 되는 생각까지 들었다.

휘는 헛웃음을 내뱉고는 곧장 한쪽 돌기둥에 기댄 채로 눈을 감고 있는 유하를 안아 올렸다. 따스한 온기와 심장 소리가 느껴졌다.

이제는 정말 온전히 그의 것인 천계의 눈꽃. 평온히 잠든 얼굴에 작은 미소가 서려 있었다. 머리칼은 다시금 밤과 같은 흑발이었고, 그녀의 귓가에 하얗게 자리 잡고 있던 눈꽃 귀걸이는 더 이상 존재하지 않았다. 휘는 그 귓가에 겸연히 입맞춤하였다.

"정말로 세상은 변하는 것이군."

"뭐?"

유열의 뜬금없는 말에 휘가 되묻자, 그는 아무것도 아니라는 듯이 고개를 저었다. 유하에 대한 마음은 여전했다. 그가 느꼈던 애정은 족쇄가 만들어 낸 환상은 아니었나 보다. 그것만으로도 기뻤다. 단지 죽을 것같이 죄어 오던 소유욕이 사라진 것이었다. 하지만 그것 하나로 그녀를 놓을 수 있었다. 마음이 채워져 있었다.

이 하늘 아래 함께 있고, 또 언젠가 다시 그녀의 얼굴을 볼 수 있다면 충분한 것이 아닐까. 그의 세상이 변해 있었다. 그리고 새로운 세상은 더 이상 싸워 나가야 하는 것이 아니었다. 자신이 쉬이 한 부분처럼 스며들 수 있는 그런 곳이었다.

"으음……."

작은 신음과 함께, 한쪽에서 서란도 깨어나는 듯싶었다.

"하여간, 저 여자도 참 불쌍하지. 악귀에게 먹혀 버리는데도 모르고 있었으니."

덤덤히 중얼거린 유열은 그쪽으로 다가가 그녀를 일으켜 세웠다. 그다지 내키는 일도 아니었지만, 더 이상 전처럼 접촉하기조차 꺼려지는 것도 아니었다. 사막의 밤은 고요하나 맹렬하게 춥기에, 날이 저물기 전에 돌아가야 했다. 유하를 안아 올린 휘와 나머지 두 사람은 더는 아무 말 없이 모래언덕을 내려가기 시작했다. 한바탕 꿈을 꾼 것 같았기에 그다지 할 말은 없었다. 저 멀리서, 매어 두었던 말이 우는 소리가 들려오는 듯했다.


"저는…… 호천서로는 돌아가지 않으렵니다. 언젠가는 돌아가겠지만, 지금은 다른 길로 가 보려구요."

말의 고삐를 쥐고 말하는 그녀를 두 남자가 쳐다보자, 서란은 조용히 미소 지었다. 그 미소에 어딘가 모를 미안함과 전에 없던 서란 본연의 얼굴이 새겨져 있었다. 어쩌면 그녀는 원래 이런 여인이었을지도 모른다. 휘는 처음으로, 그녀가 그녀의 동생 비란과 닮았다는 생각이 들었다.

"지금까지의 모든 일은…… 평생 사죄를 해도 모자라겠지만, 진심으로 죄송합니다. 왜 그런 허무한 것들에 그토록 집착했는지……. 한바탕 꿈만 같으니, 세상을 돌아보면서 스스로 갈무리하고 오려 합니다."

아릿한 빛이 깃든 눈으로 서란은 고개를 깊이 숙여 사죄했다. 그러나 그것이 외려 홀가분하였다. 그 모습에 휘는 어쩐지 충동적으로 입을 열었다.

"그대 가족들에겐 안부 전해 주지."

서란은 놀란 눈으로 휘를 보았다. 그녀를 향한 그의 두 눈엔 처음으로 증오도, 경멸도 아닌 평온한 감정이 깃들어 있었다. 안면이 있는 사람을 대할 때의 평범한 호의. 서란은 그것을 용서……라고 이름 붙이고 싶었다. 그녀는 겸연히 미소 짓고는 감사하다는 말을 전했다. 그러고는 미련 없이 돌아섰다.

어쩌면 아직도 그를 향한 마음의 잔재가 남아 있을지 모른다. 하지만 그렇다 한들, 더 이상 그녀에게 이어진 끈이 아니라는 것을 서란은 받아들일 수 있었다. 아니, 처음부터 그녀와 닿는 끈이 아니었다. 그것으로 된 것이리라. 더 이상 그녀를 묶어 두는 것은 아무것도 없었다. 그래, 이것이 비란이 얘기하던 소소한 행복임이 틀림없었다. 난생처음으로, 그녀는 행복하였다.

"정말로 혼인할 생각이야."

"……."

서란의 형체가 거리로 인해 희미해질 때 즈음, 유열은 도발하듯 말을 꺼냈다. 도발이었지만, 그 가벼운 어조가 그것을 도발보다는 농담처럼 들리게 했다.

"하지만 신부는 유하가 아니겠지. 그녀가 아니라면 누구라도 충분해. 적호국 역사상 처음으로 황후도 귀비도 귀인도 다 둔 황제가 될지도 모른다."

"미리 축하해 주지."

그런 말을 꺼내는 영문은 알 수 없었지만, 유열은 어쩐지 즐거워 보였다. 그래서 그런 것인지도 모른다. 휘도 이렇게 비아냥도 비난도 아닌 농담이나 건네고 있는 것은. 유열은 작게 웃었다. 어쩌면 자식을 많이 두어 권력 다툼이 일어나고, 제국이 잘게 잘게 찢어져 버릴지도 모른다.

하나, 이런들 어떠하며 저런들 어떠하랴. 적어도 전처럼 박제되어 변하지 않는 곳은 아닐 터이니, 그 하나만으로도 즐거운 일이었다. 십 년이면 강산도 변해 있을 것이다. 적호국도, 호천서도, 그도, 류휘도. 휘와는 반대 방향으로 걸음을 옮기다 말고 유열은 멈칫하며 다시금 돌아보았다.

"백야 때 오는 건 잊지 마라. 이번엔 네 차례니까. 그때쯤이면, 데리고 올 수 있는 귀여운 황녀님 하나는 있겠지?"

"있어도 안 데리고 간다. 헛소리는."

"그거야 두고 볼 일이지. 안녕히 가라고."

헛소리를 지껄이는 척, 휘의 품에 안겨 있는 유하의 얼굴을 본 유열은 덤덤한 인사말과 함께 돌아서서 뒤도 돌아보지 않고 가 버렸다. 휘는 실소하고는 품에 안긴 유하와 함께 조심스럽게 말에 올랐다. 천천히 돌아갈 예정이었다. 놀랍게도 이제는, 세상에 차고 넘치도록 많은 시간을 그녀와 함께할 수 있을 테니 말이다.

"으음…… . 휘—"

"깨셨습니까?"

길을 가기 시작한 지 얼마 지나지 않아서, 유하는 곧 눈을 떴다. 아직 해가 완전히 지평선을 넘어가지 않은 시각이었다. 그래서인지, 막 눈을 뜬 그녀가 뒤를 돌아보자, 그의 얼굴이 뚜렷이 보였다. 언제나 그렇듯, 다정한 녹안이 마주쳐 왔다. 그의 두 팔이 그녀를 감싸고 있었다. 떨어지지 않게, 꼭.

"약속은 지켰느니."

"네, 지키셨습니다."

유하는 만족스러운 한숨을 내쉬며 휘의 품을 더욱 파고들었다. 새로 맞이하는 세상은 어떤 것일까. 휘와 함께할 세상이기에 더욱 기대가 되었다. 휘는 그녀를 내려다보다가, 나지막이 말을 건넸다.

"유하 님, 궁금한 것이 하나 있습니다. 왜 유하 님은 유열이 아니라, 저에게 약속되어 오신 겁니까?"

유하는 뜻밖의 물음에 눈을 깜빡였다. 그러게, 왜 그리되었을까. 운명이 그렇게 되어 있었다는 설명이 쉽겠지만, 또 다른 무언가가 있음이 틀림없었다. 아마도……

"믿음 때문이었을 거야, 휘. 날 받아들일 마음이 되어 있었잖니. 유열보다 네가 더 간절했고, 또 실제로 구원이 이루어질 것이라 믿고 있었으니까. 하늘은 깨어 있는 자를 위해 역사하는 법이란다."

"그렇……군요."

확실히, 그토록 비틀려 있던 유열이라면 유하 님을 보자마자 어찌했을지 모르는 일이었다. 그녀가 그에게로 먼저 와서 다행이었다.

휘는 살며시 그녀의 볼에 입맞춤했다. 천계의 눈꽃이 녹아내려, 그의 품 안에 지상의 꽃으로 피어 있었다. 사라지지도 않고, 이렇게 온전히 잡을 수 있다. 삶과 죽음을 함께할 수 있었다. 구원이란 건, 거기에 있는 것일지도 몰랐다. 끝까지 함께할 수 있다는 것.

"아이가 가지고 싶습니다."

"아이?"

아직은 그 말의 뜻을 완전히 이해하지 못하는 유하가 되물었다. 그녀의 물음에 담긴 의아함에 그는 쿡쿡 웃으며 그녀를 꼭 끌어안고는 가슴속에서 울리는 작은 소원들을 말하기 시작했다.

그녀를 품에 가두고 나니, 점점 더 많은 것들이 욕심나기 시작했다. 그리고 이제 그는 부족할 것 없는 황제이니, 모두 이루어 버리고 말리라. 행복한 생각이었다.

"아이는 세 명 이상, 유하 님을 쏙 빼닮은 딸아이가 많으면 좋겠습니다. 웃음소리가 넘쳐 나고, 개구쟁이처럼 뛰어다녀도 좋으니 자유롭고 밝은 아이로 키울 겁니다. 그리고 반드시, 많이많이 사랑해 줄 것입니다. 매일매일 좋은 것들을 보여 주고, 새로운 세상이 얼마나 아름다운 것인지 알려 주고 싶습니다. 그리고 아버지가 어머니를 세상 그 무엇보다 사랑한다고ㅡ"

휘의 입에서 끊임없이 흘러나오던 소원들이 유하의 입술 사이로 쏙 사라졌다. 행복하고 사랑스러운 아이들로 북적대는 가족……. 그리 멀지 않은 꿈일 것이다. 하나 지금은 입술에 닿는 따스한 온기보단 머나먼 일이었다.

날이 저물어, 반짝이는 별들이 떴다. 그중에서도 변치 않고 영롱한 빛을 뿜는 북두칠성. 일곱 명의 자매들이 운명의 실을 잣고 있을 것이다.

자매들이 웃으며 빨간 실을 엮어 나가고 있는지, 별들이 멍울지며 웃는 것처럼 찬란히 빛났다. 일곱 번째 별은 유난히 더 밝았다.

어느새 머리 위로 조용히, 그러나 세상을 덮을 만큼 포근하게 새해의 첫눈이 내려오기 시작했다. 까마득한 시간의 어느 곳에서부터 그렇게 눈꽃은 지상으로 흩어져, 마침내 녹아내렸다. 지켜진 약속처럼, 온전히.

*—The end*

@chlore

二十
후담

눈꽃이 녹아내린 곳에

　새해가 시작된 지 얼마 되지도 않은 시점에서, 혼인하겠다 선언한 황제로 인해 호천서의 신료들은 발칵 뒤집혔다. 대상은 언제 나타났는지 알 수도 없는 윤가의 수양딸이랬다. 좌상서가 수양딸이 있었는지조차도 파악이 되지 않는 마당에 황제는 그 어떤 이견도 받아드리지 않았다.

　그렇게 혼인식은 일사천리로 진행되었다. 단지 신료들이 후에 안 것은, 윤가의 수양딸이 그들의 기억 속에 흐릿하게, 신분상 예우로 제대로 얼굴을 볼 수는 없었던 신녀와 무언가 닮았다는 것이었다. 그러나 윤 가주, 그리고 막 윤가의 딸과 혼인한 은가의 소가주는 이를 단호히 부인했다. 그러니 이에 대해 더는 언급하는 이들은 없었다.

　간혹 신녀님의 행방을 묻는 자들이 있었으나, 황제는 신녀께서 승천했을지도 모른다는 애매모호한 말로 돌리기 일쑤였기에, 곧 그 존재는 시간 속에 잊혀 갔다. 적호국의 황제도 이젠 혼인을 한 데다 나날이 비들을 늘려 가는 마당에, 그들 또한 여러 변화를 받아들일 수밖에 없었다.

다행인 것은 연말에 갑작스레 터지던 기현상들이 언제 그랬냐는 듯싶게 사라졌다는 것이다. 십 년이면 강산도 변한다는데, 십 년도 걸리지 않았다. 그렇게 눈 깜짝할 사이에, 시간은 날개가 달린 것처럼 빨리도 지나갔다. 세상은 많이 변하지 않은 듯싶었으나, 또 돌아보면 조금씩 계속 변화해 가고 있었다. 그것은 호천서의 황궁도 마찬가지였다.

"설아야, 너 그러다 정말 아바마마한테 혼쭐 날 것이야."

"누님, 아바마마가 한 번만 더 그러면 정말 가만두지 않겠다고 하셨잖아요."

"에이, 참. 남정네들이 소심하기는!"

설아는 오늘 아침에 그녀가 또 월담했다는 정보를 어디서 알아왔는지, 잔소리를 하러 온 오라비와 남동생에게 귀찮다는 표정으로 말했다. 물론 아바마마는 화나시면 무섭기야 하지만, 안 들키면 될 일이 아니냐는 말이었다.

"설아야, 너 정말 바보구나. 아바마마가 모르실 것 같으냐? 이 오라비가 많이 겪어 봐서 아는데, 우리는 뛰어 봤자 아바마마 손바닥 안이란다."

"맞아요, 누님. 형님도 누님이 월담했다 하시면 바로 아시는데, 아바마마께서 모르시겠어요?"

설아는 한숨을 내쉬었다. 하여간 둘 다 아바마마와 쌍둥이처럼 닮은 얼굴로 하는 말마다 똑 부러져서 납득이 간다는 것이 더 재수 없었다. 정말 몸을 좀 사려야 하나? 아니 그럼 아바마마는 알면

서 그동안은 왜 종종 봐 주신 거야? 그녀가 월담한 것은 이번이
처음이 아니었다.

"아니. 소요 오라버니, 월아, 답답해 죽겠는데 그럼 어쩌라는 것
이야? 온갖 재밌는 건 다 밖에 있다고!"

"그리 재미있는 거면 이 어미도 좀 데려가 주지 그랬니?"

청아한 목소리가 끼어들자, 아이들의 입가에 미소가 서렸다. 그
리고 그것을 마주하는 영롱한 흑안도 아름답게 휘었다. 설아는 단
번에 유하의 팔에 매달려 애교를 부리기 시작했다. 어마마마는 그
어떤 상황에서도 아바마마께 무적이었기 때문이기도 했다.

"어마마마, 어마마마. 월담이 그리 잘못된 일이어요?"

"글세…… 황녀 마마가 하기엔 품위도 없는 데다가 위험하잖니.
그리고 당당하게 나가는 것도 아니고 말이야."

"당당하게는 못 나가니까 그렇지요. 게다가 유모상궁까지 따라
붙잖아요……."

두 눈을 깜빡이는 모습이 유하와 쏙 빼닮아 있었다. 이러니 휘
가 꼼짝을 못 하는 것이다. 설아가 월담하는 걸 그는 매번 알면서
도 따끔하게 혼내지는 못하고 붙이는 그림자나 늘리고 있었다.

간혹 가다가 유하가 애 버릇 안 좋아진다고 무어라 할 때에만
한두 번 혼내고 마는 것이었다. 그마저도 살살거리는 아이의 애교
에 흐지부지 넘어가니……. 그 때문에 설아가 무서운 줄을 모르고
월담하는 버릇을 고치질 못하는 것이었다. 열한 살이나 먹은 황녀
가 월담이라니. 세간 소문은 둘째 치고 너무도 위험한 일이었다.

"설아야, 나가고 싶으면 이 어미에게 찾아오려무나. 다 큰 처자
가 담을 넘는 것은 위험하고 경우에 없는 짓이란다. 차라리 당당하
게 나가는 것이 낫지."

453

"아바마마께서 허락해 주실까요?"

"이 어미가 허락하마. 그러니 몰래 나가지 마라. 알겠니?"

유하가 신신당부하니, 어머니에게 은근히 약한 설아는 이내 고개를 끄덕였다. 누굴 닮아서 이리도 돌아다니는 것을 좋아하는지, 유하는 걱정이 많았다. 두 아들들은 차분한 성격인 데 반해, 유독 설아는 가만히 있질 못하는 성격이었다. 그것이 무척 사랑스럽기도 했지만, 그러다가 크게 한번 일을 칠 것 같아 걱정이 끊이지 않았던 것이다.

"누굴 닮았냐니, 누가 봐도 마마를 닮으셨잖아요."

"뭐? 말도 안 돼."

정말 황당하다는 표정을 짓는 유하의 모습에 비란은 더 황당했다. 이래서 개구리 올챙이 적 생각 못 한다더니……. 세상 무서운 줄 모르고 그녀가 월담하곤 했던 이야기를 비란은 알고 있었다. 게다가 외모는 물론이고, 그 활달한 성정과 한시도 가만있지 못하는 성격마저 유하 님의 판박이인 것을 황제 폐하께서도 그 누구보다 잘 알고 계실 것이다. 우리 둘째가 날 닮으면 안 되는데……. 비란은 동그랗게 볼록 솟은 배를 쓰다듬으며 생각했다.

"그나저나, 서란은 별 소식이 없느냐?"

"아! 그걸 전해 드렸어야 하는데, 내 정신 좀 봐. 며칠 전에 서신이 왔답니다. 언니는 지금 타란국에 있다네요. 아직은…… 돌아올 마음이 없나 봐요."

타란국은 죽음의 땅 건너 끝자락에 자리 잡고 있는 사막국가였다. 아직은 서란이 꽤나 멀리 있다는 소리였다. 그녀는 간혹 가다가 그녀가 머물고 있는 곳의 위치와 함께, 서신을 보내 오고는 했다. 비란의 쓸쓸한 표정에 유하는 가만히 그녀의 어깨를 두드렸다.

"곧 돌아올 거야. 이제는 행복하다잖니."

"그렇지요?"

"그래."

비란은 작은 한숨을 내쉬고는 수긍했다. 이제 기다림만 남아 있다는 것은, 그 하나로도 무척이나 희망적인 일이었다. 귓가에 발소리가 들려왔다. 황후의 정원에 저리 당당한 발걸음을 할 사람은 한 명밖에 없었으니, 비란은 이만 자리에서 일어났다.

"황제 폐하."

"인사는 생략하지. 임신한 여인을 무릎 꿇게 하고 싶진 않으니."

"감사합니다. 하면, 물러가겠사와요."

요즘 깐깐하게 구는 그의 지아비 때문에 황제가 상당히 힘들어하고 있다는 것을 비란도 유하를 통해 알아서인지, 그녀는 둘의 시간을 가능한 한 방해하지 않으려고 노력했다. 적당히 하라고 그리도 일렀건만, 가원은 그 적당히가 도무지 되지 않는 모양이었다. 비란은 고개를 저으며 이내 사라졌다.

"비란이 요 근래 몸을 사리는구나."

유하는 웃음기 어린 얼굴로 그리 말했다. 휘는 말없이 그녀의 목덜미에 얼굴을 묻으며 피곤함이 짙게 묻은 신음을 냈다. 유하는 웃으며 자신에게 기댄 그의 머리칼을 쓰다듬었다. 가원의 상상을 초월하는 깐깐함은 이미 유명했다. 휘가 이리 힘들어할 정도였으니, 대신 비란이 황제의 눈치를 보는 것도 당연한 결과였다. 한참을 양껏 황후를 끌어안고 지친 심신을 달래던 휘는 어느 정도 만족했는지, 얼굴을 들었다.

"그나저나 설아는 하루가 멀다 하고 월담을 하는군요. 우리 천방지축 황녀님을 어찌해야 하는지……."

"휘, 그림자만 늘린다고 되는 일이 아니란다. 월담하는 걸 막아야지."

"하나 그럴 때마다 하늘이 무너지는 표정을 짓는데, 어찌할 수가 없었습니다."

"……애를 망치고 있어, 휘."

"그저 건강하고 밝게만 자라 준다면 무얼 더 바랄까요."

"그러다 유열의 장자처럼 방랑벽 생길라?"

"설마요. 설아는 그놈과는 근본이 다릅니다."

시도 때도 없이 찾아와 호천서 어딘가를 돌아다니는 적호국의 황자와는 비교조차도 하기 싫다는 듯 얼굴을 찌푸리는 휘의 표정에, 유하는 살풋 웃으며 달래듯 그 뺨에 입을 맞추었다. 글쎄, 설아는 휘의 생각보다 더 바깥세상을 사랑하는 아이였다. 유하는 그 말을 입 밖으로 내는 대신, 휘의 어깨에 살포시 머리를 기대었다.

어디선가, 시원한 바람이 불어왔다. 어쩐지 까르르 웃는 듯한 그런 바람이었다. 유하는 하얀 머리칼의 쌍둥이 정령이 생각났다. 물빛의 청년과 더불어. 그들의 모습은 신력이 거두어진 이후로, 더 이상 볼 수가 없었다. 존재조차 느낄 수 없었다는 말이 더 정확했다.

휘도 그녀도, 이제는 그저 범인일 뿐이었다. 그저 이따금씩 스치는 바람과, 일렁이는 수면에 그들이 곁에 있지는 않을까 생각하는 일이 전부였다. 그리고 그 아쉬움은 마음에 곧이 간직하는 것만으로도 휘와 그녀에게는 충분한 일이었다.

"청 님~"

"청청청 님~"

"꼬맹이들, 언제까지 여기 있을 거냐."

"청 님은 언제까지 여기 있으실 건데요?"

꼬박 꼬박 되묻는 쌍둥이들의 행태에 청은 짜증스러운 표정을 지었다. 이 꼬맹이들은 하여간……. 풍백 님 앞에서도 저리 까불까? 청은 귀찮다는 듯이 손을 휘휘 저었다.

그도 이렇게 유하 곁에 오래 머물 생각은 없었다. 그는 더 이상 그 어디에도 지박된 몸이 아니었으니까. 곧 떠날 생각이었다. 단지, 유하의 아이들이 하나둘 자라 가는 것이 신기해 조금 더 지켜 보았을 뿐이다. 자라나는 아이라, 그에게는 있지도, 있을 필요도 없는 것이었으나 나쁘지 않은 광경이었다.

"그러고 보니, 적호국 황제의 셋째 여아가 유하 님을 닮았어요. 그치 형제?"

"맞아. 신기해."

"그 여아의 어미가 유하를 닮았으니 그렇지. 징그러운 놈."

청은 한껏 얼굴을 찡그렸다. 어디서 찾아냈는지, 서유열은 유하를 닮은 데다가 검은 머리와 검은 눈마저 가진 여자를 비로 삼았다. 빤히 들여다보이는 짓을 하는 것이 여전히 속이 시커먼 놈이었다. 언젠가 그의 후손들 중 하나가 그 나라를 말아먹겠지. 청은 믿어 의심치 않았다. 어쨌든 그와는 상관없는 일이었다.

그는 이만 일어났다. 오랜만에 하백 님에게나 갈 생각이었다. 어쩌면 그의 곁에 아예 머무를지도 모르는 일이고……. 그의 할 일은 이미 오래전에 끝나 있었다. 청은 그 무엇도 더는 고민하지 않고 처음부터 없었던 것처럼 미련 없이 조용히 수면 아래로 사라졌다. 남겨진 바람의 쌍둥이는 서로를 바라보며 미소 지었다.

"모래바람 냄새가 나, 형제."

"아아, 며칠 전에 스친 그 아이겠지?"

"무슨 일이 일어날까나?"

무슨 일이 일어나든, 쌍둥이에게는 언제나 흥미로운 일일 것임이 틀림없었다. 까르르 웃는 바람이 이내 쌩쌩 내달리기 시작하며, 초록빛으로 우수수 흔들리는 잎사귀들에만 보이지 않는 흔적을 남겼다.

"우왓! 웬 바람이 갑자기……."

가까스로 유모상궁의 감시를 따돌리고 나온 설아는 갑작스레 머리카락을 흩트리는 바람에 걸음을 멈췄다. 가끔씩, 이렇게 난데없이 바람이 스치고 지나갈 때가 있었다. 도망가는 것에만 혈안이 되어 있던 탓에 주위를 살피지 않던 그녀는 그제야 그녀가 그녀의 궁에서 꽤나 떨어져 있는 별궁의 정원에 들어섰음을 알 수 있었다. 어느새 여기까지 온 걸까. 뭐, 유모상궁을 피할 수만 있다면 상관없었다. 정원에 들어서자 전에 보았던 작은 연못이 있었다.

"발이나 담구고 갈까~"

설아는 싱긋 웃으며 조심스럽게 비단신을 벗었다. 발가락 끝부터 닿는 맑은 물이 시원하였다. 지금 같은 여름에 딱 알맞은. 그녀는 만족스러운 한숨을 내쉬며 두 발을 모두 푹 담갔다. 여기는 어머니가 처녀 적에 머무르셨던 곳이랬다. 그녀도 조금 더 크면 이곳으로 거처를 옮길 수 있을까? 이런저런 생각을 하고 있던 탓에, 그녀는 누군가 다가오는 소리를 듣지 못했다.

"누구냐, 넌."

고개도 돌리기 전에, 작지만 날이 잘 선 시퍼런 칼이 그녀의 목 끝을 향해 있었다. 그러나 설아는 놀라는 대신 어이가 없다는 표정을 지었다.

"그러는 너는 누군데 감히 황녀한테 칼을 들이미느냐? 아무리 아바마마가 관대하시지마는 이건 좀 아닌데?"

"황녀?"

칼을 든 손이 주춤하더니 이내 칼집으로 돌아갔다. 그 소리에 그제야 설아는 뒤돌아보았다. 그녀보다 조금 더 커 보이는 소년이었다. 그녀가 자주 보지 못한 갈색 피부를 가지고 있었고, 금빛 눈에 머리카락마저 열은 금빛이 도는 갈색이었다. 복식도 그녀에게 낯설었다. 이 아이, 이국에서 온 아이임이 틀림없었다. 설아의 관찰하는 시선에 기분이 조금 나빴는지 그가 미간을 살짝 찡그렸다. 설아는 아랑곳 않고 물었다.

"너 어디서 왔어?"

"타란국."

그녀가 아무렇지도 않게 물어보는 탓에 그도 덤덤히 대답했지만, 타란국의 사신으로 온 제2왕자 차이크 타이아란은 조금 당황스러웠다. 이곳의 황제 폐하께서 마련해 주신 거처를 둘러보던 차에 발견한 소녀. 스스로 황녀라는 이 검은 눈의 소녀를 어디선가 만난 적이 있던가? 아니, 분명 이것은 그들의 첫 만남이었다. 그녀의 태도가 어쩐지 스스럼없는 탓에 일순간 착각이 인 것일 뿐이었다.

그러나 그리 생각하면서도, 그는 어느새 그녀의 웃는 얼굴과 어쩐지 거부하기 힘든 명령 같은 권유에 이끌려 그녀 옆에 앉아 버린 자신을 발견했다. 소녀는 그가 실제로 듣고 있는지에 대해선 관심도 없는지 끊임없이 재잘대었다.

"타란국이면…… 죽음의 땅 건너겠네. 멀리서 왔구나?"

"그곳은 죽음의 땅이 아니야."

"웅? 무슨 소리야. 모래 가득한 사막이잖아."

차이크의 난데없는 말에 설아는 이해할 수 없다는 듯한 표정으로 발장구를 쳤다. 차가운 물이 튀어 물방울이 차이크의 팔에 떨어졌다. 그는 그것을 손으로 닦아 내었다.

"여기만큼…… 생명수가 가득하지는 않지만, 오아시스를 품고 있다. 그러니 죽음의 땅이 아니야."

"도통 알 수가 없네. 하지만 언젠가 가 보고 싶어. 이건 비밀인데, 어쩐지 그리운 느낌이거든. 그 이름만으로도."

"……."

"어마마마가 거기는 옛 도읍이 있던 곳이래. 까마득한 먼 옛날에. 그런 역사가 있었던 곳이면 모래만 가득해도 아름다울 것 같아. 그래서 가 보고 싶어."

"……올래?"

아릿한 눈으로 하늘을 올려다보며 새가 지저귀듯 재잘거리는 그녀를 보다가 차이크는 충동적으로 물었다. 그에 고개를 돌리는 하얀 피부의 소녀는 어느새 영롱한 검은 눈을 빛내고 있었다. 차이크는 문득…… 그 빛을 갖고 싶다는 생각이 들었다. 그의 금빛 눈이 설아의 검은 눈을 온전히 마주했다. 그녀가 미소 지었다.

"눈이 예쁘구나? 금빛 눈은 처음 봐. 이름이 뭐야?"

"차이크 타이아란."

"차이크…… 난 설아야. 류설아."

설아는 또 한 번 물장구를 쳤다가 얼굴에 튀어 버린 물을 닦아내리며 청명하게 웃음을 터트렸다. 그녀는 어쩐지 이 조용하지만 아름다운 금빛 소년이 마음에 들었다. 그녀를 죽음의 땅…… 아니, 죽음의 땅이 아닌 그곳에 데려다줄 금빛 소년.

"흐음……. 죽음의 땅이 아닌 곳, 모든 것이 시작한 옛 도읍. 좋아, 마음에 들었어."

소녀는 고개를 끄덕거리며 작은 꿈을 가슴에 담았다. 금빛 소년은 아무 말 없이 그런 그녀를 뇌리에 새기는 것처럼 내내 시선을 떼지 않았다. 다시금 무언가 시작되고 있는 것이 틀림없었다. 하늘이 미소 지었다.

죽음의 땅에서 온 소년과 생명 가득한 구원의 땅에서 태어난 소녀. 그리고 수많은 세월 동안 탄생과 죽음, 그리고 소멸과 창조를 맞이할 새로운 운명의 실이, 지금 이 순간도 시간의 바람을 타고 영원한 세상의 굴레를 자아내고 있음을…… 언젠가 어떤 특별한 인연이 꽃을 피웠던 것처럼 여기, 눈꽃이 녹아내린 곳에.

## 작가 후기

끝났군요. 끝났다는 게 믿기지 않네요. 그만큼 오래 매달렸던 것 같습니다. 원래 제일 처음 이 글을 쓰기 시작했을 때가 제가 수능이 막 끝나고부터였거든요. 그때는 참 대책 없이 썼었는데, 최소 2년이 넘은 지금에야 제대로 끝을 냈네요.

짤막하게 쓴 글들은 그 전에도 많았지만 이렇게 장편으로 완결 내는 것은 처음이라, 정말 부끄럽습니다. 잘 썼는지, 못 썼는지 모르겠지만, 아니, 다른 작가 분들에 비해서는 아마 턱없이 부족하겠지만 그래도 끝까지 읽어 주신 독자분들과 피우리넷 독자분들, 그리고 끝까지 기다려 주신 출판사분들께 감사드립니다.

사실 후기 쓰는 지금에도 정말 제가 이걸 다 쓴 건지 현실감이 없어요. 특히 이 플롯 자체가 처음부터 완결을 낼 생각이 별로 없던 플롯이었는데, 어떻게 이렇게 되었네요. 원래 하백이 조연으로 나오는 걸 쓰고 싶어서 시작했는데, 놀라울 만큼 하백은 안 나왔습니다. 하하. 휘랑 유하랑 유열은 여기서 작별인사를 해야겠네요. 이 세계관으로 다시 돌아오진 않을 것 같아요. 물론 마지막에 차이크랑 설아가 귀여워서 아깝긴 하지만 2세들 얘기는…… 힘들 것 같습니다. 그냥 아름답게 끝낼래요. 하하.

저는 이번 소설로 동양판타지는 잠시 쉬고, 저의 원래 본진이었던 서양판타지로 돌아갈 것 같습니다. 처음 쓰는 동양판타지물인데다가 한자도 취약한 제가 무슨 용기로 출간계약까지 하게 되었는지 지금 생각해도 참 신기하네요.

어쨌든 이제 한번 완결을 내었으니 근거 없는 자신감일지라도 또 다른 완결을 기대해 보고 싶습니다. 저는 항상 제가 쓰고 싶은 방향으로 쓰는지라 독자님들의 취향에 맞았는지 안 맞았는지는 모르겠지만, 어쨌든 제 이야기를 읽고 순간의 시간이라도 즐거우셨다면 그걸로 만족입니다.

저도 〈황제의 눈꽃〉을 쓰면서 많이 힘들기도 했지만, 그만큼 즐거웠습니다. 그리고 학업과 알바 외에 여러 일과 함께 병행하면서도 어쨌든 완결을 낸 제 자신이 그냥 기특해요.

그동안 저의 징징거림을 견디어 준 지인분들 넘나 감사드려요! 정말 성가셨죠, 호호……. 님들이 많은 위로가 되어 주셨어요. 다른 작품 때도 저의 징징거림을 받아 주세요. 호호..

그리고 넘나 수고해 주신 뿔미디어 출판사 담당자님. 중간에 바뀌어서 두 분이지만, 두 분 다! 이렇게 오래까지 기다려 주시고 이

이야기를 예쁜 책으로 만들어 주셔서 감사해요! 맨날 질질 끌어서 죄송했어요. 흑흑.

그리고 마지막으로 지금까지 읽어 주신 모든 분들께 다시 한 번 감사드리고, 또 다른 작품으로 뵙길 기대하겠습니다.

앨리스 리델